KNAUR

Im Knaur Taschenbuch Verlag ist bereits folgendes Buch des Autors erschienen:
Bierleichen

Über den Autor:
Su Turhan, 1966 in Istanbul geboren, hat Germanistik mit Schwerpunkt Filmphilologie studiert. Bereits während seines Studiums arbeitete er als Aufnahmeleiter und Regieassistent an diversen Filmprojekten mit. Für seinen Kurzfilm *Gone Underground,* für den er neben prominenten Darstellern wie Ralph Herforth und Katja Flint auch den Kameramann Michael Ballhaus gewinnen konnte, hat er u. a. den Deutschen Kurzfilmpreis in Silber gewonnen. Sein erster Kinospielfilm *Ayla* feierte Welturaufführung auf dem Filmfestival Max Ophüls Preis 2010 und wurde in New York und Siena mit dem Publikumspreis ausgezeichnet. Su Turhan lebt und arbeitet heute erfolgreich als Autor und Regisseur in München.

Su Turhan

KOMMISSAR PASCHA

Ein Fall für Zeki Demirbilek

Kriminalroman

KNAUR

Besuchen Sie uns im Internet:
www.knaur.de

FSC
www.fsc.org
MIX
Papier aus verantwortungsvollen Quellen
FSC® C083411

Originalausgabe Januar 2013
Knaur Taschenbuch

Ein Unternehmen der Droemerschen Verlagsanstalt
Th. Knaur Nachf. GmbH & Co. KG, München

Redaktion: Kerstin von Dobschütz
Umschlaggestaltung: ZERO Werbeagentur, München
Umschlagabbildungen: plainpicture/Thomas Lemmler;
Jutta Klee/Gettyimages
Abbildung Seite 5: Gettyimages/Pankaj & Insy Shah
Satz: Adobe InDesign im Verlag
Druck und Bindung: CPI – Clausen & Bosse, Leck
Printed in Germany
ISBN 978-3-426-51191-6

4 5 3

Für Dagny, Lyn und Floyd

Prolog

Ziemlich genau vor einem Jahr fasste Kommissar Zeki Demirbilek einen Entschluss: Er wollte statt jeden Sonntag nur jeden zweiten Sonntag Schweinebraten essen. Zum einen wegen der Kalorien, zum anderen hatte er ein schlechtes Gewissen. Dem Münchner türkischer Abstammung war sehr wohl bewusst, mit den Essgewohnheiten gegen die Regeln seines Glaubens zu verstoßen.

Nur, er konnte nicht anders.

Obwohl seine Eltern Fatma und Zülfü ihrer Pflicht nachgekommen waren und ihren einzigen Sohn in die Koranschule schickten, wie es die Tradition verlangte. Bis zum zwölften Lebensjahr lernte Zeki, den Koran zu lesen, und wurde in religiösen Fragen unterrichtet. Das war ein selbstverständlicher Bestandteil seines Alltags. Bis zu dem Tag, an dem seine Eltern sein Leben auf den Kopf stellten.

Zeki kam nach Hause in die Karadeniz Caddesi, war unterwegs gewesen mit einem Plastikball und einer Horde kurzgeschorener Freunde. Seine Eltern erwarteten ihn in der Küche. Während er aus dem Kühlschrank eine eiskalte Flasche Leitungswasser holte, rückten sie mit der Neuigkeit heraus, dass sie nach *Almanya* gehen würden, um dort zu arbeiten. Er wollte nicht. Etwas Besseres als seine Heimatstadt Istanbul und sein Stadtviertel Fatih konnte er sich nicht vorstellen. Er war glücklich, war in der Schule einer der Besten, hatte gute Freunde, liebte seine Großeltern *babaanne* und *dede,* und natürlich die gleichaltrige Selma, seine ultraheimliche Freundin. Trotz Weinkrämpfen und Protesten erreichten die Demirbileks drei Wochen später mit dem Nachtzug Augsburg, wo seine Eltern eine Anstellung als Lehrkräfte für türkischen Heimatunterricht antraten. Zwei Jahre Auslandserfahrung, die deutsche Sprache perfektionieren, Deutschmark sparen, wieder zurück nach Istanbul, so die Lebensplanung. Zeki hatte heute noch das Tuscheln und hämische Kichern seiner damals neuen Mitschüler im Ohr, als er sich in gebrochenem Deutsch der Klasse vorstellte. Nach zwei Jahren im beschaulichen Augsburg folgte der Umzug nach München. Dort bezogen die Demirbileks in einer Hochhaussiedlung in Neuperlach eine Zweizimmerwohnung. Zeki dachte gerne an jene Zeit zurück. Dort fanden sich Kinder in seinem Alter, die ausländisch wie er aussahen und Türkisch sprachen; die Jungs konnten mit den Spielernamen seines Vereins Fenerbahçe etwas anfangen. Es war ein bisschen wie in Istanbul, auch wenn ihm Selma sehr fehlte und natürlich seine Großeltern, mit denen er von Geburt an unter einem Dach gelebt hatte. Nach bereits einem Jahr erfolgreicher Assimilation an die deutschen Verhältnisse wechselten sie in das schicke Viertel Haidhausen. Der soziale Aufstieg erlaubte der Familie eine schöne Wohnung mit drei Zimmern und Balkon. »*Bak oğlum,* noch ein Jahr, dann haben wir genug gespart …« Dieser Satz seines Vaters hatte sich für alle Zeiten in Zekis Kopf festgesetzt. Jahr für Jahr bekam er ihn zu hören. Im fünften Jahr zog er sich wortlos in sein Zimmer zurück. Ihm war klar, dass seine Eltern nicht zurückkehren würden. Fieberhaft tüftelte er zu jener Zeit an einem Handschriften-Analysesystem, um einen Übeltäter auf dem Gymnasium zu überführen. Der Unbekannte hatte an die Wand im Pausenhof eine Preisliste gekritzelt, um sexuelle Dienste einer

Mitschülerin zu bewerben. Nachdem er den Schmierfink tatsächlich ausfindig gemacht hatte, die Bestrafung jedoch ausblieb, weil er der Sohn des Direktors war, holte Zeki aus dem Keller den orangefarbenen Autolack, den sein Vater für den Opel Kadett gekauft hatte. Es waren noch vier Wochen bis zu den Abiturprüfungen. Zekis Leistungen in Chemie, Physik und Wirtschaft waren nicht überzeugend. Er war renitent. Hatte eine ungezügelte Streitlust, immer dann, wenn es gegen seine türkische Heimat ging oder Ungerechtigkeiten als Selbstverständlichkeit hingenommen wurden. So sprayte er an die Wand die orange leuchtende Mitteilung: »Dirk Kauzner bläst Schwänze. Unkostenbeitrag 5 DM.« Dirk Kauzner war der Sohn des Direktors. Und nach alter Familientradition trug Dirk denselben Vornamen wie sein Vater.

Nach dem Vorfall stellte der vor Wut schäumende Vater seinen Sohn Zeki zur Rede: »Hast du dich anständig auf das Abitur vorbereitet?«

Als keine Antwort kam, holte der Vater tief Luft.

»Nein! Hast du nicht! Du hast die letzten Wochen damit verbracht, den schamlosen Jungen zu überführen.«

Zeki nickte.

»Hat dir das Freude gemacht?«

Zeki nickte erneut.

»Gut, dann nehme ich dich vom Gymnasium. Du bewirbst dich an der Polizeischule, mittlerer Dienst«, entschied sein Vater.

Am Abend nach der erfolgversprechenden Abschlussprüfung an der Polizeischule ging Zeki mit seinen Schulkollegen das erste Mal in seinem Leben Schweinebraten essen. Erst damit, so wurde ihm viele Jahre später bei der Beförderung zum Kommissar klar, hatte er die Prüfung wirklich bestanden und fühlte sich als Absolvent der bayerischen Polizeischule – wenngleich er bei aller Liebe zu München seine türkischen Wurzeln nie leugnete.

1

Süleyman Güzeloğlu, soeben von München in Istanbul gelandet, hatte den Ort für das Treffen vorgeschlagen: ein privat geführter Hamam auf dem Dach eines Wolkenkratzers mit Blick über die atemberaubende Skyline der Metropole. Für zwei Stunden gehörte an diesem späten Nachmittag das türkische Luxusbad im Medien- und Finanzviertel Levent ihm und seinem Geschäftsfreund. Die zwei älteren Herren galten als unangefochtene Patriarchen ihrer Familienunternehmen und waren auf dem Papier reich wie Aladin zu seinen besten Zeiten. Für den grauhaarigen Güzeloğlu war Istanbul kein Ort alter Gemäuer, für ihn war seine Heimatstadt aufstrebendes Wirtschaftszentrum, das als Brücke zwischen Okzident und Orient einer blühenden Zukunft entgegensah. Ganz anders als er selbst. Süleyman Güzeloğlu hatte Darmkrebs. Er litt unter schrecklichen Schmerzen und spürte, dass sein Tod nahte. Er konnte auf ein erfolgreiches Leben zurückblicken. Mit dem Verkauf von Döner in Deutschland und Österreich war er reich geworden. Da Allah trotz seiner Güte und Barmherzigkeit ihm nur eine Tochter und keinen Sohn geschenkt hatte, wollte der kranke Güzeloğlu mit einer strategischen Allianz sein Imperium Döner Delüks über seinen Tod hinaus in guten Händen wissen.

Sein dafür vorgesehener Geschäftspartner und betagter Freund Furat Firinci wurde gerade auf einem steinernen Bett von einem dickleibigen Mann durchgeknetet. Nun bedeutete er dem Masseur jedoch, aufzuhören, setzte sich auf und sah ihn an.

»Süleyman, mein Freund, wenn mein ältester Sohn Uğur deine Tochter Gül heiratet, dann ist das zum Wohle beider Unternehmen. Ich will in Europa mit meiner Firma Fuß fassen. Du willst die Leitung von Döner Delüks einem fähigen, modern denkenden Manager übertragen.«

Süleyman Güzeloğlu schwitzte in dem dampfigen Raum. Eigentlich hatten sie alles besprochen, was es im Vorfeld zu klären gab. Die Anwälte von Firincis Good Döner Food und seine Anwaltskanzlei hatten das umfangreiche Vertragswerk, was sowohl die Belange der Firma als auch die Bedingungen der geplanten Ehe betraf, hinlänglich diskutiert und zur Unterschriftsreife formuliert. Er hörte weiter zu, ohne seine Irritation zu zeigen.

»Was über deine wunderschöne und kluge Tochter Gül geredet wird, interessiert mich nicht. Die Zeitungen füllen Seite um Seite mit Schmutz und Widerwärtigkeiten. Ich gebe darauf nichts, das weißt du. Auch wenn mir klar ist, dass die Skandale für dein Geschäft in Deutschland von Vorteil sind.«

Süleyman Güzeloğlu griff zu einer Mandarine und begann, sie langsam schälen. Er kannte Furat Firinci lange genug. Er wusste, dass sein alter Freund genau das Gegenteil von dem meinte, was er sagte. Er schwieg.

»Seit zwei Nächten schlafe ich nicht gut, Süleyman. Ich träume wirr.« Furat sah zur Decke, in Gedanken bei den Träumen, die ihn plagten. »Hilf mir, meine Sorgen zu vertreiben.«

Süleyman schluckte das saftige Fruchtfleisch herunter und fixierte seinen Freund.

»Bevor wir unsere Kinder verheiraten und mit Allahs Hilfe ein gemeinsames Freudenfest feiern, muss mit den Skandalen deiner Tochter Schluss sein. Erlaube mir, einen Vorschlag zu machen.«

»Mit Allahs Hilfe ... Ich höre, mein Freund«, erwiderte der alte Güzeloğlu mit Bedacht.
»Ich habe jemanden an der Hand, den ich nach München schicken möchte. Er soll – mit deinem Einverständnis – Gül beobachten. Ich will erfahren, was nicht in den Zeitungen steht. Ich will wissen, ob sie für die Ehe mit meinem Sohn bereit ist«, sagte Firinci mit fester Stimme und hielt einen Moment inne. »Kannst du meinen Wunsch nachvollziehen?«
Diese letzte Prüfung darf ich nicht ausschlagen, sagte sich der todkranke Güzeloğlu. Er war froh, endlich den Grund für das Treffen in Istanbul erfahren zu haben, und betete, dass Allah ihm so viel Zeit zugestand, seine Tochter auf den rechten Pfad zu bringen. Seine Antwort fiel so aus, wie von ihm erwartet wurde: »Natürlich verstehe ich dich, Furat, mein Freund. Die Ehre meiner Familie ist mir genau so heilig wie dir.«
»Gut, dann sind wir uns einig. Um den Rest brauchst du dich nicht zu kümmern. Die Auslagen für den Mann verrechnen wir in unseren Bilanzen«, entgegnete Furat, froh über das schnelle Einverständnis. Dann stand er auf und nahm im Sessel neben seinem müden Freund Platz.
»Wen willst du schicken?«, fragte Güzeloğlu nebenbei und bot ihm eine frische Feige an.
Furat lehnte dankend ab, trank dafür aber einen Schluck von seinem Gin Tonic.
»Was nützt es dir, wenn du weißt, wer er ist? Ich setze den Mann bei allen großen und wichtigen Geschäften ein. Er hat mich bisher nie enttäuscht. Das Komische ist, ich habe ihn selbst noch nie getroffen«, erklärte er und lachte vergnügt auf. »Er wird *Alman* genannt. Wegen seiner Tugenden. Seine Dienste verrichtet er ordentlich und gründlich. Das passt zu Deutschland, meinst du nicht auch?«

Güzeloğlu zuckte zusammen. In Furats Worten lag eine gewisse Drohung. Er nahm alle Kraft zusammen und antwortete unbekümmert: »Dein geheimnisvoller Mann wird dir nichts anderes berichten können, als dass Gül noch Jungfrau ist. Darum geht es dir doch, nicht wahr?«
»Du hast recht, Süleyman, genau darum geht es mir«, machte Furat deutlich. »Das Fundament meines Geschäfts ist die Tradition. Mein Sohn Uğur heiratet ein unversehrtes Mädchen oder gar nicht.«
»Aber natürlich, dein Sohn wird meine Tochter als Jungfrau zum Imam führen«, erwiderte Güzeloğlu voller Überzeugung und entschuldigte sich abrupt, um die Toilette aufzusuchen. Dort übergab er sich. Lautlos, um keinen Verdacht aufkommen zu lassen. Das Morphin, das ihm sein Leibarzt Dr. Bower für die Reise mitgegeben hatte, vertrug er immer schlechter.

2

Dampfschwaden strömten aus den Öffnungsschächten. Weißes, grelles Licht vermischte sich mit roten Spotlights, die wie Finger über den Körper der Frau auf der Bühne wanderten. Das Speed in der Maximilianstraße – Prachtmeile und Luxusoase für Besserverdienende – übertraf den Ruf des legendären P1 am Haus der Kunst seit einigen Monaten. Wer dort hereinkam, war mehr als angesagt in der High Society Münchens. Ein knallharter Türsteher, der nach Gutdünken selektierte, gehörte der Vergangenheit an. Ein im Unterarm implantierter Minichip war die Eintrittskarte für den elitären Club.

Gül Güzeloğlu, die vierundzwanzigjährige Tochter des Dönerunternehmers Süleyman Güzeloğlu, hatte den Chip mit der Codenummer 003. Von Anfang an sorgte sie mit Auftritten und Skandalen aktiv für den guten schlechten Ruf des Clubs. Sie verlangte kein Geld dafür. Davon hatte sie genug. Nur die horrende Rechnung über die Unmengen Wasser, die sie in sich hineinschüttete, war sie nicht gewillt zu zahlen. Die normalen Gäste erledigten das leidige Begleichen der Rechnung durch einfaches Hochhalten des Chip-Arms. Der Scanner erledigte den Rest. PayPal oder Kreditkarte. Dem System war das egal.

Es war Donnerstag. Karaoke-Night. Güls Vater war auf Geschäftsreise in Istanbul. Sie nutzte die letzten Tage Freiheit vor ihrer Verheiratung und hatte sich von Metin Burak, dem alten

Freund ihres Vaters und seit fünf Jahren ihr Chauffeur, in den Club fahren lassen. Für ihren Auftritt hatte sie sich *Paparazzi* von Lady Gaga ausgesucht. Der Popsong dröhnte über die versteckte Lautsprecheranlage durch den vollbesetzten Club. Fotografieren war verboten. Handys und sonstiger elektronischer Schnickschnack mussten an der Garderobe abgegeben werden. Wer sich nicht daran hielt und erwischt wurde, flog raus. Den Chip unter der Haut entfernte eine Ärztin im Krankenschwester-Look mit einer Saugpistole. Ein Pieks – und man war verbannt aus dem Szenelokal. Trotzdem drangen heimlich geschossene Fotos und Filmchen aus dem Club an die Öffentlichkeit. In der Regel zahlten Online-Portale ordentlich für Exklusivrechte an blanken Brüsten, besoffenen Stars oder vermeintlich kopulierenden Paaren in den blitzblank gereinigten Toilettenfluchten.

Gül Güzeloğlus Ruhepuls lag morgens um die achtzig Schläge pro Minute. Wenn sie wie jetzt mit dem fast durchsichtigen, weiß fluoreszierenden Ganzkörperanzug auf der Bühne tanzte, bewegte sich der Puls bei neunzig. Sie genoss es, im Mittelpunkt zu stehen. Sie genoss es, als Frau wahrgenommen zu werden. Ihre Reize auszuspielen. Empfand es als Privileg, als Frau auf die Welt gekommen zu sein, und hielt ihre Weiblichkeit für etwas Göttliches. Sie liebte erotische Spiele und damit Männer wie Frauen gleichermaßen zu provozieren. Für Gül kam es einer sportlichen Herausforderung gleich, in die erogenen Gehirnzonen ihrer Mitmenschen vorzudringen. Die Kunst des Betörens und des Begehrtwerdens hatte sie sich von orientalischen Bauchtänzerinnen abgeschaut. Für Gül waren die hüftschwingenden Frauen Künstlerinnen. Sie verströmten unnahbare Weiblichkeit mit jeder Geste, mit jedem Wimpernschlag, mit jeder Zuckung des verhüllten Körpers. Sex passierte im Kopf und endete für Gül auch dort. Sie war Jungfrau. Aus Überzeugung.

Die Menge tobte und klatschte. Lasziv ließ Gül das schnurlose, wie ein Dildo geformte Mikrofon über die sich abzeichnenden Brustwarzen kreisen. Am Ende des Lieds spreizte sie die Beine und stieß das Mikrofon zwischen ihnen hindurch. Unter der neonweißen Perücke erstrahlte ihr zufriedenes, verschwitztes Gesicht; ihre Augen glänzten im Scheinwerferlicht. Kaum jemand merkte beim Schlussapplaus, wie sie für eine Sekunde erschrak. Sie hatte jemanden im Publikum entdeckt, der niemals hätte Einlass in den exklusiven Club finden dürfen. Sie verbeugte sich und verließ hastig die Bühne.

Der Mann, der Gül derart aus der Fassung gebracht hatte, hörte auf den Namen Stefan Tavuk. Er war Mitte dreißig, der Körper gezeichnet von zwanzig Stunden Fitnessprogramm in der Woche. Das hellbraune Haar färbte er mit einer Spezialtönung naturblond. Stefan Tavuk beobachtete, wie Gül an der Schlange wartender Frauen vorbeiging und in die Toilette verschwand. Er lehnte sich an die Wand in der Nähe und nippte an seinem Whisky-Cola. Dreiundzwanzig Euro. Eine stolze Summe, fand er, aber schon bald würde er mit den irrsinnigen Preisen kein Problem mehr haben. Dann sah er nervös auf die Uhr. Er fragte sich, wo Bülent abgeblieben war, ob er überhaupt noch kommen würde? Pünktlichkeit war nicht die Stärke seines Partners.

Endlich trat Gül aus der Toilette und huschte an den gaffenden Frauen vorbei. Sie hatte die grelle Bühnenschminke gegen weniger auffälliges Make-up getauscht. Ein weißer Büstenhalter bedeckte ihre Brüste, Ärmel und Hosenbeine des Ganzkörperanzuges waren hochgekrempelt. Die Lady-Gaga-Perücke hielt sie zusammengeknüllt in der Hand, als Stefan Tavuk sich ihr in den Weg stellte.

»Gül *hanım*«, sprach Tavuk sie auf Türkisch an.

Ihr Gesichtsausdruck veränderte sich mit einem Schlag. Mit hasserfüllten Augen spie sie dem Mann entgegen: »Sie haben bekommen, was Sie wollten. Lassen Sie mich in Ruhe!«
»Ich muss aber wissen, wo Bülent Karaboncuk ist. Er wollte mit Ihnen unsere Angelegenheit besprechen. Er hat sich nicht gemeldet, und ich erreiche ihn nicht«, entgegnete er kleinlaut.
»Sie meinen Ihren Scheißpartner? Das Schwein kann mir gestohlen bleiben, er ist nicht zur Verabredung gekommen«, zischte Gül zurück und fuchtelte mit der Perücke vor seinem Gesicht herum. Dann ließ sie ihn einfach stehen und bahnte sich ihren Weg zur Bar. Das Quellwasser aus den Pyrenäen trank sie in einem Zug direkt aus der Flasche. Als sie sich umdrehte, stellte sie erleichtert fest, dass der Mann verschwunden war.
Spät nach Mitternacht kauerte Gül auf dem Beifahrersitz der Mercedes-Limousine, statt wie üblich hinten auf dem komfortablen, lederbezogenen Rücksitz Platz zu nehmen. Der alte Chauffeur war wieder einmal betrunken und nicht in der Lage, selbst den Wagen zu fahren. Sie war froh, dass er Ahmet geschickt hatte, um sie abzuholen. Sie mochte den Mann mit dem jugendlich wirkenden Gesicht und den unschuldigen Augen. Es war der unbekümmerte, scheue Blick, der sie in den Bann gezogen und seit der ersten Begegnung nicht mehr losgelassen hatte. Ob sie verliebt war in den schüchternen, in sich gekehrten Mann, konnte sie nicht mit Gewissheit sagen. Erschöpft nahm sie Ahmets freie rechte Hand in die ihre. Die zärtliche Berührung half ihr, auf der Heimfahrt durch das nächtliche München einzuschlafen.
Ahmet stoppte den Wagen am Anwesen der Güzeloğlus, ohne seine Dienstherrin zu wecken. Leise holte er seine Mini-Polaroidkamera aus dem Handschuhfach und machte ein Foto von der schlafenden Frau, die zu lieben ihm verboten war.

3

Am nächsten Tag verhieß die Morgensonne einen herrlichen Sommertag. Es war Freitag. Seit acht Uhr morgens saß Kommissar Zeki Demirbilek hinter seinem Schreibtisch im dritten Stock, wo für das neugegründete Sonderdezernat Migra Büroräume freigeräumt worden waren. Wie gewohnt war er um Viertel vor sieben aufgestanden, hatte *çay* gemacht, den Sportteil der *Hürriyet* und der *Süddeutschen Zeitung* überflogen, dazu einen Buttertoast gegessen und war anschließend zum Münchner Polizeipräsidium gefahren. Sein Arbeitsweg von seiner Wohnung in der Weilerstraße bis zum Marienplatz dauerte, dank der guten Verkehrsanbindung, zum Glück nur zwanzig Minuten.

Noch hatte er etwas mehr als zwei Stunden Zeit bis zum Termin mit dem Anwalt seiner Frau. Zeki schob den lästigen Gedanken beiseite und wunderte sich lieber darüber, es geschafft zu haben. Er war jetzt Chef. Auch wenn er das nie hatte werden wollen. Mit nicht einmal vierzig war er auserkoren worden, Leiter dieses Sonderdezernats zu werden. Er hatte zunächst nicht verstanden, was das Ganze sollte. Sein Chef, Kommissariatsleiter Franz Weniger, den Zeki gerne mit einem Pitbullterrier in Gestalt eines Dackels verglich, hatte ihm mit jovialem Lächeln erklärt, dass er Kapitalverbrechen aufklären solle, und zwar solche, bei denen Täter und Opfer mit Migrationshintergrund eine Rolle spielten. Zekis ausgeprägt pragmatischer, bisweilen aber auch etwas be-

häbiger Charakter ließ keinen anderen Entschluss zu, als den Posten anzunehmen. Das war genau vor einer Woche gewesen.
Nun saß er alleine vor einem Berg Fälle, die allesamt in irgendeiner Weise mit Migranten in Verbindung standen. Der Stapel auf seinem Schreibtisch hatte eine Höhe erreicht, die ihn dazu bewog, Allah zu ersuchen, dass seine beiden neuen Mitarbeiterinnen arbeitswillig waren. Die junge Deutschtürkin, die am Montag anfangen sollte, kannte er noch nicht, weil Weniger bei einer seiner Dienstfahrten nach Berlin das Bewerbungsgespräch geführt hatte. Kriminalmeisterin Isabel Vierkant kannte er zwar schon vom Sehen, doch er war später noch mit ihr zu einem Gespräch verabredet. Mal abwarten, wie sie sich macht, dachte er und griff widerwillig zur nächsten Akte, als es an der Tür klopfte.
»Ja, bitte«, rief er, ohne den Blick von den Ausführungen über einen Banker zu heben, der türkischstämmige Anleger mit fiktiven Anleihen prellte. Anleihen für ein neues Hotel in Antalya. Nicht gerade originell, fand Demirbilek, sicher aber ein einträgliches Geschäft. Schließlich sah er doch hoch, zwei Arbeiter in Blaumännern standen mit einem Schränkchen vor ihm.
»Wohin damit?«, fragte der Größere freundlich.
Zeki trat zu ihnen. Er öffnete und schloss die erste Schublade des Schränkchens, tat dasselbe mit der zweiten und schüttelte dann den Kopf. »Ich wollte eines mit drei Schubfächern.« Er nahm wieder Platz und stapelte den Anlagebetrüger auf den Haufen mit den abgewiesenen Fällen. »Und keines mit zweien. Nehmen Sie es bitte wieder mit.«
»Das ist nicht Ihr Ernst, oder?«, fragte der andere der beiden, während er sich eine Zigarette drehte.
»Doch. Und wenn Sie mein Büro nicht in zehn Sekunden verlassen haben, stehe ich noch mal auf«, drohte der Kommissar, ohne aufzublicken. Der Zigarettendreher feuchtete sein Papier an und

nickte seinem Kollegen zu. Die beiden Männer nahmen das Möbel und verschwanden wieder. Zekis Ansprüche waren nicht hoch, aber das Schränkchen war ihm wichtig. Er hatte eine stattliche Sammlung Stofftaschentücher und sich zur Gewohnheit gemacht, täglich drei frische im Anzug bei sich zu tragen. Ganz gleich, ob er privat oder beruflich unterwegs war. Diese Angewohnheit erforderte einen gewissen Grundstock an Tüchern, die es zu waschen, pflegen und sortieren galt. Zu Hause hatte er einen einfachen, weißen Schrank mit drei Schubladen. Das half, den Überblick zu behalten, deshalb wollte er auch hier einen mit drei Fächern. Er vermutete, dass sein *dede* an dieser Marotte schuld war. Der alte Querkopf war stets mit seinem Stofftaschentuch zur Stelle gewesen, um damit erst sich und dann seinem kleinen Enkel die Nase zu putzen.
Seit er das neue Dezernat vor zwei Tagen offiziell übernommen hatte, wurde er mit Delikten überschwemmt. Der klassische Einbrecher aus Rumänien, die Bande polnischer Herkunft, die auf Beschaffung diebstahlsicherer Luxusautos spezialisiert war, Schweizer, die zum Prügeln nach München kamen. Natürlich Kurden und Türken, die sich mit Glücksspiel und häuslicher Gewalt hervortaten. Sogar einen Zechpreller mit italienischem Namen, der sich als ehemaliger hessischer Polizist entpuppte, wollten sie ihm unterjubeln. Zeki Demirbilek blieb gelassen. Er nahm jeden Hinweis ernst, studierte wie an diesem Morgen jeden Fall auf das genaueste, lehnte ab und leitete die Fälle an die zuständigen Kollegen weiter. Sehr zu deren Missmut, hofften sie doch auf Entlastung durch den Migrationsspezialisten. Demirbilek aber bestand auf die nötige Schwere des Verbrechens. Ihm war klar, dass bei der Ermittlungsarbeit Wissen und Kenntnis kultureller Denkweisen und Eigenheiten förderlich sein würden. Doch ob der überführte Täter einen deutschen Pass hatte oder nicht, war

nicht von entscheidender Bedeutung. Wenn der politische Wille sich einen Luxus wie die Migra leisten wollte, dann wollte er den Luxus auch auskosten. Wenige Fälle, die aber lösen. Die Statistik musste stimmen, sein Sonderdezernat gute Polizeiarbeit leisten. Deshalb nahm er sich vor, es sich nicht zu heimisch im Büro zu machen. *Yavaş, yavaş* – immer schön langsam.

Der Kommissar sah auf seine Armbanduhr. Die Zeiger näherten sich halb elf. Es wurde Zeit, zu seinem Anwaltstermin aufzubrechen, dachte er. Schnell richtete er seine Krawatte und kontrollierte die drei Taschentücher. Eines rot-blau gestreift, das andere grün-gelb kariert und das dritte weiß mit Stickereien, ein Geschenk von seiner Tochter, glaubte er sich zu erinnern.

4

Abermals strich Isabel Vierkant sich durch die langen Haare. Sie war angespannt, was sich darin äußerte, dass sie mit geschlossenen Augen den unüberschaubaren Inhalt ihrer Umhängetasche durchging. Eine dumme Angewohnheit, die sie nicht ablegen konnte. Sie wartete seit fünfzehn Minuten auf dem einzigen Stuhl im Flur vor Demirbileks Büro. Sie war zu früh. Viel zu früh. Sie hatte es mit der Angst zu tun bekommen, als sich der Friseur an ihren braunen, gewellten Haaren zu schaffen machen wollte, und Reißaus genommen. Um die Zeit bis zu ihrem Bewerbungstermin zu überbrücken, streunte sie ziellos über den Marienplatz, blieb vor nahezu jedem Schaufenster stehen, um sich zu vergewissern, dass wirklich keine einzige Haarsträhne fehlte.

Sie durfte es nicht vermasseln, beschwor sie sich. Sie wollte unbedingt in sein Team, weil sie den türkischen Kommissar seit der ersten Begegnung vor einem Jahr bewunderte. Sie erinnerte sich an den Tag, als wäre es der heutige. Ein Raubmörder hatte Kasse und Schmuck aus einem Juweliergeschäft im Olympia-Einkaufszentrum gestohlen und den Sicherheitsmann erschossen. Die Einsatzleitung mutmaßte, dass sich der Täter noch vor Ort befand. Isabel hatte in der Nacht zuvor den Heiratsantrag ihres Verlobten Peter ausgiebig gefeiert. Sie war verliebt und nicht ganz auf der Höhe ihrer geistigen Möglichkeiten, als ein sympathisch lächelnder Mann sie fragte, ob er durch die Absperrung dürfe, die sie bewachte. Da sie abseits vom Tatort lag, hatte sie keine Bedenken, den Mann passieren zu lassen. Kommissar Zeki Demirbilek beobachtete das Ganze zufälligerweise und folgte ihm. Später am Abend sah sie zu ihrem Entsetzen, wie dieser Mann in Handschellen zum Verhörraum geführt wurde. Als sie sich bei Demirbilek im Büro entschuldigen wollte, meinte er, sie habe klug gehandelt, der Raubmörder hätte sie sonst niedergeschossen. Dann wünschte er ihr aus tiefstem Herzen eine glückliche Ehe und viele Kinder.

Seit dem Tag verfolgte sie seine Laufbahn und hatte von einer Freundin aus dem Personalbüro erfahren, dass zwei Stellen, von denen eine bereits vergeben war, ausgeschrieben waren. Man suche jedoch eine türkischstämmige Kollegin, und damit konnte Vierkant nicht aufwarten. Seit vierunddreißig Jahren Kind niederbayerischer Eltern. Spätberufene im Polizeidienst, gnadenlos ehrlich zu sich und anderen, ein wenig unsicher manchmal im Auftreten, was sie mit ihrem besonnenen Charakter mehr als wettmachte. So erfuhr sie, dass man auf den Gängen tuschelte, dass Demirbilek wohl eine andere Auffassung von Personalpolitik hatte. Er wollte jemanden im Team haben, der Abläufe und Zuständigkeiten im Polizeiapparat kannte. Er soll lautstark geäußert haben, dass es ihm verdammt scheißegal sei, ob Deutscher oder Türke oder Kroate oder sonst etwas. Es folgte einer seiner Ausbrüche, die regelmäßig mit Flüchen in türkischer Sprache endeten. Im Personalbüro machte man sich daran, unabhängig von ethnischen Kriterien eine qualifizierte Person zu finden. Und diese Person wollte Isabel Vierkant sein.

Gerade entdeckte sie einen Kugelschreiber auf dem Boden und steckte ihn in ihre riesige dunkelbraune Umhängetasche, wo sie alles verwahrte, was man als Frau und Polizistin brauchte oder brauchen könnte. In dem Moment flog die Bürotür auf. Zeki De-

mirbilek stand plötzlich vor ihr. Vierkant war vollkommen durcheinander, ihn im Sakko zu sehen. Sie vergaß, aufzustehen und zu grüßen.
Demirbilek registrierte, dass sie nicht in Uniform war. Clever, fand er. Jeans, modern, vermutlich neu erworben, adrette Jacke, Kunstleder, beige, darunter trug sie eine helle Bluse, der weiße BH schimmerte leicht durch den Stoff. Sexy. Sie nahm die Bewerbung ernst. Gefällt mir, urteilte er.
»Gehen Sie ans Telefon, wenn es klingelt. Rufen Sie an, wenn es eine Leiche gibt. Sonst nicht. Jetzt suchen Sie sich einen Schreibtisch und warten auf mich. Der hintere Raum ist meiner.«
»Aber, aber …«, stotterte Vierkant. »Heißt das, ich habe die Stelle?«
»Das weiß ich noch nicht. Nur, wenn ich in zwei Stunden keinen *kahve* auf dem Schreibtisch habe, denke ich noch mal darüber nach, ob Sie als Bewerberin überhaupt in Frage kommen«, lächelte er und eilte den Gang entlang. Er würde ein Taxi nehmen müssen. Er war spät dran.

5

An dem heißen Freitagvormittag herrschte im Englischen Garten Hochbetrieb. Joggende Hundebesitzer fluchten über rasende Fahrradfahrer, nackte Sonnenanbeter verscheuchten blutdürstige Mücken, und einheimische Gäste an den Biertischen am Chinesischen Turm beschwerten sich über schlecht eingeschenkte Maßkrüge.

Die Sonne strahlte auch auf etwa hundert Neugierige aus aller Welt, die in der Prinzregentenstraße die Stadtsurfer beobachteten. Der Eisbach schoss unter der vielbefahrenen Straßenbrücke hindurch. Das Wasser brach sich direkt unter dem Brückengeländer an Steinen und Erhebungen im Bachbett und sorgte für spektakuläre Wellen.

»Du musst direkt rein. Brett werfen, draufspringen. Nicht lange zögern! Pass auf, wie ich es mache, okay?«, schrie eine junge Blondine ihrem braungebrannten Begleiter zu.

Die Zuschauer warteten gebannt, sie ahnten, dass der Mann zum ersten Mal den Eisbach bezwingen wollte.

Die Frau nahm ihr Brett und legte es knapp vor sich ins Wasser. Sprang sofort darauf und hielt trotz des reißenden Wasserstroms geübt das Gleichgewicht. Ihre Bewegungen waren elegant, ihre Querfahrten über das etwa sechs Meter breite Bachbett mutig. Die Leute klatschten vor Begeisterung.

Über eine Minute surfte sie über die Wellen, lächelte glücklich hoch zu den Zuschauern und bemerkte nicht, wie der Kopf eines schnauzbärtigen Mannes mit entstellten Gesichtszügen ihr Surfbrett torpedierte. Der Aufprall hob die Surferin vom Brett. Sie landete im Eisbach, was früher oder später ohnehin immer der Fall war. Noch hörte sie die Schreie der Zuschauer nicht. Ein älterer Herr mit Strohhut sank zusammen, als er erkannte, dass nicht nur die Surferin, sondern auch ein toter Mann im Bachbett herumgewirbelt wurde. Eine Frau mit Fahrradhelm und schnittiger Sonnenbrille ließ ihr Handy vor Schreck in die Fluten fallen. Väter und Mütter rissen ihre Kinder an sich und rannten davon, um ihnen und sich den schrecklichen Anblick zu ersparen. Der braungebrannte, junge Mann gaffte regungslos auf die Wasserleiche. Die Surferin hatte sich ohnmächtig den Fluten ergeben. Zwei ihrer Freunde sprangen ins Wasser. Zu spät für die weitertreibende Leiche, rechtzeitig aber, um ihre Freundin aus dem Eisbach zu fischen.

6

Auf dem Weg zur Anwaltskanzlei überlegte Zeki Demirbilek, warum er Schwabing nicht mochte. Natürlich gab es keinen Grund. Wie konnte er Groll gegen einen Stadtteil hegen? Nur weil die Anwaltskanzlei dort lag? Der Gedanke war schnell wieder verflogen, als er an einem kleinen Reisebüro vorbeikam. Er blieb stehen und studierte das Angebot auf den Schaufensterplakaten. Antalya, zwei Wochen. Sonne und Meer. Warum nicht?, dachte er. Wie vor zwei Jahren, als die Ehe mit Frederike schon einmal kriselte. Frag sie einfach. Zeig ihr, dass du ein echter Türke bist, mit Herz im Leib und schwerer Romantik im Blut. Zeki musste bei der Vorstellung über sich selbst lächeln – ihm war es als Ermittler nicht fremd, Unmögliches als eine Möglichkeit in Erwägung zu ziehen.

Es blieben ihm noch zehn Minuten bis zu dem Termin um elf Uhr. Frederike, so malte er sich aus, rauchte bestimmt noch eine Zigarette vor der Tür der Kanzlei. In etwa sechs Minuten würde sie sich des Atemsprays bedienen und mit genügend Nikotin im Blut mit dem Aufzug in den zweiten Stock zu Dr. Gerhard Vollrat hochfahren. Vollrat war ursprünglich die Idee ihres Paartherapeuten gewesen. Bei dem von ihm angeregten Scheidungsinformationsgespräch sollten Frederike und er erfahren, dass Scheidung ein schmutziges Geschäft war. Ein drastischer Griff in die psychotherapeutische Trickkiste, um die verkorkste Ehe zu retten.

Zeki konnte den eingebildeten Schnellredner mit dem juristischen Duktus vom ersten Moment an nicht leiden und sagte es ihm auf den Kopf zu. Frederike dagegen hatte Gefallen an dem Experten gefunden und engagierte ihn. Die Scheidung von Frederike Schubert und Zeki Demirbilek war nach dem paartherapeutischen Termin beschlossene Sache.

Demirbilek blieb ein weiteres Mal stehen. Gerade rechtzeitig, um nicht in einen Hundehaufen mitten auf dem Bürgersteig zu treten. Das Innenfutter seines grauen Anzugs rieb an dem weißen Hemd, als er sich suchend umblickte. Kein Hund weit und breit. Kein Frauchen oder Herrchen. Der Geruch war frisch. Angeekelt passierte Demirbilek die Stelle und erblickte eine um die siebzig Jahre alte Frau mit altmodischem Kopftuch, das ihr verschrumpeltes Gesicht fast zur Gänze verdeckte. Sie hockte im Schneidersitz auf dem Bürgersteig. Mit wirrem Blick starrte sie ihren Dackel an, der mit dem Kopf in ihrem Schoß lag. Demirbilek registrierte aus den Augenwinkeln die neugierigen Blicke der Passanten auf der anderen Straßenseite, doch niemand machte Anstalten, der Frau beizustehen.

»Weg, sag ich! Lassen Sie mich in Ruhe!«, schrie sie den Kommissar an, der sich zu ihr beugte, um ihr aufzuhelfen. Der Dackel kläffte mit piepsigen Lauten, als wäre er dem Wahnsinn nahe. Demirbileks unerschütterlicher Glaube an die Richtigkeit seines Tuns ließ ihn weitermachen. Mit ruhigen Worten redete er auf die alte Frau ein, das dazwischengeschobene »Halt's Maul« dem Dackel gegenüber ließ die Situation jedoch eskalieren. Das Hündchen bekam es mit der Angst zu tun und nahm mit der Leine, die an der Handtasche der alten Frau hing, Reißaus. Nun schrie die alte Frau erst recht aus vollem Halse. Schnappte nach Luft und fixierte in Todesangst den dunkelhaarigen Mann: »Polizei! Polizei! Der hat meine Handtasche gestohlen! Ein Räuber! Helft mir!

Polizei!« Demirbilek hielt besänftigend seinen Dienstausweis vor ihre angsterfüllten Augen, woraufhin die Alte noch verwirrter als vorher in Demirbileks Gesicht sah und weiterkreischte.
Demirbilek steckte ratlos seinen Dienstausweis wieder ein und ließ die Frau sitzen. Warum passierte ihm das immer wieder? Warum nur?, fragte er sich wütend. Er kannte diese Wut, seit er nach Deutschland gekommen war. Immer wieder holte ihn seine Herkunft ein. Er hatte es aber satt, sich zu rechtfertigen und klarzustellen, dass es zwei Welten in ihm gab. Mal war es der Türke in ihm, der sein Recht forderte, mal gewann der Münchner die Oberhand.
Plötzlich klingelte sein Handy. Frederike. Natürlich wollte sie wissen, wo er blieb. In seiner Wut wollte er nicht mit ihr reden. Er lief los, gehetzt, als wäre er auf der Flucht. Er versuchte, seine Umwelt, die Menschen, die Straßen, die Läden, alles, was ihn an das Hier und Jetzt erinnerte, zu ignorieren. Nach zehn Minuten erreichte er einen kleinen Park mit einem Brunnen in der Mitte. Hier war es ruhig. Er setzte sich auf eine Bank und schaltete das Handy aus. Dann dachte er an das angstverzerrte Gesicht der alten Frau, rekapitulierte, dass sie echte Todesangst vor ihm gehabt hatte, als er helfen wollte. Wegen seines Aussehens. Dunkel und schwarzhaarig. Anders als die anderen und bestimmt kein Polizist. Sie konnte nicht glauben, dass er sich für Gesetz und Ordnung einsetzte, für die deutschen Gesetze und die deutsche Ordnung.
Sein Blick wanderte den Brunnen hoch. Er erkannte das Münchner Kindl, Münchens Wappenfigur. Die Stadt, die er als sein Zuhause empfand. Er sah genauer hin. Stutzte. Dann verstand er, was für eine Bewegung der Mönch in seiner schwarzen Kutte und den roten Schuhen machte. Er stieg mit einem großen Schritt aus dem Wappen heraus.
Sein Herz hämmerte wild. Es tat weh. Pochte und trommelte vie-

le Augenblicke lang. Dann verflog der Schmerz genauso schnell, wie er gekommen war. Es ist Zeit, wurde Zeki auf einen Schlag bewusst. Scheiß auf Deutschland. Scheiß auf München. Mach mit all dem Rotz, der dich so nervt, Schluss. Wirf alles hin. Fang neu an. Geh weg. Geh zurück. Zurück?, fragte er sich verängstigt. Was bedeutet zurück? Nach Neuperlach? Nach Istanbul? Bei dem Gedanken an seine Geburtsstadt jagten Erinnerungen an seine Kindheit durch den Kopf. Die Straßen Istanbuls. Der Bosporus. Gestank und Schmutz. Düfte und Lärm des Basars mittwochs in der Karadeniz Caddesi. Sein Onkel Aydin, der ihm mit acht Jahren die erste Zigarette in den Mund steckte. Der Weg zur Moschee an der Hand seines Vaters. Wo er als Junge ein kleiner Mann sein durfte. Tränen schossen ihm in die Augen. Wehmut packte ihn ohne einen Funken Gnade. Mit zitternder Hand holte er ein Stofftaschentuch aus dem Sakko und wischte sein Gesicht trocken, seine dunklen Augen mit den wuchtigen Augenbrauen. Verschämt schaute er nach links und rechts, er wollte nicht, dass ihn jemand in dem jämmerlichen Zustand sah.
Dann plötzlich dachte er an Selma. Wie eine Injektion. Ein unvermittelter Stich durch den Anzug, sein Hemd, das Unterhemd, die behaarte Brust, durch die Haut, das Gewebe tief in sein Herz. Er spürte Selmas sanfte Zunge. Sie rieb sich an seiner in einer dunklen Gasse in Istanbuls Altstadt.
Er wusste mit den Gefühlen, die ihn wegen eines verachtenden Blickes einer alten Frau übermannten, nichts anzufangen. Er brauchte dringend ein Stück alte Heimat, etwas, um sich zugehörig zu fühlen, damit er auch München wieder sein Zuhause nennen konnte.

7

Kommissar Pius Leipold stand neben dem dickleibigen Notarzt, der, etwa zweihundert Meter von der Surferbrücke entfernt, den Tod des nackten, schnauzbärtigen Mannes feststellte. Leipold spielte mit dem goldenen Ring in seinem rechten Ohr, ein untrügliches Zeichen dafür, dass er ein Problem witterte. Er mochte den Anblick von Leichen nicht sonderlich und war erfahren genug, um zu wissen, dass ein Mordfall wie der Eisbachtote viele Überstunden fordern würde. Und darauf war er nicht gerade versessen. Er zündete einen Zigarillo an und sah zu seinen beiden Freunden und Kollegen Herkamer und Stern. Sie führten die Befragungen mit den Surfern durch. Besser Surferin, dachte Leipold, die eine hatte lange blonde Haare, kein Wunder, dass sich Stern ins Zeug legte. Wahrscheinlich notierte er gerade ihre Telefonnummer, um sie am Abend anrufen zu können, falls er noch Fragen haben sollte. Stern war Junggeselle. Frauen zum Vögeln zu überreden war das einzige Hobby, das er ernsthaft betrieb. Pius Leipold holte sein uraltes Handy aus der Lederjacke und rief ihn an. Er beobachtete, wie Stern es drei Mal läuten ließ, bevor er den Anruf entgegennahm und sich nach ihm umdrehte.

»Komm mal wegen der Leiche vorbei, ich kann das nicht ansehen, ehrlich«, sagte Leipold, ohne eine Antwort abzuwarten.

Trotz weiträumiger Absperrung und Einsatz von zwanzig Beamten harrten die Schaulustigen aus, um wenigstens einen kurzen

Blick auf die Wasserleiche zu ergattern. Der illegale Bierverkäufer hielt keine hundert Meter von der Leiche entfernt Bierkästen im Eisbach kühl – er machte das Geschäft seines Lebens. Eine Handvoll Polizeireporter und Lokaljournalisten verlangten freien Zugang zur Leiche. Sanitäter versorgten zwei Zeugen, die in Ohnmacht gefallen waren. Leipold beobachtete eine Weile das Treiben und setzte sich dann müde in seinen Dienstwagen, der am Haus der Kunst parkte. Er dachte darüber nach, wie er den unliebsamen Fall loswerden könnte. Da es sich dem Augenschein nach bei der Leiche um einen Ausländer handelte, hoffte er darauf, dass sein verdienter Kollege, Kommissar Zeki Demirbilek, den Fall übernehmen würde. Er kannte den Türken seit fünf Jahren. Er mochte ihn nicht, warum auch? Der Kerl war eingebildet wie ein osmanischer Sultan, hatte ständig ein Schneuztuch in der Hand und war für einen Kriminaler mit seinem Anzug eine zu elegante Erscheinung. Sie sind überall, die Ausländer, hatte er in letzter Zeit festgestellt. Wenn er morgens beim Bäcker den Milchkaffee holte, grinste ihn der erste freundlich an. Und wehe, es stand einer ihresgleichen an der Kasse. Dann wechselten sie die Sprache und faselten Belanglosigkeiten, die er nicht verstand. Einfach so die Sprache wechseln zu können, war Pius Leipold nicht geheuer. Er hatte nicht mal richtig Englisch gelernt, überlegte er und schnippte seinen halbgerauchten Zigarillo aus dem Autofenster. Kassierer beim Discount-Bäcker mochte ja für einen Türken eine angemessene Stellung sein, aber Kommissar mit eigenem Dezernat? Das war Pius Leipold zu viel an Integration. Natürlich wusste er, dass der türkische Kommissar ein guter, gewissenhafter Ermittler war, er hatte es über den mittleren Dienstweg weit gebracht. Außerdem soll er ein Kenner der bayerischen Küche sein, hatte ihm der Wirt der Augustiner Schwemme gesteckt. Schweinebraten soll er bei ihm bestellt haben, und das

nicht nur einmal. Soll doch der Türke die Leiche übernehmen. Er selbst jedenfalls hatte keine Lust, aufklären zu müssen, wer den Schnauzbartträger umgebracht hat. Von weitem beobachtete er, wie Stern, über die Leiche gebeugt, Notizen in sein Diktiergerät sprach. Dann begann er, die Schläfen zu massieren. Sein Schädel brummte von den Gin Tonics, die er mit Stern und Herkamer nebenan im P1 getrunken hatte. Die drei hatten in der vergangenen Nacht in den Eisbach gepisst, betrunken wie sie waren.
Dann blinzelte er hoch in den weiß-blauen bayerischen Himmel und flehte den lieben Herrgott an, den Toten einen Türken sein zu lassen. Er wollte mit dem Gschwerl nichts zu tun haben.

8

Eine Stunde später, kurz vor eins, drehte Kommissar Pius Leipold seinen ergonomisch optimierten Bürostuhl mit Lehne von links nach rechts und zurück. Das Dienstzimmer des Einundvierzigjährigen war heimelig eingerichtet, eine Reihe Familienfotos standen auf seinem Schreibtisch. Als Beweis für seine hervorragenden Leistungen als Eisstockschütze hingen Urkunden und Zinnteller an den Wänden. Seine beiden einige Jahre jüngeren Kollegen Ferdinand Stern und Helmut Herkamer saßen ihm auf einfachen Bürostühlen gegenüber. Der frisch gebrühte Filterkaffee dampfte aus den Jumbotassen. Sie waren mit dem bayerischen Polizeiwappen verziert, die Namen hatte Leipold als Weihnachtsgeschenk für seine beiden engsten Mitarbeiter eingravieren lassen.

»Könnte tatsächlich ein Türke sein, vielleicht Grieche, wer weiß, jedenfalls hat er eine ordentliche Brustbehaarung, auch am Rücken. Beschnitten ist er auch … Ach so, dann kann er ja kein Grieche sein, oder? Er hat eine helle Stelle am Ringfinger der linken Hand. Der Ehering fehlt aber«, berichtete Stern, dem ebenfalls die durchzechte Nacht anzusehen war. »Schätzungsweise ist er Mitte dreißig, definitiv ein unnatürlicher Tod. Sieht aus, als wäre er erdrosselt worden. Das Obduktionsergebnis kommt noch. Im Moment haben wir keinen Hinweis auf die Identität des Mannes.« Dann seufzte Stern und sagte noch: »Was aber richtig komisch ist, ist das da.«

Stern reichte Leipold eines der Fotos, die von der Leiche gemacht worden waren. Leipold bekam die Großaufnahme des Brustkorbes zu sehen. Verdeckt durch die dichte Brustbehaarung, glänzten in den Körper eng an eng hineingetriebene Reißnägel mit goldenen Köpfen. Gut zu erkennen war, dass die Anordnung ein in schnörkeligem Schriftzug geformtes Wort darstellte. Ein paar Reißnägel fehlten. Wahrscheinlich hatte sie sich der Eisbach einverleibt, mutmaßte Leipold und stieß angewidert hervor: »Ach geh, so was macht man doch nicht!« Dann nahm er einen Kugelschreiber zur Hand und begann, damit die Reißnägel zu zählen. Nach einer Weile gab er das Vorhaben auf. »Das müssen ja mindesten zweihundert sein, oder?«, fragte Leipold mit Blick zu seinen Kollegen.
»Keine Ahnung. Das sollen die von dcr Rechtsmedizin uns sagen.«
»Das ist doch ein Wort, richtig? Was es bedeutet, weißt du nicht, oder?«
»Keine Ahnung. Deutsch ist das jedenfalls nicht«, erwiderte Stern.
Leipold reichte Stern das Foto zurück.
»Na ja, das kriegen wir schon raus. Was haben wir sonst noch?«, wandte sich Leipold an Herkamer, der in seiner bayerischen Lodenmode trotz durchzechter Nacht ausgeschlafen und konzentriert wirkte. Als Nichtraucher vertrug er die Gin Tonics besser als Leipold und Stern. Herkamer sah in den Unterlagen nach und berichtete, dass die Befragung der Surfer und Zuschauer natürlich nichts ergeben habe. Der Schnauzbart war ja schon länger tot. Die Leiche muss ein ganzes Stück bachaufwärts entsorgt worden sein.
Leipold schüttelte den Kopf und dachte kurz nach. »Warum haben sie ihn in den Bach geworfen? Das verstehe ich nicht.

Wollten der oder die Täter, dass wir die Leiche finden? Wenn ja, warum machen sie sich die Mühe und ziehen ihn aus und nehmen ihm den Ehering ab? Früher oder später finden wir doch heraus, wer er ist.« Leipold massierte sich die Schläfe. »Helmut, du gehst mal die Vermisstenanzeigen durch. Zum Ehering wird es ja wohl eine Ehefrau geben. Und du, Ferdinand, gibst ein anständiges Foto an die Presse raus, nichts so Furchterregendes, bitte. Mal schauen, ob jemand die arme Sau erkennt. Mehr können wir im Moment nicht tun. Macht dann weiter mit euren anhängigen Fällen. Ich versuche mal, ob wir den Eisbachtoten nicht jemand anderem aufs Auge drücken können. Wir haben genug anderes zu tun.«
»Stimmt. Das wäre was für den Demirbilek und sein Dezernat, oder?«, fragte Herkamer seinen Chef.
»Jetzt warten wir mal ab, ob wir es wirklich mit einem Ausländer zu tun haben … Ihr kennt den Türken doch. Der schickt uns den Toten sonst bloß wieder zurück! So, jetzt macht eure Arbeit, in einer Stunde fahren wir zur Muffathalle in den Biergarten. Ich brauche ein Bier.«
Die beiden Kollegen nahmen ihre Jumbotassen und verließen Leipolds Dienstzimmer. Leipold blieb auf seinem Sessel sitzen und wählte ein weiteres Mal Demirbileks Handynummer. Wieder nur die Mailbox. Er legte auf, ohne eine Nachricht zu hinterlassen, und sagte laut zu sich: »Scheiße, Türke, wo bist du?« Dann stand er auf und schloss die angelehnte Tür. Er ging zurück zum Schreibtisch und wühlte in der vollgestopften Schublade, bis er einen Reißnagel mit blauem Plastikkopf fand.
Im Stehen zog er den Ausschnitt seines schwarzen T-Shirts ein Stück nach unten und drückte vorsichtig den Reißnagel in seinen Brustkorb. Mit dem geringen Druck, den er ausübte, passierte nichts. Er drückte fester zu. Fest genug, bis der Schmerz im Schä-

del aufhörte und sich wohltuend auf den Brustkorb verlagerte. Der Reißnagel steckte im Fleisch seiner rasierten Brust. Das herausquellende Blut war im Schwarz des T-Shirts nicht zu sehen.

Zwanzig Minuten später drehte Herkamer den Kopf, um das Foto, das aus dem Farblaserdrucker surrte, betrachten zu können. Er nahm das warme Papier und setzte sich im gemeinsamen Dienstzimmer Stern gegenüber. Dann begutachtete er das Foto aus der Vermisstenkartei ein weiteres Mal und hielt es hoch, damit sein Kollege es sehen konnte. »Na also«, sagte er mit einem erleichterten Unterton. »Das ist er. Türke. Bülent … den Nachnamen kann kein Mensch aussprechen.«

Stern nahm Herkamer den Ausdruck aus der Hand. Das Hochzeitsfoto neben den Angaben zu Person und Wohnort zeigte den Mann aus dem Eisbach in einem schwarzen Anzug, seine brünette Frau in weißem Hochzeitskleid trug ein enganliegendes Kopftuch. Beide hatten einen übertrieben glücklichen Gesichtsausdruck. Das erzwungene Lächeln wirkte leicht spastisch, fand Stern. Der Hintergrund des Studiofotos zeigte einen weichgezeichneten, roten Mond, was der Aufnahme eine gewisse kitschige Note verlieh.

»Vermisst?«, fragte Stern.

»Jetzt nicht mehr«, erwiderte Herkamer.

»Warum jagen die ihm bloß Reißnägel in die Brust?«, dachte Stern laut nach.

»Gott sei Dank müssen wir nicht zu seiner Witwe. Die spricht bestimmt kein Deutsch … Demirbilek ist der Richtige dafür«, entgegnete Herkamer.

»Komm, gehen wir zu Leipold, Zeit für den Biergarten«, meinte Stern. Die beiden Beamten standen auf, Herkamer nahm das Foto und legte es zu den anderen Unterlagen in die Akte.

9

Zwei Stockwerke über Leipolds Büro hatte Isabel Vierkant genug vom Warten. Sie blickte sich um und beschloss, etwas gegen das Durcheinander zu unternehmen. Obwohl sie keine Ordnungsfanatikerin war, war es ihr lieber, wenn es in ihrer Umgebung nicht so aussah wie in ihrer chaotischen Umhängetasche. Offenbar, stellte sie kopfschüttelnd fest, war dem neuen Dezernatsleiter die Inneneinrichtung gleichgültig. Sie stand auf und verrückte einen der beiden Schreibtische ein Stück in die Mitte des Raumes, damit sie eine bessere Sicht durch das Bürofenster hatte. Die Wandschränke, Regale und Tische aus dem Möbellager machten ebenfalls keinen guten Eindruck. Nichts passte zusammen. Einen Garderobenständer gab es auch nicht. Sie setzte sich und hängte die Jacke über den Drehstuhl, genoss einen Seufzer lang den Blick über die Dächer von Münchens Altstadt und schaltete den Computer ein. Sie tippte im Zehnfingersystem. Eine Fähigkeit, die sie sich in einem VHS-Kurs angeeignet hatte. Überhaupt war sie auf die neue berufliche Herausforderung gut vorbereitet. Peter, ihr Ehemann, arbeitete freiberuflich als Programmierer zu Hause. Die Zweizimmerwohnung war für sie beide groß genug. Das Kind, nach dem er sich sehnte, musste warten. Auch sie wollte unbedingt eine Familie gründen. Nur nicht jetzt. Ein, vielleicht zwei Jahre später.

Es dauerte fünfzehn Minuten, bis Vierkant von Garderobenständer, Büroklammern, Locher, Ordner und Blumenvasen eine umfangreiche Liste erstellt hatte. Sie schickte das Dokument per Mail an die Kollegin vom zentralen Materiallager und rief gleich an, um sich mit ihr am Montag zum Mittagessen zu verabreden. Wäre gelacht, wenn sie nicht bis spätestens Mittwoch alles zusammenhätte, dachte sie und sah nervös auf die Uhr. Es war noch Zeit für den *kahve.* Sie würde in die Kantine gehen. Dort hielt der Küchenchef für den türkischen Mitarbeiter Kaffeekännchen und Tassen bereit. Sie wusste Bescheid im Präsidium. Deshalb wird er dich nehmen, peitschte sie sich in bescheidenem Maße auf. Doch der Druck ließ nicht nach. Im Gegenteil, sie spürte das Bedürfnis, auf die Toilette zu gehen. Sie hängte sich ihre Tasche über die Schulter und verließ das Büro.

Jale Cengiz klopfte an die Tür des Sonderdezernats. Als niemand antwortete, öffnete sie sie und streckte ihren Kopf in das Zimmer. Sie wunderte sich, dass niemand im Büro war. Einige Mal hatte sie sich vorgestellt, wie es sein würde, ihrem neuen Chef zu begegnen. Sie hatte gehört, dass er bei aller bayerischen Fassade durch und durch Türke geblieben sei. Sie war überzeugt davon, mit dem dunklen Hosenanzug einen guten Eindruck zu machen.

Die Enttäuschung, sich vor offiziellem Arbeitsbeginn nicht vorstellen zu können, hielt nicht lange an. Das Telefon läutete. Cengiz spürte sofort ein Kribbeln in sich aufsteigen. Das Schicksal meint es gut mit dir, freute sie sich. Ohne zu zögern, marschierte sie in den Nebenraum und nahm den Anruf entgegen.

»Sie sprechen mit dem Sonderdezernat Migra. Jale Cengiz am Apparat. Was kann ich für Sie tun?«, intonierte die Zweiundzwanzigjährige, als würde sie mit Headset bei irgendeiner Hotline sitzen. Sie lauschte dem Anrufer, plazierte das Hinterteil auf

den Schreibtisch, nahm einen dort liegenden Zettel und machte mit ihrem goldverzierten Füllfederhalter Notizen.
Vierkant kam von der Toilette zurück und wunderte sich über die junge Frau, die vor Selbstbewusstsein nur so strotzte, gerade das Telefonat beendete und sie ansah, als wäre sie taubstumm.
»Es war niemand da, da bin ich einfach rangegangen. War doch okay, oder?«, fragte die junge Frau mit den kurzen schwarzen Haaren.
Vierkant reichte ihr die Hand und konnte ein Schaudern nicht unterdrücken.
»Was ist?«, fragte Cengiz die Schwarzhaarige irritiert.
»Ach … ich war heute beim Friseur und wollte mir die Haare so kurz schneiden lassen, wie du sie hast.«
»Gut, dass du es nicht gemacht hast. Hätte dir nicht gestanden.«
Sie lächelten sich an. Beide freuten sich über die Ehrlichkeit der anderen. Ein guter Einstieg, sich kennenzulernen, fanden die zwei Frauen, ohne es auszusprechen.
»Ich war nur kurz auf dem Klo. Servus, ich bin Isabel Vierkant. Du bist bestimmt die aus Berlin?«
»Genau, Jale Cengiz«, bestätigte sie. »Ich bin heute schon angereist, um mich um eine Wohnung zu kümmern. Hab's nicht mehr ausgehalten und wollte einfach mal hallo sagen.«
»Schön«, erwiderte Vierkant.
»Und wo ist der Chef? Der legendäre Türke, der angeblich sturer ist als jeder bayerische Dickschädel?«, fragte Cengiz.
»Keine Ahnung. Er könnte aber in der Moschee sein, heute ist Freitag«, antwortete Vierkant wie selbstverständlich.
»Während der Dienstzeit?«
»Der ist keiner, der da groß nachfragt, ob er das darf … Wer war das denn am Telefon?«
»Ein Pius Leipold … *Pius* geht nur in Bayern«, scherzte Cengiz.

Vierkant verstand den Witz nicht und fragte ungeduldig weiter.
»Und, was wollte der?«
»Er hätte was für uns, eine Leiche.«
»Ausländisch?«
»Türkisch sogar.«
Wenn die Arbeit jetzt losgeht, dann wird der Kommissar kaum Zeit haben, weitere Bewerber in Betracht zu ziehen, spekulierte Vierkant und ließ Cengiz keine Zeit, zu reagieren. Spontan fiel sie ihr um den Hals und gab ihr einen Schmatz auf die Wange.
»Unser erster Fall! Halt du hier die Stellung, und ich hole den Chef.« Dann schnappte sie ihr Handy aus der Umhängetasche und wählte beim Hinausgehen seine Nummer.
Cengiz blieb zurück und schüttelte amüsiert den Kopf über ihre merkwürdige, aber sympathische Kollegin. Sie zog einen Schminkspiegel aus der Handtasche und wischte sorgfältig mit Spucke und Papiertaschentuch Vierkants Lippenstiftspuren weg. Anschließend wanderte ihr Blick durch die beiden Räume. »Da haben wir ja viel zu tun! *Haydi,* Jale, *haydi*«, motivierte sie sich laut. Dann öffnete sie das Fenster, um frische Luft hereinzulassen.

10

Zeki Demirbilek hatte sich nach dem Abstecher in den Park wieder beruhigt. An der Haltestelle Tegernseer Landstraße stieg er aus der Trambahn. Sein Sakko lag über der rechten Schulter. Er wartete an der Fußgängerampel und sah auf der anderen Straßenseite das unansehnliche Gebäude, vor dem etwa zwei Dutzend rauchende Männer standen und sich unterhielten. Als er an ihnen vorbeikam, grüßte er in die Runde mit *»Selam aleikum«* und betrat den Sitz der islamischen Gemeinde. Die Kühle in dem einfach eingerichteten Aufenthaltsraum tat gut. Etwa zehn Männer unterhielten sich auch dort und warteten auf den Beginn des Freitagsgebetes. Eine Verbindungstür führte zum Gebetsraum der Moschee, die nicht groß war, in die aber irgendwie immer alle hineinpassten, die zum Gebet wollten. Sooft Zeki es schaffte, und das war nicht häufig, vollzog er das Gebet am Freitag. Er genoss das spirituelle Gemeinschaftsgefühl. Ein Stück alte Heimat. Ein Stück Kindheit. Auch wenn eine ältere Dame mit ihrem verwirrten Geschrei ihn für kurze Zeit ins Wanken gebracht hatte. Der verpasste Anwaltstermin kam ihm in den Sinn. Er beschloss, Frederike zu einem Abendessen zu überreden, dazu wollte er auch seine Tochter Özlem einladen. Begeistert über die Idee, entledigte er sich im Vorraum seiner schwarzen Halbschuhe und verrichtete die rituelle Waschung, um im Anschluss in den Gebetsraum zu gehen.

Gegen Ende des Freitagsgebets saß Demirbilek im Schneidersitz auf dem Teppich mit der Gebetskette in der Hand, ganz vertieft in die letzte Sure.
Das Murmeln der Männer im Gebetsraum wurde plötzlich durch ein zischendes »Pst« gestört. Mit einer Reihe anderer Männer drehte er sich um. Seine Kollegin Isabel Vierkant stand mit provisorisch angelegtem Kopftuch in der Tür und gestikulierte, dass sein Handy aus sei. Da Demirbilek mitten im Gebet war, nahm er sie zwar wahr, ignorierte sie aber geflissentlich, um Allah, auch wenn er Verständnis dafür hätte, nicht zu erzürnen. Er bedeutete ihr, draußen zu warten, brachte sein Gebet zu Ende, erhob sich abrupt und verließ die islamische Gemeinde.

Vor dem Eingang telefonierte Vierkant. Als Demirbilek bei ihr war, beendete sie schnell das Telefongespräch mit Jale. Der Kommissar sah sie scharf an. »Wehe, Sie haben keine Leiche für mich, Vierkant!«
»Sein Name ist Bülent Kara … Mein Gott, ist das peinlich, ich kann das nicht aussprechen … Jedenfalls ist er ein türkischer Staatsbürger. Vierunddreißig Jahre alt, verheiratet, zwei Kinder. Arbeitslos gemeldet. Erdrosselt und zweihundertachtunddreißig Reißnägel im Brustkorb«, erstattete Vierkant Bericht, bis Demirbilek ihren Wortschwall unterbrach und erstaunt fragte: »Reißnägel? Sie meinen Reißzwecken?«
»Ja, genau.«
»Warum wissen Sie das alles und ich nicht?«, wunderte sich Demirbilek.
»Leipold hat Sie nicht erreicht. Ihr Handy war aus. Der Tote wurde im Eisbach bei den Surfern gefunden.«
Demirbilek holte sein Handy aus der Innentasche und schaltete es wieder ein.

»Jale hat die Reißnägel gezählt«, fügte sie hinzu, als sie wieder seine Aufmerksamkeit hatte.

»Wer ist Jale?«

»Die Neue«, antwortete Vierkant mit strahlendem Gesicht und hielt ihm die Beifahrertür des Dienstwagens auf. »Wollen Sie zum Eisbach oder ins Büro?«

»Ist die Leiche noch am Eisbach?«, erkundigte sich Demirbilek und sah in Vierkants fragendes Gesicht.

»Wann wurde denn der Tote gefunden?«, wollte er dann wissen. Vierkant hatte auch darauf keine Antwort. Sie sank innerlich zusammen und zuckte mit den Achseln.

»Wie wäre es, wenn Sie anrufen und nachfragen?«

In ihrer Aufgeregtheit knallte Vierkant die Autotür wieder zu und kramte hastig in ihrer Handtasche nach ihrem Handy. Zeki Demirbilek sah sie mitfühlend an, befreite sie von dem Schal auf ihrem Kopf und bugsierte die dankbar lächelnde Kollegin auf den Beifahrersitz. Bevor er sich selbst in den Wagen ans Steuer setzte und den Motor startete, flüsterte er *»Bismillahirrahmanirrahim«,* um mit Allahs Beistand heil durch den Münchner Straßenverkehr zu kommen.

11

Knapp dreißig Minuten später trafen er und Vierkant am Fundort ein. Die Anzahl Schaulustiger um das Absperrband war mittlerweile deutlich geringer geworden. Ein einzelner Polizist in Uniform bändigte die Neugierigen.

»Und, Sepp? Alles im Griff? Gibt es noch was zu sehen?«, erkundigte sich Demirbilek bei dem Kollegen Freilinger, der sich an der Absperrung die Augen rieb. Sepp war alt, er tat sich schwer, lange zu stehen. Das verriet nicht nur sein gekrümmter Rücken.

»Die doktern immer noch an der Leiche herum. Dabei ist der doch schon tot. Immer dasselbe, Herr Kommissar!«, erwiderte der Polizeimeister mit einem müden Lächeln. »Wann kommen Sie denn mal zum Schafkopfen vorbei? Ich bringe es Ihnen bei! Hab ich doch versprochen!«

Demirbilek lachte. »Nichts für ungut, Sepp. Gegen dich habe ich keine Chance. Du hast bestimmt schon mit vier damit angefangen! Ich bleib lieber bei *tavla.*«

»Des Türkenschach, meinen Sie das?«, fragte Freilinger provozierend.

Demirbilek nickte mit einem Lächeln und blickte zum Leichenwagen. Sein Gesicht verfinsterte sich.

»Hey«, schrie er den Männern zu, die im Begriff waren, die Leiche wegzutransportieren. »Wartet! Ich möchte mir den Toten ansehen!«

Doch die Kollegen wollten oder konnten ihn nicht verstehen. Ohne ihre Arbeit zu unterbrechen, trugen sie den Leichensack zum Bestattungswagen. Vor der geöffneten Ladeklappe wartete ein Kriminalbeamter mit einer Waffel Eis in der Hand.
Demirbilek beschleunigte seinen Schritt. Vierkant trabte neben ihm her. Sie verfluchte ihren Büstenhalter, der modisch zum Bewerbungsoutfit passte, aber zum Laufen völlig ungeeignet war. Demirbilek bemerkte aus den Augenwinkeln ihre auf und ab wippenden Brüste. Der erotische Reiz hielt sich allerdings in Grenzen. Vierkant versuchte, sich die Peinlichkeit nicht anmerken zu lassen. Doch Schamesröte überflutete erbarmungslos ihr Gesicht.
»Besorgen Sie dem Freilinger einen Klappstuhl oder so was. Am besten aus dem Haus der Kunst. Bei den Wächtern«, instruierte Demirbilek sie.
»Aber …«, entgegnete Vierkant enttäuscht. »Brauchen Sie mich nicht bei der Leiche?«
»Besorgen Sie einen Stuhl«, wiederholte er und lief weiter. Vierkant blieb stehen und sah sich verschämt um, bevor sie ihren Büstenhalter zurechtrückte.
Der Kollege mit der Eiswaffel stellte sich stur. Der leitende Ermittler Pius Leipold habe den Abtransport angeordnet, meinte er kategorisch, also habe es seine Richtigkeit, dass die Leiche zur Rechtsmedizin gefahren werde, und zwar jetzt. Er wisse ganz genau, wie man eine Anordnung zu befolgen habe.
Demirbilek hörte uninteressiert zu und sagte ohne Gefühlsregung: »Seit fünfunddreißig Minuten leite ich die Ermittlungen in der Mordsache.«
»Aha, ein Mordfall also. Das wissen Sie jetzt schon?«, staunte der Kollege und schlang den Rest der Waffel herunter. »Und wer sind Sie, dass Sie Mordfälle aufklären? Kann ich Ihren Dienstausweis sehen?«

Nachdem Demirbilek den Leichenbestattern ein Zeichen gab, die Bahre abzusetzen, streckte er seinen Ausweis vor. Der Kollege überflog mit hochgezogenen Augenbrauen das Dokument. Der Eintrag »Istanbul« bei Geburtsort fiel ihm besonders auf. Demirbilek steckte den Ausweis zurück in sein Sakko und holte eines der drei Taschentücher hervor, um den Schweiß im Nacken abzutupfen. Dann bat er die beiden Bestatter um etwas Geduld.
»Schön und gut, Herr Kommissar, aber woher soll ich wissen, dass Sie tatsächlich mit den Ermittlungen betraut sind?«
»Weil ich es Ihnen sage, Herr ...?«
»Bremser, Kurt ...«
Demirbilek unterbrach ihn und ließ sich im Gegenzug seinen Dienstausweis zeigen. Er begutachtete ihn eingehend, bevor er den Ausweis mit einem 20-Euro-Schein wieder aushändigte.
»Damit gehen Sie mit den beiden Bestattern ins Café und trinken eine Apfelschorle oder was immer Sie wollen. Denken Sie an einen ordentlichen Bewirtungsbeleg und das Restgeld. Ich brauche eine halbe Stunde alleine mit der Leiche und dem Fundort.«
Echauffiert über das Angebot, suchte Bremser nach Worten und fand sie schließlich. »Wir sind hier nicht auf einem türkischen Basar! Das sind ja Methoden wie im tiefsten Anatolien!«
»Waren Sie da schon?«, entgegnete Demirbilek, ohne seinen aufkommenden Unmut zu zeigen. »Soll ja recht schön sein, landschaftlich gar nicht so viel anders als Oberbayern. Ich jedenfalls war noch nicht dort und habe keine Ahnung, wie in Anatolien polizeiliche Ermittlungen geführt werden. Hier in München aber weiß ich Bescheid! So. Jetzt folgen Sie meiner Anordnung, sonst leite ich ein Disziplinarverfahren gegen Sie ein, Kollege Bremser, Kurt!«
»Aber das geht so nicht! Das muss doch seine Ordnung haben! Sie können nicht einfach daherkommen und sagen, dass Sie das

jetzt machen, was der Leipold vorher gemacht hat. Ich meine, die Ermittlung leiten«, entgegnete Bremser aufgeregt und wischte mit dem Handrücken Schweißperlen vom Gesicht. Seine Wildlederjacke ist alles andere als passend für den heißen Sommertag, besänftigte sich Demirbilek mit unnötigen Gedanken, um seine Wut in Zaum zu halten. »Natürlich kann ich das. Gehen Sie jetzt besser, sonst werde ich wütend.«
Kurt Bremser war angesichts des fiebrigen Tons, den der selbstbewusst auftretende Türke anschlug, mit einem Schlag verunsichert.
»Na schön, ich beuge mich der Autorität Ihres Dienstgrades«, lenkte er ein und wollte trotzdem nicht klein beigeben. »Aber melden muss ich das.«
»Machen Sie das. Muss ja seine Ordnung haben.«
»Ja, genau! Das ist nicht wie bei euch in der Türkei. Wir Deutschen lieben nicht umsonst Ordnung und Gründlichkeit. Das ist doch die Basis, damit alles funktioniert.«
»Funktionieren geht auch anders.«
»Gefallen tut mir das nicht, Herr Kollege!«
»Sie gefallen mir auch nicht«, murmelte Demirbilek abschließend.
Bremser verschwand wutentbrannt mit den beiden Bestattern. Endlich war der Kommissar alleine mit dem Opfer. Er stellte sich vor den Leichnam, murmelte eine Sure aus dem Koran, bevor er vorsichtig den Reißverschluss des Leichensacks öffnete.
Das Gesicht des schnauzbärtigen Mannes war entstellt. Überall waren Aufschürfungen zu sehen, als ob jemand die Haut mit einem groben Schleifpapier bearbeitet hätte. Wahrscheinlich hat ihn die Strömung mit dem Gesicht nach unten über das Bachbett geschleift, vermutete Demirbilek. Ohne den Leichnam zu berühren, konzentrierte er sich auf die Reißnägel in der Brust des Toten. Er überlegte, versuchte, ein Muster oder eine Botschaft zu

erkennen. Dann zeichnete er mit dem Zeigefinger in der Luft die Anordnung nach und schüttelte nachdenklich den Kopf. Was ist das?, fragte er sich, eine Nachricht des Mörders auf Arabisch? Er hatte in der Koranschule Arabisch gelernt, aber nach den ersten Jahren in Deutschland fast alles wieder vergessen. Gedankenverloren schweifte sein Blick vom Toten hinüber zum Eisbach. Schattige und sonnige Partien wechselten auf dem plätschernden Wasser. Demirbilek achtete beim Zuziehen des Reißverschlusses sorgsam darauf, den Toten nicht zu berühren. Dann zog er Schuhe und Strümpfe aus. Die Hose krempelte er bis unter die Knie hoch.

Isabel Vierkant stellte ohne weiteren Kommentar Polizeimeister Freilinger den Klappstuhl vor die Füße. Der alte Polizist war verblüfft. Es dauerte eine Weile, bis er begriff, dass der Stuhl für ihn gedacht war, und winkte dankend zu Demirbilek. Doch der bemerkte ihn nicht, er starrte mit nackten Füßen ins Wasser des Eisbachs.
Vierkant näherte sich Demirbilek und registrierte, dass er in Gedanken war. Sie wagte es nicht, sich bemerkbar zu machen. Stattdessen musterte sie unauffällig sein Gesicht. Von der Seite, fand sie, machte er einen recht ansprechenden Eindruck. Die schwarzen, dichten Augenbrauen, die dunkelbraunen Augen und die langen Wimpern. Er hat schon was sehr Türkisches, so was Orientalisches, dachte sie für sich und verharrte weiterhin regungslos. Dann blickte auch sie in den Eisbach. Die Gischt, das Strömen des Wassers wirkten beruhigend. Das leise Plätschern kam ihr ein bisschen wie eine Andacht in der Kirche vor, wenn alle gemeinsam das *Vaterunser* beten, überlegte sie und schmunzelte leise über den abwegigen Vergleich.
»Wissen Sie, das Plätschern des Wassers ist nicht viel anders als in der Moschee. Das leise Murmeln der Suren hilft, sich zu sam-

meln und zu besinnen«, beendete Demirbilek in vertraulichem und ernstem Ton seine kurze Auszeit.

Isabel Vierkant schluckte und erschrak über Demirbileks Worte, die klangen, als hätte er ihre Gedanken gelesen.

Der Kommissar stand auf und zog sich die Schuhe wieder an. »Ich bin froh, dass Sie nichts gesagt haben … Wer weiß, vielleicht würden wir dann jetzt nicht zusammen ins Büro fahren.«

»Heißt das, dass ich in Ihrer Abteilung bin?«, fragte Vierkant nach. Sie wollte endlich Gewissheit.

»Das heißt, dass Sie Ihren Mann in nächster Zeit nicht recht oft sehen werden. Lassen Sie uns gehen. Wir haben viel zu tun.«

Vierkant jubilierte innerlich und dankte dem lieben Herrgott dafür, dass ihr Bewerbungsgespräch erfolgreich verlaufen war.

12

Nachdem Jale Cengiz einen Schreibtisch in Beschlag genommen und erste Ermittlungsmaßnahmen eingeleitet hatte, bekam sie Lust auf eine Eisschokolade. In einem Café in der Nähe des Präsidiums setzte sie sich auf den einzigen freien Stuhl direkt neben der Kollegin vom zentralen Materiallager, wie sich herausstellte. Die beiden erkannten jeweils in der anderen eine Polizistin, was zu allerlei Spekulationen über die menschliche Aura führte.

Geschickt wechselte Cengiz das Thema, um mehr über Zeki Demirbilek, ihren neuen Chef, zu erfahren. Simone Reibe erzählte munter, dass der Türke im Präsidium verschrien sei als jemand, der lieber alleine arbeitete und auch gerne arbeiten ließ, modernes Teammanagement sei ihm suspekt. Seine Streitlust dagegen sei legendär, Respekt vor Amt und Würden sei ihm nicht mit in die Wiege gelegt worden. Er sehe gut aus, obwohl er bald vierzig werde, bekräftigte sie, sei zum zweiten Mal verheiratet, derzeit mit einer Deutschen. Seine erste Ehefrau sei Türkin, eine aus besseren Kreisen, Intellektuelle aus Istanbul, außerdem sei er Vater von erwachsenen Zwillingen aus erster Ehe. Tochter Özlem studiere in München Kunstgeschichte an der Ludwig-Maximilians-Universität. Sohn Aydin dagegen sei mit der geschiedenen Frau in Istanbul, Musikstudent am Istanbuler Konservatorium. Berauscht von der prallen Fülle an Informationen, bezahlte Cengiz

den grünen Tee der Kollegin und wollte zum Mittagessen mit Isabel am kommenden Montag hinzukommen.
Kurze Zeit später kehrte sie ins Büro zurück, setzte sich auf den Schreibtisch und zog den Drehstuhl heran, um die Füße ablegen zu können. Sie kaute auf einem Ingwerbonbon herum und las konzentriert die wenigen Anmerkungen in der Vermisstenakte »Bülent Karaboncuk«, der erste Mordfall des Sonderdezernats Migra.
Als es an der Tür klopfte, schwang sie ihre Füße vom Stuhl. Ein uniformierter Polizist führte eine in schwarzem Schleier verhüllte Frau herein und verabschiedete sich wieder. Da der Chef nicht erreichbar war, hatte Cengiz ohne Rücksprache die Witwe des Eisbachtoten zum Gespräch herbringen lassen. Sie war der Meinung, dass es hilfreich war, die Witwe aus dem Umfeld der Familie zu holen. Sie wusste nur zu gut, dass die Wohnung der türkischen Familie voll mit Trauergästen war. Es war laut. Geweine und Geheule waren nicht förderlich zur Aufdeckung der Wahrheit, befand sie.
Was sie zu sehen bekam, war viel zu viel Stoff und viel zu wenig Frau, dachte Cengiz und schätzte sie auf Ende zwanzig ein, als ihr neuer Chef und Isabel Vierkant durch die Tür kamen.
»Schön, dass Sie da sind, Herr Kommissar«, hieß sie Zeki Demirbilek wie eine Gastgeberin willkommen. »Ich bin Jale Cengiz, die aus Berlin. Ich sollte ja erst Montag anfangen, aber was soll's, jetzt bin ich schon mal da … *Allaha şükür,* wir haben ja zu tun … *buyrun.*« Sie trat einen Schritt zur Seite, damit er an ihr vorbei an seinen Schreibtisch gehen konnte.
»Wir sprechen Deutsch, außer unsere Arbeit erfordert etwas anderes«, ermahnte er die junge Frau, die glaubte, mit ihrem selbstbewussten Auftreten den Kommissar beeindrucken zu können. Er wandte sich der verschleierten Frau zu, die auf einem Holzstuhl mit gebeugtem Kopf Platz genommen hatte.

»Was ist hier los? Wer ist die Frau?«

»Die Ehefrau des Toten«, erklärte Cengiz zögerlich. Ihr dämmerte, dass der erste Eindruck, den ihr Chef von ihr hatte, alles andere als positiv war. »Ich habe sie herbestellt, weil zu Hause sicher die Trauernden zusammensitzen.«

»Ach ja? Und wer hat Sie darum gebeten?«, fragte Demirbilek wütend und studierte die Reaktion der Neuen, die zunächst keine Miene verzog, dann allmählich lächelte in der Hoffnung, der Kommissar würde das, was er eben gesagt hatte, nicht ernst meinen. Doch da erkannte sie in seinen Augen, dass sie sich täuschte. Demirbilek meinte es ernst. Sein Blick blieb mürrisch. Kein Augenzwinkern, kein leises Lächeln. Er war aufgebracht, weil es ihm nicht passte, dass seine neue Mitarbeiterin die Befragung mit einer derart wichtigen Zeugin anberaumt hatte, ohne ihn vorher zu fragen. Er war altmodisch, was den Führungsstil betraf.

»Wartet nebenan«, forderte er Vierkant und Cengiz auf. Die beiden Frauen schlossen die Verbindungstür zu dem größeren Raum hinter sich, während Demirbilek der verschleierten Frau gegenüber Platz nahm.

»Başınız sağ olsun«, kondolierte er auf Türkisch. Die verschleierte Frau nickte und putzte sich mit einem Taschentuch umständlich unter dem Gesichtsschleier die Nase.

Demirbilek ertappte sich dabei, Stoff und Musterung des Tuches zu begutachten. Ein unansehnliches Exemplar aus einem Billigladen am Hauptbahnhof.

»Können wir auf Deutsch reden?«

Die verschleierte Frau nickte kurz.

»Das Verhör wird auf Video aufgezeichnet.«

»Ist mir recht. Aber kann ich vielleicht rauchen?«

Demirbilek stutzte. Eine Frau mit Schleier raucht nicht, zumindest nicht in der Öffentlichkeit. Merkwürdig, fand er, wo bewahrt sie ihre Zigaretten auf, eine Handtasche hatte er nicht bemerkt – und er antwortete: »Nein, das geht nicht.«

»Dann machen Sie bitte schnell«, erwiderte die Frau gequält.

Ja, dachte Demirbilek, die Neue hatte wohl recht. Die Eltern warten zu Hause, die beiden Kinder, Verwandte und Freunde ebenso. Trotzdem hätte sie das mit ihm abklären müssen. Dann schaltete er die kleine Videokamera ein.

Vierkant und Cengiz konnten über einen Kontrollmonitor nebenan das Verhör verfolgen.

»Zuerst Ihren Namen und Ihre Adresse.«

»Ayfer Karaboncuk, Werinherstraße.«

»In Giesing, ja?«

»Giesing«, wiederholte die Frau.

»Sie sprechen gut Deutsch.«

»Ich bin Münchnerin. Auch, wenn ich nicht so aussehe«, gab sie trocken zurück.

Der Kommissar ignorierte die Bemerkung. »Sagen Sie mir, wann Sie Ihren Mann als vermisst gemeldet haben.«

»Das Schwein von einem Ehemann habe *ich* bestimmt nicht vermisst gemeldet. Das war meine Schwester«, antwortete sie unerwartet laut.

Demirbilek brauchte einen Moment. Wo blieb die Trauer um den verstorbenen Ehemann? Wo die hinter dem Schleier verborgenen Tränen?

»Das Herumficken mit den Weibern im Club hat ihn das Leben gekostet. Allah sei Dank. Er hat meine Gebete erhört!«, setzte sie nach einer kleinen Pause hinzu.

»Sie sind also froh, dass Ihr Mann nicht mehr lebt?«

»Er hätte nie geboren werden dürfen«, stellte die Frau ungerührt fest.

Zeki Demirbilek irritierte der Hass auf den Ehemann. Ein bohrender, von einer großen Enttäuschung genährter Hass zehrte die Frau von innen auf.
Er lauschte dem schweren Atmen hinter dem Schleier. Er fixierte die kaum wahrnehmbaren Augen hinter dem leicht durchlässigen Stoff.
»Was für einen Club meinen Sie? Ein Bordell?«
»Er und sein Bruder haben von einem Wellnessparadies gesprochen. Aber Sie haben recht, es ist ein Puff.«
»Wie heißt das Wellnessparadies?«
»Sultans Harem. Aber das steht alles bestimmt detailliert in den Akten«, erwiderte sie angestrengt und zupfte dabei nervös an ihrem Schleier.
»Nein«, gab Demirbilek kurz angebunden zurück. Er hatte von dem Bordell noch nie gehört. War es neu?
»Wann haben Sie ihn zuletzt gesehen?«
»Vor zwei Tagen. Er ist zur Arbeit. Nachts um zehn.«
»Er ging zur Arbeit, obwohl er arbeitslos gemeldet ist. Stimmt das?«
»Was meinen Sie mit arbeitslos?«, fragte die Frau überrascht.
Er glaubte ihrer Reaktion. Sie wusste nicht, dass ihr Mann offiziell keiner Arbeit nachging. Demirbilek nahm die Vermisstenakte und sah nach.
»Seit vier Monaten ist Ihr Mann arbeitslos gemeldet.«
»Dann hat er ja Arbeitslosengeld bekommen. Steht das da auch drin?«
»Das geht Sie nichts an. Also, was hat Ihr Mann gearbeitet?«, fragte Demirbilek forsch nach. Er glaubte, ein erstauntes Gesicht hinter dem Schleier zu erkennen.
»Er hat sauber gemacht, zusammen mit seinem Bruder. Von wegen Gebäudemanagement. Er war eine mobile Putze, so was wie

ein Springer, wenn jemand krank wurde. Der war mal hier, mal da. Vor allem nachts nach den Bürozeiten. Er hat einfach nichts anderes gefunden. Die Kinder durften das nicht wissen. Wir haben erzählt, dass er bei BMW arbeitet.«

»Und im Sultans Harem hat er mit seinem Bruder als mobile Reinigungskraft gearbeitet?«

»Glaub schon. Ali, seinem Bruder, ist es mal rausgerutscht. Bülent hat nie erzählt, wo er gerade arbeitet. Ich habe gemerkt, dass es Bülent gefallen hat, die Scheiße und Pisse von den Hurenböcken wegzuwischen. Und die Huren dort zu ficken.«

»Wo? Im Sultans Harem?«

»Ja! Wo sonst?«

»Ihr Mann ist zwei Nächte nicht nach Hause gekommen. Was haben Sie den Kindern gesagt? Haben Sie sich denn überhaupt nicht gewundert?«

»Ich war froh, dass er nicht da war, die Kinder auch. Glauben Sie mir. Wer seine Frau und seine Kinder nicht ehrt, hat den Tod verdient. Glauben Sie mir. Er hat rumgefickt.«

»Wie kommen Sie darauf? Erklären Sie es mir.«

»Seit er im Sultans Harem vor drei Monaten angefangen hat, hatte er plötzlich Geld … und dann gab es eine andere.«

»Was? Eine Frau?«

»Ja. Er hat von ihr im Schlaf geredet.«

»Ich verstehe das nicht, Frau Karaboncuk. Sie sagen, Ihr Mann musste sterben, weil er eine andere Frau kennengelernt hat? Wollte er Sie verlassen?«

Mit der provozierenden Bemerkung hoffte Demirbilek, die Frau aus der Reserve zu locken. Was ihm auch gelang. Die Tränen kamen nun doch. Scheinbar völlig ungewollt. Oder auch nicht, dachte er. Er wollte sich nicht beirren lassen, sondern sich am Ende des Verhörs von der Frau ein unvoreingenommenes Bild

machen. Konnte sie mit dem Tod ihres verhassten Mannes etwas zu tun haben? Ja, fand er, warum nicht?
Da löste die weinende Frau erst den Schleier vor den Augen, dann den Kopfschleier und schließlich das darunterliegende Kopftuch. Eine schöne Frau zeigte sich Zeki Demirbilek. Dunkle, tiefliegende Augen, umrahmt von prägnanten Wangenknochen und brünetten Haaren. Sie war geschminkt. Die Lippen dunkelrot, das hellrote Rouge auf den Wangen unterstrich das Kantige ihres Gesichtes. Der Kajal um ihre Augen war feucht von den Tränen. Sie wischte sich mit einem Tuch sauber, das sie aus dem Ärmel holte.
»Tut mir leid«, entschuldigte sie sich und putzte sich die Nase. »Wir waren mal eine glückliche Familie. In einem Jahr wollten wir zurück nach Adana. Die Kinder sind dort schon in der Schule angemeldet. Wir haben zwar noch keine Wohnung gefunden, aber meine Eltern wollten uns helfen, damit wir in der Türkei etwas kaufen können. Vor drei Monaten oder so muss aber etwas passiert sein. Bülent hat sich verändert.«
»Wie verändert?«
»Man spürt, wenn die Liebe nicht mehr da ist.« Sie schneuzte sich noch einmal. »Meine Verwandten und die Kinder warten. Die Wohnung ist voll. Ich muss nach Hause.«
»Eine letzte Frage noch. Haben Sie eine Idee, wo Ihr Mann die beiden letzten Tage vor seinem Auffinden gewesen sein könnte?«
»Fragen Sie Ali. Er ist sein großer Bruder … Ich war nur seine Ehefrau.«
Mit geübten Griffen verschleierte sich die Frau wieder ordentlich und stand auf.
»Setzen Sie sich«, befahl Demirbilek und suchte in den Unterlagen nach einem Foto ihres Mannes, das den Brustkorb mit den Reißnägeln zeigte. Dann nahm er ein Blatt Papier, legte es darüber und zeichnete mit einem Bleistift schnell den Schriftzug

nach, den die Reißnägel ergaben. Das Blatt zeigte er der Frau und sah ihr dabei ins Gesicht, um ihre Reaktion zu prüfen.
»Wissen Sie, was das bedeutet?«
Die Frau lüftete ihren Augenschleier und betrachtete die Zeichnung. Dann verneinte sie mit einem Kopfschütteln und fragte: »Kann ich jetzt gehen, *lütfen?*«
»Tabii«, erwiderte Zeki Demirbilek und erhob sich vom Stuhl. Warum sollte die türkischstämmige Münchnerin auch Arabisch beherrschen?, dachte er, als Cengiz und Vierkant das Büro betraten.
»Cengiz, bitte sorgen Sie dafür, dass Frau Karaboncuk nach Hause gefahren wird. Und sehen Sie nach, ob Schneider von der Sitte da ist. Wenn ja, lassen Sie sich berichten, was das für ein Wellnessparadies ist.«
Cengiz warf einen flehenden Blick zu Vierkant.
»Durchwahl -842, Erdgeschoss«, half Isabel Vierkant schnell aus.
Cengiz und die Witwe verließen den Raum. Als sie weg waren, schaute Demirbilek Vierkant fragend an.
»Sie sollte doch erst am Montag anfangen?«
»Ich ja auch«, antwortete Vierkant spontan und bemerkte nicht, dass sie sich verraten hatte.
»Sie waren sich ziemlich sicher, dass ich Sie nehmen würde«, hakte Demirbilek streng nach.
Um nicht weiter in Bedrängnis zu geraten, versuchte sie erst gar nicht, eine Antwort zu geben.
»Jetzt hole ich Ihnen Ihren *kahve,* ja?«, fragte sie mit neckischem Lächeln.
»Az şekerli.«
»Ich weiß. Mit wenig Zucker«, überraschte sie ihn mit ihren Türkischkenntnissen.
Demirbilek lächelte. Ihm gefiel, dass Vierkant ihre Kollegin in Schutz nahm.

In diesem Augenblick läutete das Telefon auf seinem Schreibtisch.
Demirbilek ging an den Apparat. Er hörte kurz zu und antwortete: »Bin schon unterwegs.« Dann drehte er sich zu Vierkant um. »Ich bin in zwei Stunden wieder zurück. Besorgen Sie alle Informationen über die Familie Karaboncuk und über den Bruder. Aber diesmal wird niemand vorgeladen, ohne dass ich vorher informiert werde.«

13

Mit Daumen und Zeigefinger zerbrach Zeki Demirbilek den Zuckerwürfel, legte den einen Teil zurück in die Schale, den anderen warf er in sein *çay*-Glas. Er nippte. Der Tee war kräftig. Ihm gegenüber im Aufenthaltsraum der islamischen Gemeinde studierte der Imam die Skizze, die er bei dem Verhör der Witwe angefertigt hatte. Nachdenklich verzog der alte Mann das Gesicht. Nach seiner Mimik zu urteilen, hatte der geistliche Gelehrte keine Mühe, die Botschaft zu entschlüsseln. Bevor der Kommissar jedoch erfuhr, was mit den Reißnägeln auf dem Körper des Opfers hinterlassen worden war, wurde der Geistliche von einem Jungen ans Telefon gerufen. Geduldig trank Demirbilek seinen Tee und wartete, bis der Imam zurückkehrte.
»Bülent war kein Teufel, *Komiser Bey*«, sagte der Geistliche mit gesenkter Stimme.
Demirbilek, der den Namen des Opfers nicht erwähnt hatte, musterte ihn fragend.
»Ich weiß, dass Bülent der Tote ist. Seine Frau hat eben angerufen, um sich wegen der Beerdigung zu erkundigen.«
»Gut. Aber was hat Bülent mit dem *Teufel* zu tun?«, fragte Demirbilek.
»Das steht auf Bülents Brust geschrieben – *Schaitan,* auf Arabisch: الشيطان«, erklärte der Imam und intonierte das Wort mit tiefer Stimme.

Warum machte sich der Mörder die Mühe, auf so dramatische Weise das Opfer als Teufel zu beschuldigen, wenn es dafür keinen Grund gibt?, fragte sich der Kommissar.
»Sie kannten Bülent?«
»Er und sein Bruder Ali kamen an Feiertagen und hin und wieder freitags zum Beten.«
»In den letzten Wochen auch?«
Der Imam dachte nach und trank von seinem Tee. »Nein. Nicht in letzter Zeit.«
»Sie glauben also nicht, dass Bülent ein Teufel war.«
»Das kann ich mir nicht vorstellen«, sagte der Imam bedacht. »Zur Moschee kam er mit seinen Kindern. Auch, wenn das nichts heißen muss. Um *Schaitan* zu sein, muss man Allah abgeschworen haben.«
Nach der Feststellung versank der Imam in ein langes Gebet. Zeki Demirbilek harrte aus, lauschte der Stimme und dem Klappern der Gebetskette, obwohl er den auf Arabisch betenden Geistlichen nicht verstand. Im Anschluss bot ihm der Imam einen weiteren *çay* an. Demirbilek lehnte höflich ab. Er bedankte sich für die Unterstützung mit einer Spende für die Armen der Gemeinde. Der Imam bat im Gegenzug Allah um Beistand für den *Komiser Bey.* Der Allmächtige möge ihm Kraft, Geduld und Ideen geben, damit er den schändlichen Mörder dingfest machen konnte. Demirbilek hoffte ganz profan, dass die neue Information die Ermittlung weiterbrachte. Gestärkt durch die guten Wünsche beschloss er, vor der Rückkehr ins Büro einen Abstecher in privater Sache zu machen.

14

Zur Unibibliothek!«, rief Demirbilek beim Einsteigen dem Taxifahrer zu, der mit einem grantigen »Grüß Gott, so viel Zeit muss sein« antwortete. »Ein bisschen genauer darf's schon sein. Geschwister-Scholl-Platz, oder wo wollen wir denn hin?«
»Sie fahren auf kürzestem Weg Ludwigstraße Ecke Schelling, machen bitte schön das Radio aus und lassen mir hier hinten meine Ruhe«, antwortete Demirbilek mit finsterer Miene in den Rückspiegel, was den Taxifahrer bewog, ohne einen weiteren Kommentar loszufahren.
Während der Fahrt grübelte der Kommissar, welche Bewandtnis es mit dem Wort Teufel auf der Brust des Toten haben könnte. Was hatte Bülent Karaboncuk angestellt, um aus Sicht des Täters als Teufel gebrandmarkt zu werden? Hatte es mit seiner gesetzwidrigen Arbeit im Sultans Harem zu tun? Warum hatte er als Arbeitsloser Geld und redete im Schlaf von einer anderen Frau, wie die Witwe ausgesagt hatte?
Ungewollt musste er an ihr schönes Gesicht denken. Wie es wohl war, verschleiert in München zu leben? Glaubte man, sie sei eine wohlhabende Araberin, eine aus einer Scheichfamilie, die in den Luxusgeschäften der Maximilianstraße ihr Geld ließ, während der Ehemann im Klinikum rechts der Isar hochherrschaftlich behandelt wurde? Oder wurde sie angefeindet? Wut kochte in ihm hoch. Über sich selbst. Wie konnte er alles, was er bisher erreicht

hatte, wegen einer verwirrten alten Frau in Frage stellen? Er wusste es nicht, dennoch entsprach es dem Sachverhalt. Mit musternden Blicken und abschätzigen Äußerungen von Tätern, aber auch Opfern, denen er zu helfen versuchte, wusste er umzugehen. Da war er absolut rigoros und erstickte Anfeindungen, was seine Herkunft betraf, im Handumdrehen. In der Regel reichte eine wohldosierte Drohung.

In der Schellingstraße angekommen, grinste Demirbilek in das verdutzte Gesicht des Taxifahrers, der aufgrund seiner grantigen Bemerkung nicht so ein hohes Trinkgeld erwartet hatte. Demirbilek betrat über den Hintereingang die Bibliothek und entdeckte Frederike am Informationsschalter. Sie war in ein Buch vertieft. Eine beeindruckende Frau, zweiundvierzig Jahre, mit gepflegtem Gesicht und langen, glänzend braunen Haaren, die schuld daran waren, dass er sie auf dem Weihnachtsmarkt am Weißenburger Platz kennengelernt hatte. Er war mit einer Zigarette im Mund direkt hinter ihr in der Schlange eines Glühweinstandes gestanden. Sie hatte sich abrupt zu ihrer wartenden Freundin umgedreht, ihre wehenden Haare hatten sich dadurch in Zekis Zigarette verfangen. Der Geruch von verbranntem Haar hatte sich unter die vorweihnachtlichen Düfte gemischt. Als Entschuldigung hatte er sie und ihre Freundin zu einem Becher Glühwein eingeladen. Drei Monate später hatte er mit Frederike Schubert zwei herrliche Frühlingswochen in Antalya verlebt. Die standesamtliche Heirat in der Mandlstraße am Englischen Garten war ein halbes Jahr später erfolgt.

Eigenartig, fand Zeki, während er seine zweite Ehefrau beobachtete. Sollte sie, statt ein Buch zu lesen, nicht in den Monitor schauen, um Informationen abzugleichen oder Bestände nachzuprüfen? Frederike lächelte bei der Lektüre ihres Buches. Ein Schutzumschlag aus Plastik verbarg den Titel vor neugierigen

Blicken. Die Lesebrille auf ihrer Nase, fiel ihm jetzt auf, war neu. Etwas zu extravagant vielleicht. Eine rote, geschwungene Fassung. Er verzog abwägend das Gesicht und machte sich mit einem leisen Pfiff bemerkbar.
Frederike hob verdutzt den Kopf. Sie überlegte einen Moment, ob sie willens war, ihn zu sprechen. Schließlich nahm sie das Schild »Bin draußen beim Rauchen« und stellte es auf die Schaltertheke. Dann holte sie aus ihrer Handtasche Zigaretten, Feuerzeug und ein Kuvert.
In der Nähe des Hintereingangs gab es eine Bank, sie setzten sich. Freundlich nickende Studenten grüßten beim Vorbeigehen. Sie rauchte die Ultradünnen. Zeki dachte an den kratzigen Geschmack seiner Reval ohne Filter. Zwei Päckchen am Tag. An Sonntagen, wenn er nicht viel zu tun hatte, oft auch mehr.
»Wie viele?«, fragte Zeki ohne Neid und ohne Vorwurf.
»Meine fünfte heute. Maximal zehn.«
Zeki nickte anerkennend. Sie reichte ihm das Kuvert in ihrer Hand. Es war weiß. Die Briefmarke türkisch. Das Konterfei von Atatürk als junger Mann, voller Tatendrang und großer Vision im Blick. Er erkannte sofort die Handschrift des Absenders. Was will sie von mir?, fragte er sich nervös und breitete gleichzeitig innerlich weit die Arme aus, um die Vorfreude auf das Öffnen des Kuverts zu feiern.
»Ein Fehler beim Nachsendeantrag. Liegt seit ein paar Tagen bei mir herum. Wollte ich dir heute beim Anwalt geben«, erklärte Frederike.
Zeki bedankte sich und steckte den Brief in die Innentasche seines Sakkos. Dann holte er das zweite Taschentuch, das er für den Tag eingesteckt hatte, und wischte sich über die Handrücken.
Frederike bemerkte, dass er abgespannt und nervös war. Der Brief seiner ersten Ex konnte nicht der Grund sein, er konnte ja

nicht wissen, was darin stand. Vielleicht der verpasste Anwaltstermin? Aber nein, das war ihm ziemlich egal. Respekt vor Anwälten war Zeki fremd. Was ist mit ihm los?, fragte sie sich und drückte die Zigarette aus.

»Hast du Lust, heute Abend zum Essen zu kommen? Zitronenhuhn vielleicht? Özlem mag das auch«, fragte er.

»In drei Jahren Ehe hast du, wenn es hochkommt, fünf Mal gekocht. Jedes Mal gab es Zitronenhuhn. Du kannst gar nichts anderes«, entgegnete Frederike brüskiert, die wusste, dass Zeki gerne von sich behauptete, kochen zu können.

»Immerhin, oder?«

»Was ist los, Zeki? Du willst dich doch nicht für den verpassten Anwaltstermin entschuldigen, oder?«

»Heute Abend, bitte«, insistierte er.

»Zeki, dein osmanisches Gehabe geht mir auf die Nerven!«, fauchte sie.

»Es hat nichts mit unserer Scheidung zu tun. Ich unterschreibe alles, was dein Anwalt vorsetzt. Hauptsache, ich kann in der Wohnung bleiben.«

Er beobachtete, wie sie auf die Uhr blickte, entschied, dass sie noch Zeit hatte. Mit unruhiger Hand zündete sie eine zweite Zigarette an.

»Du bist und bleibst ein eingebildetes Mannsbild! Ich will die Wohnung nicht, das weißt du!«, schob sie erbost nach.

»Die Wohnung ist für Özlem«, erklärte er unaufgefordert.

»Meinst du es ernst mit den Papieren?«, fragte sie unsicher. »Vor einer Woche klangst du noch anders.«

»Ja, ich meine es ernst. Ich will dir und deinem neuen Mann nicht im Weg stehen.«

Frederike musterte ihn skeptisch. Was war nur aus dem streitsüchtigen Mann, der stolz war, Türke zu sein, geworden? »Ich

hätte erwartet, dass du mit einer neuen Idee ankommst, wie wir unsere Ehe retten können. Nach Istanbul fahren, Urlaub machen oder ich weiß nicht was! Merkst du eigentlich, wie deutsch du geworden bist?«, provozierte sie ihn in der Hoffnung, etwas zu erfahren, was ihre Sorge über seinen Zustand mindern würde.
»Wenn dann bayerisch«, antwortete er, ohne auf die Provokation einzugehen, und küsste sie sanft auf die Wange.
»Um acht, Spatzl«, verabschiedete er sich ironisch.
»*Güzelim* heißt das!«, konterte Frederike. Sie spürte, wie sehr sie seine türkischen Koseworte vermissen würde.
Demirbilek gab sich geschlagen. Der alten Zeiten wegen. »Also gut, *güzelim,* um acht.«
Guter Dinge lief Zeki Demirbilek zur U-Bahn und erwischte die U4 Richtung Hauptbahnhof. Er merkte, wie unverschämt erleichtert er war, den ersten Fall seines Sonderdezernats angehen zu können. Ob er wegen der Obduktion Druck machen sollte? Beim Gedanken an die Gerichtsmedizinerin Dr. Sybille Ferner verzog er jedoch skeptisch das Gesicht. Er wusste aus persönlicher Erfahrung, wie heikel, manchmal sogar hysterisch Sybille auf Zeitdruck reagierte. Mordkommissionsrelevante Leichen waren zurzeit nicht viele im Umlauf. Sie würde schon nicht viel zu tun haben, hoffte er.
Demirbilek nahm den Ausgang zur Schillerstraße und erstand ein halbes Dutzend *sigara böreği,* frisch in heißem Fett gebraten. Er ging an den Computerläden, Animierschuppen und kleinen und großen Esspalästen vorbei.
Während er die mit Schafskäse gefüllten Teigrollen auspackte, hielt er plötzlich erstaunt inne. Zwei Arbeiter montierten das Schild »Serdals Döner macht schöner« ab. Er war bestimmt fünf Wochen nicht mehr in der Ecke gewesen und verzog skeptisch die Miene, da er den Pächter Serdal kannte und Imbisslokale um

den Hauptbahnhof ein gutes Geschäft machten. Die Arbeiter schleuderten das abmontierte Schild auf den Pick-up und gingen in den Laden. Warum sollte Serdal seinen florierenden Laden aufgeben?, wunderte sich Zeki und verschlang die Teigrolle mit zwei Bissen.

15

Jale Cengiz' konzentrierter Blick wanderte von der Webseite des Sultans Harem zu ihrer Kollegin. Isabel Vierkant faltete ein Brillenputztuch aus ihrer Umhängetasche zu einem Quadrat und wischte die Staubschicht von ihrem Monitor. Als sie Franz Weniger in der offenen Tür stehen sah, stand sie auf und grüßte. Cengiz dagegen blieb sitzen und nickte.

»Wo ist Demirbilek?«, fragte Weniger.

Vierkants Gesicht war anzusehen, dass sie keine Ahnung hatte, wo er war, und in ihrer Wahrheitsliebe genau das auch zu sagen beabsichtigte.

Cengiz kam ihr zuvor.

»Ermittelt. Sie wissen ja, unser erster Fall.«

»In einer Stunde will ich ihn sprechen, und zwar dringend. Rufen Sie ihn an.«

Dann drehte er sich auf dem Absatz um und verschwand wieder.

Umgehend griff Vierkant zum Hörer und wählte Demirbileks Nummer. Sie wartete eine ganze Weile.

»Schon wieder! Es läutet, aber er geht nicht ran«, ärgerte sie sich und legte auf. »Wir müssen ihn finden. Egal wie.«

»Wo wollte er denn hin?«, fragte Cengiz.

»Keine Ahnung, er hat nichts gesagt. Könnte sein, dass es eher was Privates ist. Ich weiß es nicht.«

»Lass mich mal machen, Isabel«, bot Cengiz an und öffnete im

Browser eine verdächtig simpel aufgebaute Seite. Vor einem schwarzen Hintergrund befand sich in der Mitte ein weißes längliches Rechteck. Dort gab sie eine etwa zwanzigstellige Ziffern- und Zeichenfolge ein. Das System akzeptierte die Eingabe, eine neue Seite öffnete sich. Dieses Mal war der Hintergrund weiß. Ein schwarzes Rechteck prangte in der Mitte.

»Seine Handynummer?«, wollte Cengiz wissen.

Vierkant kannte die Nummer auswendig und diktierte. Cengiz tippte in das Rechteck, nach wenigen Sekunden tauchte der Stadtplan von München mit einem rot blinkenden Punkt auf.

»Und da ist er jetzt?«, staunte Vierkant voller Respekt über die schnelle Ortung.

»Wenn er sein Handy nicht verloren hat, treibt er sich gerade höchstpersönlich am Hauptbahnhof herum.«

»Was ist das denn für eine Webseite, bitte?«

»So genau willst du das bestimmt nicht wissen«, antwortete Cengiz schelmisch.

Vierkant hob mahnend den Zeigefinger und schüttelte den Kopf. »Bleib du hier, ich frage Wagner, ob er mich fahren kann!«

Der rote Punkt markierte das türkische Lebensmittelgeschäft, in das Zeki Demirbilek einkaufen gegangen war. Reis, ein frisch geschlachtetes Huhn und Zitronen. Das Rezept war die Variante eines türkischen Gerichtes, das seine Mutter oft für Familie und Freunde gekocht hatte. Eine Symbiose aus türkischer, italienischer und bayerischer Küche. Essgewohnheiten hatten nichts mit Assimilation zu tun, sondern mit Geschmack. Türkischen Wein hatte er zu Hause. Özlem hatte am Telefon zugesagt, um acht zu ihm zu kommen.

Nun stand der Kommissar mit der durchsichtigen Plastiktüte vor Serdals Dönerladen und klopfte gegen die verschlossene Glastür.

Irritiert bemerkte er, dass jemand nach ihm rief, und wandte den Kopf zur Straße.

»Herr Demirbilek!«, rief Vierkant durch das geöffnete Seitenfenster des Dienstwagens, erleichtert, ihren Chef tatsächlich erspäht zu haben, als Wagner in die Landwehrstraße eingebogen war.

Wagner hielt direkt neben Demirbilek an.

»Herr Demirbilek!«, wiederholte sie und stieg aus.

Doch der Kommissar hatte inzwischen die Plastiktüte auf dem Boden abgestellt und hämmerte gegen die Eingangstür. »Macht die Tür auf! Ich will mit euch reden!«, brüllte er durch die Scheibe des Geschäfts, ohne sich von seiner Kollegin beirren zu lassen. Die zwei Arbeiter saßen mit Leberkässemmeln und einer Halben gemütlich auf einem Tisch. Die verdreckten Sicherheitsschuhe baumelten in der Luft. Unhörbar für ihn und Vierkant tuschelten und lachten sie über den Mann im Anzug, der Einlass verlangte.

»Was ist los, Herr Demirbilek?«, fragte Vierkant besorgt. »Ist etwas passiert?« Sie schaute selbst in den Laden und erntete ein breites Grinsen von den beiden Männern.

Kurz danach tauchte Kollege Wagner an der Eingangstür auf. Er war in Uniform. Von weitem schon als Amtsperson zu erkennen. Sofort sprangen die Arbeiter auf die Beine und wischten sich die verschmierten Münder ab.

Nun fühlte sich Zeki Demirbilek endgültig respektlos behandelt und unterdrückte seine Wut nicht mehr. Sein Fuß knallte gegen die Tür, und die Glasscheibe gab schwingend nach.

»Herr Demirbilek, bitte?«, flehte Isabel ihn an.

»Vierkant. Was machen Sie eigentlich hier? Ich habe Sie nicht gerufen.«

»Weniger muss Sie dringend sprechen.«

»Ach ja?«, antwortete er unbeeindruckt. Dann nahm er sein Handy und sah, dass es auf stumm geschaltet war. Er beruhigte sich

und lugte noch mal in Serdals Laden. Die beiden Arbeiter waren nicht mehr zu sehen.
Vierkant schaute ungeduldig auf die Uhr. Die Stunde war nicht ganz vorbei.
»Was ist? Worauf warten wir? Der Chef ruft!«, sagte Demirbilek und nahm mit seiner Plastiktüte hinten im Streifenwagen Platz.
»Wollen Sie nicht vorne sitzen?«, fragte Vierkant und bemerkte nebenbei den Transporter der beiden Arbeiter mit der Aufschrift ihrer Firma.
»Lieber nicht«, antwortete er gereizt und nickte Wagner zu, der Blaulicht und Sirene aktivierte, bevor er den Motor aufjaulen ließ. Die Passanten auf dem Bürgersteig staunten nicht schlecht. Zeki wusste um Wagners Fahrkünste. Den Gefallen, nachzufragen, warum Weniger ihn so dringend sprechen wollte, tat er Vierkant nicht. Stattdessen kämpfte er mit seiner Stimme gegen den Sirenenlärm an: »Wie um Himmels willen haben Sie herausgefunden, wo ich bin?«
Als keine Antwort kam, wurde es Demirbilek zu blöd. »Schalt bitte die bescheuerte Sirene aus, Wagner!«

16

Kommissariatsleiter Weniger wartete vor dem Haupteingang des Reviers auf den Mann, der ihm ständig Kopfzerbrechen bereitete. In allerspätestens zehn Minuten musste er zum Flughafen aufbrechen. Schon wieder nach Berlin. Das dritte Mal in diesem Monat. Die Besprechungen in dem modernen Kathedralenbau aus Glas ödeten ihn an. Die neue Berliner Architektur fand er fad. Er mochte die Stadt einfach nicht. Er liebte München. Die bayerische Landeshauptstadt war groß genug, die rauhe Wirklichkeit rauh genug, und die Verbrechen waren schlimm genug, um ein Sonderdezernat wie Migra ins Leben rufen zu müssen.
In dem Moment bog Wagner mit dem Streifenwagen auf den Parkplatz ein.
Zeki Demirbilek stieg mit der durchsichtigen Plastiktüte in der Hand aus. Warum lächelte der Mann so bemüht?, fragte er sich. Er konnte Weniger nicht besonders leiden, akzeptierte ihn aber als seinen Vorgesetzten. Er wusste, dass Weniger dagegen der Meinung war, dass er ihm mehr Respekt entgegenbringen sollte. Auf halbem Weg blieb er stehen. Drei Taschentücher bei sich zu haben hat seine Vorteile, freute er sich. Er holte das dritte für den Tag und wischte die Hände sauber. Dann steckte er es zurück in die linke Hosentasche. Dort wanderten die Taschentücher hin, wenn sie ihren Dienst getan hatten. Dabei bemerkte er, dass aus der Plastiktüte Blut tropfte.

Weniger traute seinen Augen nicht. Der Chef des neuen Sonderdezernats lief mit einem frisch geschlachteten Federvieh durch die Gegend. Er musste sich zusammenreißen. Nur keinen Wutausbruch jetzt. Er brauchte den Mann mit dem blutenden Huhn. Nicht er persönlich natürlich, sondern der politische Wille. Nun gut, dachte er und sah auf die Uhr.

Demirbilek war dankbar, dass ihm Kollegin Vierkant die Tüte abnahm und mit einem freundlichen Nicken zu Weniger in das Gebäude verschwand.

»Herr Weniger?«, grüßte Zeki Demirbilek.

»Wie gehen die Ermittlungen bei Ihrem ersten Fall voran, Herr Demirbilek?«, erwiderte der Kommissariatsleiter.

»Wir stehen ja erst am Anfang. Wir wissen, dass der Mann eines unnatürlichen Todes gestorben ist. Wir wissen von seiner Frau, dass er – obwohl arbeitslos gemeldet – einer Beschäftigung nachging. Die Obduktionsergebnisse stehen noch aus, aber es gibt eine erste Spur. Sie führt zum Sultans Harem. Soll ein Wellnessparadies sein, ist aber wohl eher ein Bordell. Kennen Sie das vielleicht?«

»Nein, kenne ich nicht. Morgen früh um zehn Uhr ist die Pressekonferenz. Ich brauche Eckdaten zum Fall. Ein paar biographische Angaben über den Toten.«

»Vierkant kümmert sich darum.«

»Soll ich das Bordell erwähnen?«

»Das halten wir zurück.«

»Gut. Was muss ich noch wissen für die PK?«

Demirbilek erzählte von seinem Besuch beim Imam, bat aber darum, die Spur nicht zu erwähnen.

»In Ordnung, Sie leiten die Ermittlungen … Weshalb ich Sie sprechen wollte … Es sind zwei Beschwerden eingegangen. Eine ältere Dame behauptet, dass Sie ihr die Handtasche gestohlen haben,

und Kollege Bremser hat sich schriftlich darüber beschwert, dass Sie ihn bestechen wollten.«
Der Kommissariatsleiter wartete auf eine Stellungnahme. Demirbilek dachte nicht daran, sich zu den absurden Vorwürfen zu äußern.
»Ich war mir sicher, dass an den Anschuldigungen nichts dran ist«, zwinkerte Weniger kurz und wurde wieder ernst. »Erlauben Sie mir eine private Anmerkung?«
»Sie wollen mir sagen, dass der tote Türke unser Schicksal ist?«, meinte Demirbilek, ohne darüber nachgedacht zu haben.
Wenigers Reaktion zeigte, dass er mit seiner Vermutung recht hatte. »Wie kommen Sie darauf?«, fragte er schließlich verblüfft.
»Wir haben endlich den perfekten Fall, wie geschaffen für das neue Sonderdezernat, für das Sie sich stark gemacht haben«, erklärte Demirbilek.
Weniger nickte zustimmend, immer noch etwas irritiert. »Sie haben recht. Lösen Sie den Fall. Sonst haben Sie ein Problem.«
»Sie meinen *wir.*«
»Ja, natürlich … Ich meine *wir*«, korrigierte sich Weniger, dem sein Versprecher nicht aufgefallen war.
»Dann ist ja alles bestens … Das deutsche *Schicksal* klingt aber viel zu hart. Lassen Sie uns den Türken im Eisbach doch als Fügung sehen. Kismet klingt geschmeidiger«, bemerkte Demirbilek.
»Meinetwegen. Dann eben Kismet. Halten Sie mich auf dem Laufenden«, sagte Weniger abschließend. Er nickte zum Abschied und stieg mit seinem Aktenkoffer zu Wagner in den Streifenwagen.
Zeki sah ihm hinterher. Weniger war ein gewiefter Fuchs, sonst wäre er nicht dort, wo er in der Hierarchie hingehörte. Über ihm.
»Haben Sie im Lotto gewonnen, Herr Demirbilek? Sie sehen so

entspannt aus«, fragte Vierkant ihn, als er mit einem versonnenen Lächeln in das Büro trat.

»Leider nicht. Aber das Gespräch mit Weniger war ganz interessant.«

»Ja?«

»Wenn wir unseren ersten Fall nicht lösen, ist es mit diesem Sonderdezernat hier wieder ganz schnell vorbei«, erklärte er sachlich.

Vierkant erschrak bei dem Gedanken, dass ihr erster Fall als Ermittlerin möglicherweise gleichzeitig ihr letzter sein könnte. Sie gab sich einen Ruck und kam mit einer ausgedruckten Seite in der Hand vom Schreibtisch zu Demirbilek und überreichte ihm das Papier.

»Dann sollten wir schnellstens unseren ersten Mörder fassen. Das hier wird Sie interessieren«, sagte sie betont gelassen.

Demirbilek las das Papier aufmerksam. »Wer hat das herausgefunden?«

»Jale. War aber nicht so schwer. Eine einfache Auskunft im Handelsregister.«

»Bülent Karaboncuk ist einer der Geschäftsführer des Sultans Harem?«, fragte er überrascht.

»Schon merkwürdig, oder? Seine Frau hat gesagt, dass er dort putzt.«

Demirbilek gab ihr das Papier zurück.

»Die Familie erwartet den älteren Bruder morgen. Er war eine Woche lang in der Türkei. Wollen Sie ihn trotzdem verhören?«, fragte Vierkant.

Demirbilek dachte relativ lange nach. »Aus Istanbul?«

»Woher sonst?«, fragte Vierkant eine Millisekunde zu schnell.

»Die Türkei ist sechs mal so groß wie Deutschland, Vierkant. Stellen Sie sich nicht dümmer, als Sie sind!«

»Entschuldigen Sie, ja natürlich«, gab Vierkant verlegen zurück. »Aber es stimmt, laut Auskunft der Witwe fliegt er von Istanbul nach München. Ankunftszeit zwölf Uhr fünfunddreißig.«
»Gut. Sie holen ihn ab und bringen ihn zum Verhör. Ich möchte mit ihm sprechen, bevor er seine Familienangehörigen trifft.«
Geduldig wartete er, bis Vierkant eine Notiz in ein ledergebundenes, teuer wirkendes Büchlein machte.
»Wo ist Cengiz überhaupt?«, fragte er dann.
Vierkant zögerte mit der Antwort.
»Was ist?«
»Ein Makler hat angerufen. Sie schaut sich eine Wohnung an.«
Demirbilek kam seine große Wohnung, in der Platz genug wäre, in den Sinn, schob den Gedanken jedoch ganz schnell wieder beiseite.
»Na, dann wollen wir ihr die Daumen drücken.«
»Das kann nicht schaden«, bekräftigte Vierkant.
Demirbilek wollte zu seinem Schreibtisch, drehte sich aber auf halbem Weg um.
Als ahnte Vierkant, was er fragen wollte, holte sie aus: »Ich habe mal ein wenig nachgeforscht wegen des Ladens in der Landwehrstraße. Der Firmenwagen der Arbeiter stand ja vor dem Geschäft. Der Dönerladen wird komplett renoviert. In zwei Wochen kommt ein türkischer Architekt.«
»Aus Istanbul?«, fragte Demirbilek nach.
»Ja, genau«, bestätigte Vierkant schmunzelnd.
»Haben Sie eine Ahnung, von wem der Auftrag kommt?«, hakte Demirbilek interessiert nach. Er überlegte, Vierkant für ihre unaufgeforderte Ermittlungsarbeit zu loben. Tat es aber dann doch nicht.
Stolz darauf, auch daran gedacht zu haben, studierte Vierkant die Aufzeichnungen in ihrem Notizbuch. »Der Auftrag kam von

einem Istanbuler Architekturbüro …« Dann begann sie mit aller Mühe, die Namen abzulesen. Dabei wollte sie nichts falsch machen und haspelte sich Silbe für Silbe durch, setzte zweimal neu an, bis Demirbilek ihr das Büchlein aus der Hand nahm und ihre Notiz überflog.

»Können Sie Ihre eigene Schrift nicht lesen? Tuncer Kulmac – Mimarlık ve Mühendislik … ist doch ganz einfach«, bemerkte er lapidar und steckte die Seite aus dem Notizbuch in seine Jackentasche, wozu es nötig war, sie vorher aus dem ledergebundenen Büchlein herauszureißen.

Vierkants Gesicht verzog sich verärgert. Sie eroberte sich ihr Notizbuch zurück und steckte es in ihre Umhängetasche.

Demirbilek bemerkte ihre Verärgerung nicht. Sein Blick war aus dem Fenster gerichtet, er formulierte mehr für sich laut den Gedanken, der ihn beschäftigte. »Serdal kann kein Istanbuler Architekturbüro bezahlen.«

17

Der hochgewachsene Mann trat in seinen Garten hinaus. Mit zugekniffenen Augen blinzelte er in die Abendsonne und streckte seine ungewöhnlich langen Arme in den Himmel. Er betrachtete die malerische Meerenge und das Treiben auf dem Bosporus direkt vor seiner kleinen Holzvilla, genoss mit schläfrigem Gähnen die wundervolle Aussicht, bis er an eines seiner Sorgenkinder denken musste. Eine seiner schönsten Rosenstöcke, eine Double Delight, machte ihm seit einiger Zeit Kopfzerbrechen. Trotz gewissenhafter Vorkehrungen hatte er den Schädling nicht in den Griff bekommen. Mit bekümmerter Miene schlenderte er zu dem Rosenbeet und begutachtete die hässlichen Flecken auf den weiß umrandeten, blutroten Blütenblättern.

Während er nachdachte, ob er das Schädlingsmittel wechseln sollte, läutete das Telefon. Er ging zum Tisch neben der Liege und nahm ab. Er hatte den Anruf seines Auftraggebers Furat Firinci erwartet. Der Geschäftsmann instruierte ihn klar und deutlich, was er von ihm als Dienstleister erwartete. Genaue Zielvorgaben. Bei diesem Auftrag ging es um eine Frau, die er aus den türkischen Gazetten kannte. Ein wildes, ungezähmtes Fohlen fiel ihm bei Gül Güzeloğlu ein. Er, der sich den ehrfurchtgebietenden Spitznamen *Alman,* der Deutsche, redlich verdient hatte, sollte sicherstellen, dass sie nicht mehr in den Schlagzeilen der Boulevardblätter auftauchte. Er sollte klären, ob es Geheimnisse gab,

die nach der geplanten Heirat mit Uğur Firinci Unannehmlichkeiten verursachen könnten. Sollte das der Fall sein, hatte er alle Freiheiten, dafür zu sorgen, dass diese Geheimnisse nicht an die Öffentlichkeit dringen konnten.
»Wie weit kann ich gehen?«, fragte der Deutsche am Ende des Telefonats.
»Das überlasse ich Ihnen … wie immer«, antwortete Firinci und legte auf.
Wie immer, wiederholte der Deutsche in Gedanken und strich sich durch die schwarzgefärbten Haare. Er hatte freie Hand. Solange Firinci nicht mit ihm in Verbindung gebracht wurde. Er schleuderte das Telefon in hohem Bogen über den Zaun und sah zu, wie es im Meer versank. Er hatte unzählige Apparate, die er nur ein einziges Mal benutzte und anschließend wegwarf. Dann erfreute er sich wieder an der Silhouette der Istanbuler Altstadt. Er wohnte im asiatischen Stadtteil Üsküdar, weit genug entfernt, um die Skyline der schönsten Stadt der Welt strahlen zu sehen.
Erst vor drei Tagen war er aus Tel Aviv zurückgekommen. Die Anstrengung des letzten Auftrages steckte noch in seinen Knochen. Er verreiste nicht gerne. Zu angenehm war das Leben in Istanbul, wenn man über genügend Barschaft verfügte.
Mit der Wehmut, die jeden Istanbuler ergriff, wenn er seine Stadt verlassen musste, beschloss er, noch eine Weile in seinem geliebten Garten zu verbringen. Er kannte Berlin von einigen Aufträgen, nicht aber München. Immerhin mal was anderes, dachte er und legte sich seufzend auf seinen Liegestuhl. Sein Blick wanderte zu der Double Delight. Betrübt schüttelte er den Kopf.

18

Sezen Aksu, die einzige türkische Sängerin, die Demirbilek bewunderte und musikalisch ertrug, ertönte aus dem CD-Player in seiner Küche. Es war kurz nach sieben. Er hatte nicht einmal mehr eine Stunde Zeit, bis Frederike und Özlem zum Abendessen kamen. Auch wenn er es nicht wahrhaben wollte, das Zitronenhuhn würde nicht fertig werden. Früher hätte er sich darüber geärgert, heute nicht mehr. So war es nun mal. Mit dieser Einsicht nahm er das saubergeschrubbte Huhn, tupfte es mit viel zu vielen Küchentüchern trocken und verstaute es im Tiefkühlfach. Dann setzte er sich an den Küchentisch, überlegte kurz und traf eine Entscheidung.

Zeki erwartete seine beiden Gäste vor der Haustür. Sie waren schnell überredet. Frederike verkniff sich einen weiteren Kommentar über seine Kochkünste. Die Aussicht, einen gemeinsamen Abend beim Italiener am Weißenburger Platz zu verbringen, war verlockend. Der zwanzigminütige Spaziergang über den Regerplatz entlang der Franziskanerstraße tat allen dreien gut. Links hatte er Özlem eingehakt, rechts schlenderte Frederike neben ihm. Ihr neues Parfüm kitzelte angenehm in der Nase. Sie strahlte und lachte viel. Man merkte, dass sie glücklich war. Es war Sommer, kein Wunder, die Menschen verliebten sich.

Noch bevor sie etwas zu essen bestellten, erzählte Zeki ihnen, dass das Sonderdezernat seinen ersten Fall hatte. Die beiden

Frauen umarmten ihn. Vor allem Özlem hatte leidvoll miterlebt, wie rastlos ihr Vater war, weil er nicht viel zu tun hatte. Sie fand es an der Zeit, dass es mit seiner Karriere voranging, und insgeheim hoffte sie, seine vielen Anrufe würden nun nachlassen.
Die Pizza schmeckte, und das Tiramisu war köstlich. Demirbilek war froh, dass Frederike kein Wort über die Scheidung verlor. Genauso wenig, wie er über seinen Fall sprach. Das tat er nie in der Familie. Die beiden wussten, dass sie vergeblich nach Details fragen würden, und versuchten es erst gar nicht. Es gab genügend anderen Gesprächsstoff. Özlems Kunstgeschichtestudium fiel ihr schwer. Frederikes aufmunternde Ratschläge und Anekdoten aus ihrem eigenen Studium brachten alle drei zum Lachen. In den wenigen Ehejahren waren die beiden Freundinnen geworden. Eine schöne Vertrauthcit, dic hoffentlich nach der Scheidung anhielt, dachte Zeki.
Nach dem Espresso verabschiedete sich Frederike. Sie war herausgeputzt und würde wohl ihren neuen Freund treffen, schlussfolgerte Zeki ohne Eifersucht, während er sie vor das Lokal begleitete.
Mit welchen Worten schließt man ein dreijähriges gemeinsames Leben ab? Beide wussten es nicht. Sie sagten nichts. Frederike sah ihm fest in die Augen und umarmte ihn. Sie schämte sich ihrer Tränen nicht. Warum auch? Dann löste sie sich aus der Umarmung und ging mit festen Schritten weg. Zeki schaute ihr nach, wie sie in ein Audi Coupé stieg, das auf der anderen Straßenseite parkte. Frederike verschwand endgültig aus seinem Leben. Der Moment war gekommen, um ehrlich zu sich selbst zu sein. Sie liebt einen anderen. Ich liebe sie nicht mehr, sagte er sich und konnte trotz der Beteuerung die Wehmut nicht verhindern, die sich in ihm ausbreitete. Eine Traurigkeit kam hinzu, die Angst in ihm auslöste. Angst davor, wie es in seinem Leben weitergehen würde.

Ohne auf den Verkehr zu achten, spurtete er über die Straße zu dem Audi. Er war sich nicht sicher, was er tun oder sagen wollte. Als Frederike ihn entdeckte, ließ sie das Seitenfenster herunter. Zeki beugte sich zu ihr. Er ignorierte den Mann am Lenkrad. Später erinnerte er sich an seine rosafarbene Krawatte. Teuer und schick. Frederike wartete. Doch Zeki sagte nichts. Frederikes neuer Freund setzte den Blinker und fädelte das Auto in den Verkehr ein. Zeki sah ihnen nach, bis er Özlem rufen hörte.

Sie wartete vor dem Lokal. Statt zu ihr zu gehen, hielt Zeki ein Taxi an und winkte seine Tochter zu sich. Sie wankte ein wenig. Ein Glas Wein zu viel. Özlem ließ sich neben ihm in den Sitz fallen. Während der kurzen Fahrt lag ihr Kopf an seiner Schulter. Sie mussten nicht reden. Zeki wusste sowieso nicht, was er hätte sagen sollen. Er streichelte seiner Tochter durch das Haar und dachte an Selma, ihre Mutter. Er erlaubte sich einzugestehen, sie zu vermissen. Sie im Grunde genommen auch während der drei Ehejahre mit Frederike vermisst zu haben. Er wollte Özlem das gerne sagen, doch sie war eingedöst.

Später, als er unter den Augen des verblüfften Taxifahrers versuchte, seine Tochter wie früher, als sie klein war, schlafend nach oben zu tragen, wachte Özlem auf. Sie lächelte ihn mit verschlafenen Augen an.

»Für Frederike ist es besser so und für dich auch, *baba.*«

»Du hast recht«, entgegnete er mit fester Stimme und fügte schnell hinzu: »Lass uns einen *çay* trinken.«

»Tut mir leid. Ich treffe mich mit Freunden. Ich melde mich morgen bei dir, okay?«, sagte sie und küsste ihn zum Abschied auf die Wange.

Er schluckte die bittere Enttäuschung hinunter, denn er hatte gehofft, dass sie in ihrem alten Zimmer schlafen würde. Doch das traute er sich nicht zu sagen.

Sein Wohnhaus war frisch renoviert. Unschlüssig blieb er vor der ochsenblutroten Fassade stehen. Sein eigenes Zuhause kam ihm fremd vor. Dennoch öffnete er die Haustür und stieg die Treppen hinauf. Vor der Tür zögerte er, doch da fiel ihm plötzlich der Brief aus der Türkei ein. Hastig schloss er die Wohnungstür auf, zog Mantel und Sakko im Flur aus. Er setzte sich auf einen Küchenstuhl und legte das Kuvert auf den Tisch.
Wie hatte er den Brief vergessen können? Vor zwei Jahren hatte sie ihm zuletzt geschrieben. Selma, seine Jugendliebe. Die Frau, die ihn als Jungen beim Aufbruch nach Deutschland auf eine Art geküsst hatte, die er nie vergessen würde. Die Frau, die er geheiratet hatte, die ihm viele Jahre Glück und zwei Kinder geschenkt hatte. Sein Gefühl sagte ihm, dass etwas Besonderes geschehen sein musste. Ob sie wieder geheiratet hat? Wie er? Warum nicht? Als Professorin für Turkologie an der renommierten Istanbul Üniversitesi lernte sie sicher interessante Männer kennen. Wäre etwas Schlimmes vorgefallen, hätte sie angerufen, beruhigte er sich. Dann stand er auf und holte ein Messer aus der Küchenschublade. Sezen Aksus CD lag noch im Player. Er schaltete ihre Musik ein. Die Melancholie ihrer Stimme hatte etwas Vertrautes, das ihm half. Er schlitzte das Kuvert auf. Drei schnell geschriebene Zeilen. Selma fragte nach, ob es ihm gutgehe, kündigte ihren Sohn Aydin an, der sich mit ihm aussprechen wolle, und wünschte ihm eine gute Zeit mit ihm.
Zeki suchte im Küchenschrank nach dem Rakı, den er von Kollegen zu Weihnachten geschenkt bekommen hatte. Neben der Flasche Anisschnaps lockte eine Flasche Obstler. Er konnte sich nicht entscheiden und holte beide Flaschen heraus. Dann nahm er einen kräftigen Schluck aus der Rakıflasche. In zwei Tagen würde er nach fast fünf Jahren seinen Sohn wiedersehen. Er freute sich, öffnete die Flasche Obstler und trank auch daraus einen

kräftigen Schluck. Vielleicht war die Freude doch nicht ganz so groß, gestand er sich ein. Er wartete eine Weile und stellte fest, dass der Alkohol kaum Auswirkungen auf seine Gemütslage hatte. Die Flasche Wein, die er für das Abendessen gedacht hatte, brachte ihn auf die erlösende Idee.

19

Das günstige, familiengeführte Hotel am Münchner Hauptbahnhof war genau nach seinem Geschmack. Teure Hotels pflegte der Deutsche, wenn er geschäftlich unterwegs war, zu meiden. Das kleine Hotel reichte für seine Zwecke vollkommen aus. Er war ein genügsamer Mensch.

Das Fenster des sauberen Zimmers ging direkt auf die Schillerstraße.

Er schob den Vorhang zur Seite und blickte auf die beleuchtete Straße hinunter. Ein paar arabisch oder türkisch wirkende Männer standen rauchend vor einem Teelokal. Ist ja wie zu Hause, feixte er, wobei ihm der Vergleich mit Istanbul unangebracht und unfair erschien.

Sobald er sich wieder in das Zimmer drehte, entdeckte er das einfache Holzkreuz an der Wand über der Tür. Er musste sich nicht groß strecken, um es abhängen zu können. Er setzte sich auf das Bett und senkte seinen Blick auf die leidenden Gesichtszüge der Christusfigur. Er hatte gelesen, dass selbst in Schulklassen Jesus an die Wand genagelt war. Ihm persönlich war es zu drastisch und zu plakativ, wie Christen an ihren Gott erinnerten. Mehr Effekt als Glaube. Als Moslem glaubte er an Allah, ohne ihm auf Schritt und Tritt begegnen zu müssen. Dann schüttelte er mitleidig den Kopf. Das Holzkreuz war aus Plastik, ein »Made in China«-Etikett klebte auf der Hinterseite. Behutsam wischte er den jahre-

alten Staub vom Kreuz und verstaute es in der Schublade des Nachtkästchens neben der Hotelbibel.
Danach holte er seinen Walkman aus der Tasche und kontrollierte seine digitale Spiegelreflexkamera. Er hatte fünf Sechzehn-Gigabyte-Speicherkarten eingesteckt. Das sollte reichen, glaubte er, denn einen Computer zum Übertragen der Fotos hatte er nicht eingepackt. Eine Grundsatzentscheidung. Zu unhandlich, zu einfach zu knacken, falls er flüchten musste.
Dann trat er in das Badezimmer und begann, sich auszuziehen. Er rasierte sich immer nackt. Eine Angewohnheit, die er von seinem Vater übernommen hatte. Sein Spiegelbild zeigte einen gutaussehenden Mann. Wenn mich meine Auftraggeber kennen würden, würden sie mich »der Italiener«, nicht »der Deutsche« nennen, dachte er ein wenig selbstverliebt.
Nach der Rasur zog er Jeans und Jeansjacke an und schlüpfte in seine Stiefel, die er trug, wenn er arbeitete, ganz gleich, bei welchem Wetter. Anschließend holte er Metin Buraks Foto aus der Tasche, um es in Ruhe anzusehen. Hinten auf dem Foto befand sich ein Aufkleber mit der Adresse der Familie Güzeloğlu. Von seinem Auftraggeber hatte er die Information, dass Metin Burak als Chauffeur der Familie ein besonderes Vertrauensverhältnis zu Gül pflegte. Er hatte beschlossen, bei ihm mit seinen Beobachtungen anzufangen.
Der Mann klappte seine Magnetbrille auseinander. Die beiden Brillenteile, die von einer kaum sichtbaren Spezialschnur zusammengehalten wurden, baumelten um seinen Hals. Angezogen legte er sich auf das Bett. Er schloss die Augen und atmete tief ein und aus, bis genügend Spannung und Konzentration aufgebaut war. Nach exakt fünfundfünfzig Atemzügen war er bereit. Er erhob sich und machte sich an die Arbeit.

20

Stefan Tavuk stellte seinen geleasten VW Golf auf dem Parkplatz eines überdimensionalen Supermarktes ab. Er war nervös, nicht nur, weil er bei Bülent zu Hause angerufen und von dessen Frau erfahren hatte, dass sein Partner tot im Eisbach gefunden worden war. Den Schock über die Todesnachricht versuchte er, mit ein paar Schnäpsen in den Griff zu bekommen. Zu seiner Beruhigung fiel ihm ein, dass Bülent nicht nur in das Geschäft mit Gül verstrickt war. Er hatte mit seinen Autoschiebereien geprahlt. Beim letzten Schnaps war sich Tavuk sicher, dass Gül nichts mit seinem Tod zu tun haben konnte. Einigermaßen beruhigt darüber, machte er sich auf den Weg zu Bülents Wagen. In einer Einbuchtung des Tankdeckels war der Tresorschlüssel versteckt. Güls Nachricht mit dem Treffpunkt um dreiundzwanzig Uhr war per SMS eingegangen. Sie habe es sich anders überlegt, hatte sie geschrieben. Besser so, Mädchen, dachte er, auch wenn du mich im Speed ziemlich vorgeführt hast. Stutzig machte ihn, dass seine Handynummer kaum jemand kannte. Er hatte sie erst vor einer Woche beim Kauf eines Smartphones gewechselt. Bülent hatte sie, ein paar Freunde. Derya, seiner Schlampe von Ehefrau, hatte er sie geschickt.

Gewissenhaft prüfte Tavuk den Inhalt seiner kleinen Sporttasche auf dem Beifahrersitz. Eine angebrochene Großpackung Kondome, Unterwäsche, frische Socken und Gül Güzeloğlus Höschen.

Bülent hatte die Reizwäsche bei einer der Maskenball-Partys im Sultans Harem abgestaubt, als Gül in Hochstimmung das edle Teil in die Menge der aufgestachelten Partygäste geworfen hatte. Er hatte die Reizwäsche aus dem Tresor geholt, um ihr zu zeigen, dass er trotz Bülents Ermordung im Besitz des belastenden Materials war.
Er kontrollierte den Tresorschlüssel in seiner Hosentasche. Das Metall fühlte sich gut an. Eine letzte stattliche Summe, dann würde er mit der Erpressung aufhören, hatte er sich vorgenommen. Er holte das Brillenetui aus dem Handschuhfach und säuberte die Brillengläser aus Fensterglas mit dem Putztuch, bevor er sie aufsetzte. Dann stieg er aus und verriegelte mit der Fernbedienung seinen Wagen. Mit der Sporttasche über der Schulter schlenderte er über den Parkplatz und überquerte in einer Mischung aus Vorfreude und Besorgnis die Straße. Das Gefühl wandelte sich schlagartig in Erregung, als er das rot leuchtende Neonschild des Wellnessparadieses Sultans Harem erblickte.

Zur selben Zeit saß der Deutsche mit seinem Fotoapparat in einem gemieteten BMW Mini. Er hatte Metin Burak vor dem Haus der Güzeloğlus abgefangen und war ihm quer durch die Stadt gefolgt, bis er auf dem Parkplatz eines Supermarktes angehalten hatte. Nun beobachtete er mit stoischer Ruhe, wie Metin Burak aus dem Wagen stieg, kurz nachdem der merkwürdige blonde Mann mit Brille die Straße überquert hatte. Zu seiner Verwunderung war der Chauffeur aber gar nicht selbst am Lenkrad gesessen. Auf der Fahrerseite stieg ein junger Mann aus, den er nicht kannte. Metin und der Fahrer warteten einen Moment und folgten dem Mann mit der Brille.
Was geht hier vor?, fragte sich der Deutsche verwundert. Was treibt der alte Mann an seinem freien Abend?

21

Zeki Demirbilek klopfte mit der Flasche Wein in der Hand an das erleuchtete Schaufenster, bis Robert Haueis mit überraschtem Gesicht öffnete. Der Antiquitätenhändler wirkte, als hätte er sein Aussehen seinem antiken Warenangebot angepasst. Er verabscheute Fabrikneues in jedweder Form, insbesondere was Kleidung betraf. Robert hatte eine kleine Bleibe, die zum Geschäft gehörte, wobei er sich ohnehin die meiste Zeit in seinem geliebten Laden aufhielt. Trotz der späten Stunde schien er sich über den Besuch seines Freundes zu freuen. Seine strahlenden Augen erhaschten den türkischen Rotwein. Er entriss Demirbilek die Flasche.

»Ich hole gleich das Brett, Zeki! Du warst eine ganze Woche nicht da. Ich will spielen!« Seinen Vornamen sprach er wie »Tseki« aus, aber der Kommissar hatte sich an die falsche Aussprache in den acht Jahren ihrer Freundschaft gewöhnt.

Robert, der jahrelang als Journalist in Istanbul gearbeitet hatte, bevor er mit einem Erbe den Antiquitätenladen im Glockenbach eröffnete, schloss hinter sich ab und kramte nach einem Korkenzieher in dem heillosen Durcheinander seines Geschäfts. Für Zeki war Robert nicht nur ein Freund und Vertrauter, nicht nur Anlaufstelle für einen Plausch über die wichtigen Dinge im Leben, FC Bayern München aus Roberts Sicht, Fenerbahçe Istanbul aus Zekis. Robert war obendrein sein Leidenschaftsgenosse. *Tav-*

la verband die beiden wie eine Nabelschnur. Kaum hatten sie die fünfzehn schwarzen und fünfzehn weißen Steine aufgereiht und die beiden kleinen Würfel in der Hand, verlor die Welt um sie herum an Bedeutung. Das kunstvoll verzierte Brett, das Robert ausschließlich für die Spiele mit seinem Freund in der Schublade seines Sekretärs verwahrte, war ein besonderes Stück. Laut notariell beglaubigter Expertise im Tresor seiner Bank sollen sich mit dem Brett Eunuchen im Harem des Sultans Süleyman des Prächtigen die Zeit vertrieben haben. Mit einer Portion Demut und einer Prise Gleichgültigkeit über die historische Dimension des Spielbrettes verlief die erste Partie in der Regel stumm. Es kam vor, dass Robert, vertieft in das Spiel, kaufwillige Kunden nicht beachtete. Bei der zweiten Partie redeten sie über das Wetter, ihre jeweiligen Fußballvereine, deren Skandale und sportlichen Status quo. Erst bei der dritten Partie trat Entspannung ein, um ein einigermaßen normales Gespräch zu führen.
Zeki wartete, bis Robert die Weingläser gefüllt hatte. Dann setzte er sich zu ihm und klappte das Brett auf. Darin befand sich ein liniertes Schulheft, in dem seit fünf Jahren ihre Partien mit Datum notiert wurden. Das Buchhalterische war Roberts Idee. Bei aller Leidenschaft für die türkische Backgammon-Variante konnte er das »Deutsche« in sich nicht ganz ablegen. Wie ein Süchtiger griff Robert nach den weißen Steinen und stellte sie auf. Zeki tat dasselbe mit den schwarzen. Danach wurde es still. Rastlos purzelten die Würfel auf das osmanische Brett. Die Steine schrubbten über das antike Holz. Es dauerte nicht lange, bis Robert gewonnen hatte und eine Notiz in das Heft schrieb.
»Was machst du eigentlich hier? Hast du immer noch keinen Fall?«, fragte er, während er die Steine wieder aufstellte.
»Doch, doch. Wir warten auf die Rechtsmedizinerin.«
»Wir?«, fragte Robert nach.

»Ich und meine zwei Frauen.«
»*Deine* Frauen?«, lachte Robert amüsiert auf. Er wusste, wie sein Freund das meinte, dennoch ertappte er ihn gerne dabei, wie er sich als Pascha gebärdete.
»Isabel und Jale. Die zwei aus meiner Abteilung, was glaubst du denn?«, erklärte Zeki und lachte mit, als ihm bewusst wurde, dass sein Freund ihn wieder einmal dabei erwischt hatte, wie er eine gewisse männliche Überheblichkeit zum Ausdruck brachte.
»Kahve?«, fragte Robert, immer noch lachend.
»Unbedingt!«
Bevor er aufstand, um den türkischen Kaffee zu kochen, überraschte er Zeki mit einer unerwarteten Frage. »Wann kommt denn Aydin?«
»Woher weißt du, dass mein Sohn kommt?«, fragte Zeki verdutzt.
»Schon mal was von Telefon gehört?«
»Hat er dich angerufen?«
»Nein, Selma hat sich gemeldet.«
»Und?«
»Nichts und. Sie hat gefragt, wie es mir geht.«
»Wie es *dir* geht?«
»Zeki! Frauen sind so. Die rufen an und fragen, wie es einem geht.«
Mehr wollte Robert zu dem Thema nicht sagen. Auch wenn Zeki vor Neugier platzte, drängte er seinen Freund nicht. Männerfreundschaften durfte man nicht überstrapazieren.

22

Stefan Tavuk drückte auf die unscheinbare, im roten Neonlicht glänzende Klingel neben dem Guckloch. Der Eingang des Sultans Harem war mächtig hoch, wobei der Großteil der Konstruktion realistisch echt als osmanisches Palasttor an die Hauswand gemalt war. Eine Frau in weißem Trainingsanzug mit dem Künstlernamen Antonia öffnete mit freundlichem Lächeln und erledigte in Windeseile die Anmeldeformalitäten. Sie kassierte, stempelte die Rabattkarte ab und händigte dem Stammgast den Spindschlüssel aus.

Es war ruhig, sphärische Musik unterstrich das orientalische Ambiente, das Flair aus Tausendundeiner Nacht. Stefan Tavuk zog sich aus und verstaute die Sporttasche im Spind. Er legte den Ehering ab und dachte an seine Hochzeit vor dreizehn Monaten mit Derya. Die Ehe war problembeladen. Deshalb nahm er sich mindestens ein Mal im Monat Zeit für sich. Bisschen Sauna, bisschen Massage, bisschen Sex. Daran war sie selbst schuld. Das Beste an der ganzen Misere war, resümierte er schwitzend in der Sauna, ihren Nachnamen angenommen zu haben. Als Stefan Tavuk hatte er endlich Karriere gemacht, auch wenn es dafür notwendig war, Gül Güzeloğlu zu erpressen. Sein Fachwissen als Metzger war bei der Scheinbewerbung als Geschäftsführer der Döner-Delüks-Filiale in der Landwehrstraße hilfreich gewesen. Eindruck machte er aber bei der kaufmännischen Leitung mit sei-

nem Nachnamen und seiner anatolischen Ehefrau. Er bekam die Anstellung. Mit Arbeitsvertrag und allem, was dazu gehörte, inklusive einer Geheimklausel, nach der er den Laden in zwei Jahren für eine lächerliche Summe übernehmen würde.
In diesem Moment bemerkte er, dass eine dunkelhäutige Schönheit mit Saunatuch über dem Schoß den Platz neben ihm eingenommen hatte. Ihre Schulter berührte die seine. Sein Blick wanderte von ihren freiliegenden, wohlgeformten Brüsten über den Hals, die aufgerichteten Brustwarzen bis zu ihren glattrasierten Beinen. Die Frau erhob sich, ohne das Tuch festzuhalten. Es rutschte zu Boden, so dass sie nackt vor ihm stand.
Stefan Tavuk war es vergönnt, direkt auf Augenhöhe zu begutachten, was eben noch im Verborgenen lag. Er nahm ihre verschwitzte Hand und führte sie aus der Sauna, hinauf über eine mit weichem Teppichboden ausgelegte Treppe in den ersten Stock, dort in einen großzügigen Raum, der auf den stimmungsvollen Namen Sultans Delight getauft war. Stefan war voller Leben und Lust, nie wäre er auf die Idee gekommen, dass es ihm so ergehen könnte wie seinem Partner Bülent Karaboncuk, der tot aus dem Eisbach gefischt wurde.
Stefan Tavuk ließ seiner Haremsdame den Vortritt, dann folgte er ihr. Ohne dass die Frau es merkte, blickte er sich um und entschied sich, den Tresorschlüssel in dem Samowarkessel zu deponieren. Er würde beide Hände brauchen, um die Zeit mit der Frau genießen zu können.

Es dauerte nicht lange, bis die Klingel an der Eingangstür des Sultans erneut gedrückt wurde. Antonia unterbrach die Lektüre des *Playboys* und schaute lächelnd durch das Guckloch.
Pius Leipold, der sich einen Al-Capone-Hut aufgesetzt hatte, um nicht erkannt zu werden, stand an der Tür und lächelte zurück.

23

An Schlaf war in dieser Nacht nicht zu denken. Zeki Demirbilek saß nach dem Besuch bei Robert wieder in seiner Küche, lauschte Sezen Aksus traurigen Liedern und dachte an seinen Sohn. Vor fünf Jahren, als es zum Bruch mit Aydin kam, war Zeki mehr ein von Ehrgeiz getriebener Polizist als ein verständnisvoller Vater gewesen. Aydins Wille, Musiker zu werden, nahm zu der Zeit Formen an, die er nicht mehr hinnehmen wollte. Aydin hatte über Monate die Schule mit gefälschten Entschuldigungsschreiben geschwänzt. Wie sich herausstellte, verbrachte er die Zeit in einem angemieteten Übungsraum, von dessen Existenz nicht einmal Selma wusste. Das Geld dafür bekam er jeden Sonntag von ihm, um den Musiklehrer zu bezahlen, den er angeblich drei Mal die Woche aufsuchte. Als die Sache aufflog, nahm Selma ihn in Schutz. Er hingegen ließ sich von Aydin die Tür zum Raum aufsperren. Aydin musste zuschauen, wie er seine Instrumente wegräumte.

Die Rakıflasche und der Obstler standen noch neben Selmas Brief auf dem Tisch. Zeki nahm einen Schluck vom Rakı, um die unangenehme Erinnerung wegzuspülen. Er schüttelte sich vor Ekel. Durch das offene Fenster drangen dumpfe Laute von der Straße. Letzte Gäste verließen die Lokale in der Umgebung. Er lauschte dem Quietschen der Trambahn. Sommergefühle und Lebensfreude drangen leise in die beschauliche Wohnküche.

Zeki überwand sich und ging ins Schlafzimmer. Er legte seine Kleidung über den weißen Holzstuhl und zog seinen gestreiften Pyjama an. Er zögerte einen Moment. Dann legte er sich hin. Sein Herz raste wild. Mit hinter dem Kopf verschränkten Händen starrte er an die Decke und fragte sich, warum sein Herz so schnell pochte. Er fühlte sich krank. Gefühlskrank? Frederike, die ihn verlassen hatte. Selma, die sich meldete? Sein Sohn, der sich ankündigte? Seine Tochter, die das Nachtleben genoss? Dann sein erster eigener Fall, den er innerlich noch nicht angenommen hatte. Zu wenig dachte er über Motiv und Tathergang nach. Musste er das denn nicht als frisch ernannter Sonderdezernatsleiter?

Zeki setzte sich wieder auf und sah auf den Wecker. Ein altmodisches Ding, das tickte. Es war erst halb zwölf. Er wunderte sich über seine innere Unruhe. Dann fiel ihm ein, dass er mal »krank« gewesen war. Nach einer handgreiflichen Auseinandersetzung mit einem Justizbeamten am Gericht, der sich als Judomeister entpuppte, hatten ihn zwei Wochen lang Rückenschmerzen geplagt. Das war vier Jahre her. Aber sonst war er eigentlich nie ernsthaft krank gewesen in seinem Leben. Dennoch stimmte etwas nicht. Sein Herz raste. Er konnte es hören und fühlen. Es schlug laut. Er versuchte, das beklemmende Pochen wegzumassieren. Vergebens.

Schließlich stand er auf, schlüpfte in seine Schlappen und überlegte, den Notarzt anzurufen. Doch was hätte er am Telefon sagen sollen? Hören Sie, eine alte Frau hat mich beschimpft, ich musste an meine Kindheit in Istanbul denken und weinen? Meine zweite Ehefrau hat mich verlassen, worüber ich froh bin, was ich aber nicht wahrhaben will? Da gibt es einen toten Türken, der mich nicht interessiert? Ich bin krank, bitte kommen Sie schnell! Lächerlich.

Er quälte sich in die Küche und konzentrierte sich auf die Zubereitung eines *çays,* um sich zu beruhigen. Er stellte den unteren Teekessel mit Wasser auf den Herd, die Teeblätter im oberen Behälter bewässerte er leicht, damit sie aufquellen konnten. Nachdem das Wasser im unteren Kessel brodelte, schüttete er den oberen Kessel zur Hälfte mit dem kochenden Wasser voll. Der Teesud zog fünf Minuten. Mit dem starken, schwarzen Tee in dem geschwungenen Glas nahm er wieder am Küchentisch Platz. Er war allein. Die Erkenntnis war nicht neu. Aber um Mitternacht brachial in seiner Wirkung.
Er nippte am gesüßten Tee und wollte am liebsten eine rauchen. Es war lange her, dass ihn die Sucht dermaßen hart anpackte. Vor mehr als zwei Jahren hatte er mit Frederike das Rauchen aufgehört. Die letzte gemeinsame Zigarette hatten sie an dem Tisch gequalmt, an dem er gerade seinen Tee trank. Zeki erinnerte sich an seinen letzten Zug, daran, wie Frederike grinste und das Nichtraucherschild hochhielt, das ihnen Özlem vor lauter Freude über ihren Entschluss geschenkt hatte. Zeki versuchte, sich seine Reaktion in Erinnerung zu rufen. Er hatte das Schild gut sichtbar auf die Ablage über den Herd gestellt. Danach hatte Frederike den Aschenbecher gesäubert und zu den anderen in den Abfall gesteckt. Er erinnerte sich genau daran, wie Frederike seine Hand genommen und ihn ins Schlafzimmer geführt hatte, um auszuprobieren, wie es war, nach dem Sex keine Zigarette zu rauchen. Ihre schokoladenbraunen, langen Haare glänzten im Kerzenlicht, und plötzlich erschrak Zeki, als sich in seiner Erinnerung die Frau im Bett umdrehte und statt Frederikes Gesicht das von Selma auftauchte. Mit schlechtem Gewissen Frederike gegenüber nahm er seinen *çay* und ging zurück ins Schlafzimmer. Weiße Schränke, weiße Nachtkästchen, alles war mit Bedacht in Weiß gehalten, ganz anders als der Rest der Dreizimmerwohnung. Das Bett war

viel zu groß und viel zu weiß, stellte er fest und setzte sich auf die Bettkante. Er hatte viel Platz, jetzt, da er allein wohnte.
Das Klingeln seines Handys erlöste ihn von seinen Grübeleien. Das Herzrasen ließ nach. Der zu schnelle Puls verlangsamte sich. Er schlurfte in den Flur und zog sein Handy aus dem Sakko. Isabel Vierkant war am Apparat.

24

Zeki Demirbilek hatte auf die Schnelle Jeans und Pulli übergezogen. Mit Wohlbehagen registrierte er, dass Isabel Vierkant ihm die Beifahrertür des Dienstwagens aufhielt. Er nahm neben Jale Cengiz Platz. Sie steuerte den 5er-BMW mit derselben Unverfrorenheit, wie sie unaufgefordert Zeugen zum Verhör bestellte.

»Wir haben zwei Tote«, berichtete Vierkant, die auf dem Rücksitz saß.

»Dann fangen wir einfachheitshalber mit dem ersten an«, entschied Demirbilek und spielte seine Überraschung herunter.

»Der heißt Stefan …«, fing Vierkant an.

»Tavuk«, ergänzte Cengiz.

Demirbilek konnte nicht umhin zu glauben, dass seine beiden Frauen das vorher einstudiert hatten.

»Der Nachname ist türkisch. Wieso Stefan?«, fragte Demirbilek.

»Verheiratet in zweiter Ehe …«, ergänzte Cengiz.

Demirbilek unterbrach sie energisch: »Sie fahren. Vierkant redet.«

Cengiz zuckte zusammen. Vierkant knipste das Leselicht an und atmete laut ein.

»Genau. Verheiratet in zweiter Ehe mit der Türkin Derya Tavuk, geborene Weiß. Das Opfer hat den Nachnamen seiner Frau angenommen.«

Demirbilek nickte nachdenklich. »Und?«

»Erwürgt. In der Brust ein Haufen Reißnägel wie beim Eisbachtoten.«
»Reißnägel? Brust?«, fragte Demirbilek perplex. Er wartete auf weitere Informationen. Die jedoch nicht kamen. »Wer hat den Toten gefunden? Vielleicht darf ich auch erfahren, wo er gefunden wurde? Und woher wir wissen, wer der Tote ist. Jetzt sagen Sie mal was, Vierkant!«, forderte er müde und entnervt.
»Gefunden hat ihn eine der Damen im Sultans Harem. Sie heißt Leyla, ebenfalls Türkin. Die Personalien müssen wir noch aufnehmen. Sie war ganz schön fertig am Telefon. Hat kaum ein Wort hervorgebracht. Der Ermordete war ein Stammgast. Das hat uns Antonia, die von der Rezeption, gesagt, weil Leyla nur noch schluchzte.«
»Im Sultans Harem?«, staunte Demirbilek, dort also, wo der Tote aus dem Eisbach als einer der Geschäftsführer eingetragen war. »Das war der erste Tote. Und der zweite, auch im türkischen Puff? Auch Reißnägel?«
»Nein. Keine Reißnägel. Der wurde ganz in der Nähe, quasi gegenüber von dem Puff, im Auto auf dem Parkplatz eines Supermarktes gefunden. Wer der zweite Tote ist, wissen wir nicht. Ich habe mit einem Kollegen von der Spurensicherung telefoniert. Er hat gemeint, dass der Tote keine Papiere bei sich trug. Könnte Ausländer sein, jetzt vom rein Äußerlichen. Das Auto, in dem er liegt, gehört ihm aber nicht. Laut Fahrzeugschein gehört das dem ersten Toten, Stefan …«
»Tavuk«, ergänzte Cengiz laut, biss sich auf die Lippen und entschuldigte sich leise.
Demirbilek löste seinen strengen Blick von Cengiz und resümierte für sich: zwei Tote. Ein angeheirateter Türke. Der zweite aller Wahrscheinlichkeit nach ein echter Ausländer. Hoffentlich nicht wieder ein Türke. Grieche oder Spanier wäre nicht schlecht,

dachte er sich ohne schlechtes Gewissen. Nicht, dass es am Ende heißt, das neue Sonderdezernat kümmere sich ausschließlich um türkische Opfer. Der gedachte Spanier oder Grieche lag im Auto des angeheirateten Türken. So viel war immerhin schon klar.
»Wahrscheinlich kannten sich die beiden«, meinte er schließlich.
»Wir werden sehen. Und wer hat den zweiten gefunden?«
»Gefunden hat ihn Pius«, erklärte Vierkant von hinten und löschte das Licht wieder.
Demirbilek drehte sich zu seiner Kollegin um und fragte verblüfft: »Unser Pius? Pius Leipold?«
»Genau der. Er hat den Notruf um …« Vierkant hielt inne und knipste das Licht noch einmal an, um in ihrem Notizbüchlein nachschauen zu können. »Er hat genau um zwölf nach Mitternacht angerufen. Mit seinem Diensthandy. Also vor etwa zwanzig Minuten.«
Wut kochte bei Demirbilek beim Anblick des ledergebundenen Luxusbüchleins auf. Wieso musste Vierkant das aufschreiben? Wieso konnte sie sich das nicht merken? Die Anrufe bei der Notrufzentrale wurden zudem aufgezeichnet. Er wusste nicht genau, was ihn wütend machte. Vielleicht, weil das teure Ding nicht zu der niederbayerischen Kollegin passte. Sie war eine bodenständige, zugegebenermaßen etwas hibbelige, aber durch und durch kluge Frau. Er blickte zu Cengiz. Sie schwieg eisern und steuerte den Dienstwagen auf der kaum befahrenen Straße. Zu ihr würde das Büchlein passen, dachte er sich. Er suchte nach einer Erklärung, warum er die Neue nicht sonderlich leiden konnte. Fand sie aber nicht.
»Die nächste links, Jale, dann sind wir gleich da«, sagte Vierkant nach einer Weile des Schweigens.

25

In der Mitte des nahezu leeren Parkplatzes leuchtete ein weißes Zelt. Der VW Golf, in dem der Tote lag, war überdacht worden. Die acht Beamten der Spurensicherung erledigten routiniert und unaufgeregt ihre Arbeit. Einer der uniformierten Polizisten hatte sichtlich Freude daran, mit einem kleinen Handstativ Videoaufnahmen zu machen. Als wäre es die nächtliche Inszenierung für eine Realityshow im Fernsehen, zuckten Blitzlichtattacken eines anderen Polizisten effektheischend durch das nächtliche Szenario.
Jale Cengiz stellte den Wagen etwas abseits des Tatortes ab. Flankiert von seinen beiden Kolleginnen, schritt der Kommissar zum illuminierten Zelt. Von weitem bemerkte er Leipold, der einen Zigarillo rauchte und telefonierte.
Als er Demirbilek entdeckte, legte er schnell auf und rannte auf ihn zu. »Langsam, Zeki! Wer hat dich denn gerufen? Das ist mein Fall! Ich habe ihn schließlich gefunden«, eröffnete Leipold das Gespräch.
Demirbilek mochte die Münchnerische Färbung seiner Aussprache. Er selbst beherrschte ein umfangreiches Repertoire an bayerischen Ausdrücken. Sie waren im täglichen Leben, privat wie beruflich, von immensem Vorteil.
»Habe die Ehre, hebe die Haare, Pius«, zitierte Demirbilek lächelnd den Satz seines Freundes Robert Haueis, der mit der Grußformel so manche negative Energie aus dem Weg räumte.

»Ist schon gut … Servus«, lenkte Leipold ein und reichte ihm die Hand.
Demirbilek gab sie ihm, wischte sie allerdings direkt danach mit einem seiner Taschentücher sauber.
Leipold registrierte das mit Unbehagen.
»Ist er denn Ausländer? Weißt du das schon?«, fragte Demirbilek, um ebenfalls einzulenken.
Aber bevor Leipold antworten konnte, brachte sich Cengiz ein. »Kommissar Demirbilek hat vergessen zu erwähnen, dass die Leitstelle uns von der Migra verständigt hat, weil das Opfer ein Ausländer sein könnte. Sie sind ja wohl in der Funktion eines Zeugen hier … Was haben Sie zu so später Stunde auf dem Parkplatz gemacht?«
»Wer bist denn du?«, fragte Leipold mit einem Gesichtsausdruck, als hätte Cengiz ihm ins Gesicht gespuckt.
Doch Demirbilek kam Cengiz zuvor. »Cengiz! Was heißt, ich habe vergessen zu erwähnen, dass die Leitstelle uns verständigt hat?«, schrie er ohne Vorwarnung und sah auch Vierkant scharf an. »Ist mir diese Information von einer der Damen etwa mitgeteilt worden?«
Cengiz erschrak. Sie erlebte das erste Mal einen von Demirbileks Ausbrüchen.
Leipold dagegen wusste, dass sein türkischer Kollege sein Temperament manchmal nicht zügeln konnte. »Was schreist du denn hier so rum! Reiß dich zusammen. Sie hat ja recht, oder!«, entgegnete er.
Der Kommissar musterte seinen Kollegen, wie er unbewusst an seinem Ohrring spielte. Irgendetwas schien ihn nervös zu machen. Ohne die Stimme zu senken, ließ er sich auf das Kräftemessen ein. »Also gut, Pius. Dann sag mir, was du hier mitten in der Nacht zu suchen hattest.«

»Einen Scheißdreck werd ich tun! Frag die Kollegen, denen habe ich schon alles erzählt!«, brüllte Leipold zurück.
»Vierkant nimmt deine Aussage auf!«, hielt Demirbilek dagegen.
»Ganz bestimmt nicht! Ich geh jetzt nämlich heim.«
»Das tust du nicht! Du wartest, bis ich die beiden Leichen gesehen habe!«
»Du schaffst mir nicht an, was ich tun oder lassen soll«, brüllte Leipold weiter. »Nicht du!«
»Wer dann, Pius?«
Die beiden Männer hatten sich feindselig einander genähert. Wut und Zorn standen in ihren Gesichtern. Vierkant und Cengiz schauten ein paar Schritte entfernt zu, beide in Erwartung einer Prügelei. Da schüttelte Leipold verächtlich den Kopf. Er drehte sich um, holte aus seiner Lederjacke den Autoschlüssel und machte sich auf den Weg zu seinem Wagen.
Das gefiel Demirbilek überhaupt nicht. Wutschnaubend folgte er mit ein paar schnellen Schritten. Entriss ihm von hinten den Schlüsselbund und warf ihn in hohem Bogen seinen Kolleginnen zu. Geistesgegenwärtig reagierte Cengiz vor Vierkant, fing die Schlüssel auf und steckte sie in ihre Hosentasche. Das wiederum gefiel Demirbilek. Vierkants entgeistertes Gesicht war dem von Leipold nicht unähnlich.
Demirbilek stakste zurück in Richtung Tatort, vorbei an Vierkant, und stieß im Vorübergehen hervor: »Besorg mir seine Aussage. Aber schnell.«
Der Kommissar fühlte sich nach dem Streit mit Leipold, als hätte er eine wohltuende Dusche genommen. Erfrischt und voll Adrenalin begrüßte er am Tatortzelt die Kollegen der Spurensicherung. Beim Anblick der Leiche stutzte Demirbilek. Der etwa sechzigjährige Mann mit schwarzen Haaren und zerfurchtem Gesicht trug einen schlechtsitzenden Anzug mit einer ältlichen Krawatte. Defi-

nitiv ein Türke. Warum das niemand erkannte?, wunderte er sich. Der Tote saß auf dem Beifahrersitz. Sein Schnurrbart war gepflegt. Die letzte Rasur lag nicht lange zurück. Vermutlich am Morgen. Das Handschuhfach war angelehnt. Offenbar hatte er daraus etwas holen wollen oder suchte etwas. Wurde er dabei von seinem Mörder überrascht?, fragte sich Demirbilek. Es musste eine Verbindung zwischen den beiden Toten geben, da war er sich sicher, denn das Auto war allem Anschein nach nicht aufgebrochen worden. Demirbilek ging ein Stück näher zur Leiche.

Der zitronige Duft von Kolonya, dem Volksparfüm der Türken, strömte vom Toten aus. Demirbilek brauchte nicht lange suchen. Der Autoschlüssel lag zwischen den Füßen des Toten. Er musste sich den Schlüssel besorgt haben. Oder waren Stefan Tavuk und der Unbekannte befreundet? Sind zusammen in Tavuks Auto gefahren? Wollten sich gemeinsam im Sultans Harem amüsieren? Aber war der Mann dafür nicht zu alt, überlegte er und verwarf den Gedanken wieder. Warum sollte ein alter Mann nicht zu Huren gehen? Zu früh für Spekulationen, bremste sich Demirbilek. Erst musst du die Puzzlesteine zusammensuchen, dann klären, welches Szenario am Ende herauskommen könnte. Irgendwie.

Demirbilek lenkte seine Aufmerksamkeit auf einen jungen Mann von der Spurensicherung. Er kniete etwa einen Meter vor ihm auf dem Boden und sicherte einen Reißnagel, den er neben der offenen Beifahrertür gefunden hatte.

»Zeig mal«, sagte Demirbilek interessiert.

Der Mann reichte dem Kommissar Handschuhe, damit er das Fundstück selbst in die Hand nehmen konnte.

»Nicht nötig. Ich mag das Plastikzeug nicht.«

»Ich hab schon gehört, dass du ein bisschen komisch sein kannst«, erwiderte der junge Mann.

»Lieber komisch als damisch«, entfuhr es Demirbilek.

Sein Gegenüber lachte aus vollem Herzen, so dass es einen Moment dauerte, bis er weiterreden konnte. »Schon mal mit Einpudern vorm Anziehen probiert?«
»Auf Puder reagiere ich erst recht allergisch. Schau mal, ob du mehr davon findest.«
Der Mann nickte und suchte mit einer Taschenlampe unter dem Auto weiter. Demirbilek fragte sich, ob die Reißnägel zum Toten gehörten. Wenn ja, lag die Verbindung zum anderen Toten im Sultans Harem mehr oder weniger auf der Hand. Da bemerkte er, dass Vierkant und Cengiz auf ihn zukamen. Beide schienen wütend und außer sich zu sein.
»Der wollte gar nicht mir reden, der Sauhund«, echauffierte sich Vierkant.
»Vierkant! Jetzt mal langsam. Meinst du Pius?«
»Ja!«
»Hat er keine Aussage gemacht?«
»Irgendwie dann schon. Er war beim Einkaufen am Nachmittag, sagt er. Das Auto ist nicht angesprungen, deshalb hat er es stehen gelassen und wollte es in der Nacht abholen.«
»So ein Schmarrn«, war Demirbileks einziger Kommentar.
»Genau dasselbe habe ich ihm auch gesagt«, pflichtete sie ihm bei.
Demirbilek überlegte, wie er mit Leipolds störrischem Verhalten umgehen sollte.
»Bleib du hier bei der Spurensicherung. Cengiz, Sie kommen mit.«

Demirbilek und die neue Kollegin entfernten sich vom hell erleuchteten Zelt Richtung Straße. Es tat ihm nicht leid, die junge Frau auf der Herfahrt angeschrien zu haben, wollte ihr jedoch nicht das Gefühl geben, dass sie nicht willkommen sei in seiner

Abteilung. Er suchte nach passenden Worten, etwas Nettem, was sie aber nicht überbewerten sollte, während sie sich dem rot leuchtenden Neonschild des Sultans Harem näherten. Kaum waren sie einige Schritte gegangen, ergriff Cengiz die Gelegenheit, mit ihrem Chef unter vier Augen zu reden.

»Tut mir leid, ich hätte den Kollegen Leipold nicht so bloßstellen dürfen.«

Demirbilek erwiderte nichts.

Das war Cengiz egal. Sie fuhr fort: »Und das mit der Witwe tut mir auch leid. Ich bin etwas voreilig, ich weiß, und meinen Mund kann ich auch nicht halten. Es ist schlimm. Aber was soll ich machen? Das steckt tief in mir drin. Wahrscheinlich habe ich als türkische Tochter zu sehr um Aufmerksamkeit gerungen. Sie kennen das ja bestimmt.«

Demirbilek tat das, was er sich vorgenommen hatte. Er lächelte nett, aber nur ein wenig, bevor er zischte: *»Sus, kızım. Lütfen!«*

Cengiz hielt überrascht den Mund. Er hätte einfach auf Deutsch »Sei still, verdammt noch mal« sagen können, dachte sie. Es lag etwas Väterliches in seiner türkischen Aufforderung, den Mund zu halten. Cengiz dankte dem oder den Tätern dafür, so schnell eine zweite Chance bekommen zu haben, eine gute Beziehung zu ihrem Chef aufbauen zu können.

Als sie etwa zehn Meter vor dem Gebäude waren, blieb Demirbilek stehen. Er schaute zurück zum Parkplatz des Supermarktes. Dann wieder zum Eingang des Sultans Harem. Schließlich wandte er sich in die anderen Richtungen. Er hatte eine Ahnung. Eine Intuition. Spontan einer Eingebung folgend, gab er Cengiz einen Auftrag: »Geh noch mal zu Pius und frag nach, ob er den Schuppen hier kennt. Sag, dass eine Freundin dort arbeitet oder so etwas. Ganz nebenbei. Unauffällig. Dann schickst du ihn zu mir.«

Er duzt mich, das ist ein gutes Zeichen, freute sich Cengiz.

»Warum das? Das verstehe ich nicht.«
Demirbilek richtete seinen Blick abermals zum Sultans Harem.
Cengiz dämmerte, was ihr Chef andeuten wollte: »Sie meinen, er war gar nicht einkaufen, sondern in dem türkischen Puff?«
»Warum nicht in einem türkischen? Bayerische Puffs gibt es keine mehr in München. Höchstens zur Wiesnzeit. Da hängen sie weiß-blaue Deko für die Auswärtigen auf«, entgegnete Demirbilek ungeduldig. »Jetzt geh und sprich mit dem Pius.«

Der Deutsche beobachtete aus dem BMW Mini heraus, wie die Polizei den Tatort minutiös untersuchte. Die Akribie und Konzentration der Beamten beeindruckten ihn. Er hatte in seinem abwechslungsreichen Berufsleben Bekanntschaft mit Polizisten aus unterschiedlichsten Ländern gemacht und bescheinigte in seinem fiktiven Ranking den bayerischen Ermittlern einen der vorderen Plätze. Manche Vorurteile sind einfach richtig, stellte er fest. Die Deutschen sind ordentlich und gründlich – wie er.
Um kein Aufsehen zu erregen, wenn er den Motor startete, ließ er den Mini stehen und machte sich zu Fuß auf den Weg. Schritt für Schritt entfernte er sich von dem erleuchteten Parkplatz. Bei dem ungeplanten nächtlichen Spaziergang durch den Industriepark ordnete er seine Gedanken. Metin Burak war tot. Er selbst war Augenzeuge des Verbrechens geworden. Was für eine verrückte Geschichte, sinnierte er und fragte sich, wie er damit umgehen sollte. Er hatte den jungen Mann, der Metin getötet hatte, ein paar Mal von vorne mit der Kamera erwischt. Die Parkplatzbeleuchtung war mehr als ausreichend für seine Kamera. Das entsetzte Gesicht des jungen Mannes nach dem einzigen Schuss ohne Schalldämpfer war einfach zu interpretieren. Er selbst hatte mehrfach aus beruflichen Gründen getötet. Aus dieser Erfahrung heraus war er sich sicher, dass der junge Mann nicht die Absicht

gehabt hatte, Metin Burak zu erschießen. Zu gerne hätte er gewusst, welche Waffe er benutzte. Reine Berufsneugier. Die Arbeit begann nicht gut, ärgerte sich der Deutsche. Er hätte die Ermordung von Süleyman Güzeloğlus Chauffeur verhindern müssen. Schlechte Schlagzeilen waren garantiert. Auf der anderen Seite, sagte er sich, wie hätte er absehen sollen, dass der junge Mann den Chauffeur erschießen würde?
Morgen früh würde er als Erstes den Mini abholen und Gül Güzeloğlu im Auge behalten. Metin Buraks Mörder zu fassen war schließlich nicht der Auftrag, für den er königlich bezahlt wurde.

Die Spurenermittler murrten, als Zeki Demirbilek sie hinausschickte. Er wollte zehn Minuten ungestört am Tatort sein. In der Luxussuite stand eine Ottomane in der Ecke. Neben dem samtroten Sitzmöbel war ein Beitisch mit geschwungenen Beinen plaziert. Darauf thronte ein auf Hochglanz polierter vergoldeter Samowar. Demirbilek vermutete, dass das Exemplar russischen Ursprungs war. Die goldverzierten Teegläser dagegen waren eindeutig türkischer Herkunft. Wäre er an einem Tatort in Istanbul, hätte er jetzt ebenso ein Glas, gefüllt mit heißem *çay,* in der Hand, dachte er und nahm auf der Ottomane Platz, um sich in Ruhe umzusehen. Erotische Wandbilder aus dem 19. Jahrhundert mit halbverhüllten Schönheiten in saalgroßen Kachelbädern hingen an der Wand. Das Bett versprühte mit herrlichen Ornamenten im Holzrahmen orientalisches Flair. Den Baldachin und die vielen Kissen fand Demirbilek übertrieben. Stefan Tavuks Körper lugte dazwischen hervor. Wüsste der Kommissar nicht, dass der nackte Mann tot war, hätte er glauben können, er habe sich postkoitaler Müdigkeit hingegeben. Dann fielen ihm die aufgezogenen Gardinen an den Fenstern auf. Sie nahmen der Suite die gewünschte

Wirkung. Es war zu hell. Demirbilek stand auf und probierte einige Konstellationen auf der Lichtschalterleiste aus, bis die Stimmung passte. Indirekte Beleuchtung durch zwei Stehlampen. Im Boden eingelassene Spots sorgten für das Gefühl, in einem Meer aus Licht zu schwimmen. Demirbilek setzte sich wieder und ließ den Raum auf sich wirken.

Ohne anzuklopfen, betrat nach einer kurzen Weile eine etwa dreißigjährige Frau mit einem verbeulten Alukoffer den Raum. Gerichtsmedizinerin Dr. Sybille Ferner hatte blondes Haar, ein bezauberndes Gesicht mit engstehenden Augen und trug unter ihrem leichten Sommermantel eine geblümte Schlafanzughose. Verschlafen, wie sie wohl war, bemerkte sie den Kommissar nicht sofort.

»Hallo, Sybille«, sprach Demirbilek sie an. »Gibst du mir noch ein paar Minuten?« Mit Blick auf die Schlafanzughose fragte er: »Haben wir dich aus einer Pyjamaparty geholt?«

Erschrocken sah Dr. Ferner ihn an. »Du bist wirklich witzig, Zeki! Mach schnell. Ich will wieder ins Bett«, erwiderte sie todmüde und verließ den Raum, nicht ohne die Tür hinter sich zuzuknallen.

Während er aufstand, murmelte Demirbilek ein *»bismillahirrahmanirrahim«* und säuberte mit den Händen symbolisch das Gesicht. Die Leiche bot einen grausamen Anblick. Die Reißnägel hingen in Stefan Tavuks leblosem Fleisch. Blut war über den Körper geflossen und hatte das Bettlaken durchtränkt.

Er überflog die Anzahl der Stiche, die Anordnung der Zeichen kontrollierte er anhand der Skizze, die er bei sich hatte. Eindeutig. Es war dieselbe Botschaft – *Teufel.* Noch ein Teufel?, wunderte er sich. An einen Serientäter aber wollte er nicht glauben. Irgendetwas in ihm sträubte sich gegen diese Annahme.

Da klopfte es leise. Demirbilek ignorierte die Störung und besah

sich das Gesicht des Toten. Seine Augen waren geschlossen. Er wirkte erschöpft, nicht tot. Der Täter muss mit einer unglaublichen Kraft zugedrückt haben. Abdrücke am Hals waren zu erkennen. Der Kehlkopf, vermutete Demirbilek, war zerquetscht worden.
Es klopfte erneut. Diesmal etwas lauter. Nach einem weiteren Moment wurde die Tür geöffnet. Im Türrahmen erschien Leipold, dahinter Cengiz, die versuchte, ihn zurückzuhalten. Demirbilek gab ihr ein Zeichen, ihn eintreten zu lassen.
»Servus, Pius«, begrüßte ihn Demirbilek ein zweites Mal in derselben Nacht. »Komm, setz dich. Die Leiche stört dich nicht, oder?«
Leipold nahm auf der Ottomane Platz und kramte einen Zigarillo aus einem Alu-Etui hervor.
»Du warst hier, stimmt's?«, konfrontierte ihn Demirbilek in gelassenem Ton mit seiner Vermutung.
Leipold nestelte wieder nervös an seinem goldenen Ohrring, bis er schließlich fragte: »Wie kommst du auf so einen Blödsinn?«
»Wäre mir neu, dass du als Familienoberhaupt den Großeinkauf alleine machst. Ihr Bayern seid im Grunde nicht viel anders als wir Türken. Emanzipation hin oder her. Ein türkischer Mann denkt gar nicht ans Einkaufen. Höchstens, wenn es um die Anschaffung elektronischer Geräte oder eines Autos geht.«
»Der Türke an sich ist also wie der Bayer? Du musst es ja wissen, Zeki. Du bist ja halb Türke, halb Münchner, stimmt's?«, kommentierte Leipold mit einem ironischen Lächeln.
Demirbilek grinste zurück. Nein, du provozierst mich nicht, sagte er sich und fuhr in ruhigem Ton fort. »Bedenkt man, dass es in der Gegend außer dem Puff nicht viele Möglichkeiten gibt, wo man nachts hingehen kann … Pass auf, Pius. Ich kann mir nicht vorstellen, dass du mit dem Mord etwas zu tun hast. Erzähl mir einfach, was passiert ist.«

»Weißt du, dass du ein recht arrogantes Arschloch bist, Zeki?«, schnaubte Leipold zurück.
Demirbilek hatte sich angeeignet, auf Gefühlsausbrüche anderer besonnen zu reagieren, auch wenn ihm das nicht immer glücken wollte.
»Manchmal muss man ein Arschloch sein. Wenn es der Wahrheitsfindung dient, warum nicht?«, bemerkte Demirbilek, nun mit der Gewissheit, dass seine Vermutung richtig war.
Leipold wischte sich, so von ihm in die Enge getrieben, mit dem Handrücken den Schweiß von der Stirn. Er holte tief Luft, zerknüllte seinen Zigarillo in der Hand, bis die Tabakblätter zerbröselten.
»Mein Gott. Ist ja gut! Erwischt! Bravo, Herr Sonderdezernatsleiter, ja, ich war hier! Ganz genau in diesem Zimmer«, gestand Leipold. »Meine Frau ist mit den Kindern nach Oberammergau zu ihrer Mutter. Ich wollte auch ein bisschen Spaß haben. Ist doch nicht schlimm, oder? Das macht der Türke auch hin und wieder, oder? Aber was muss mir passieren? Da will der Leipold Pius sich ein wenig entspannen. Weil es gerade so stressig ist im Job. Was passiert? Ich finde nicht nur eine Leiche! Nein, sondern gleich zwei!«, haderte er mit seinem Schicksal. »Die Leyla und ich haben den Toten entdeckt. Mir war speiübel, und sie hat rumgeschrien wie eine Wahnsinnige. Ich wollte einfach mit der Sache nichts zu tun haben, verstehst du? Ich habe ihr gesagt, sie soll zehn Minuten warten, bevor sie die Polizei anruft. Auf dem Parkplatz habe ich dann die Tür von dem Golf offen stehen gesehen. Was glaubst du, wie ich geflucht habe, als da noch so einer lag. Ich habe dem alten Mann sogar den Puls gefühlt. Da war aber nichts mehr, was noch gepumpt hätte.«
»Und warum hast du diesmal selbst angerufen?«
»Warum wohl? Weil sonst niemand da war!«

»Gut, ich glaub dir das alles, Pius. Und jetzt sag mir, was wir machen sollen?«, fragte Demirbilek mit einem Hintergedanken.
»Ja, was schon? Du meldest das Vergehen. Was willst du denn sonst machen?«, erwiderte Leipold erstaunt.
»Was für ein Vergehen meinst du denn jetzt genau?«
Leipolds Kinnlade klappte nach unten. Er verzog das Gesicht, als wollte er seinem Kollegen die Leviten lesen.
In dem Moment platzte Vierkant atemlos in den Raum. Sie dramatisierte ihren Auftritt etwas, fand Demirbilek.
»Herr Demirbilek, ich glaube, es wäre ganz gut, wenn Sie mitkommen und sich das selbst ansehen.«
Demirbilek nickte ihr zu und blickte dann wieder zu Leipold. Seine Miene zeigte, wie ernst er das Angebot meinte, ihn aus der Mordermittlung herauszuhalten. »Danke, dass wir reden konnten, Pius.«
Leipold stand verblüfft auf und verließ ohne ein weiteres Wort die Suite.
Für Demirbilek war die Sache erledigt. Er sah keinen Nutzen darin, seinen Kollegen in die schmutzige und seine Ehe gefährdende Angelegenheit hineinzuziehen. Er wandte sich an Vierkant: »Schau mal nach, wo die Gäste ihre Wertsachen aufbewahren. Es muss einen Umkleideraum geben.«

Zurück auf dem Parkplatz, hielt Cengiz dem Kommissar einen Beweismittelbeutel entgegen. Demirbilek war nicht sonderlich erstaunt, dass eine Plastikschachtel mit Reißnägeln in den Hosentaschen des toten Mannes aufgetaucht war.
»Der Täter war nicht gerade ein Meister darin, Spuren zu vermeiden, oder?«, fragte Cengiz.
»Noch irgendwelche Schlussfolgerungen, Kollegin?«, fragte Demirbilek sachlich.

»Ich denke, dass unser Toter im Auto der Mörder des Typen im Puff ist.«
»Könnte sein … Was mich interessieren würde – wissen wir, wie der alte Mann auf den Parkplatz gekommen ist?«
»Ja«, sagte Cengiz und hielt einen weiteren Beutel mit einem Mercedesschlüssel hoch. »Das hatte er auch in der Hosentasche.«
Die Lichter der Mercedes-Limousine blinkten etwa fünfzig Meter von Stefan Tavuks VW Golf auf. Auf dem Weg zum Wagen blieb Demirbilek plötzlich stehen.
»Das mit Pius hat sich erübrigt. Er hat den Mord auf dem Parkplatz gemeldet, und damit ist er aus der Sache raus«, erklärte er Cengiz, deren Lippen sich zu bewegen begannen, um lauthals zu protestieren. Der resolute Blick des Kommissars sorgte dafür, dass ihr Mund geschlossen blieb.
»Geben Sie den Kollegen von der Spurensicherung Bescheid. Heute ist ja eine Menge zu tun«, forderte er sie auf, während sie ihren Weg fortsetzten.
»Und was machen Sie?«, fragte Cengiz frech nach. Sie brauchte nie lange, um ihre Fassung wiederzugewinnen.
Der Kommissar sah auf die Uhr.
»Ich gehe jetzt nach Hause ins Bett«, sagte er und hielt einen vorbeifahrenden Streifenwagen an, um sich mitnehmen zu lassen. »Morgen um acht Uhr Lagebesprechung!«
Cengiz sah ihm verblüfft hinterher und dachte mit Schrecken an den Schlafplatz, den sie auf die Schnelle für ihre erste Nacht in München organisiert hatte.

26

Am anderen Ende der Stadt wälzte sich Gül Güzeloğlu nackt in ihrem Bett. Den Trakt in der ersten Etage des Anwesens bewohnte sie allein. Sie hatte die Badesuite, das Wohn- und Esszimmer selbst eingerichtet. Eine Mischung aus ausgesuchten Designerstücken und phantasieanregenden Flohmarktfunden. Das Herzstück ihres Wohnreiches stellte der Schlafsaal dar. Zwei Dutzend Lavalampen umringten ihr aus Indien importiertes Himmelbett. An den Fenstern und im ganzen Raum verteilt hingen unzählige marineblaue Schleier und Tücher, die durch ultraleise Ventilatoren angeblasen wurden. Wenn sie nicht schlafen konnte, ließ Gül ihren Körper von den leicht wehenden Schleiern umgarnen und träumte, nackt im Meer zu schwimmen.
Das dumpfe Klopfen, das sie aus ihrem unruhigen Schlaf holte, hatte sie in ihren Traum eingebaut. Wann es tatsächlich angefangen hatte, konnte sie nicht erinnern. Es war jedenfalls mitten in der Nacht. Sie richtete sich verstört auf und beruhigte sich damit, dass es ihr kranker Vater nicht sein konnte. Er würde es nicht wagen, sie in ihrem Reich zu besuchen.
»Wer ist da?«, fragte sie leise.
Als keine Antwort kam, stand sie auf und zog ihren seidenen Morgenmantel über. Die Wohnungstür war nicht abgeschlossen. Warum auch? Sie lag zu Hause in ihrem Bett.
Als sie die Tür öffnete, sah sie Ahmet davor knien. Seine Stirn

hämmerte ein um das andere Mal auf den Boden. Die rechte Hand umklammerte eine Pistole.

»Was ist passiert, Ahmet?«, fragte Gül verängstigt und half ihm auf die Beine.

Er sagte nichts, sondern starrte mit leerem Blick vor sich hin. Gül führte ihn vorsichtig hinein und schloss hinter sich ab. Ahmet blieb bewegungslos stehen. Gül brauchte alle Kraft in ihren zierlichen Händen, um die Pistole aus der Umklammerung zu lösen. Mit hängendem Kopf, ohne ihr zu helfen, ließ Ahmet sie gewähren. Gül legte die Waffe weg und fragte nochmals, was passiert sei. Wieder blieb eine Antwort aus. Sie kämpfte mit sich, überlegte, wie sie ihn zum Reden bringen könnte. Sie wollte wissen, ob Metin die Sache erledigt hatte. Ihr war es nicht in den Sinn gekommen, dass er auch seinen Sohn mit hineinziehen würde. Dann hatte sie eine Idee. Sie begann, Ahmet bis auf die Boxershorts auszuziehen. Behutsam nahm sie ihn wie ein Kind an die Hand und führte ihn zur Duschkabine. Sie drehte das Wasser auf. Als die Temperatur angenehm lauwarm war, schob sie ihn das letzte Stück hinein. Der Wasserstrahl prasselte mit hohem Druck auf Ahmets Körper.

Gül wartete ab. Ahmet blieb weiter regungslos. Da löste sie den Gürtel ihres Morgenmantels und stellte sich zu ihm unter das Wasser. Sie drückte mehrmals auf den Shampoo-Spender und wusch mit den bloßen Händen Ahmet Haare und Körper. Nachdem er sauber war, bemerkte sie die Erregung, die sie ergriff. In den zwei Jahren, in denen Ahmet ihr einziger Vertrauter und unschuldiger Geliebter war, hatte er sie nicht in ihrem Reich aufgesucht.

»Was hast du getan?«, fragte sie ruhig und gerade laut genug, um das Geräusch des Wassers zu übertönen. Gül sah ihm tief in die Augen. Dann nahm sie seinen Kopf in ihre Hände und küsste ihn auf den Mund. Nach dem langen Kuss wollte Ahmet schon zu sprechen beginnen, aber Gül hielt ihm den Mund zu. Ihre Hand glitt unter seine Boxershorts und umfasste sein Geschlecht. Später mischte sich zu dem klaren Wasser aus dem Duschkopf Blut. Es verschwand in einer kreisenden Bewegung im Ablauf. Gül hatte mit vierundzwanzig Jahren das erste Mal mit einem Mann geschlafen. Auch wenn niemand davon wissen durfte und sie mit Ahmet, dem sie ihre Unschuld geschenkt hatte, nie zusammen sein würde.

27

Am nächsten Morgen kurz vor acht begegneten sich Vierkant und Cengiz auf dem Gang vor dem Büro. Cengiz hielt völlig übermüdet einen Plastikbecher, gefüllt mit Milchkaffee, in der Hand. Vierkant dagegen wirkte frisch und munter, in ihrem Alubecher befand sich Ingwer-Orangen-Tee, liebevoll von ihrem Mann zubereitet.

»Nicht geschlafen?«, fragte Vierkant gut gelaunt.

»Nicht wirklich«, erwiderte Cengiz kurz angebunden und öffnete die Tür. »Meine Tage habe ich auch noch bekommen. Das nervt! Hast du in deiner Schatzkammer vielleicht auch Binden?«

»Binden? Nein, aber Tampons. Normale und für die harten Tage.«

Cengiz winkte ab. »Nein danke. Habe ich noch nie benutzt.«

»Wie das denn?«

»Alte Angewohnheit. Frag mal meine Mutter! Die hätte mich gevierteilt, wenn sie die Torpedos bei mir gefunden hätte.«

»Ach so«, staunte Vierkant, als ihr klarwurde, dass Jale als türkische Tochter ihre Jungfräulichkeit gegen Missgeschicke aller Art verteidigen musste. »Aber bist du denn noch …«

»Sehe ich so aus, als hätte ich noch nicht?«, unterbrach Cengiz und grinste, ohne die Frage richtig beantwortet zu haben.

Demirbilek hatte im Nebenraum die Beine auf den Schreibtisch gelegt und las den Artikel in der *Hürriyet* über den Eisbachtoten, der durchsetzt war mit Spekulationen über einen rechtsradikalen

Hintergrund der Tat. Kein Wunder, die Pressevertreter wussten nichts von dem arabischen Schriftzug auf Bülent Karaboncuks Brust, dachte der Kommissar, und auch nichts von dem zweiten Toten Stefan Tavuk, den dasselbe Schicksal ereilt hatte.

Gähnend ließ sich Cengiz auf ihren Stuhl fallen und schaltete den Computer ein. Vierkant stellte ihre Umhängetasche auf den Boden und setzte sich ebenfalls an den Schreibtisch. Plötzlich ertönte aus Demirbileks Zimmer eine blecherne Stimme aus dem Lautsprechertelefon. Offenbar hatte er auf laut gestellt. Die Frauenstimme gehörte Gerichtsmedizinerin Dr. Sybille Ferner. Demirbilek winkte seine Mitarbeiterinnen durch die offene Tür herein und gab ihnen Zeichen, sich zu setzen und zuzuhören. Auf dem einzigen Stuhl nahm Vierkant Platz. Cengiz räumte einen Stapel Akten zur Seite und pflanzte sich auf die Schreibtischkante.

»Zeki! Du kriegst den Bericht sowieso gleich gemailt! Warum soll ich dir das alles am Telefon erzählen?«, dröhnte es ungehalten aus dem Lautsprecher.

»Weil wir es eilig haben, Sybille! Weil wir keine Leuchtmarker haben, um die wichtigen Stellen zu markieren. Zu wenig Personal. Drei Mordfälle für ein Sonderdezernat mit drei Mitarbeitern. Such's dir aus! Komm erzähl schon«, forderte Demirbilek und wartete ab. Doch aus dem Lautsprecher des Telefons kam nur Schweigen. Demirbilek hielt den Hörer vom Ohr weg und schaute fragend zu seinen beiden Mitarbeiterinnen. Sie formten mit dem Mund das Wort »bitte«. Es dauerte einen Moment, bis Demirbilek verstand und in den Hörer »bitte schön« säuselte und erwähnte, dass Vierkant und Cengiz zuhörten.

»Also gut«, begann die Gerichtsmedizinerin. »Zum Eisbachtoten gibt es nicht viel zu sagen. Die Reißnägel waren natürlich nicht tödlich. Sie wurden in die Brust reingesteckt, reingedreht, einige regelrecht reingestopft oder reingeklopft. Trotzdem eher eine

Spielerei aus gerichtsmedizinischer Sicht. Gestorben ist Herr Karaboncuk, weil er erdrosselt wurde. Ziemlich heftig. Eindeutig eine Männerhand beziehungsweise zwei Männerhände. Der Kerl muss ihm von hinten an die Gurgel gegangen sein, um es unwissenschaftlich auszudrücken. Der hat ihm regelrecht den Hals umgedreht. Das dauert eine Weile, sage ich dir. So zu töten, ist nicht einfach. Da brauchst du eiskalte Nerven, viel Kraft und einen unbändigen Tötungswillen. Aber egal. Ich bin ja nicht die Polizeipsychologin. Darüber darfst dann du nachdenken, Zeki, oder deine zwei Mädels … Wir haben jedenfalls – einem Wunder gleich – vom Hals des Eisbachtoten einen halben Fingerabdruck nehmen können. Ein wenig mehr Zeit, und wir kriegen das besser hin. Zum Todeszeitpunkt kann ich noch nicht viel sagen. Ich denke mal, dass er über Nacht im Eisbach lag. Rechnen müsst ihr selbst.«

Die drei im Büro sahen sich an und lauschten Dr. Ferner, wie sie einen Schluck trank und dann fortfuhr: »Der andere, Herr Tavuk, ist auf dieselbe Art im türkischen Puff erdrosselt worden. Da haben wir einigermaßen brauchbare Abdrücke am Hals nehmen können. Von Handschuhen hat der Täter wohl noch nichts gehört, oder es war ihm egal. Ebenfalls eindeutig ein Mann, muss über eine ebenso immense physische Kraft verfügen. Auch hier waren die Reißnägel ein Schmankerl obendrauf … Nein, Zeki, spar dir die Frage. Ich kann dir nicht sagen, ob es sich um denselben Täter handelt. Die Fingerabdrücke am Hals des Eisbachtoten sind dafür nicht aussagekräftig genug. So, und jetzt zum dritten Fall. Da hat jemand schnörkellos aus allernächster Nähe mit einer Pistole mitten ins Herz geschossen. Der alte Mann ist sofort tot gewesen. Saubere Arbeit, wenn man so will. Das Opfer hätte übrigens ohnehin nicht mehr lange zu leben gehabt. Der muss gesoffen haben wie ein Loch. Der hatte mehr Raki in den Venen als rote Blutkörperchen.«

»*Rakı* heißt das, Sybille. Habe ich dir das nicht schon mal erklärt? Mit verschlucktem i spricht man das aus«, berichtigte Demirbilek und fügte, ohne auf eine Erwiderung zu warten, schnell hinzu: »Hast du dir die Fingerabdrücke vom Erschossenen mal angesehen?«

»Seit wann sehe ich mir Fingerabdrücke an? Und erspar mir weitere Fragen. Lies dir meinen Bericht durch. Oder liest du selbst gar nicht mehr, jetzt, da du der Chef bist?«, erwiderte Dr. Ferner gereizt.

Demirbilek grinste seine Kolleginnen an. »Danke für die schnelle Info. Und die Mail schickst du?«

Schon machte es »kling« im Nebenraum an Jale Cengiz' Computer. Demirbilek selbst hatte zwar einen neuen Rechner, benutzte ihn aber so gut wie nie.

»Müsste schon bei euch sein. So, mir reicht es jetzt. Ich habe die ganze Nacht durchgearbeitet. Ich gehe jetzt schlafen. Wehe, du rufst mich zu Hause an, Zeki! Lass mich in Ruhe. Dann frohes Ermitteln ihr drei. Servus!«

Die Gerichtsmedizinerin legte auf. Demirbilek holte aus einer Bäckereitüte eine Butterbreze und biss ab. Dann griff er erneut zum Telefon und wählte. Diesmal stellte er die Lautsprecher nicht auf laut.

»Und?«, fragte er in den Hörer, wartete die Antwort ab, die kurz ausfiel, und legte wieder auf.

»Die Art der Reißnägel aus der Hosentasche des Unbekannten ist identisch mit denen vom Eisbachtoten *und* dem Toten im Bordell«, informierte er seine Kolleginnen.

»Dann könnte es sein, dass es sich um denselben Täter handelt«, stellte Vierkant fest.

»Warten wir mal ab, ob die Fingerabdrücke tatsächlich identisch sind. Aber selbst, wenn der alte Mann die beiden umgebracht hat, wissen wir nicht, warum er das getan hat. Und wer hat ihn auf dem Gewissen? Ich sehe kein Motiv. Weit und breit nicht.«

Der Kommissar sah in die Runde. Es herrschte Stille. Es gab keine Spur, die sie verfolgen konnten.

»Lasst uns weiterarbeiten. Was haben wir überhaupt bis jetzt herausgefunden?«, besann sich Demirbilek nach einer Weile.

Vierkant berichtete, dass sie in der vergangenen Nacht mit einem Generalschlüssel Stefan Tavuks Spind im Sultans öffnen mussten. Den Spindschlüssel tragen die Männer normalerweise um das Handgelenk, erklärte sie, Tavuks Schlüssel jedoch wurde von Kollegen vor dem Sultans sichergestellt. Tavuks Sporttasche war durchwühlt. Zurückgelassen in der Tasche wurde unter anderem ein Ehering, Wäsche zum Wechseln, Duschgel, ein Brillenetui und ein rotes Damenhöschen, versteckt in der Kappe des Deosprays. Sie hielt das in einer Plastiktüte befindliche Fundstück in die Höhe.

»Ist das von einer der Frauen, die dort arbeiten?«, fragte Demirbilek nach.

»Ich habe diese Antonia von der Rezeption gefragt. Sie meinte, sie kann sich das nicht vorstellen. Die Frauen tragen eher billigere und auffälligere Unterwäsche. Also Tanga und so was. Arbeitskleidung. Sie verstehen schon. Der Slip ist nicht deren Preisklasse.«

Cengiz pfiff beim Anblick des Etiketts anerkennend.

»Ich kenne die Marke. Das kommt aus einer Edelboutique in Istanbul.«

Demirbilek betrachtete ebenfalls das Etikett, er kannte die Boutique – natürlich – nicht.

»Dann übernimm du das, Jale. Ruf dort mal an, frag nach, ob sie Kunden aus Deutschland haben. Vielleicht führen sie ja eine Adressenliste.«

»Wenn schon, dann eine Mailingliste, Chef. Ich check das.«

»Alles klar. Und was haben Sie noch?«
»Eben haben Sie noch *du* gesagt, Herr Demirbilek«, sagte Cengiz verwirrt.
»Ehrlich?«, fragte Demirbilek bestürzt und stellte nach einer kurzen Denkpause Folgendes klar: »Das *Du* im Bayerischen ist nicht ganz wie das bundesdeutsche *Du.* Also, nicht persönlich nehmen, bitte. Was ist euch beiden eigentlich lieber? Du oder Sie?«
Die beiden Kolleginnen schauten sich unschlüssig an.
»Das ›du Vierkant‹ oder ›Sie Vierkant‹ ist doch in Ordnung, mal so, mal so, mir ist das völlig wurscht«, erwiderte schließlich Vierkant, überrascht darüber, dass Demirbilek sich wirklich Sorgen über die Anrede seiner Mitarbeiterinnen machte.
»Also gut, dann sag ich in Zukunft ›du Cengiz‹ oder ›Sie Cengiz‹ oder ›Jale‹ oder je nachdem. Und ich gehe davon aus, dass du ebenfalls damit einverstanden bist, Cengiz. Jetzt lasst uns weitermachen.«
Jale Cengiz war klar, dass sie einverstanden zu sein hatte, ob sie wollte oder nicht. Sie berichtete, dass der Täter über den Hintereingang in das Etablissement gekommen sein muss, dort stand für die Raucher die Tür offen. Das Personal, neun Gäste und zwölf Damen wurden befragt, niemand hatte etwas gesehen oder gehört. Am anderen Tatort konnte die Spurensicherung nichts Besonderes am Auto des unbekannten Toten finden. Der Mercedes sei laut Unterlagen im Handschuhfach von einem Limousinenverleih. Sie habe noch in der Nacht angerufen. Aber es sei niemand an den Apparat gegangen.
»Gut, dann fahren Sie mit einem Foto hin und klären das ab. Die müssen ja wissen, wer das Fahrzeug gemietet hat. Nach Diebstahl sah es ja nicht aus, oder?«
»Hayır«, verneinte Cengiz, ohne zu bemerken, dass sie auf Türkisch sprach.

Demirbilek beließ es dabei. »Um elf Uhr kommt Tavuks Frau. Falls ich mich verspäte, redest du mit ihr über das Wetter. In Ordnung?«
Cengiz nickte schnell.
»Vierkant, du schreibst die Protokolle. In einer Stunde bist du doch damit fertig, oder? Fass dich kurz. Keine Schwafeleien, keine Anekdoten. Kurz und knapp. Du kennst das ja, in der Kürze liegt die Würze. Und vergiss nicht, Karaboncuks Bruder vom Flughafen abzuholen. In Ordnung?« Demirbilek war auf Hochtouren. In Situationen wie dieser liebte er seine Arbeit. Er wischte die Hände mit einem Taschentuch sauber und erhob sich.
Vierkant bemerkte sein Handy auf dem Schreibtisch, kontrollierte, ob es eingeschaltet war, und reichte es ihm. »Anlassen, bitte«, sagte sie beschwörend.
»Ich bin oben bei Pius, falls was ist«, sagte Demirbilek, ohne sein Handy entgegenzunehmen.
Doch der Gang in Pius Leipolds Büro erübrigte sich, denn als Demirbilek die Tür öffnete, drängte ihn der Kollege mit einem Schreiben in der Hand und hochrotem Kopf zurück in das Büro. Leipold war stocksauer. Er schimpfte auf Demirbilek ein. Angefangen bei Kollegensau, über Verräterarsch bis hin zu wesentlich ärgeren Ausdrücken, die der türkische Kommissar mit bayerisch-lakonischem Langmut über sich ergehen ließ. Als er den Eindruck hatte, dass Leipold am Ende seiner Schimpftirade angelangt war, bot er ihm einen Platz an. Die beiden Kolleginnen schickte er hinaus, damit sie sich ihren Aufgaben widmen konnten. Er vertrat den altmodischen Standpunkt, Männergespräche unter Männern zu führen.
»Und? Fertig mit dem Schimpfen, Pius?«, fragte Demirbilek.
»Wieso? Hat dir das nicht gereicht, Zeki!«, fragte Leipold kampflustig zurück.

»Glaubst du im Ernst, dass ich dich hingehängt habe?«
»Wer soll es sonst gewesen sein?«, ließ Leipold nochmals seine Stimme laut erklingen.
»Jemand aus dem Sultans vielleicht? Hast du daran schon gedacht?«
Leipold setzte sich an Vierkants Schreibtisch und ließ den Kopf hängen. »Ach, was weiß ich, ist am Ende auch egal. Ist doch alles Scheiße.«
»Warst du beim Chef?«
»Und wie! Meinen Ruf habe ich weg. Dabei bin ich extra in einen türkischen Puff, damit ich niemandem begegne, den ich kenne. Der Weniger hat gemeint, dass er das intern regelt. Er will das nicht an die große Glocke hängen.«
»Die Schlagzeilen, oder?«
»Bulle entdeckt beim Vögeln im Puff Leiche. Na bravo. So eine Presse braucht der Weniger noch weniger als ich«, seufzte Leipold.
»Dann hat Weniger eine andere Idee, wie er dir eine Lektion erteilen kann?«, fragte Demirbilek.
Leipold blickte hoch. Er sah fertig aus. »Der Herkamer übernimmt vorläufig meine Abteilung. Ich bin jetzt bei deinem Sonderdezernat. Eine Zeitlang zumindest. Offiziell soll es heißen, dass du wegen der vielen Leichen einen erfahrenen Kollegen an deiner Seite brauchst.«
»Du meinst, einen erfahrenen Kollegen *unter* mir?«, widersprach Demirbilek mit einer ordentlichen Portion Häme.
»Hau nur drauf!«
»Ach komm, Pius. Ich weiß doch, dass du mich nicht so recht leiden kannst. Aber deine Vorurteile versteckst du wenigstens nicht.«
»Ja, ja, mach dich nur lustig!«

»Ich habe überhaupt keine Zeit, mich lustig zu machen, Pius. Wir haben drei Leichen«, sagte Demirbilek gut gelaunt.
Unter enormer Anstrengung stand Leipold auf und zeigte ihm das Schreiben, das er mitgebracht hatte. Demirbilek überflog es.
»Den Handelsregisterauszug kennen wir schon. Kommst du mit? Ich wollte gerade dorthin.«
»Ist das eine Anweisung?«
»Nein, mir ist es nur lieber, wenn ich nicht selbst Auto fahren muss. Außerdem kennst du dich ja in dem Puff aus«, lachte er spöttisch auf.
Griesgrämig und ohne den Elan, den Demirbilek an den Tag legte, folgte Pius Leipold als zwangsverpflichtetes Teammitglied des Sonderdezernats Migra seinem türkischen Vorgesetzten aus dem Büro.

28

Leipold überholte Kommissar Demirbilek mit schnellen Schritten, nachdem sie vor dem Sultans geparkt hatten, um als Erster an der Tür zu sein.

Als Antonia mit breitem Lächeln durch das Guckloch schaute, machte er ihr von Angesicht zu Angesicht deutlich, dass er mit dem Auffinden der Leiche von gestern Nacht nicht in Verbindung gebracht werden wollte.

Antonia schwor auf die Jungfrau Maria, dass sie mit dem Anruf bei der Polizei nichts zu tun habe, wenn, dann höchstens Leyla, weil sie in der Nacht nicht schlafen konnte wegen der Lüge, die sie wegen Leipold erzählen musste. Dann ließ sie die beiden Männer eintreten.

Demirbilek beruhigte die Gemüter und übernahm das Wort. Er legte den Auszug aus dem Handelsregister vor und wollte von Antonia wissen, was es für eine Bewandtnis damit hatte, dass die Brüder Ali und Bülent Karaboncuk als Putzkräfte hier arbeiteten, wobei Bülent als einer der Geschäftsführer des noblen Etablissements eingetragen war. Antonia zuckte mit den Schultern. Sie sei selbst nur Angestellte, vor und hinter der Rezeption. Leider könne sie den beiden Herren nicht weiterhelfen. Anzüglich zog sie den Reißverschluss ihres Trainingsanzuges ein Stück nach unten, um den Polizisten deutlich zu machen, im Dienst zu sein.

Demirbilek lächelte geschmeichelt und forderte Leipold auf, zum

Auto vorzugehen. Er komme gleich nach. Er wolle mit Antonia einen Moment allein sein. Leipold machte eine kumpelhafte Geste, um zu zeigen, dass er ihm eine kleine Pause von Herzen gönnte. Kaum hörte Demirbilek das Zufallen der schweren Tür, nahm er Antonias manikürte Hand und beäugte sie interessiert. Sie hatte lange, angeklebte Fingernägel mit kleinen Strasssteinchen darauf.

»Weißt du, Antonia. Ich mag es nicht, wenn ich für dumm verkauft werde. Da bin ich ganz eigen. Schau mal. Ich bin, wie du unschwer erkennen kannst, Türke … vielleicht nur ein halber, aber immerhin … Weißt du, wie ich heiße?«

»Nein, woher denn?«

»Mein Name ist Zeki Demirbilek«, erklärte er. »Das Zeki spricht man mit stimmhaftem S. Im Türkischen spricht sich das Z wie ein S. Wie in Özil. Oder einfacher. S wie in Sex … Kannst du mir folgen, Antonia?«

»Ja schon, bin doch nicht blöd«, reagierte Antonia ungehalten.

»Du weißt, was Türken mit Frauen machen, wenn sie nicht gehorchen?«, fragte er mit sanft drohender Stimme und löste eines der Steinchen vom Zeigefingernagel ab. Manchmal, so war sich der Kommissar bewusst, konnte es hilfreich sein, seine türkischen Wurzeln auch auf diese Weise einzubringen.

»Sie sind Polizist. Sie dürfen mir nicht drohen«, entgegnete Antonia ruhig und mit einer Selbstsicherheit, die durch tägliche Arbeit mit Männern geschult war. Gelassen griff sie in ihr Schminktäschchen und trug eine frische Schicht grellorangerote Farbe auf ihre Lippen. Passend zu den Farben der Strasssteinchen.

»Natürlich darf ich dir nicht drohen«, gab Demirbilek ihr recht und legte das Steinchen auf den Rezeptionstisch. »Ich frage ja nur freundlich nach den beiden Männern, die hier angeblich putzen.«

»Freundlich war das nicht«, erwiderte Antonia unbeeindruckt

und versuchte, das Steinchen wieder auf dem Fingernagel anzubringen.
»Willst du mir nicht helfen, oder kannst du nicht?«
»Ich weiß nicht, wer die beiden Männer sind.«
»Gut, dann helfe ich dir auf die Sprünge.« Er suchte sein Handy in den Taschen, fand es nicht und fragte, ob er einen Anruf tätigen könnte. Antonia reichte ihm das schnurlose Telefon und zog den Reißverschluss ihres Trainingsanzuges wieder hoch.
»Wen wollen Sie anrufen?«
»Na, wen schon? Das Kreisverwaltungsreferat findet bestimmt einen passenden Grund, um den Laden nach dem Mord auf den Kopf zu stellen.«
Antonia holte sich das Telefon zurück und lächelte so glaubhaft falsch, dass der Kommissar plötzlich meinte, eine Busenfreundin vor sich zu haben.
»Also gut. Die beiden putzen gar nicht bei uns. Der aus dem Eisbach war mal da und hat großspurig und wichtigtuerisch gemeint, er wäre der neue Geschäftsführer. Sein Deutsch war schlecht, ich konnte den gar nicht richtig verstehen. Ich habe nachgefragt, und als das gepasst hat, habe ich ihn herumgeführt und ihm alles gezeigt, bis er mir an die Wäsche wollte. Da habe ich ihm eine gelangt. Das hat dem Deppen auch noch gefallen. Der andere war viel netter. Der hat auch viel besseres Deutsch gesprochen. Ich glaub, die sind noch zwei oder drei Mal zu zweit gekommen. Das sind doch Brüder, oder?«
Demirbilek nickte.
»Na ja, ich habe den Frauen empfohlen, dass sie ihnen ein bisschen Rabatt geben sollen. Ich glaube, bei Leyla waren sie ganz gern.«
»Also die, die den Toten gefunden hat?«
»Ja, genau. Die arbeitet aber gerade auf der Erotikmesse in Frankfurt. Ein Schlauch ist das, sage ich Ihnen. Da ist die Arbeit im

Sultans ein reines Vergnügen. Die kommt in einer Woche oder so wieder.«

»Gut, verstehe. Und wo bitte hast du nachgefragt? Das habe ich nicht ganz verstanden.«

Sie zögerte einen Moment. Dann holte sie aus der Schublade einen Zettel. Auf dem war handgeschrieben eine Telefonnummer notiert.

»Wenn irgendwas ist, rufe ich bei dieser Nummer an. Da geht eine Frau an den Apparat. Die ist immer ganz freundlich. Keine Ahnung, wie sie heißt.«

Demirbilek notierte die Nummer auf eine Visitenkarte des Sultans Harem, die zum Mitnehmen bereitlagen.

»Dann hast du wegen des Mordfalls dort auch angerufen?«

»Ja«, sagte Antonia. »Aber erst heute früh. Wollte nicht stören. Ich weiß ja nicht, wer das ist und was die macht. Aber ich denk mal, dass die Frau so was wie die Chefin ist, wenn Sie mich fragen. Komisch war, dass sie das gar nicht sonderlich gejuckt hat. Ich wusste ja, wie der Tote heißt, der war ja Stammgast, der Stefan. Kam so einmal im Monat. Hatte immer diese Schlaumeier-Brille auf, um sich zu verkleiden. Völlig deppert. Jedenfalls, als ich der freundlichen Frau den Namen sag, hat sie geschluckt und hat prompt aufgelegt. Da war ich aber gar nicht fertig mit dem Erzählen. Stellen Sie sich das mal vor!«

»Lieber nicht, Antonia«, entgegnete der Kommissar. Dann holte er einen Zehner aus seinem Geldbeutel und legte ihn neben das Strasssteinchen auf die Theke. »Für die Maniküre.«

29

Der Tumult im Büro des Sonderdezernats wurde von zwei sehr unterschiedlichen Frauen verursacht. Die eine der beiden hatte dunkle lange Haare, goldene Ohrringe und fünf glitzernde Goldarmreifen, die wegen des handfesten Gerangels klimperten. Angezogen war sie mit einem Dirndl chinesischer Herkunft, das bei jedem bayerischen Traditionalisten Kopfschütteln hervorgerufen hätte. Die zweite Frau war etwas älter. Etwa Mitte dreißig. Sie trug schwarze Jeans, eine schwarze Bluse und ein Kopftuch, ebenfalls in Schwarz. Offenbar war sie in Trauer. Die beiden Frauen schlugen aufeinander ein, kratzten und schrien sich an.

Demirbilek stand, von den streitenden Frauen unbemerkt, in der Tür und wollte gerade einschreiten, als Vierkant und Cengiz mit einem Tablett zurückkamen. Sie brachten Wasser und Tee. Gemütlich, dachte Demirbilek.

Cengiz reagierte sofort, als sie sah, was vor sich ging. Sie drückte die beiden Wasserflaschen Demirbilek in die Hände und stürmte ins Büro.

»Jetzt ist Schluss! Setzen Sie sich. Beide! Sonst rufe ich die Polizei!«, schrie sie die Frauen an.

Nach einer Weile beruhigte sich die Situation. Vierkant erklärte Demirbilek kleinlaut, dass die junge Frau im Dirndl Derya Tavuk sei, Stefan Tavuks zweite Ehefrau. Die Frau in Schwarz sei Stefan Tavuks erste Ehefrau. Sie höre auf den Namen Margit Weiß, sie habe Stefans Nachnamen nach der Scheidung behalten. Weiß, weil der Name allemal besser sei als Vögele, ihr Mädchenname. Letztere sei zur Vernehmung gekommen, weil man annahm, dass das sinnvoll sei, auch wenn davon in der Lagebesprechung nicht die Rede gewesen war. Demirbilek konnte sich denken, wer hinter der Idee steckte. Cengiz' ausweichender Blick bestärkte ihn in der Vermutung.

Das Verhör der beiden Frauen verlief nach der anfänglichen Unruhe ohne Probleme. Demirbilek befragte Margit Weiß. Er erfuhr, dass sie das erste Mal vor zehn Jahren, damals ohne Kind, mit ihrem Ehemann Stefan in der türkischen Ägäis Urlaub gemacht hatte. Er hatte sich sofort in das Land, die Leute und die Sprache verliebt. Wieder zu Hause, besuchte er abends einen Türkischkurs, weil er als Metzger tagsüber beschäftigt war. Bald bereiste er Istanbul und Izmir, sie begleitete ihn immer wieder mal. Gleich nach der Geburt ihrer Tochter Franzi reisten sie auf seinen Wunsch an die Schwarzmeerküste. Ein furchtbarer Urlaub, erinnerte sie sich. Als sie zurückkehrten, hatte sie genug von seiner überzogenen Liebe zur Türkei. »Dann werd doch Türke!«, waren die letzten Worte, die sie ihm vor zwei Jahren entgegengeschleudert hatte. Sie nahm den noch gepackten Reisekoffer, ihre Tochter und verschwand aus seinem Leben. Seitdem habe sie keinen Kontakt mehr zu ihm, Alimente habe er immer brav bezahlt. Als ihr am Ende der Befragung bewusst wurde, dass die regelmäßigen Zahlungen ausbleiben würden, begann sie herzergreifend zu schluchzen.

Später berichtete Cengiz von ihrem Gespräch mit Derya Tavuk. Cengiz war fasziniert von der gebildeten und intelligenten Frau. Vor dreizehn Monaten hatte sie noch in einem anatolischen Dorf gelebt, jetzt kellnerte sie in dem hübschen Dirndl im Nockherberg-Bicrgarten. Aus reiner Berechnung habe sie Stefan Weiß geheiratet, habe die brave, in jedweder Hinsicht willige Ehefrau gespielt, bis sie in München war und den deutschen Pass in Händen hielt. Es täte ihr nicht leid. Ein Jahr als importierte Braut an der Seite eines Deutschen, der sich als Türke gebärdete, sei genug Bezahlung gewesen. Cengiz schloss ihren Bericht damit ab, dass Derya ihren Ehemann vor zwei Wochen verlassen habe, weil er mit ihrer Anstellung als Bedienung nicht einverstanden gewesen war. Sie habe alles stehen und liegen lassen. Er sollte nicht merken, dass sie wegging. Seitdem wohne sie bei einer Freundin und habe Stefan nicht gesehen. Als sie ihn verließ, sei er guter Dinge gewesen, habe behauptet, dass es mit dem Drecksjob als Metzger vorbei sei. Er steige auf zum Geschäftsführer und werde einen eigenen Laden haben.

»Ein Geschäft? Ein Büro? Was meinte sie mit Laden?«, fragte Demirbilek nach.

Cengiz grinste, bevor sie antwortete. »Derya ist mal daran vorbeigelaufen, hat sie erzählt. Da gibt es ein Geschäft in der Landwehrstraße. Ein ehemaliger Dönerladen.«

»Der wird aber nicht gerade renoviert, oder?«, fragte Vierkant überrascht.

»Keine Ahnung«, antwortete Cengiz verunsichert. »Hätte ich sie danach fragen sollen? Ich habe ihre Handynummer. Ich kann sie anrufen, jederzeit.«

»Nein, schon gut, Cengiz. Hast du sie gefragt, ob er sie geschlagen hat?«

»Nein, die Hand hat er nicht gegen sie erhoben. Sie hatte leichtes Spiel mit ihm«, resümierte Cengiz. »Nach ihren Worten war er ein Träumer. Einer, der sich nach einer Märchenwelt aus Tausendundeiner Nacht sehnte. Wie euer bayerischer Märchenkönig Ludwig, der war doch auch so drauf, oder?«, erkundigte sich

Cengiz und erntete verständnislose Blicke ihrer Münchner Kollegen.
»Gut. Ich schaue mir dein Verhör in Ruhe auf Video an. Gut gemacht«, lobte der Kommissar Cengiz, ohne es zu merken, und wandte sich Vierkant zu.
»Kümmerst du dich darum? Wer weiß, vielleicht ist es tatsächlich Serdals Dönerladen, den Tavuk übernehmen sollte. Ob das eine Bedeutung für unsere Ermittlungen hat, werden wir sehen. Ach ja, was ist eigentlich mit dem Bruder von Karaboncuk?«
»O mein Gott!«, schrie Vierkant erschrocken auf und starrte auf ihre Armbanduhr. 12:05 Uhr. Nur noch dreißig Minuten bis zur Landung der Maschine aus Istanbul. Das war nicht zu schaffen. Sie sprang auf und packte in Windeseile ihre Tasche. Du hast es vergessen, du dumme Kuh, ärgerte sie sich. Cengiz saß bereits an ihrem Computer und checkte den Flug.
»Die Maschine hat fünf Minuten Verspätung«, sagte sie und griff nach dem Telefon. »Ich rufe mal Wagner an, vielleicht hat er Bereitschaft.«
Vierkant stürmte aus dem Büro, Demirbilek verkniff sich einen Kommentar. Innerlich freute er sich, dass die beiden auf Anhieb gut miteinander auskamen. Noch wussten sie nicht, dass Leipold zu ihnen stoßen würde. Er war nicht sicher, was das für das Team bedeutete, und wollte die Überraschung bis Dienstschluss zurückhalten.
»Hast du herausgefunden, wer der Tote im Auto ist?«, fragte Demirbilek nach einer Weile.
Cengiz öffnete eine E-Mail auf ihrem Smartphone. »Als sie gestern Nacht nach Hause sind, habe ich mir die Fahrzeugpapiere angesehen. Die Limousine ist geleast. Unser Toter heißt Metin Burak, ist fünfundfünfzig Jahre alt geworden, blieb unverheiratet, keine Kinder. Er war Berufssoldat in der türkischen Armee.

Jahrelang an der irakischen Grenze stationiert. Hat mehrere Gefechte überstanden, eine Reihe Auszeichnungen. Muss ein harter Hund gewesen sein. Kannte sich mit Waffen aus, wusste, wie man tötet. Ein unrühmlicher Eintrag wegen einer Schießerei mit einem Kameraden. Rakı war im Spiel, er wurde unehrenhaft aus der Armee entlassen.«

»*Yeni Rakı* oder *Tekirdağ*?«, fragte Demirbilek lächelnd.

»Ich denke mal, das war ihm ziemlich egal.«

»Woher wissen Sie das alles eigentlich?«

»Ich habe mit einem netten Herrn vom Türkischen Generalkonsulat telefoniert.«

»Der hat das so einfach ausgeplaudert?«

»Ich war auch nett am Telefon«, meinte Cengiz mit gespieltem Unverständnis über die Frage.

»Laut den Informationen kam er vor fünf Jahren nach München. Er hat einen türkischen Pass mit befristeter Aufenthaltserlaubnis. In den fünf Jahren ist er in Deutschland nicht straffällig geworden. Es gab nur im ersten Jahr ein Problem mit seinem Führerschein.«

Demirbilek wartete geduldig. Cengiz überflog die E-Mail, bevor sie weitererzählte. »Ja, genau. Ich verstehe ehrlich gesagt nicht ganz, was hier steht. So ein Amtstürkisch, wissen Sie. Auf alle Fälle wollten die deutschen Behörden seinen türkischen Führerschein nicht anerkennen. Er hat ihn neu gemacht. Ein Name taucht in dem Zusammenhang öfter auf. Er hat sich für Metin Burak immer wieder eingesetzt.«

»Ja?«, hakte Demirbilek nach. »Welcher Name?«

»Süleyman Güzeloğlu, sein Chef. Ich war heute Morgen gleich bei seiner Firma Döner Delüks, die haben ein Büro am Frankfurter Ring. Metin Burak war der Familienchauffeur, also für Güzeloğlu selbst und seine Tochter Gül. Die beiden waren nicht

da, aber ein Angestellter hat Metin Burak nach dem Foto zweifelsfrei identifiziert. Großer Schock. Großes Getöse. Kennen Sie ihn, den Dönerkönig?«
Demirbilek reagierte mit einem Schmunzeln, die Umschreibung passte ziemlich gut. »Nur aus der Presse. Die türkischen Zeitungen prahlen gerne mit ihm. Der perfekte Türke im Ausland. Steinreich. Wohltätig. Erfolgreich«, erwiderte er und wunderte sich darüber, welche Dimension der Fall annahm. Falls der Fahrer des prominenten Unternehmers tatsächlich zwei Menschen getötet haben sollte und selbst hingerichtet wurde, wäre das ein gefundenes Fressen für die türkische und deutsche Presse.
»Der Wohnsitz des Fahrers? Wir müssen uns da umsehen.«
»Er hatte eine kleine Wohnung im Souterrain bei den Güzeloğlus. Ich bin heute früh vor dem Büro vorbeigefahren. Ist ja einfach heutzutage mit Navi. Schönes Haus in Harlaching. Aber nicht protzig genug für einen Türken.« Sie endete mit einem schwärmerischen: »Mir gefällt das Haus. *Harika bir bina.*«
»Ist es wirklich so schön?«, fragte Demirbilek und fügte hinzu: »Wie kommt es, dass du so gut Türkisch sprichst? Du bist in Deutschland geboren und aufgewachsen.«
»Glauben Sie im Ernst, in Berlin-Kreuzberg lernt man Deutsch?«
Demirbilek lächelte verständnisvoll. Er war oft privat und beruflich in Berlin. Zwar kannte er das Leben in Kreuzberg nicht gut, aber gut genug, um Cengiz' Bemerkung zu verstehen. Machte man die Augen zu, erzeugten Stimmen, Geräusche und Düfte heimatliche Gefühle. Demirbilek dachte an die Zeit zwischen seinen Ehen. Er hatte sich eine Woche freigenommen, um mit einem Freund aus Kreuzberg zu trinken. Trinken, um zu vergessen. Das geht am besten unter Türken, die Rakı nicht nur als Alkohol verstehen. Der Anisschnaps half der Schwermut auf die Sprünge, die in der türkischen Seele fest verankert ist. Damals rauchte er zwi-

schen sechzig und siebzig Zigaretten am Tag. Niemand scherte sich um gesundheitliche Folgen der Angestellten in den türkischen Lokalen.

»Da hast du dir viel Geld für einen Türkischkurs gespart«, meinte er lächelnd. »Schick die Spurensicherung gleich vorbei, und schreib zusammen, was man über die Güzeloğlus wissen muss. Ich möchte nicht mehr als eine Seite lesen müssen.«

»Deutsch oder türkisch?«, grinste Cengiz frech.

Demirbilek schüttelte den Kopf. Der jungen Berlinerin war nicht einfach beizukommen.

»So, ich habe jetzt Hunger«, sagte Demirbilek dann und stand auf.

Cengiz sprang von ihrem Sitz, um ihn zu begleiten.

»Ich bin verabredet. Wir sehen uns in einer Stunde wieder. Wenn …«

»Wenn Vierkant vor Ihnen da ist, dann rede ich mit Ali Karaboncuk über das Wetter«, vervollständigte Cengiz den Satz und ließ sich zurück auf ihren Stuhl fallen.

»Bravo. Du lernst schnell.« An der Tür fiel ihm noch etwas ein. Er reichte ihr die Visitenkarte mit der Telefonnummer aus dem Sultans Harem. »Überprüf mal, von wem die ist. Könnte eine Geheimnummer sein.«

30

Robert Haueis wartete seit fünf Minuten in der Schlange. Sie reichte bis zur vierspurigen Lindwurmstraße. Zur Mittagszeit war in dem winzigen Laden am Goetheplatz immer reger Betrieb. Ein- bis zweimal im Monat verabredeten sich die beiden Freunde dort zum Mittagessen. Demirbilek hatte während einer Ermittlung auf dem Oktoberfest den selbsternannten Würstlkönig entdeckt, der auch Grillfleischsandwichs anbot. Anfangs war er skeptisch gewesen, weil fünf Meter weiter ein türkischer Dönerladen klassischen Kebab verkaufte. Doch seine Neugier bohrte so lange, bis er seine Vorurteile über Bord warf und die bayerische Dönervariante bestellte. Der verschwitzte Mann hinter dem Verkaufsstand säbelte das Fleisch mit dem Elektromesser ab, füllte die krossen Fleischstücke mit einer Zange in ein getoastetes Sandwichbrot, gab milde Schalotten und zwei dünne Tomatenscheiben dazu. Am Ende der Prozedur häufte er eine Soße auf Currybasis mit einem Plastiklöffel auf Fleisch und Beilage. Kein Salatblatt störte das Arrangement. Möglicherweise war das die entscheidende Abänderung zum normalen Döner – nach dem Kaffee wohl die sinnvollste Erfindung der Türken. Schon nach dem ersten Bissen war sein Urteil gefällt. Es ist wie beim Fußball, hatte Demirbilek damals gedacht, wenn die Türkei gegen Deutschland spielt. Die Türken marschieren los, die Deutschen schießen die Tore. Selbst gutes Fastfood kann man noch besser zubereiten, musste er neidlos eingestehen. Ein Münchner macht den besten Döner in der Stadt, was für eine Niederlage für die türkische Zunft, vor allem wenn er einen geschmacklichen Vergleich zu den Produkten der Döner-Delüks-Kette von nebenan zog.

Haueis wollte Demirbileks Geld nicht, er sei eingeladen, meinte er mürrisch, nahm die Plastiktüte mit den beiden Grillfleischsandwiches und trabte los. Unterwegs zum Südfriedhof schob Demirbilek ihm einen 5-Euro-Schein in die Jackentasche. Robert merkte es nicht, er war aufgeregt und übel gelaunt wegen seiner neuen Freundin. Erste Probleme schlichen sich ein. Wie sich herausstellte, hatte sie eine erwachsene Tochter, die den ganzen Tag auf der Couch vor der Glotze herumfläzte und sich von vorne bis hinten von Mama bedienen ließ.
Demirbilek dachte an seine eigene Tochter. Er wünschte, sie würde wieder bei ihm einziehen. Er hätte sich gerne um sie gekümmert, sagte er sich, wobei ihm klar war, dass das in die Tasche gelogen war. Özlem war kein Kind mehr, das pflegte er in regelmäßigen Abständen zu vergessen. Es fiel ihm schwer, sich einzugestehen, dass Özlem längst ihr eigenes Leben führte. Sehr früh war sie eigenständig gewesen, bereits nach der zweiten Schulwoche wollte sie den Schulweg alleine gehen. Drei Kreuzungen, zwei unübersichtliche Ausfahrten, bei kindgerechtem Tempo zwölf Minuten Fußweg, hatte Demirbilek bei unzähligen Probeläufen gestoppt. Selma und er waren einer Meinung, dass Özlem nicht ohne elterliche Begleitung gehen sollte, doch die morgendlichen Tränen vor dem Aufbruch in die Schule waren nicht zu ertragen. Schließlich setzte sich das sechsjährige Kind durch und marschierte mit stolz erhobenem Köpfchen und glücklichem Gesicht allein zur Schule. Die ersten Male folgte Demirbilek heimlich und rauchte auf dem Hin- und Rückweg mehrere Zigaretten.

Von Özlem wanderten seine Gedanken zu Aydin. Seinem Sohn. Er wurde ein Jahr nach Özlem eingeschult. Er war in der Entwicklung anders als seine Zwillingsschwester. Verspielt, in Traumwelten schwelgend, in Gedanken mit höheren Dingen beschäftigt wie der Anordnung der Sterne am Nachthimmel. Er kreierte mit sechs Jahren eigene Sternenkarten und gab den Konstellationen Namen aus der Welt der Musik – aus dem Großen Wagen wurde der Dicke Kontrabass. Für Aydin war Einschlafen ohne klassische Musik unmöglich. Özlem bestand deshalb früh auf ein eigenes Zimmer, ihr ging die ewige Musik auf die Nerven. Ein paar Tage nach der Aufdeckung von Aydins geheimen Übungsraum fand Zeki das Aufnahmeformular einer Privatschule mit musischer Ausrichtung auf dem Küchentisch. Selma hatte Aydin angemeldet, ohne mit Demirbilek darüber zu sprechen. Schließlich wusste sie, dass ihr Mann es lieber sah, dass sein Sohn »normal« aufwuchs, Fußball spielte, sich dreckig machte und in einer Umgebung groß wurde, die nichts Abgehobenes hatte. Anders als Selma schätzte er die eheliche Krise als überwindbar ein. Er war sich nicht im Klaren, wie sehr Selma darunter litt, dass sie nicht mehr wissenschaftlich arbeiten und unterrichten konnte. Schlimm wurde es, als Demirbilek zur Verabschiedung seiner Eltern nicht am Flughafen erschien. Nach vierunddreißig Jahren Deutschland kehrten Fatma und Zülfü Demirbilek tatsächlich zurück in die Türkei. Seine Eltern nahmen es gelassen. Arbeit ging vor, er sei nun mal in Deutschland aufgewachsen, erklärten sie ihrer Schwiegertochter. Selma aber war so wütend auf ihren Ehemann wie nie zuvor in ihrem Leben. Er arbeitete zu der Zeit zu viel, machte Überstunden, quälte sich mit seinen Fällen ab. Und auch während der wenigen Zeit, die er mit der Familie verbrachte, war er in Gedanken bei Mördern und anderen Kapitalverbrechern. Damals mehr in Stadelheim unterwegs als zu

Hause, um mutmaßliche Drahtzieher einer organisierten Vereinigung zu verhören. Nachdem er die Täter überführt hatte, darunter einen der großen Fische, kam er mit einem riesigen Strauß Rosen für Selma nach Hause und zwei Konzertkarten für die Philharmonie für Aydin. Für Özlem hatte er Fußballkarten für die Allianz-Arena organisiert. Doch die Zeit, in der er mit einer Geste alles wiedergutmachen konnte, war vorüber, ohne dass Demirbilek es auch nur im Ansatz bemerkt hatte. Selma, Özlem und Aydin hatten die Familiensituation ohne ihn besprochen und geklärt. Nach der Scheidung sollte Özlem bei ihrem Vater in München bleiben, Aydin mit seiner Mutter nach Istanbul ziehen. Er wurde vor vollendete Tatsachen gestellt. Er war niedergeschmettert. Er war wütend. Er war verzweifelt und enttäuscht. Damals von Selma. Heute im Rückblick von sich selbst. Er hatte seine Familie auseinandergebracht, seine Familie verloren, weil er dumm gewesen war. An dem schönen Sommertag fanden die beiden Freunde eine letzte Parkbank im stillgelegten Südfriedhof. Unter den wachsamen Augen der 1813 verblichenen Großhandelstochter Elfriede Senner aßen sie die hervorragenden Sandwiches. In der friedlichen Ruhe packte Robert das *tavla* aus seiner Tasche. Sie bauten die Steine auf. Demirbilek schleuderte den Würfel aus dem Handgelenk auf das Brett. Eine Drei. Robert würfelte eine Fünf und durfte anfangen. Nach drei gewonnenen Spielen notierte Robert seine Siege ins Büchlein. Sie verabschiedeten sich mit einer Umarmung. Viel geredet hatten sie nicht miteinander. Aber das war egal.

Auf dem Weg ins Büro erhielt der Kommissar einen Anruf von Vierkant. Sie bat ihn, Ali Karaboncuks Befragung in dessen Wohnung vorzunehmen, sie erwarte ihn dort. Auch Cengiz meldete sich und berichtete, dass die Telefonnummer niemand anderem

als der Unternehmertochter Gül Güzeloğlu gehöre. Die zweite handfeste Spur zu der prominenten Familie, schoss es Demirbilek durch den Kopf, als er die Eingangstür des fünfstöckigen Gebäudes in der Wirtstraße erreichte. Ein Holzklotz hinderte die Tür daran, einzuschnappen.
Demirbilek betrat den Aufzug und drückte den Knopf zum dritten Stock. Kurz bevor die Aufzugtüren sich schließen konnten, sprang ein Terrier, gefolgt von einem Jogger mit hochrotem Kopf, in die Kabine. Demirbilek befürchtete, Erste Hilfe leisten zu müssen. Der Mann hechelte auf dieselbe kurzatmige Weise wie sein Hund. Der Jogger drückte mit zittrigem Finger das fünfte Stockwerk, lehnte sich erschöpft an die Wand und fischte aus der Plastiktüte eine ungeöffnete Packung Zigaretten heraus. Der Aufzug fuhr los. Der Hund bellte nicht. Darüber war der Kommissar froh. Bevor der Mann die Zigarette anzündete, blickte er in Demirbileks mahnendes Gesicht und steckte die Zigarette zurück in die Packung. Demirbilek dankte für seine Nachsicht und stieg aus. Die Wohnungstüren gingen von einem schmalen Gang weg. Er suchte die Namensschilder ab. Halb Osteuropa war vertreten, einige türkisch klingende Familiennamen waren darunter. Deutsche Namen konnte er nicht ausmachen.
Schließlich fand er das Namensschild von Ali Karaboncuk. Dennoch ging Demirbilek davon aus, dass der Mann nicht allein wohnte. Er war der ältere Bruder, er hatte sicher Familie. Die Wohnungstür stand offen. Schluchzen drang gedämpft in den Gang. Er klopfte und betrat die Wohnung. Im engen Flur zog er die Schuhe aus und schlüpfte in Gästeschlappen, die er aus einem kleinen Schuhregal zog. Ikea, was sonst?, registrierte er. Er fischte eines seiner Taschentücher hervor, um den Schweiß vom Gesicht zu wischen.
Ali Karaboncuk saß mit den Händen vor dem Gesicht auf der

Wohnzimmercouch und schluchzte hemmungslos. Auf dem 40-Zoll-Fernseher wurde gerade eine türkische Soap durch Werbung unterbrochen. Der Ton war leise. Die Schachtel einer türkischen Zigarettenmarke sowie ein Handy lagen auf dem höhenverstellbaren Wohnzimmertisch. Daneben standen eine Flasche Cola und zwei Gläser, aber kein Rakı, fiel Demirbilek auf. Wo war die Familie?, fragte sich der Kommissar. Bei der des Bruders vielleicht? Aber warum geht er dann nach Hause und nicht direkt zu seiner Schwägerin?

Vierkant schneuzte sich gerade die Nase. Der trauernde Mann bemerkte Demirbilek aus den Augenwinkeln, machte aber keine Anstalten, ihn zu grüßen. Er war laut Akte sechsunddreißig, zwei Jahre älter als sein ermordeter Bruder. Man sah ihm an Kleidung und Haarschnitt an, dass er ein traditioneller Türke war. Das Hemd aus Polyester vom Basar, der Haarschnitt kurz. Der penetrante Duft von Kolonya hing in der stickigen Luft.

Erleichtert sprang Vierkant auf, als Demirbilek in den großen Raum trat. Es war die typische Wohnung einer Gastarbeiterfamilie alten Schlags. Mit allen Mitteln der Dekorationskunst brachte man die Heimat in greifbare Nähe. Von gehäkelten Tischläufern bis zu illuminierten Kaaba-Abbildungen. Die ausgefallene Sammlung *çay*-Gläser und Mokkatassen im Wohnzimmerschrank fehlten genauso wenig wie das Hochzeitsfoto und Fotos der drei Söhne im Prinzenkostüm anlässlich ihrer Beschneidung. Aydins Beschneidungsfest war eine Katastrophe gewesen, erinnerte sich Demirbilek. Selma und er hatten nachgegeben, weil sein Vater das Fest unbedingt ausrichten wollte. Die Beschneidung übernahm ein arabischer Arzt. Auf das Prinzenkostüm verzichtete man, weil es doof aussah, wie Aydin beteuerte, und nicht dazu zu bewegen war, das Kostüm, das sein *dede* besorgt hatte, anzuziehen. Entsprechend gedrückt war die Stimmung auf der Feier in

dem urbayerisch eingerichteten Nebenraum der Obergiesinger Wirtschaft Hohenwart gewesen. Eine Mischung aus Kindergeburtstagsparty und Kaffeekränzchen. Demirbilek dachte mit gemischten Gefühlen an das erlösende Weißbier, das ihm der Wirt nach der Bezahlung der Rechnung ausgegeben hatte.
Auf dem Flur erklärte Vierkant dem Kommissar mit gedämpfter Stimme, dass sie Ali Karaboncuk gerade noch am Flughafen erwischt habe. Sie habe auch gleich kondoliert, wie sich das gehöre, doch er dachte, sie mache einen schlechten Scherz, und schob sie zur Seite. Als sie den Dienstausweis vorzeigte, nahm er das Telefon und rief jemanden an. Er unterhielt sich auf Türkisch. Sie verstand nichts. Nach dem Telefonat fing er zu weinen an und wollte nach Hause gefahren werden.
»Er wusste nichts vom Tod seines Bruders?«, fragte Demirbilek.
»Nein. Die Reaktion war nicht gespielt, da bin ich mir ziemlich sicher.«
»Gut. Haben Sie schon mit ihm gesprochen?«
»Ich hab's versucht. Aber er hat immer wieder Weinkrämpfe. Ich habe ihm gesagt, dass Sie kommen. Ich glaube, er ist froh, dass er nicht mit mir als Frau sprechen muss, sondern mit einem türkischen Kommissar«, erläuterte Vierkant.
Demirbilek nickte und ging zurück ins Wohnzimmer.
Ali Karaboncuk saß nicht mehr auf der Couch. Die Balkontür war angelehnt. Demirbilek drehte sich zu Vierkant um.
»Ich spreche auf dem Balkon mit ihm. Hat er nach dem Telefonat am Flughafen eine weitere Nummer angerufen?«
Vierkant verstand nicht, was ihr Chef meinte. Er deutete auf das Handy auf dem Wohnzimmertisch. Vierkant überlegte eine Weile.
»Er hat zwei oder drei Anrufe bekommen. Selbst telefoniert hat er aber nicht.«

»Gut, schreib die Nummer auf, die zuletzt auf dem Display erscheint«, sagte er und zog die Balkontür ganz auf.

Vierkant drückte die Wiederholungstaste des Handys, schrieb hastig die Nummer aus dem Speicher in ihr Notizbüchlein und beeilte sich, aus der Wohnung zu kommen. Unten vor dem Haus gab sie die Telefonnummer an Jale im Büro durch. Jale brauchte den Anschluß nicht zu prüfen. Sie pfiff erstaunt.
»Schon wieder diese Nummer!«, rief sie aus und weihte Vierkant ein, dass Demirbilek dieselbe Geheimnummer im Sultans Harem von der Frau an der Rezeption bekommen hatte, um bei Notfällen anrufen zu können.
Vierkant legte auf und setzte sich auf einen Mauervorsprung. Dann machte sie eifrig weiter Notizen in ihr Büchlein, während sie auf Demirbilek wartete.

Als Demirbilek auf den Balkon trat, war Ali Karaboncuk gerade im Begriff, die Satellitenschüssel aus der Wand zu reißen. Er hielt ihn nicht davon ab, sein Eigentum zu zerstören. Schließlich hatte der Mann die Schüssel samt Verschraubungen in Händen. Zwei handgroße Löcher waren aus der Mauer gebrochen. Demirbilek schaute vom Balkon hinunter auf die Wiese und nickte ihm zu. Daraufhin brüllte Ali Karaboncuk seine Wut aus den Untiefen seiner Seele und schleuderte die Satellitenschüssel von sich.
Der Kommissar vergewisserte sich, dass niemand zu Schaden gekommen war. Nach dem Ausbruch schien sich der Mann wohler zu fühlen. Gefasst setzte er sich auf den Plastikstuhl an den Campingtisch, Demirbilek nahm ihm gegenüber Platz.
Bereits das zweite Mal in zwei Tagen kondolierte er in seiner Muttersprache. Ali Karaboncuk nickte dankend und zündete eine Zigarette an. Der Mann nahm einen tiefen Zug und sagte dann:

»Diese Frau ist am Tod meines Bruders schuld, *Komiser Bey.*« Ohne dass er einen Namen nannte, wusste Demirbilek, dass abermals Gül Güzeloğlu in den Ermittlungen auftauchte. Es wurde allerhöchste Zeit, die Frau kennenzulernen, beschloss er und hörte aufmerksam zu.

Nach dem Gespräch rannte Demirbilek die Treppen zu Fuß hinunter. Er verließ das Haus und spurtete los, um die Trambahn Richtung Grünwald zu erwischen.

Vierkant war derart in ihre Aufzeichnungen vertieft, dass sie ihren Chef erst bemerkte, als dieser schon ein Stück die Straße entlanggelaufen war. Sie sprang auf und rief nach ihm. Doch Demirbilek hörte seine Kollegin nicht. Er stieg in den hinteren Waggon und starrte aus dem rückwärtigen Fenster hinaus. Beim rhythmischen Tuckern der Trambahn ließ er sich Ali Karaboncuks aufschlussreiche Aussage durch den Kopf gehen. Dann holte er das Handy heraus und rief Vierkant an. Es klingelte mehrfach. Doch sie hob nicht ab. Mit dem Handy noch am Ohr sah er durch das Fenster, wie ein Wagen auf der Grünwalder Straße nach einem gewagten Überholmanöver parallel neben der Trambahn weiterfuhr. Vierkant winkte aus dem Wagen. Demirbilek legte auf und schüttelte den Kopf.

An der nächsten Haltestelle stieg Demirbilek aus und setzte sich neben Vierkant ins Auto.

»Die Telefonnummer, die Ali … also der Bruder, angerufen hat …«, begann sie.

»… gehört Süleyman Güzeloğlus Tochter Gül«, vollendete er ihren Satz.

»Ja, genau«, erwiderte sie erstaunt.

Während sie am Trainingsgelände von 1860 München vorbeifuhren, beobachtete Demirbilek die Mannschaft, die sich gerade aufwärmte. Wird Zeit, dass die 60er endlich wieder in die erste Bundesliga aufsteigen, dachte er. Seit Jahren gab es kein anständiges Lokalderby mehr.

»Dann sollten wir die Frau kennenlernen.«

»Waren Sie auf dem Weg zu ihr?«

»Ja.«

»Oh«, meinte Vierkant überrascht und konzentrierte sich auf die Straße, während Demirbilek ihr die Neuigkeit mitteilte, dass der Tote aus dem Eisbach ein Verhältnis mit Gül Güzeloğlu gehabt haben soll.

31

Demirbilek ließ Vierkant an dem Haus der Güzeloğlus vorbeifahren und einige Meter entfernt parken. Er wollte sich umschauen, bevor sie klingelten. Cengiz hatte recht, dachte er, als er das Haus der Unternehmerfamilie in der Nähe der Großhesseloher Brücke sah. Es war wirklich schön in seiner Einfachheit. Zweistöckig, in hellen Farben gehalten, mit Giebeldach und einer geräumigen Terrasse, die von einem Rosenbeet umgeben war. Zwei Garagen befanden sich seitlich direkt neben dem Gartenhäuschen. Die Güzeloğlus wohnten alles andere als protzig, auch wenn Größe und Anmutung das repräsentative Heim einer wohlhabenden Familie darstellten. In Istanbul wäre es mit einem derart bescheidenen Anwesen nicht getan. Da hätte der Unternehmer wegen seines Ansehens mindestens eine vierstöckige Villa sein Eigen nennen müssen, am besten in teuerster Lage am Goldenen Horn.

In diesem Moment kam Demirbilek ein Gedanke. Im Auto wählte er Wenigers Nummer und bat ihn, sein Kommen bei dem Unternehmer anzukündigen. In einer halben Stunde, log er seinen Chef an, könnten sie bei ihm sein. Weniger wunderte sich, warum er nicht selbst anrief. Demirbilek erklärte, dass es ein Zeichen des Respekts sei, wenn er als sein Chef ihn, also seinen Untergebenen, ankündigte. Der Kommissariatsleiter bemerkte erfreut, dass der Sonderdezernatsleiter sein türkisches Wesen mit in die Er-

mittlung einfließen ließ. Nach drei Minuten rief er zurück und verkündete, dass der Arzt von Herrn Güzeloğlu zwar gerade da sei, er sich aber dennoch freue, ihn in seinem Haus begrüßen zu dürfen.
Vierkant verzog skeptisch das Gesicht, aber Demirbilek kontrollierte die Uhrzeit auf der digitalen Anzeige im Auto und sagte dann: »Wir gehen ein wenig spazieren.«
Es war früher Nachmittag. Sie wurden von sommerlich gekleideten Frauen und Männern auf dem Weg zum Biergarten überholt. Die Menterschwaige füllte sich. Demirbilek bekam eine kaum zu kontrollierende Lust auf ein kühles Weißbier. Warum eigentlich nicht auf Mineralwasser?, fragte er sich und musste sich eingestehen, die bayerischen Lebens- und Genussgewohnheiten längst verinnerlicht zu haben. Während er und seine Kollegin ein Stück weit gingen, ergriff Demirbilek das Wort.
»Ich habe einiges über Süleyman Güzeloğlu in der Zeitung gelesen. Er ist Mitte sechzig, ein Unternehmerpatriarch im alten Stil. Die Familie macht viel Geld mit der Ladenkette Döner Delüks als Franchise-Konzept. Ich weiß nicht, wie viele Filialen es in Deutschland und Österreich gibt. Vor allem in Berlin, im Ruhrgebiet und in Wien funktioniert das Geschäft wohl sehr gut. Sie verkaufen den klassischen Döner für 2,99 Euro und bieten dazu verschiedene Soßen an. Der Heimservice läuft online. Döner Delüks ist der McDonalds unter den Dönerläden. In München gibt es drei Filialen, soviel ich weiß.«
»Und?«
»Habe schon bessere gegessen. Das ist wie beim Schweinsbraten, kommt darauf an, wo man ihn bestellt.«
»Verstehe«, antwortete Vierkant, ohne Zweifel aufkommen zu lassen, kein Verständnis für seine Vorgehensweise zu haben.
»Wirklich?«

Vierkant blieb stehen und überlegte.
»Na ja, ein wenig komisch ist das schon, dass wir abwarten, ehrlich gesagt … Auf der anderen Seite«, lächelte sie Demirbilek versöhnlich an, »beim McDonalds-Chef Deutschland wären wir auch nicht so einfach reingeplatzt, oder?«
Demirbilek lächelte zurück.
»Wir können nachfragen, ob das Geschäft in der Landwehrstraße eine Delüks-Filiale wird«, wechselte Vierkant das Thema.
»Und vieles mehr …« Demirbilek verstummte wie vom Donner gerührt, als er Leipold mit Zigarillo im Mund und zwei Flaschen Zitronenlimonade in Richtung des Anwesens der Güzeloğlus marschieren sah. »Was macht der denn hier?«, fragte er Vierkant perplex.
»Keine Ahnung«, erwiderte sie ebenso erstaunt. »Vielleicht hat seine Abteilung in der Gegend zu tun? Könnte doch sein, oder? Aber dass der eine Limo trinkt, das ist schon komisch.«
Demirbilek und Vierkant folgten Leipold, bis er in den Dienstwagen stieg, der vor dem Haus der Güzeloğlus parkte. Das Beifahrerfenster war heruntergekurbelt. Cengiz observierte mit einem Feldstecher das Haus.
Ohne laut zu werden, befahl Demirbilek den beiden, sofort ins Büro zu fahren und dort auf weitere Instruktionen zu warten. Dann überlegte er es sich anders und öffnete die Fahrertür, damit er und Leipold ein Stück von den Kolleginnen entfernt reden konnten.
»Pass auf, Pius. Cengiz ist neu bei uns. Sie ist hübsch, vorlaut, aber eine gute Ermittlerin, soweit ich das in der Kürze der Zeit feststellen konnte.«
Leipold wartete mit provozierendem Schweigen darauf, dass sein Vorgesetzter weiterredete. Demirbilek blieb stumm, bis Leipold aufgab.

»Ja und? Was willst du mir jetzt damit andeuten?«
»War doch ihre Idee, hierherzukommen, oder?«
»Ja, schon. Eine andere Spur sehe ich nicht. Da habe ich ihr gesagt, na gut, fahr'n wir raus zum Döner-Sultan und schauen, was der so treibt.«
Demirbilek ließ es dabei bewenden. Er wollte nicht betonen, wer hier als Sonderdezernatsleiter die Anweisungen gab und dass er erwartete, dass man wenigstens so tat, als würde man diese befolgen. »Na gut, ich mach jetzt das Verhör zusammen mit Vierkant. Du fährst zurück mit Cengiz. Um halb sieben treffen wir uns oben auf dem Nockherberg und stoßen mal an. Was meinst du?«
Leipold war unschlüssig, ob er die Hand, die Demirbilek ihm reichte, annehmen sollte. Er sah in seine dunklen, glänzenden Augen. Trotz der Vorurteile, die er hatte, vermochte er sich dem einnehmenden Wesen des Türken nicht zu entziehen.
»Das ist ein Wort, alter Türke. Du bist ja als Chef genauso ein Fuchs wie ich«, sagte er schließlich.
Na, hoffentlich nicht, dachte sich Demirbilek und klopfte ihm auf die Schulter, während sie zum Wagen zurückkehrten.
Kaum war Leipold mit Cengiz weggefahren, eröffnete der Kommissar Vierkant die Neuigkeit. »Ich wollte das heute Abend nach Dienstschluss auf dem Nockherberg verkünden. Aber da es Cengiz schon weiß: Pius Leipold ist vorübergehend unserem Sonderdezernat zugeteilt.«
Vierkant konnte sich ein Lachen nicht verkneifen. »Der Pius? Unserer Migra?«
»Wir können ihn gut gebrauchen«, wich Demirbilek aus.
»Der ist doch selber Chef. Was hat er denn ausgefressen?«, fragte Vierkant hämisch nach.
»Was soll er schon angestellt haben?«, erwiderte Demirbilek mit ernstem Blick.

»Wenig kann es nicht gewesen sein, wenn Sie jetzt sein Chef sind«, antwortete Vierkant achselzuckend und öffnete die Autotür.

Genau in dem Moment knarzte das elektrische Tor des Güzeloğlu-Anwesens. Die Eisengitter öffneten sich langsam. Gleichzeitig brauste ein weißer Porsche Cayenne die Einfahrt entlang und preschte durch das nicht vollständig geöffnete Tor hindurch. Ohne auf die Straße zu sehen, lenkte der Fahrer den Wagen nach rechts in Richtung Vierkant und Demirbilek.

Der Kommissar stand nach wie vor auf der Straße. Er blieb ruhig und versuchte, nicht in Deckung zu gehen, als der Cayenne knapp an ihm vorbeisauste. Er spürte den Windzug des Wagens in den Haaren, sein offenes Sakko flatterte.

»Hey, spinnst du!«, rief Vierkant erbost hinterher.

Dass der Wagen bremste und mit durchdrehenden Reifen zurücksetzte, hätten weder sie noch Demirbilek erwartet. Als er auf ihrer Höhe anhielt, fuhr das Fenster herunter.

Gül Güzeloğlu saß hinter dem Steuer. Die Sonnenbrille steckte locker in ihren blondgefärbten Haaren. Unter ihrem luftigen, hellblauen Oberteil zeichnete sich ein dunkelblauer Büstenhalter ab. Sie war dezent geschminkt, die Augenpartien etwas betonter, ein lilafarbener Farbton unterstrich das natürliche satte Rot ihrer Lippen. Sie trug riesige goldene Ohrringe, je drei auf einer Seite, und eine Kombination aus goldenen und fröhlich bunten Armreifen. Die Frau ignorierte Vierkant und beugte sich ein Stück vor, um Demirbilek direkt anzusprechen. »Sie sind sicher der türkische Kommissar.« Ihre Stimme klang freundlich, warm und hell wie die Nachmittagssonne.

»Gül *hanım*«, erwiderte Demirbilek und nickte höflich.

»Sie sind zu früh. In zwanzig Minuten bin ich wieder da«, stellte sie fest und gab mit diesen Worten Gas.

»Was für eine dumme Schnepfe«, schimpfte Vierkant fuchsteufelswild. »Ja, so eine Matz! Was bildet sich denn das Weibsbild ein?! Warum haben Sie nichts gesagt? Sie hätte Sie beinahe über den Haufen gefahren! Sonst sagen Sie doch auch immer was, Herr Demirbilek!«
»Finden Sie?«, fragte der Kommissar überrascht und deutete zur Autotür. »Wir warten im Auto. Sie hat recht. Wir sind zu früh.«

32

Schweigend fuhren Jale Cengiz und Pius Leipold zurück zum Büro. Leipold beachtete peinlich genau die Geschwindigkeitsbegrenzung von dreißig Stundenkilometern. Niedergeschlagen trank Cengiz aus ihrer Flasche, die andere Zitronenlimonade hielt sie in der Hand.

»Ich hätte mir doch ein Bier holen sollen«, sagte Leipold urplötzlich in die Stille hinein.

Cengiz sah ihn von der Seite an und musste lachen. Leipold schaute sie fragend an. »Was gibt's denn da zu grinsen?«

»Ach nichts. Ich bin nur froh, dass der Chef nicht nur mit mir so umgeht, weil ich neu in der Abteilung bin.«

»Und deshalb musst du so saudumm lachen?«, erkundigte sich Leipold.

Cengiz grinste über beide Ohren, ohne eine Antwort zu geben.

»Dein zweiter Tag heute, oder?«, wechselte Leipold das Thema.

»Mir kommt es so vor, als wäre ich kurz vor der Pensionierung.«

Da läutete ihr Handy. Cengiz schaute aufs Display und nahm den Anruf schnell an.

»Herr Freyung! Schönen guten Tag! Haben Sie was für mich?«, fragte sie aufgeregt. Sie hörte gebannt zu und bat Leipold gestenreich um einen Stift. Der zuckte nur mit den Schultern und versuchte, in den fließenden Verkehr auf der Grünwalder Straße einzufädeln.

Cengiz beendete das Gespräch und wandte sich mit einem auffäl-

lig schmeichelnden Lächeln an Leipold. »Ist es weit bis zum Ostbahnhof?«
»Kommt darauf an. Meinst du zu Fuß, mit der Tram, mit dem Taxi? Oder wie?«
»Ich dachte eher daran, dass du mich hinbringst? Kennst du die Balanstraße? Da könnte ich eine Wohnung besichtigen. Unter der Hand. Müsste aber jetzt gleich sein.«
Leipold seufzte: »Weiber!«
In dem Moment wurden die beiden von einem weißen Cayenne überholt, so knapp, dass Leipold das Steuer herumreißen musste.
»Sag mal. Der spinnt doch!«, schrie Leipold hinterher.
»Stand der Wagen nicht bei Güzeloğlus vor der Garage?«
»Stimmt, du hast recht«, erinnerte sich Leipold. »Solche Luxuskutschen fahren frustrierte Spielerfrauen vom FC Bayern oder …«
»… Töchter von steinreichen Döner-Sultanen«, vollendete Cengiz. »Die sollte eigentlich zu Hause sein und mit dem Chef reden, oder? Fahr hinterher. Mal sehen, wo sie hin will.«
»Und was ist mit deiner Wohnung?«
»Da findet sich schon was anderes.«
»Man merkt, du hast keine Ahnung vom Münchner Wohnungsmarkt«, grölte Leipold und folgte dem Cayenne.

Seit sie das Anwesen verlassen hatte, folgte der Deutsche in seinem BMW Mini seiner Zielperson. Mit Schrecken hatte er das riskante Überholmanöver beobachtet. Am liebsten hätte er die unerzogene Tochter zur Rede gestellt. Nach dem Schock konzentrierte er sich wieder auf den Straßenverkehr. Fremd in der Stadt, fiel es ihm nicht leicht, Gül Güzeloğlu im Auge zu behalten. Aber er vertraute auf seine jahrelange Erfahrung, was Observationen betraf, und dem Navigationssystem mit deutschem Qualitätssiegel.

33

Nachdem Demirbilek und Vierkant fünfzehn Minuten gewartet hatten, klingelten sie bei den Güzeloğlus. Der Toröffner wurde sofort gedrückt, die Eisentür klackte auf. Die beiden Polizisten gingen mit bewundernder Aufmerksamkeit für den gepflegten Garten und die blühende Bepflanzung den Kiesweg zum Haus vor. Ein junger Mann öffnete die Tür und verbeugte sich leicht. Er trat etwas zur Seite, um die Gäste in den großen Salon einzulassen. Der erste Eindruck war imposant. Der Raum war geschmackvoll mit Antiquitäten und einem herrschaftlichen Lüster eingerichtet. Der junge Mann wartete höflich einen Moment und bot den Gästen mit einer Geste an, Platz zu nehmen. Eine große, gemütliche Ledercouch dominierte den Salon, flankiert von vier aberwitzig großen Sesseln. Demirbilek ging vor, Vierkant folgte ihm unsicher. Er nickte ihr zu, einen der Sessel zu wählen. Doch Vierkant traute dem Sitzmöbel nicht, setzte sich zunächst auf die Lehne, was sie schnell als unpassend erachtete, und rutschte auf die Kante. Ihr Bett, kam es ihr in den Sinn, war auch nicht viel größer. Demirbilek begutachtete mit verschränkten Händen hinter dem Rücken die kitschigen Gemälde an der Wand. Seine Tochter hätte vielleicht sagen können, wer der oder die Künstler waren. Er selbst hatte keine Ahnung.

Nach fünf Minuten betrat mit bedächtigen, anmutigen Schritten ein untersetzter Mann den Raum. Er trug einen dunkelblauen Anzug, über dem weißen Hemd prangte eine pinkfarbene Krawatte. Die hellblauen Augen schweiften unruhig durch den Salon, bevor er mit zuckersüßer Stimme die Gäste ansprach.

»Seien Sie willkommen im Hause Güzeloğlu. Leider ist Süleyman Güzeloğlu doch nicht in der Lage, Sie persönlich zu empfangen. Ich bin sein Assistent Florian Krust.« Der Mann gab erst Vierkant, dann Kommissar Demirbilek mit wohldosiertem Druck die Hand.

»Und warum können wir Herrn Güzeloğlu nicht sehen?«, fragte Demirbilek scharf.

»Ihn plagt seit der Rückkehr von seiner letzten Istanbulreise ein unerklärliches Unwohlsein. Leibarzt Dr. Bower war gerade bei ihm und hat strikte Bettruhe verordnet. Er ist eben eingeschlafen. Ich bedauere sehr«, entgegnete Krust und zuckte mit den Schultern.

Vierkant konnte ihn auf den ersten Blick nicht leiden. Affektiert, wichtigtuerisch und manikürte Fingernägel.

»Sie hätten Bescheid geben können«, erwiderte Demirbilek ungehalten.

»Natürlich, Sie haben recht. Wenn ich erklären darf? Ich hatte den Auftrag, seine Tochter Gül davon abzuhalten, das Haus zu verlassen, damit Frau Güzeloğlu als Familienangehörige mit Ihnen über Metin Burak spricht. Sollte mir das misslingen, so hat Herr Güzeloğlu mir weiter aufgetragen, Ihnen in seinem Namen Rede und Antwort zu stehen. Gül ist mir nicht zum ersten Mal abgehauen. Sie ist eine, sagen wir mal, impulsive Frau.«

»Warum hat er keinen türkischen Assistenten«, fragte Demirbilek ohne Umschweife; die Erklärungen des Mannes, den er auf Mitte vierzig schätzte, ignorierte er.

Krust fixierte nach der unverschämten Bemerkung den Kommissar mit stechenden Augen. Eine Kampfansage.

»Das fragen Sie ihn bitte selbst, wenn es ihm bessergeht, oder seine Tochter. Ich stehe auch ihr in geschäftlichen Angelegenheiten zur Seite.«
»Also gut. Lassen Sie hören, was Sie zu dem aller Wahrscheinlichkeit nach zweifachen Mörder Metin Burak zu sagen haben.«
Der Assistent räusperte sich kurz. »Er ist seit, entschuldigen Sie«, er räusperte sich noch einmal und begann von neuem. »Metin Burak und Herr Güzeloğlu waren Jugendfreunde. Als sich Metin vor etwa fünf Jahren bei meinem Chef aus der Türkei meldete, hat er ihm aus alter Freundschaft mit einer Anstellung als Chauffeur unter die Arme gegriffen. Herr Güzeloğlu war mit der Arbeit des verstorbenen Metin Burak immer zufrieden und findet keine Erklärung dafür, weshalb er die beiden zu bedauernden Männer ermordet haben könnte. Er bittet Sie um Entschuldigung, nicht persönlich vorsprechen zu können, und um Nachsicht, sollte seine Tochter zu spät oder gar nicht kommen.«
»Ist das alles, was Sie mir ausrichten sollen, Herr Krust?«
»Im Wesentlichen ja«, antwortete dieser selbstzufrieden und erklärte freundlich weiter: »Vor zwei Stunden haben Polizisten Metins Wohnung durchsucht. Er lebte sehr bescheiden, wissen Sie. Sie können sich die Mühe sparen, sich die Wohnung noch einmal anzusehen, Herr Kommissar.«
Demirbilek machte einen bedrohlichen Schritt auf den Assistenten zu. Sein Gesichtsausdruck verfinsterte sich, Vierkant verstand im ersten Moment nicht, warum.
»Wie wäre es, Herr Krust? Wollen wir tauschen? Ich übernehme Ihre Arbeit als Assistent, und Sie dürfen der Kommissar sein?« Er wartete einen Moment und fügte hinzu: »Überlassen Sie es gefälligst mir, polizeiliche Entscheidungen zu treffen. In Ordnung? Also, ich lasse mich herab und glaube Ihnen, dass Süleyman *efendi* krank im Bett liegt. Was seine Tochter betrifft, so ist sie

entweder in einer Stunde bei mir auf dem Präsidium, oder ich lasse sie zur Fahndung ausschreiben. Wir ermitteln in drei Mordfällen und sind nicht gekommen, um Katz und Maus mit der Tochter Ihres Chefs zu spielen.« Er wandte sich an Isabel Vierkant. »Visitenkarten haben wir noch keine, oder? Schreib dem Herrn unsere Adresse auf. Dann ruf die Spurensicherung an, ob sie etwas gefunden haben.«

Vierkant kramte aus ihrer Umhängetasche einen Zettel und notierte die Anschrift.

Krust hatte sprachlos zugehört und nahm von Isabel Vierkant die Adresse entgegen. »Herr Demirbilek, sollte ich Sie verärgert haben, bitte ich um Verzeihung«, sagte er mit devoter Stimme.

»Keine Sorge, Herr Krust. Ich bin nicht sauer auf Sie. Sie wollte ich ja nicht sprechen«, erwiderte Demirbilek schnell.

»Sie kennen die Türken doch, Herr Demirbilek. Was ist schon eine halbe Stunde warten?«, fragte Krust scherzhaft, um die Wogen zu glätten.

Doch genau das brachte Demirbilek erst recht in Fahrt. Er zog seinen Dienstausweis und hielt ihn direkt vor Krusts Augen: »Hier steht, dass ich Kommissar bin und nicht Türke. Kommissare warten nicht gerne! Jetzt führen Sie mich bitte in die Wohnung von Metin Burak.«

»Ahmet!«, rief Krust, ohne sich umzudrehen. Wie ein Gespenst tauchte plötzlich der junge Mann wieder auf. »Ahmet wird Sie bringen. Ich muss zurück zu Herrn Güzeloğlu.«

Grußlos ließ Florian Krust die beiden stehen. Er war es wohl nicht gewohnt, derart herablassend behandelt zu werden.

Demirbilek wartete, bis Vierkant zu ihm aufgeschlossen hatte. Gemeinsam folgten sie Ahmet aus dem Haus, während Vierkant die Nummer der Spurensicherung wählte.

Draußen fragte Demirbilek Vierkant, ob sie sich das Kennzeichen

des Cayennes gemerkt hatte. Diese hatte Vierkant natürlich in ihr Büchlein notiert.
»Ruf Cengiz an. Sie soll die Fahndung einleiten. Ich glaube nicht, dass Frau Güzeloğlu auftaucht. Das wird Jale doch wohl hinbekommen, oder?«
»Wenn nicht, ist ja der Pius auch noch da.«
»In Ordnung, und wir sehen uns die Wohnung an.«
Ahmet führte die Polizisten zum Seiteneingang. In das Souterrain hinunter waren es nur wenige Stufen. Vierkant erbrach das Siegel an der Wohnungstür und wollte Ahmet den Vortritt lassen. Doch der entschuldigte sich und ließ die beiden Polizisten allein. In der Einzimmerwohnung stand ein Bett mit Nachtkästchen, auf dem der Koran in einem gehäkelten Schutzumschlag lag. In dem antiquarisch wirkenden Kleiderschrank hingen zwei Anzüge in der Schutzfolie einer Reinigungsfirma, drei weiße Hemden und drei Krawatten. Unter dem einzigen vergitterten Fenster befand sich der Röhrenheizkörper. Die Sonne strahlte halbherzig herein. In der Kochnische standen auf der Ablage ein Wasserkessel und zwei Henkeltassen mit der Aufschrift des Limousinenverleihs, den Jale Cengiz aufgesucht hatte. Im Küchenschrank stapelten sich drei Teller, etwas Besteck und eine Packung Aufgussteebeutel.
Demirbilek konnte keinen Kühlschrank entdecken. In dem winzigen Badezimmer waren Rasierzeug, eine türkische Zahnpasta und eine stark benutzte Zahnbürste.
»Nicht gerade gemütlich«, stellte Vierkant fest. Sie wollte nach dem Buch auf dem Nachtkästchen greifen, doch Demirbilek hielt sie zurück: »Ungläubige sollten den Koran bitte nicht berühren.«
Vierkant entschuldigte sich und zog die Finger weg.
»Wirkt wie eine Gefängniszelle, finden Sie nicht?«, fragte sie.
Demirbilek antwortete nicht. Er setzte sich auf das Bett und

blickte hinaus durch das vergitterte Fenster. Ein einsamer Mann muss Metin Burak gewesen sein, ging ihm durch den Kopf. Keine persönlichen Gegenstände. Kein einziges Bild an der Wand. Er war viele Jahre Soldat. Möglich, dass er keine Familie hatte.
Da klingelte das Telefon. Demirbilek reichte Vierkant sein Handy. Er wollte jetzt nicht reden. Sie nahm es, hörte zu und wiederholte für den Kommissar: »Das Ergebnis der Untersuchung wurde per Mail geschickt. Zwei Kollegen waren da, haben aber nichts finden können. Die Fingerabdrücke in der Wohnung sind überwiegend vom Toten.«
Demirbilek nickte zum Dank. »Gut, dann fahren wir ins Büro zurück.«

34

Indessen waren Leipold und Cengiz dem Cayenne bis zur Bayerstraße am Hauptbahnhof gefolgt. Dort suchte Gül offensichtlich nach einem Parkplatz. Doch da sie in der vollgestopften Straße keinen fand, bog sie in die Schillerstraße ein und stellte ihren Wagen verkehrswidrig auf dem Taxiparkplatz vor einem Sexkino ab. Kaum war der Motor ausgeschaltet, sprang sie aus dem Wagen und eilte die Treppen hinunter zur U-Bahn.
Cengiz hüpfte aus dem rollenden Dienstwagen und rannte Gül hinterher. Leipold blieb im Wagen sitzen und ärgerte sich, dass er nicht selbst die Verfolgung aufnehmen konnte. Er nutzte die Zeit und informierte Demirbilek über die Ereignisse. Zehn Minuten später kam Cengiz abgehetzt zurück.
»Scheiße, ich habe sie verloren. Sie ist zu den Gleisen. Kann sein, dass sie einen Zug genommen hat. Ich bin mir nicht sicher. Vielleicht ist sie auch in eine U-Bahn gestiegen«, sagte sie frustriert.
»Die kommt schon wieder, ihr Auto steht ja hier«, meinte Leipold und schluckte seinen Ärger herunter.

Mit einer riesigen Portion Glück fand der Deutsche einen Parkplatz und folgte Gül Güzeloğlu zu Fuß durch das unterirdische Labyrinth der U- und S-Bahn-Zugänge des Münchner Hauptbahnhofes.
Güls innere Unruhe war ihr von weitem anzumerken. Sie starrte

mit beängstigend glasigen Augen auf die Menschen um sie herum. Dann setzte sie sich plötzlich in Bewegung. Ging vor bis zum Sicherheitsstreifen an den Gleisen und beugte sich nach vorn, als würde sie nach etwas suchen, was sie verloren hatte. Instinktiv lief der Deutsche auf sie zu, um – falls nötig – sie an einem Sprung zu hindern. Schlechte Schlagzeilen, auch wenn sie keine Bedeutung mehr hätten, dachte er. Doch eine Passantin kam ihm zuvor. Er beobachtete, wie Gül mit ihr sprach und dankend lächelte. Der Deutsche atmete erleichtert auf und erschrak im selben Augenblick über die gestochen scharfe Durchsage aus den Lautsprecherboxen. Ganz anders als bei den lausigen Bahnsteigdurchsagen in Istanbul. Die S6 kam mit zwei Minuten Verspätung kreischend zum Halt. Einige Fahrgäste, so schien es ihm, regten sich darüber auf. Über lumpige zwei Minuten Verspätung, dafür würde sich ein Türke seine Lebenszeit nicht trüben lassen. Brav stieg erst eine hektische Menge Menschen aus den S-Bahn-Waggons aus, ebenso brav, etwas träger allerdings, bestieg eine Menge Menschen den Zug, der dann in Richtung Tutzing losfuhr.

Gül war in Gedanken bei ihrem Vater, als sie neben einem Geschäftsmann Platz nahm, der umgehend Körpersäfte zur Kontaktaufnahme ausströmte. Sie kannte den herben Geruch, mochte ihn sogar, weil er sie spüren ließ, dass ihre weibliche Ausstrahlung wirkte. Doch der Moment war nicht der richtige. Sie suchte einen anderen freien Platz. Ein Mädchen, dunkelhaarig, mit buschigen Augenbrauen, war in ein Mathematikbuch vertieft. Gül setzte sich neben sie und dachte weiterhin an ihren Vater. Sie konnte sich nicht erinnern, jemals mit ihm zusammen Hausaufgaben gemacht zu haben. Ihre Mutter war gestorben, als sie so alt war wie das Mädchen. Ihr Vater konnte keine andere Frau nach ihr lieben, Geschwister hatte sie nicht. Nach dem Tod der Mutter zog sie sich in ihre eigene Welt zurück. Besondere Interessen verfolgte sie nicht, hatte wenig Freunde, dafür umso mehr Geld und Spielzeug. Erst als sie mit sechzehn ins Internat kam, weil ihr Vater an ihrer Erziehung verzweifelte, blühte sie auf. Sie lernte Gleichaltrige kennen, schloss Freundschaften und baute nach und nach ein Image auf, das sie davor schützte, verletzt zu werden. Später, während des Studiums in London, blieb sie ihrem Vorsatz treu, Männerbekanntschaften zu pflegen, es aber nicht so weit kommen zu lassen, sich zu verlieben oder einer körperlichen Vereinigung einzuwilligen.

»Ich kenn dich«, sagte die Kleine neben ihr und riss Gül aus ihren Gedanken.

»Ja?«, fragte Gül freundlich.

»Du warst Lady Gaga im Speed, *doğru mu?*«

»*Evet, canım.* Hast du Fotos von dem Auftritt gesehen?«, wunderte sich Gül.

»Nee, einen Film im Internet. Du warst echt geil!«, begeisterte sich das Mädchen.

»Danke«, sagte Gül erstaunt.

»Aber heute bist du traurig, oder?«

»Merkt man das?«

»Weiß nicht. Ich habe es jedenfalls gemerkt … Was hast du denn?«

Die anderen Fahrgäste waren Gül egal. Auch der Mann in Jeansjacke, der zwei Sitzreihen entfernt in die Sonderangebote des Aldi-Prospekts vertieft war, interessierte sie nicht.

»Meinem Vater geht es schlecht. Er wird bald sterben.«

»Oh«, erwiderte das Mädchen mit tonloser Stimme. »Das ist schlimm.«

»Ja.«

»Warum bist du nicht bei ihm, wenn er bald stirbt?«, fragte das Mädchen.

»Ich habe ihm etwas versprochen und bin gerade auf dem Weg, mein Versprechen einzulösen«, erklärte Gül.
»Dann beeil dich, bitte. Er ist sicher traurig, wenn du nicht bei ihm bist, wenn er stirbt«, erwiderte das Mädchen und steckte ihren Kopf wieder in das Mathematikbuch.

Der Deutsche saß mit seinem Rucksack auf dem Schoß zu weit weg und verstand nicht genug Deutsch, um das Gespräch belauschen zu können. Er wartete geduldig und lugte immer wieder über den Aldi-Prospekt. Gül fuhr bis zur Haltestelle Starnberg, verabschiedete sich von dem Mädchen und stieg aus. Er folgte ihr in gebührenden Abstand bis zum Taxistand. Dort stieg Gül in einen Wagen. In Panik auszubrechen gehörte nicht zu den Wesenszügen des Deutschen. Er überlegte, ob er auch ein Taxi nehmen sollte, entschied sich jedoch dagegen. Stattdessen holte er aus seinem Rucksack einen Draht. Mit routinierten Handgriffen brach er einen Kleinwagen auf und startete zwei Minuten später den Motor.

Nach der zehnminütigen Fahrt über das hügelige oberbayerische Land stieg Gül an der Einfahrt eines gepflegten Parks aus und schritt zu einer altehrwürdigen Villa im Jugendstil. Das Vogelgezwitscher und die strahlende Sonne besänftigten sie ein wenig. Sie kannte zum Glück die Villa, die freundliche Atmosphäre im Inneren hatte nichts von einem sterilen Krankenhaus. Sie blickte sich in dem friedlichen Park um und dachte mit Verbitterung daran, dass sie vor drei Monaten schon einmal hier gewesen war. Ein paar Stunden vor dem unsäglichen Auftritt hatte ihre Periode eingesetzt. Es war zu spät gewesen, um abzusagen. Sie sorgte sich um ihr enges Kostüm. Eine Monatsbinde, die sie normalerweise benutzte, wäre peinlich aufgefallen. Auf dem Weg zum

Club besorgte sie sich die erste Packung Tampons in ihrem Leben. Später bei der Aufführung kämpfte sie gegen das ungewohnte, unangenehme Gefühl an. Wahrscheinlich, vermutete sie, war es passiert, als sie gegen Ende ihres Auftrittes den Dildo durch die gespreizten Beine führte. Was für eine Ironie des Schicksals, ärgerte sie sich. Wegen dieser Dummheit ließ sie sich am nächsten Morgen von Burak zur Klinik fahren. Sie wollte die Operation schnell hinter sich bringen, um ihre Verheiratung als intakte Jungfrau nicht zu gefährden. Niemand hätte ihr geglaubt, dass kein Mann beim Verlust ihrer Unschuld beteiligt war.

Gül atmete tief durch. Sie wusste, was sie erwartete, und betrat die Klinik, um ein zweites Mal dem Versprechen nachzukommen, das sie ihrem Vater gegeben hatte.

Der Deutsche parkte den gestohlenen Kleinwagen und beobachtete Gül aus sicherer Entfernung. Nach zehn Minuten spazierte auch er den Fußweg entlang. Am Eingang ließ er seine Magnetbrille zuschnappen und überflog einen in mehreren Sprachen verfassten Willkommenstext des gynäkologischen Zentrums. Laut den Informationen, die er von seinem Auftraggeber hatte, sollte Gül sich einem Jungfrauentest unterziehen. Das tat sie gerade dem Anschein nach. Dennoch wunderte sich der Deutsche, warum sie alleine war. Wieso wurde sie nicht von einem weiblichen Familienmitglied begleitet? Armes Mädchen, bedauerte er sie und fuhr mit dem Kleinwagen zurück zur S-Bahn-Station. Er hatte Glück. Der Parkplatz war frei geblieben. Niemand würde merken, dass der Wagen einen Ausflug gemacht hatte.

35

Der Nockherberg-Biergarten in Obergiesing, zehn Fußminuten von Zeki Demirbileks Wohnung entfernt, war sehr gut besucht. Münchner und Touristen genossen die Sonne bei mitgebrachtem Abendessen. Auffällig waren die Verpackungsmaterialien mit Bio-Siegel auf den Biertischen. Bio-Wurstsalat, Bio-Brezen, selbst biologische Servietten entdeckte Demirbilek auf dem Weg zu einem Tisch im hinteren Bereich. Weit entfernt vom Spielplatz des Biergartens, hatten Vierkant und er ein wenig Ruhe vor den schreienden Kindern. Die Leute an den Nebentischen unterhielten sich, lachten, tranken und dachten bestimmt nicht an Mord.

Kaum hatten sie sich gesetzt, gesellten sich auch Leipold und Cengiz zu ihnen – sie hatten zwei geschlagene Stunden bei Gül Güzeloğlus Wagen gewartet.

Leipold grüßte und nahm im Stehen die Bestellung auf. »Mein Einstand«, scherzte er, und Demirbilek, Vierkant und nach einem kurzen Zögern auch Cengiz bestellten eine leichte Weiße.

Während Leipold die Biere holte, erzählte Cengiz, dass zwei Streifenkollegen die Bewachung des Wagens übernommen hatten. Noch gab es Hoffnung, dass Gül Güzeloğlu zurückkehrte und vernommen werden konnte.

Leipold bahnte sich den Weg mit vier Weißbiergläsern zurück und setzte sich neben Cengiz. Die vier prosteten sich zu. Leipold

konnte es nicht lassen, Cengiz zu erklären, dass es in Bayern Brauch sei, nach dem Anstoßen das Bierglas kurz abzustellen und dann erst zu trinken.
»Aha«, meinte Cengiz trocken. »Danke für die Einweisung. Aber ich mache nicht jeden Blödsinn mit.«
Woraufhin eine hitzige Diskussion entbrannte. Auch Demirbilek ergriff Partei für die bayerische Tradition des Trinkens, es hieß ja auch nicht umsonst Bierkultur. Bei so viel Überzeugungsarbeit kam Cengiz nicht umhin, dem Brauch zu folgen. Sie erhob das Glas, stieß an und setzte es ab, bevor sie es in einem Zug leerte. Leipold zollte seinen Respekt und informierte Demirbilek und Vierkant, dass Cengiz eine Wohnungsbesichtigung ausfallen gelassen habe, damit sie dem Cayenne hinterherjagen konnten.
»Wir werden schon was für dich finden«, munterte Vierkant ihre Kollegin auf. »Hast du eigentlich einen Mann oder einen Freund?«, fragte sie unverblümt.
»Um Gottes willen, nein, ich such was für mich allein«, antwortete Cengiz selbstsicher.
»Ein bis zwei Zimmer, bezahlbar, zentral gelegen, kleiner Balkon wäre nicht schlecht, oder?«
»Du sagst es, Isabel!«
»In welches Viertel magst du denn ziehen?«
»Keine Ahnung. Ich kenne München nicht. Ich weiß nur, dass es das Oktoberfest gibt und die bayerischen Polizisten sich für die härtesten Cops in der Republik halten«, antwortete Cengiz mit Blick zu Leipold, der sich vor Lachen krümmte.
»Ich schätz dich mal vom Typ her auf Glockenbachviertel. Bisschen schick, alle sind da irgendwie Grafiker und Architekten. Und ein Haufen Filmleute … Wo wohnst du denn eigentlich gerade? Im Hotel?«, setzte Isabel ihre Befragung fort.
Cengiz druckste herum und blinzelte verschämt in die Sonne, bis

sie mit der schrecklichen Wahrheit herausrückte. »Ich habe ein Tokiozelt auf dem Thalkirchner Campingplatz gemietet.«
Demirbilek stellte entsetzt das Weißbierglas ab. Leipold war nicht reaktionsschnell genug, er verschüttete kostbares Bier auf den Tisch und wischte die kleine Pfütze mit dem Ellbogen weg, nachdem Demirbilek ihm die Herausgabe eines seiner Taschentücher verweigert hatte.
»Du meinst nicht die blauen Zwegerlhütten, die sie für die Komasäufer für die Wiesn aufstellen? Das sind Schlafsärge für Dauerbesoffene! Das geht gar nicht, Jale!«, entrüstete sich Leipold. »Gibt es nicht Beamtenwohnungen, du weißt schon Zeki? Wir haben da doch eine Stelle, oder?«
Bevor Demirbilek antworten konnte, kam Cengiz ihm zuvor. »Habe ich schon nachgefragt. Zurzeit ist nichts frei. Ich habe drei Makler im Rennen. Es gibt eine Polizei-Seite im Internet. Da habe ich gepostet, dass ich in München was suche. Mal sehen, vielleicht kommt da ja was.«
Endlich war Demirbilek an der Reihe, sachlich und nüchtern sagte er: »Vierkant und Leipold haben Familie und nicht genug Platz. Ich wohne alleine in einer großen Wohnung. Du ziehst in das ehemalige Zimmer meiner Tochter, bis du was gefunden hast. Wir sagen morgen Weniger Bescheid, damit keine komischen Gerüchte in Umlauf kommen.« Er wandte sich Leipold zu. »Ich hole eine zweite Runde Leichte, dann gehe ich nach Hause und bereite das Zimmer vor. Holst du mit ihr ihre Sachen vom Campingplatz und bringst sie vorbei?«
Leipold vergaß, sein Glas abzustellen. Ebenso erstaunt blickten Vierkant und Cengiz drein. Demirbilek stand auf und reihte sich in die Bierschlange ein.
Cengiz war bewusst, dass ihr Chef sie nicht gefragt hatte, eher kam sein großzügiges Angebot einer dienstlichen Anweisung

gleich. Verunsichert wollte sie von ihren Kollegen wissen, ob er das ernst gemeint hatte.
»Ja logisch«, bestätigten Vierkant und Leipold gleichzeitig.
Cengiz dachte einen Moment nach. Aber nicht einmal im Traum hätte sie in Erwägung gezogen, das Angebot ihres Chefs abzulehnen. Es war zu verlockend. Und manche Vorurteile, machte sie sich klar, stimmten einfach: Türken sind gastfreundlich.
Während Demirbilek in der Schlange anstand, entdeckte er Derya Tavuk. In demselben hässlichen Dirndl wie bei der Vernehmung servierte sie im Bereich des Biergartens ohne Selbstbedienung. Er beobachtete sie eine Weile, und als er an den Tisch mit vier Weißbieren zurückkehrte, deutete er mit dem Kopf zu ihr.
»Cengiz, geh mal und frag, ob wir uns Montag früh die Wohnung ihres Mannes ansehen können.«
Cengiz stand auf und sprach die Witwe von Stefan Tavuk an. Währenddessen erhielt Leipold einen Anruf. Der Cayenne sei abgeschleppt worden, weil die Taxifahrer sich pausenlos beschwert hatten. Die beiden Kollegen blieben noch zwei Stunden. Mehr Überstunden wurden nicht genehmigt, die Fahndung sei eingeleitet.
Cengiz kehrte lächelnd zurück. »Kein Problem. Frau Tavuk hat ihren Schlüssel zur Wohnung noch. Ich habe für neun Uhr einen Termin ausgemacht. In Ordnung?«
Demirbilek nickte und teilte die Aufgaben für Montag ein. »Falls Gül Güzeloğlu auftaucht, möchte ich, dass ihr bei dem Verhör dabei seid. Egal, wann. Falls sie nicht auftaucht, kommen Vierkant und Leipold um halb neun mit zwei Autos zu mir in die Weilerstraße. Vierkant und ich fahren in Stefan Tavuks Wohnung und sehen uns mal um. Pius, du und Cengiz, klingelt bei der Witwe von Bülent Karaboncuk. Sie arbeitet ja nicht, sollte eigentlich in der Früh zu Hause sein.«

Er nahm einen Schluck Weißbier und weihte dann sein Team in die neuen Fakten ein. »Was ihr noch nicht wisst: Wenn sein älterer Bruder die Wahrheit gesagt hat, dann hatte Bülent ein Verhältnis mit Gül. Das glaube ich aber nicht. Das war wohl eher eine Wunschvorstellung. Viel realistischer ist, was er noch gesagt hat. Bülent soll Unterlagen, Fotos, Briefe oder dergleichen gehabt haben, mit denen er Gül erpresste. Das Gehalt, das Bülent als Geschäftsführer bekommen hat, war das Schweigegeld. Steuerlich absetzbar. Kein Wunder bei einer Unternehmertochter. Ali selbst war auf der Gehaltsliste der Putzkolonne. Putzen gegangen sind die beiden Brüder im Sultans Harem allerdings nicht. So, für heute war's das hoffentlich.« Ohne weiter auf die erstaunten Gesichter einzugehen, erhob er das Glas und prostete seinem Team zu.

36

Zeki Demirbilek war Cengiz mit ihren zwei Reisetaschen behilflich. Sie fühlte eine unendliche Erleichterung, keine weitere Nacht auf dem Campingplatz verbringen zu müssen, und betonte das unentwegt, bis er ihr verbot, ihre Erleichterung weiterhin mit ihm zu teilen.

Demirbilek zeigte ihr Özlems Zimmer. Es war nach dem Auszug seiner Tochter vor einem Jahr neu gestrichen worden. Er hatte damals geplant, sich ein Arbeitszimmer einzurichten. Für was, konnte er sich nicht mehr erinnern, nur daran, dass er die Umgestaltung angehen wollte, sobald der Kleiderschrank und das alte Bett auf dem Sperrmüll waren. Ein Jahr alt war die Idee. Jetzt war er froh, dass er sie nicht umgesetzt hatte. Demirbilek hatte frisches Bettzeug für Cengiz zurechtgelegt. Es duftete nach Blutorange. Frederike pflegte den Duft nicht nur als Öl mit in die Waschmaschine zu geben, sie bestückte auch die Kleiderschränke mit Blutorangenduftkisschen. Er hatte sich an den Duft gewöhnt, zwangsläufig.

Cengiz dankte nochmals auf Deutsch und Türkisch für die Gastfreundschaft. Sie wollte nach ihren E-Mails sehen und ihren großen Bruder über Skype in der Türkei anrufen.

»Sie haben sicher WLAN, oder?«

Zeki grinste als Antwort und kündigte an, *çay* zu machen. In der Küche griff er zum Festnetztelefon und rief Özlem an. Seine

Tochter war kurz angebunden, weil sie für ein Seminar lernte und später ins Kino gehen wollte. Er hätte eine Einladung nicht abgelehnt, wollte sich aber nicht aufdrängen. Stattdessen erzählte er ihr von der türkischen Kollegin, die vorübergehend in ihr altes Zimmer gezogen war.

»Und wo soll Aydin schlafen? Er kommt doch übermorgen, oder?«, fragte Özlem verblüfft nach.

Demirbilek verstummte.

»Was ist, *baba?* Ist was passiert?«

Sein Herz schlug schneller. Er dachte fieberhaft nach und schüttelte verzweifelt den Kopf. Natürlich, Selmas Brief. Er hatte ihn verdrängt. Verdrängt, dass er nach fünf Jahren seinen Sohn wiedersehen würde. Sie mussten sich in Ruhe unterhalten. Reden über Istanbul, über ihre Trennung, über sein Studium. Einen Weg als Vater und Sohn finden. Wie sollte das gehen, wenn eine fremde Person in der Wohnung war? Er seufzte tief.

»Özlem, ich habe tatsächlich vergessen, dass dein Bruder kommt«, sagte er verzweifelt. »Ich weiß ja nicht einmal, wann.«

»Er landet um fünf nach sechs. Lass uns zusammen zum Flughafen fahren, ja«, schlug Özlem vor und witzelte: »Ist doch nicht schlecht, wenn ihr in dem großen Bett zusammen pennt.«

Demirbilek war nicht zum Lachen zumute. »Sei übermorgen um fünf zu Hause, wir nehmen die S-Bahn.«

»*Baba,* ich komme um fünf zu dir. Gerne! Zu Hause aber ist da, wo ich seit einem Jahr wohne.«

»Schon gut«, besänftigte Demirbilek sie. Er war durcheinander.

»Jetzt mach dir keinen Kopf. Aydin wird das schon verstehen. Er lebt ja in Istanbul. Da ist es genauso schwierig und teuer, eine Wohnung zu finden, wie in München.«

»Wahrscheinlich hast du recht«, machte sich Demirbilek Mut. »Aydin wird das verstehen.«

»Ist sie denn hübsch?«

»Wer?«

»Na, deine türkische Mitbewohnerin.«

»Denk schon«, erwiderte Demirbilek und war froh, sich darüber bis jetzt nicht viele Gedanken gemacht zu haben.

»Aydin ist ja noch zu haben. Verkupple die beiden doch!«, spöttelte sie. »*Iyi akşamlar, baba,* bis morgen.«

Resigniert hielt Demirbilek den Hörer in der Hand. Das kochende Teewasser brodelte. Er ignorierte es. Sein Herz raste wie in der Nacht zuvor. Er horchte in sich hinein. Es pochte wild und unregelmäßig. Er merkte erst nach einer Weile, dass das Wasser zu brodeln aufgehört hatte. Er drehte sich zum Herd um. Cengiz goss den Tee auf.

»Ist was passiert?«, fragte sie besorgt.

»Nein, alles in Ordnung«, schwindelte Demirbilek und erhob sich vom Stuhl. »Wie stehst du zu Knoblauch?«

»Ich liebe Knoblauch!«, war ihre ehrliche Antwort.

»*Sucuk* mit Spiegelei, dazu Radi?«

»Radi?«, wiederholte Cengiz fragend.

»Rettich, in dünne Scheiben geschnitten, mit viel Salz. Passt hervorragend zu der scharfen *sucuk*«, erklärte Demirbilek.

»O ja!«, begeisterte sich Cengiz. »Für so ein Festmahl putze ich morgen die ganze Wohnung!«

»Gute Idee. Putzen darfst du gleich nach dem Abendessen. Wir bekommen Besuch«, antwortete Demirbilek, der sich in der Zwischenzeit eine Lösung für Aydins Schlafproblem überlegt hatte. Sein rasendes Herz beruhigte sich. Er öffnete den Kühlschrank, holte türkische Rindswurst, Rettich und ein paar Tomaten heraus und bereitete das Abendessen vor.

»Ach, was ich ganz vergessen habe, vorhin im Biergarten zu erwähnen …«, begann Cengiz.

Demirbilek sah vom Schneidebrett auf und unterbrach sie. »Wenn es nichts Eiliges ist, möchte ich zu Hause nicht über die Arbeit reden. *Tamam mı?*«

Später beim Abendessen unterhielten sie sich über Cengiz' Familie. Über ihre Schwierigkeiten als Tochter einer Arbeiterfamilie, die darauf bestand, dass sie eine Ausbildung zur Reisekauffrau machte. Dass sie zur Polizei gehen konnte, verdankte sie ausschließlich ihrem älteren Bruder. Er berief eine Familienversammlung ein. Das Für und Wider wurde abgewogen. Nach zwei Stunden umarmte sie ihre weinende Mutter, weil der Vater ihr die Erlaubnis für die Bewerbung bei der Berliner Polizei gegeben hatte.

Ähnlich wie bei mir, aber doch völlig anders, dachte Demirbilek und fragte: »Warum bist du dann von deiner Familie weg?«

»Mein älterer Bruder hat geheiratet und ist nach Ankara.«

»Verstehe. Aber du bist nicht wegen deiner Eltern weg aus Berlin. Sondern wegen deines jüngeren Bruders, oder?«

Cengiz war offensichtlich verblüfft über die Frage. »Darf ich ehrlich sein?«, bat sie, trank einen Schluck Tee und wartete die Antwort nicht ab, sondern war derart aufgewühlt, dass ihr beim Reden die Tränen kamen. »Ständig sagt er mir, was ich tun und lassen soll. Was ich anziehen darf und was nicht. Er ist mir nachgestiegen und hat herausgefunden, dass ich einen Freund habe. Nicht mal einen Türken oder Deutschen. Ein richtig netter Franzose. Als er den nur einmal schief angesehen hat, ist der Feigling auf und davon. Mein lieber kleiner Bruder hat sogar meine Frauenärztin bedroht und ihr verboten, mir die Pille zu verschreiben. Vorträge über Keuschheit hat er gehalten und dass ich bis zu meiner Hochzeit Jungfrau bleiben muss. Selbst vögelt er alles, was ihm zwischen die Beine kommt. Das ist doch schlimm, oder? Wie kann ein Bruder zu seiner Schwester so gemein sein? Das ist

doch nicht gerecht, oder, Herr Demirbilek? Oder? Und außerdem bin ich doch die Ältere!«
Nein, dachte Demirbilek, das ist nicht gerecht, behielt aber die Banalität für sich und nahm stattdessen Cengiz tröstend in die Arme. Sein Ärger über die junge, lebhafte Frau war längst verflogen. Cengiz lehnte sich an seine Schulter, verzweifelt und schluchzend. Innerlich dankte Demirbilek ihr für das gute Gefühl, das sie ihm gab, indem er ihr beistand.

Am nächsten Morgen stand Zeki spät auf. Überrascht stellte er fest, dass Cengiz wohl schon aufgebrochen war. Er schmunzelte beim Anblick des geputzten Badezimmers. Nach dem Frühstück versorgte er eine Stunde lang seine Stofftüchersammlung. Als es pünktlich um elf klingelte, freute er sich. Robert hatte die Idee, einen Ausflug zu machen – bei *tavla* kamen die beiden nicht viel zum Reden. Eigentlich hatte Zeki vor, Jale ebenfalls einzuladen, damit sie etwas von der Münchner Umgebung sah. Er wollte sie aber an ihrem freien Tag nicht behelligen. Es war Zekis Schweinebraten-Sonntag.
Robert und er nahmen die S-Bahn nach Wolfratshausen, von dort gingen sie zu Fuß weiter zum Kloster Schäftlarn. Der Schweinebraten schmeckte vorzüglich. Auch wenn Robert fand, dass man zu wenig dunkles Bier in der Soße schmeckte. Mit je drei Weißbier intus machten sie sich auf den Weg zurück nach München. Zeki war froh, Robert zu seinen Freunden zählen zu dürfen.
Erst als er im Bett lag, dachte er an die Fahndung nach Gül. Er sprang auf. Das Handy hatte er glatt vergessen. Im Flur kramte er in seinem Sakko und fand es. Erleichtert stellte er fest, dass er keinen Anruf verpasst hatte. In dem Moment klingelte es. Das muss Jale sein, dachte sich der Kommissar, und öffnete ihr die Tür.

37

Cengiz hatte den Wecker auf sieben Uhr gestellt. Nach der ausgiebigen Dusche zog sie frische Unterwäsche an, die Jeans vom Vortag und eine weiße Bluse. Gewappnet für den Tag, setzte sie in der Küche *çay* auf, was unweigerlich Erinnerungen an ihr Zuhause hervorrief. Den Tisch deckte sie mit dem, was sie im Kühlschrank fand: Tomaten, Schafskäse, schwarze und grüne Oliven. Honig und Erdbeermarmelade. Aus dem Brotkasten holte sie altes Weißbrot und trockenes *pide.*

Demirbilek war frisch rasiert, trug einen Anzug, darunter ein gebügeltes Hemd. Er setzte sich an den gedeckten Tisch, als wäre es das Normalste der Welt, von der Kollegin, die er kaum kannte, bedient zu werden.

Cengiz roch sein dezentes Rasierwasser und lächelte in sich hinein. Nein, sagte sie sich, er merkt es selbst gar nicht, dass er sich wie ein türkischer Vater aufführt. Sie unterstellte ihm keinen bösen Willen. Selbst die Ehe mit einer Deutschen konnte anerzogene osmanische Züge nicht ausradieren. Sie schenkte Tee ein, Demirbilek zerbrach ein Stück Würfelzucker und warf es in das Glas.

Pünktlich um halb neun standen Demirbilek und Cengiz auf dem Bürgersteig vor dem Hauseingang.

»Kann ich jetzt … Ich meine, wegen der Arbeit?«, fragte Cengiz umgehend, als die Tür hinter ihnen zuschnappte.

»Ja, natürlich«, antwortete Demirbilek, während er seine Tagesration Taschentücher sortierte.
»Ich habe im Biergarten nicht erzählt, dass ich in Istanbul bei den Architekten angerufen habe.«
Demirbilek verzog das Gesicht. Diese Frau war einfach nicht zu bändigen. Den Anruf wollte er später im Büro tätigen. »Gut«, sagte er gefasst. »Und was hast du herausgefunden?«
»Der Vorbesitzer hat das Geschäft in der Landwehrstraße für einen ziemlichen hohen Preis an Döner Delüks verkauft. Der Auftrag zur Renovierung kam von einem gewissen Florian Krust. Er ist so eine Art Generalmanager.«
Demirbilek war erleichtert darüber, dass mit Serdal wohl alles in Ordnung und er für seinen Laden ordentlich bezahlt worden war.
»Ich habe Krust gestern bei den Güzeloğlus kennengelernt.«
»Ja? Wie ist er denn so?«
»Was soll ich sagen?«, antwortete Demirbilek. »Er war mir nicht sympathisch … Hast du nach Tavuk gefragt?«
»Ja, habe ich. In Istanbul waren sie nicht gut auf ihn zu sprechen. Er hat sich am Telefon als neuer Geschäftsführer von Delüks vorgestellt und wollte wissen, warum am Samstagnachmittag kein Arbeiter auf der Baustelle war.«
»Da werden wir Herrn Krust heute mal darauf ansprechen«, antwortete Demirbilek und sah Leipold und Vierkant in den beiden Dienstwagen hintereinander in die Straße einbiegen. »Bring das später im Büro in der großen Runde zur Sprache.«
Vierkant stieg schnell aus, um Demirbilek ans Steuer zu lassen. Doch da hatte er bereits die Beifahrertür geöffnet und Platz genommen. Als er merkte, dass sie müde gähnte, schüttelte er den Kopf.
»Vierkant! Sie wissen schon, dass Sie noch Ihre Probezeit zu überstehen haben?«

Sofort war die Müdigkeit wie weggeblasen. Sie setzte sich zurück ans Steuer und fuhr los.
Auch Leipold war müde. Seine dunklen Augenringe waren selbst durch die verschmutzte Windschutzscheibe deutlich zu erkennen. Cengiz schüttelte wie Demirbilek den Kopf und bot an, die Fahrt zu übernehmen. Doch Leipold dachte nicht daran, das Steuer aus der Hand zu geben: »Solange ich nicht besoffen bin und einen Führerschein habe, fahre ich, werte Kollegin.«

Der Kommissar dirigierte, ohne Widerworte zuzulassen, seine Kollegin über den Mittleren Ring, gleichwohl er wusste, dass sie mitten in den Stau des Berufsverkehrs kommen würden. Ganz tief in sich drin sehnte er sich nach lärmendem Gepolter der Großstadt – wie in seinem geliebten, lauten Istanbul. Nach der halbstündigen Fahrt bogen sie in die Olympiastraße ab. Derya Tavuk wartete, wie verabredet, an der Ecke zur Cimbernstraße. Nicht gerade der schönste Teil Sendlings, dachte Demirbilek. Unbeirrt trabte Derya mit Laufjacke und Laufschuhen auf der Stelle, offenbar kam sie gerade vom Joggen. Das Nike-Stirnband presste die Haare an den Kopf. Sie schwitzte stark. Dann legte sie unvermittelt auf dem Gehweg einen Spurt von etwa fünfzig Metern hin und rannte mit demselben Tempo zurück, wo sie ihre Herzfrequenz auf der Pulsuhr kontrollierte.
»Die Laufklamotten sind von Aldi. Sonderangebot vor zwei Wochen«, informierte Vierkant ihren Chef, nachdem sie den Wagen geparkt und den Zündschlüssel herausgezogen hatte.
»Hat sich ja verdammt schnell eingelebt, die Frau aus Anatolien. Einkaufen bei Aldi, joggen wie …«
»Vorsicht, Chef, ich jogge auch!«, warnte Vierkant.
Demirbilek behielt den Rest des Kommentars für sich. Die beiden beobachteten Derya weiter, wie sie auf der Stelle lief.

»Warum hüpft die so komisch auf und ab?«, fragte Demirbilek fasziniert.
»Der Puls muss langsam runterfahren. Aber sie atmet nicht richtig. Zu viel Mund, mehr durch die Nase wäre besser. Die ist Anfängerin«, erklärte Vierkant. »Wird in Istanbul denn nicht gejoggt?«
»Doch schon. Aber nur auf ausgewiesenen Strecken, Männer und Frauen getrennt, rund um das Goldene Horn«, behauptete Demirbilek im Stile eines Teppichhändlers auf dem Großen Basar und stieg aus.
Vierkant blieb einen Moment sitzen. Sie war nicht sicher, wie ernst sie das nehmen sollte.

Unterwegs zur Werinherstraße machte Leipold in der Tegernseer Landstraße Halt und holte von einer der unzähligen Apotheken Paracetamol und bei einem der nicht weniger gut vertretenen Bäckereigeschäfte in der Straße eine Cola light. Die ganze Fahrt über war er nicht in der Lage, die Existenz der Kollegin auf dem Beifahrersitz zu akzeptieren. Er wollte allein sein mit dem Rausch vom Vortag, der seinen Kopf mit gnadenlos stechenden Schmerzen malträtierte. Er dachte an den Reißnagel, den er sich erfolgreich zur Linderung in die Brust gesetzt hatte.
Er parkte den Dienstwagen irregulär auf dem Bürgersteig, stieg aus und streckte vor der Autotür die müden Knochen. Cengiz blieb im Wagen sitzen und schielte hinüber zu den freien Parkplätzen, überlegte kurz und ließ das Fenster herunterfahren.
»Mich geht das nichts an, was du gestern so alles in dich reingeschüttet hast, Pius. Aber die drei Meter vom Parkplatz zum Eingang hättest du zu Fuß echt schaffen können.«
Statt einer Antwort sah Cengiz schon wieder ein Bündel Metall auf sich zufliegen. Auch dieses Mal fing sie den Schlüsselbund

auf. Pius ging in die Hocke und lehnte sich an die Häuserwand. Er warf die Schmerztablette mit einem Schluck Cola light ein und grinste hinterfotzig. Widerwillig wechselte Cengiz zur Fahrerseite und parkte den Wagen um.
Als sie ausstieg, lehnte Pius nicht mehr an der Mauer. Sie sah sich in der Straße um und entdeckte ihn an der gegenüberliegenden Straßenseite bei der Sparkasse. Er wartete am Geldautomaten in der Schlange. Cengiz hatte keine Lust, sich auf den Arm nehmen zu lassen, und klingelte bei Karaboncuks, die im zweiten Stock wohnten. Sie wartete. Nichts geschah, bis ein Junge mit einem Fußball unter dem Arm aus der Tür trat. Er trug das Trikot der türkischen Nationalmannschaft.
»Hey, warum bist du nicht in der Schule?«, fragte sie das offenbar türkische Kind.
Auf die Frage bekam sie einen Tritt gegen das Schienbein. Der Junge lief blitzschnell davon, bog in die nächste Querstraße ab und war nicht mehr zu sehen. Der Tritt tat nicht weh, trotzdem ärgerte sich Cengiz. Sie wusste, dass der Junge zugetreten hatte, weil sie eine Frau war. Bei einem Mann hätte er das nicht getan. Mit etwas zu viel Wut im Bauch betrat sie das Haus, ohne auf Leipold zu warten.

Der Deutsche erkannte die Frau, die ihm auf der Treppe entgegenkam, sofort. Eine der Ermittlerinnen, die Gül am Hauptbahnhof verfolgt hatte. Mit voller Wucht versetzte er ihr einen gezielten Tritt in den Magen. Ihr Schmerzensschrei hallte durch das Treppenhaus, ihr Körper polterte dumpf rückwärts die Treppenstufen nach unten. Ihr Hinterkopf knallte auf die Kante der drittletzten Stufe, bevor sie bewusstlos zu Boden fiel. Der Deutsche stieg achtlos über sie hinweg und verließ über den Hinterausgang das Haus.

Draußen im Hof schob er die Schirmmütze tiefer ins Gesicht. Besser so, dachte er, sonst hätte sie mein Gesicht gesehen. Dann schimpfte er sich selbst, dass er in der Wohnung des Erpressers wütend geworden war. Er nahm seinen Auftrag ernst. Er hatte am Tag zuvor Ahmet aufgesucht und ihm mit seiner Maske einen ordentlichen Schrecken eingejagt. Die Spritze, die er dem Jammerlappen in den Oberarm gejagt hatte, genügte, um ihn zum Reden zu bringen. Er erfuhr, dass er mit seinem Vater Gül vor zwei Erpressern schützen wollte. Die schlechte Nachricht dabei war, dass sie den Schlüssel zum Tresor nicht gefunden hatten, worin sich das belastende Material der Erpresser befinden sollte. Als Ahmet in Todesangst auch noch preisgab, Güls Geliebter zu sein, wollte der Deutsche das zunächst nicht glauben. Diese Information durfte er nicht zurückhalten. Er beschloss, seinen Auftraggeber zu informieren. Die Gesamtsituation hatte sich grundlegend geändert. Dummerweise hatte er in der Wohnung nichts gefunden. Trotzdem hätte er kein Feuer legen sollen, zog er mit sich selbst ins Gericht und nahm sich vor, die Durchsuchung von Stefan Tavuks Wohnung zivilisierter durchzuführen. Bevor er am Ende des Hofes angelangt war, drehte er sich um und schüttelte den Kopf über den Rauch, der aus der Küche der Familie Karaboncuk drang.

Pius Leipold drückte mit der flachen Hand alle Klingeln. Das Schmerzmittel tat seine Wirkung. Die Lebensgeister kehrten zurück.

Endlich summte der Türöffner, ohne dass sich jemand an der Gegensprechanlage gemeldet hatte. Er betrat das dunkle Treppenhaus und blieb erschrocken stehen. Cengiz lag regungslos am Fuß der Treppe. Adrenalin jagte durch seinen Körper, er war auf einen Schlag hellwach und voll konzentriert. Instinktiv zog er seine Dienstwaffe und schaltete das Licht ein. Mit geübtem Blick kontrollierte er, ob jemand im Treppenhaus zu sehen war. Dann eilte er zu Cengiz und kniete sich neben sie nieder. Er fühlte ihren Puls an der Halsschlagader. Schwach, aber deutlich, stellte er erleichtert fest und holte sein Handy aus der Jackentasche, um die Notrufzentrale zu verständigen. Noch während er telefonierte, bemerkte er, wie seine Nase kitzelte und seine Augen zu tränen begannen. Er schaute nach oben und entdeckte im Treppenaufgang Rauchschwaden. Sie drangen aus einem der oberen Stockwerke. Schnell informierte er den Kollegen am Apparat und legte auf. Erst jetzt schlich sich das schlechte Gewissen in seine Gedanken. Er hätte Cengiz nicht allein lassen dürfen. Besorgt schaute er in ihr leblos wirkendes Gesicht. Mit zitternden Händen strich er ihr über die kurzen Haare.

Stefan Tavuks Dreizimmerwohnung war ordentlich und sauber aufgeräumt. Eingerichtet mit Orientteppichen an der Wand, Deko-Samowar und einer bunten Mischung aus Andenken und Mitbringseln etlicher Türkeireisen. Demirbilek und Vierkant durchsuchten in Ruhe die Wohnung, während Derya Tavuk im Badezimmer duschte.

»Warum duscht sie jetzt? Kann sie nicht warten, bis wir weg sind?«, fragte Demirbilek seine Kollegin.

Sie zuckte mit den Achseln und trat in das Porschezimmer, wie sie es für sich taufte. Oldtimer-Kalender hingen an der Wand. Porsche an Porsche in Modellgröße reihte sich auf den Regalbrettern. Sie öffnete die Schublade des Schreibtischs. Laut Protokoll der Spurensicherung sollte dort Tavuks Arbeitsvertrag und ein Grundriss des Döner Delüks in der Landwehrstraße liegen. Letzteres lag ordentlich in einer Klarsichthülle an seinem Platz. Nicht aber der Arbeitsvertrag. Da das Siegel an der Wohnung unversehrt gewesen war, kontrollierte Vierkant nochmals das Protokoll. Das Dokument war mit Nummer aufgeführt. Es war weg, zweifelsfrei. Vierkant stapelte die Unterlagen und holte aus ihrer Umhängetasche ein Gummiband, um den Papierstapel zu bändigen. Sie wollte die Unterlagen im Büro in Ruhe durchsehen. Dann trat sie zurück in das Wohnzimmer und bemerkte die angelehnte Balkontür. Sie ging hinaus und vergewisserte sich, ob es möglich war, über den Balkon in die Wohnung im ersten Stock zu gelangen.

Indessen begutachtete Demirbilek eines der Fotoalben aus dem Wohnzimmerschrank. Istanbul, Izmir, Diyarbakır, touristische wie ausgefallene Reiseziele waren darunter. Auf allen Fotos sah Stefan Weiß, wie er damals hieß, vollkommen glücklich aus, seine Ehefrau Margit nicht ganz so entspannt, bemerkte er.

In dem Moment trat Derya mit einem großen Handtuch um den Körper und Turban um die nassen Haare aus dem Badezimmer. Auf dem Weg ins Schlafzimmer traf ihr Blick den von Demirbilek. Sie lächelte selbstvergessen.

Er musterte sie interessiert von oben bis unten. In ihrem schönen Gesicht bildeten sich um den Mund kleine feine Fältchen. Demirbilek jedoch erwiderte ihre unbewusste Geste nicht.

Derya kam offenbar mit einem Schlag in den Sinn, in welche verfängliche Situation sie sich gebracht hatte, denn hastig ging sie weiter. Beim Öffnen der Schlafzimmertür rutschte das Handtuch herunter. Verschämt hob sie es schnell auf und verschwand hinter der Tür.

Demirbilek blickte verdutzt drein. Nicht weil er Derya für einen Augenblick nackt gesehen hatte. Es war ihr Lächeln, das ihn irritierte. Er kannte die Art von Lächeln. Auf dieselbe Weise hatte Selma signalisiert, wenn sie Lust auf ihn bekam.

Vierkant kehrte vom Balkon zurück und war erstaunt, weil De-

mirbilek gehen wollte. Und zwar auf der Stelle. »Wollen Sie nicht mit ihr reden?«, fragte sie überrascht.
»Die Spurensicherung soll sich die Wohnung noch einmal genauer anschauen«, antwortete er gereizt.
Bevor Vierkant von dem verschwundenen Arbeitsvertrag berichten konnte, läutete Demirbileks Handy. Er hob ab. Mit besorgter Stimme erzählte Leipold am Telefon, wo und wie er Cengiz gefunden hatte, dass er mit ihr im Krankenwagen auf dem Weg in die Klinik sei. Sie sei auf den Hinterkopf gefallen, aber wieder bei Bewusstsein. Dann forderte er Demirbilek auf, zur Familie Karaboncuk zu fahren. Und zwar schnell.

Nach dem hastigen Aufbruch der Polizisten zog sich Derya im Schlafzimmer fertig an. Ihre Gedanken waren bei dem türkischen Ermittler. Ein gutaussehender Mann mit Manieren, fand sie. Es war keine Absicht gewesen, dass das Handtuch heruntergerutscht war, oder?, fragte sie sich und machte sich dabei über ihr Spiegelbild lustig. Dann begann sie, ihre langen schwarzen Haare zu kämmen und sinnierte darüber, warum der Landsmann, der wusste, dass sie allein lebte, nicht auf ihr Lächeln reagiert hatte. In diesem Moment klopfte es an der Tür. Sie stutzte. Sie erwartete niemanden. Die vage Möglichkeit, der Kommissar könnte zurückgekommen sein, beflügelte sie. Schnell prüfte sie den Sitz ihres trägerlosen Sommerkleides im Spiegel, eilte zur Wohnungstür und öffnete sie.
Die Faust traf sie mitten ins Gesicht. So unvermittelt, dass Derya nicht den Hauch einer Chance hatte, den Angreifer zu erkennen. Das Letzte, was die Türkin sah, bevor ihr eine Schirmmütze über das Gesicht gestülpt wurde und ihr eine nach Zigarettenrauch stinkende behandschuhte Hand den Mund zuhielt, war die auf den Boden geflogene Haarbürste.

Besser so, lobte sich der Deutsche. Besser so, als dass sie mein Gesicht gesehen hätte, und er schloss hinter sich leise die Wohnungstür.

Die Feuerwehrleute brachen gerade auf, als Demirbilek und Vierkant in der Werinherstraße eintrafen. Streifenpolizisten wiesen mit Kellen das Löschfahrzeug auf die Straße. Eine Ansammlung von Schaulustigen beobachtete das Spektakel, darunter zwei Klassen der nicht weit entfernten Ichoschule, die unterwegs zu einem Ausflug waren.
Mit hochgehaltenen Dienstausweisen bahnten sich die beiden Polizisten den Weg ins Haus. Auf dem Treppenaufgang und im zweiten Stock herrschte ein unübersichtlicher Trubel aus Ermittlern der Spurensicherung, Uniformierten, die den Tatort absicherten, und Nachbarn, die in den Gängen neugierig oder entsetzt herumstanden. Niemand sprach ein Wort. Die Stille war besorgniserregend.
»Was ist denn hier passiert?«, fragte Vierkant mit einem mulmigen Gefühl einen uniformierten Kollegen.
Demirbilek untersuchte die Wohnungstür. Sie zeigte keine Spuren gewalttätigen Eindringens.
»Da hat jemand Feuer gelegt. Halb so schlimm, weil Pius gleich die Feuerwehr verständigt hat. Zum Glück war niemand in der Wohnung«, erklärte der Kollege.
»Wie seid ihr überhaupt hereingekommen?«, fragte Demirbilek.
»Der Hausmeister hat aufgesperrt.«
»Gut, lass uns reingehen, Vierkant.«
Das Feuer hatte sich kaum ausgebreitet. Lediglich die Wohnzimmergarnitur war angekokelt; der verschmorte Polyesterüberzug stank erbärmlich. Für die Verwüstung der Wohnung hatte der Brandstifter allem Anschein nach vorher gesorgt. Das Wohnzimmerregal war komplett ausgeräumt. Der Hausrat lag verstreut

herum. Jemand muss, man konnte fast meinen, verzweifelt nach etwas gesucht haben, dachte Demirbilek.
Vierkant öffnete indessen die Kleiderschränke im Schlafzimmer. Nach der Anordnung der Stapel Kleidungsstücke in den Regalen fehlte einiges. Sie ging weiter in das winzige Badezimmer. Auch hier dasselbe Bild der Verwüstung. Der Inhalt des Schränkchens von Medikamenten, Cremes und Shampoo lag auf den hellgelben Kacheln. Aber keine Zahnbürsten und Zahnpaste, registrierte sie.
Demirbilek durchsuchte parallel das Kinderzimmer. Ein Stapel Schulbücher interessierte ihn. Er fand in den Innenseiten der Buchdeckel den Schulstempel und rief über den Gang: »Vierkant, ruf in der Ichoschule an. Die ist doch gleich die Straße runter. Frag nach, ob die Karaboncuk-Kinder in der Schule sind.«
»Mach ich!«, rief Vierkant zurück und setzte sich auf den geschlossenen Toilettensitz. Über die Auskunft erhielt sie die Nummer des Sekretariats. Die Dame war sehr zuvorkommend, bat aber die Polizistin, persönlich vorbeizukommen, da sie ihren Dienstausweis sehen müsse, am Telefon könne sie nichts sagen. Vierkant versicherte, jemanden vorbeizuschicken. Dann ging sie in den Hausflur, um eine junge, uniformierte Kollegin damit zu beauftragen.
Als sie wieder in der Wohnung war, trat sie zu Demirbilek in die Küche. Das Fenster stand weit offen. Die Hängeschränke waren aufgerissen, Teller und Tassen lagen in Scherben auf dem Boden. Jemand ist mit großer Wut zu Werke gegangen, dachte Demirbilek. Er entdeckte den Alukessel mit der braunen Flüssigkeit des *çays* und den Teeblättern umgekippt auf dem Linoleumboden.
Demirbilek ging in die Hocke. Eine Lache hatte sich gebildet. Nach den Ausformungen der Flüssigkeit zu urteilen und der Anordnung der Teeblätter war jemand hineingetreten – ein Stiefelabdruck zeichnete sich ab.

»Meinst du auch, die Familie ist verschwunden?«, fragte Demirbilek mit nachdenklichem Blick.
»Ja. Aber nicht Hals über Kopf. Sie hatten Zeit, sich zu überlegen, was sie mitnehmen. Ich habe keinen Koffer gefunden, Ausweise und Papiere auch nicht, und Sie?«
»Nein«, antwortete Demirbilek.
»Zahnbürsten auch Fehlanzeige. Sehr merkwürdig. Vielleicht hat derjenige, der die Wohnung durchwühlt hat, die Familie mitgenommen?«
»Du meinst entführt?«
»Vielleicht hat er sie bedroht.« Sie blickte sich kopfschüttelnd in dem Chaos um. »Wer sich so aufführt.«
»Und die zwei Kinder?«, fragte Demirbilek ins Leere.
Da klopfte die junge Polizistin und gab die Information weiter, dass beide Kinder unentschuldigt in der Schule gefehlt haben. Das sei aber öfter passiert. Die Schulleitung habe heute Morgen die Mutter angerufen, sie aber nicht erreicht. Weitere Notfallnummern seien nicht hinterlegt. Demirbilek und Vierkant bedankten sich.
»Was bedeutet das?«, fragte Demirbilek.
Während Vierkant nachdachte, sprang der Kommissar plötzlich auf und eilte aus der Wohnung. Vierkant schaute ihm einen Moment mit offenem Mund nach. Dann folgte sie ihm.
Zwanzig Minuten später klopfte Demirbilek mit den Fingerknöcheln gegen Ali Karaboncuks Wohnungstür, bis einer der Nachbarn genervt auf den Gang trat: ein Mann in russischer Militäruniform mit Taktstock in der Hand und drahtlosem Kopfhörer um den Hals.
»Schaust du unten bei Wienerwald. Sitzt oft im Biergarten, Ali. Seine Familie ist abgehauen in Türkei«, sagte der Dirigent in gebrochenem Deutsch.

Demirbilek nickte Vierkant zu. Sie eilten zu Fuß die Treppen hinunter. Vierkant versuchte erneut, Ali Karaboncuk auf dem Handy zu erreichen. Doch wieder schaltete sich nur die Mailbox ein.

Direkt an der Tegernseer Landstraße auf der anderen Seite des Grünwalder Fußballstadions, das Demirbilek trotz der vielen Jahre in München noch nie von Innen gesehen hatte, saß Ali Karaboncuk gegenüber von Antonia bei einer Maß Bier. Die beiden mochten sich seit der ersten Begegnung im Wellnessparadies. Sie besprachen den gemeinsamen Spontanurlaub in Griechenland. Antonia wollte auf eine Insel, Kreta oder Kos. Alis Bedenken, als Türke in Griechenland Probleme zu bekommen, teilte Antonia nicht. Die Griechen würden ihn ohnehin für einen Griechen halten, er dürfe halt den Mund nicht aufmachen. Das könne so schwierig nicht sein, meinte sie. Dann gab sie ihm einen Kuss, erinnerte ihn an sein Versprechen, einen Schnurrbart wachsen zu lassen, und verabschiedete sich – ihre Schicht begann in einer Stunde.
Während Ali nachdachte, was er mit dem restlichen Tag anfangen sollte, spürten Demirbilek und Vierkant ihn auf und nahmen an seinem Tisch Platz. Demirbileks Wut war ungebremst. Er hatte keine Lust auf Förmlichkeiten.
»Ich gebe Ihnen genau eine Chance, zu antworten. Wo ist Ihre Schwägerin Ayfer Karaboncuk mit den Kindern?«, fuhr er den verdutzt dreinblickenden Mann an.
Das Gesicht des Kommissars zeigte eine Entschlossenheit, die angsteinflößend war. *»Komiser Bey ...«,* begann er trotzdem in jovialem Tonfall.
Demirbilek schmetterte seine rechte Handfläche auf den Tisch. Antonias leeres Bierglas vibrierte und drohte zu Boden zu fallen, hätte Vierkant nicht reagiert und es aufgehalten. Demirbilek re-

gistrierte die Lippenstiftabdrücke auf dem Bierglas. Die ungewöhnliche orange-rote Farbe kannte er.
»Sie sprechen verdammt gut Deutsch, Herr Karaboncuk. Das hat mir Antonia gesagt. Sie seien auch freundlich, hat sie mir erzählt. Sie kennen sie ganz gut. Wahrscheinlich viel besser, als Sie es mir vorgestern geschildert haben.«
Ali Karaboncuk machte ein unschuldiges Gesicht. Dann lachte er: »Sie wissen doch, Herr Kommissar, manche Frauen lieben Türken über alles.«
Demirbilek lachte zurück, aber nur kurz. Dann stemmte er beide Hände auf den Tisch und stand auf.
»Gut, wenn Sie nicht reden wollen, fahren wir ins Präsidium.« Zu Vierkant gewandt, sagte er: »Legen Sie dem Mann Handschellen an, wir nehmen ihn mit.«
Ali Karaboncuk war so sehr auf Demirbilek fixiert, dass er Vierkants verblüfftes Gesicht nicht bemerkte. Sie kramte unter ihrer Jacke, um die Handschellen hervorzuholen, als Karaboncuk verstand, dass die Lage ernst war.
»Bitte setzen Sie sich wieder. Wollen Sie nicht was trinken?«, fragte er eingeschüchtert und hielt Ausschau nach der Kellnerin.
»Vorgestern haben Sie erzählt, wie Sie und Ihr Bruder, sagen wir mal, in den Genuss von Zuwendungen seitens Gül Güzeloğlus gekommen sind. Ich glaube Ihnen mittlerweile nicht mehr, dass Sie nichts mit der Erpressung zu tun haben.«
»Es ist aber so! Ich habe es Ihnen doch erzählt. Ich war in der Türkei, um meine Familie zurückzuholen. Doch sie wollten nicht mitkommen. Ist gerade eine schwierige Zeit. Mein Bruder hatte auch Ärger mit seiner Frau. Er hat in letzter Zeit ein paar Mal bei mir übernachtet. Wir haben Fußball geschaut. Da macht er den Fernseher aus und schleppt mich in den Puff. Eine Überraschung sollte es sein. Ich sollte mal auf andere Gedanken kommen. Ich

wusste bis dahin nichts von Bülents Machenschaften.« Er trank von seinem Bier. »Ich habe dort keine Frau angerührt, so was mache ich nicht. Ich zahl nicht für …« Er sprach das Wort nicht aus, aus Rücksicht auf Isabel Vierkant, die interessiert zuhörte und Notizen machte.

Demirbilek schlussfolgerte, dass sich Ali Karaboncuk nicht um seine Schwägerin sorgte. Sie und die Kinder mussten in Sicherheit sein. »Mir ist das völlig egal, ob Sie in den Puff gehen und vögeln oder nicht vögeln«, wiegelte er Karaboncuks Anspruch auf moralische Unversehrtheit ab. »Jemand war in der Wohnung Ihrer Schwägerin und hat sie auf den Kopf gestellt. Wissen Sie, wer in der Wohnung gewesen sein könnte?«

Demirbilek prüfte Karaboncuks Gesichtsausdruck. Er schien ernsthaft überrascht zu sein.

»Gestern Abend rief mich Ayfer an. Ich habe mich über ihren Anruf gewundert. Das Gespräch war ziemlich kurz. Ihre Eltern haben sich gemeldet und die Flüge in die Türkei gezahlt. Sie hat alles stehen und liegen lassen und ist mit den Kindern nach Adana. Ich musste ihr versprechen, mich um die Formalitäten zu kümmern.«

»Dann rufen Sie mal in der Schule an. Die wissen nichts davon«, warf Vierkant ein.

Ali Karaboncuk wendete sich ihr lächelnd zu: »Stimmt, ich habe vergessen, der Schule Bescheid zu geben.«

Vierkant konnte dem netten Lächeln nur durch ein verlegenes Wegschauen entgehen.

»Haben Sie und Antonia mit der Sache irgendetwas zu tun?«, fragte Demirbilek und hatte Karaboncuks Aufmerksamkeit wieder.

»Wie meinen Sie das?«

»Ihr Bruder hat Ihnen sicher gesagt, mit was und wie er Gül Güzeloğlu erpresst hat.«

»Nein, Herr Kommissar, das hat er nicht. Ich wusste nur, dass es irgendetwas mit Gül zu tun hat. Er hat mich in seine dubiosen Geschäfte nicht eingeweiht. Ich hätte da niemals mitgemacht! Solche Gaunereien hat er schon als Junge ausgeheckt. Leute austricksen, Betrügereien, aber nie wirklich große Sachen. Was glauben Sie, wie oft ich ihn aus der Scheiße geholt habe, und wenn es mit einer Tracht Prügel war.« Er trank den letzten Schluck Bier, die Tränen meldeten sich zurück. Er wischte sie weg, um weiterzuerzählen.

Da aber baute sich Demirbilek ein weiteres Mal vor ihm auf.

»Möge Allah Ihren Bruder im Paradies empfangen. Auch wenn er ein gottloser Erpresser war. Hat er Ihren Eltern von dem schmutzigen Geld geschickt? Hat er seinen drei Neffen schöne Geschenke gemacht? Von dem monatlichen Lohn als Geschäftsführer. Das Zubrot für den großen Bruder nicht zu vergessen. Wie sich das gehört für den jüngeren. Dem *abi* gegenüber darf man nicht ohne Respekt sein! Glauben Sie tatsächlich, ich bin nicht mehr Türke genug, um zu verstehen, wie türkische Brüder miteinander umgehen? Mich interessiert nicht, wie Ihr Bruder als kleiner Junge war. Mich interessieren auch nicht Ihre Tränen und die Tränen Ihrer Mutter und Ihres Vaters. Gül Güzeloğlu ist seit gestern verschwunden. Vielleicht ist sie tot. Unsere Kollegin liegt im Koma, weil sie möglicherweise dem Einbrecher aus der Wohnung Ihrer Schwägerin begegnet ist. Das interessiert mich mehr als Ihr kleiner Bruder. Ich habe keine Zeit für Ihre Spielchen. Sagen Sie mir, was Sie wissen, oder ich sorge dafür, dass Sie Ihre Söhne nie wiedersehen«, drohte er eiskalt.

Karaboncuk und Vierkant staunten über den Ausbruch. Wie auch die anderen Gäste im Biergarten.

Ali Karaboncuk atmete schwer, ihm war schwindelig vor Wut und Zorn. Er taumelte wie ein angeschlagener Boxer, der nicht glauben wollte, den Kampf verloren zu haben. »Es gibt einen Tresor. Heute Morgen habe ich einen Brief von der Sparkasse gefunden. Sie haben ihn wegen der Miete angemahnt. Vorher habe ich von einem Tresor nichts gewusst«, sagte er schließlich durch die zusammengepressten Lippen. Er holte aus seinem Geldbeutel das zusammengefaltete Schreiben der Bank und gab es dem Kommissar, der es, ohne daraufzuschauen, in die Sakkotasche steckte.

»Kann ich jetzt gehen?«, fragte Karaboncuk wie benommen.

»Was finden wir in dem Tresor?«

»Ich war nicht in der Bank. Ich möchte mit der Sache nichts zu tun haben. Was auch immer da drin ist, mein Bruder musste deshalb sterben.« Nach einer Pause fügte er verächtlich hinzu: »Sie haben meinen Bruder beleidigt. Er war nicht gottlos, sondern ein gläubiger Mann.«

Demirbilek ging nicht auf den Vorwurf ein. »Musste auch der andere deshalb sterben, Stefan Tavuk?«

»Das weiß ich nicht.«

»Sie kennen ihn?«

»Mein Bruder hat ihn einmal mit zu mir gebracht. Mehr weiß ich nicht, und mehr erfahren Sie von mir nicht.«

Dann stand Ali Karaboncuk langsam auf, holte mit dem Kopf aus und spuckte vor Kommissar Demirbilek aus. Sein Gesicht verhärtete sich. Zornesröte stieg die Wangen hoch. Hätte er eine Waffe, würde er mich jetzt töten, eine Frage der Ehre, dachte Demirbilek.

»Allah belanı versin«, stieß Ali Karaboncuk voller Hass hervor. Dann drehte er sich um und verließ den Biergarten.

Vierkant hatte die ganze Zeit über nichts gesagt, jetzt aber wollte sie ihn zurückholen. Demirbilek hielt sie am Arm zurück.

»Schon gut.«

»Sie haben ihn absichtlich provoziert.«
»Nein. Ich habe absichtlich seine Familie auf das Schlimmste beleidigt.«
»Was hat er denn gesagt?«
»Allah soll mich verfluchen«, antwortete Demirbilek mit besorgtem Gesicht.
Vierkant bekreuzigte sich schnell und schickte ein Stoßgebet hinterher.
Demirbilek klopfte ihr freundschaftlich auf die Schulter und sagte nicht ganz ernst gemeint: »Danke. Aber ich komme ja ohnehin in die Hölle.«
»Wieso das? Sie sind schon in Ordnung, Herr Demirbilek«, antwortete Vierkant.
»Sie kennen doch mein Laster?«
»Vom Koch in der Kantine. Den Schweinebraten jeden zweiten Sonntag wird Ihr Allah schon verstehen«, beruhigte ihn Vierkant.
»Hoffen wir es«, erwiderte Demirbilek. »Jetzt rufen wir Pius an und fragen nach Jale.«
»Von wegen Koma! Pius hat eine SMS geschrieben. Jale geht es so weit gut. Sie fahren gerade ins Büro.«
Demirbilek war sichtlich erleichtert, das zu hören.
»Gut, dann setzen Sie mich ebenfalls im Büro ab.« Er nahm Karaboncuks Brief aus der Tasche, überflog ihn kurz und reichte ihn ihr. »Fahren Sie zu der Bank. Ich rufe von unterwegs Weniger an, dass wir den Tresor öffnen lassen müssen.«
In dem Moment hechtete Ali Karaboncuk den Kommissar von hinten an. Beidhändig würgte er mit aller Kraft den Hals des Polizisten. Seine Fingernägel krallten sich in die Haut.
Demirbilek war nicht imstande, sich zu wehren. Er röchelte, ignorierte den brennenden Schmerz und rang nach Luft. Vor seinen Augen begann alles zu verschwimmen.

Da drängte sich sein Sohn in seine Gedanken. So abwegig es auch war, er machte sich keine Sorgen darüber, sterben zu können. Wichtiger war in dem Augenblick, dass Aydin um achtzehn Uhr fünf am Flughafen ankam. Özlem holte ihn vorher zu Hause ab. Gemeinsam wollten sie die S-Bahn ab Rosenheimer Platz nehmen. Nein, nein, nein hämmerte es in seinem Kopf. Du wirst die Verabredung einhalten.

Er stieß mit voller Wucht den rechten Ellbogen nach hinten in Karaboncuks Magen. Der Würgegriff löste sich ein wenig. Er pumpte mit überhasteten Atemzügen Luft in die Lunge und drehte sich um. Ali Karaboncuk stand atemlos vor ihm und machte keine Anstalten, sich erneut auf ihn zu stürzen.

Vierkant packte ihn mit dem Polizeigriff. Ohne Mühe gelang es ihr, Karaboncuk vom Kommissar wegzuzerren.

Demirbilek rieb sich den schmerzenden Hals und rief sich die Tatortbilder der zwei erdrosselten Männer in Erinnerung. Dann hob er den Blick und sah zu, wie Vierkant dem Mann Handschellen anlegte.

»Nehmen Sie ihm die Handschellen ab, Vierkant«, sagte Demirbilek, als er wieder normal atmen konnte.

»Aber … aber …«, stotterte Vierkant ungläubig.

»Mach ihn los«, forderte Demirbilek nochmals ruhig und studierte den weggetretenen Ausdruck in Ali Karaboncuks Gesicht.

Er schämt sich, erkannte Demirbilek. Er war der ältere Bruder. Er musste handeln. Aber nicht so, sagte sich Demirbilek. Ein Messer, um es ihm in den Bauch zu rammen, hätte er in der Küche des Wienerwalds besorgen können. Sein halbherziger Angriff war im Grunde nichts wert. Scham stand in seinem Gesicht. Er hatte die besudelte Ehre seiner Familie nicht wiederhergestellt.

Demirbilek rieb sich erneut den Hals. Mit dem Hinweis auf den Tresor hatte er mit ziemlicher Wahrscheinlichkeit ein entschei-

dendes Puzzleteil in dem komplizierten Fall ermittelt. Er hoffte darauf, zu erfahren, welches Gesamtbild sich ergab, wenn er und sein Team die Teile nun zusammensetzen würden.
Er ließ Ali Karaboncuk stehen. Vierkant folgte ihm aus dem Biergarten.

38

Pius Leipold und Jale Cengiz hatten auf dem Rückweg vom Krankenhaus Kaffee besorgt und betraten mit den Plastikbechern die Dienstzimmer des Sonderdezernats. Cengiz lachte schon wieder, weil Leipold sich maßlos darüber aufregte, dass der Verkäufer in dem amerikanischen Coffeeshop allen Ernstes wissen wollte, ob sein *café au lait to take away* oder *to stay* sein sollte.
»Vielleicht sollte ich einen Englischkurs besuchen, was meinst du?«, fragte Leipold.
»Lern lieber Türkisch, da kommst du bald viel weiter mit«, schlug Cengiz als Alternative vor.
»Ach, komm. So ein Schmarrn. Lern lieber Bayerisch, du bist ja jetzt schließlich in München«, antwortete er amüsiert und wurde plötzlich ernst: »Du … wegen heute früh … Mein Schädel hat so elendig weh getan …«
»Schon gut, Pius«, half ihm Cengiz. »Ich habe mich von dir provozieren lassen.« Dann nahm sie an ihrem Schreibtisch Platz und fasste sich an den Bauch. Der Tritt des Unbekannten war heftig gewesen, es schmerzte. Während der Fahrt ins Krankenhaus war sie aufgewacht und hatte sich gesträubt, sich untersuchen zu lassen. Leipold aber hatte darauf bestanden. Letztlich war sie froh, dass er nicht nachgegeben hatte. Bei den Untersuchungen in der Klinik zeigte sich, dass sie keine inneren Verletzungen hatte und keine Gefahr eines Schädel-Hirn-Traumas bestand. Das Häma-

tom am Bauch würde sie allerdings ein paar Tage begleiten, klärte sie der indischstämmige Notarzt auf. Er wollte sie für eine Woche krankschreiben, doch Cengiz verzichtete darauf. Sie habe Glück gehabt, sagte der Arzt abschließend, der Sturz auf den Hinterkopf hätte weitaus schlimmer enden können.
Beim Ankleiden entdeckte Cengiz Spuren auf ihrer weißen Bluse. Ein halber Sohlenabdruck des Stiefels war verschmiert zu erkennen. Sie roch daran und identifizierte den eindeutigen Geruch von Schwarztee. Irgendwie musste der Stiefel mit *çay* in Verbindung gekommen sein. Sie konnte sich jedoch keinen Reim darauf machen, wie.
Leipold deklarierte kurzerhand die Bluse zum Beweisstück und packte sie für die Spurensicherung weg. Um nicht halbnackt im Präsidium zu erscheinen, sprach Cengiz eine Krankenschwester an. Die resolute Frau kürzte ein OP-Hemd auf ihre Hüfthöhe und schnürte es ordentlich zu.
Mit dem improvisierten Oberteil begrüßte sie nun Demirbilek, der zur Tür hereinkam und sich freute, dass der Angriff glimpflich ausgegangen war. Er bemerkte zwar das gewöhnungsbedürftige Oberteil, maßte sich aber nicht an, über modische Fragen laut zu urteilen. Stattdessen wollte er wissen, warum sie bei der Attacke allein gewesen war. Leipold wollte sich schon zu Wort zu melden, aber Cengiz hatte vor ihm eine Antwort parat.
»Ich hab mich vor dem Haus mit einem Schulschwänzer angelegt. Dachte, dass er vielleicht der Karaboncuk-Sohn ist. Das Kerlchen ist mir aber entwischt. Als ich zurückgekommen bin, stand die Haustür offen. Ich habe geglaubt, Pius ist vorausgegangen, da bin ich eben alleine hinein. Ich kann mich an alles vor dem Sturz erinnern. Allerdings ist das nicht viel … Ein Mann kam mir auf der Treppe entgegen.«
»Ein Mann?«, wiederholte Demirbilek. »Bist du sicher?«

»Absolut. Ich war zwar auf die Treppenstufen konzentriert, habe aber den schwarzen Stiefel gesehen. Was ich komisch finde, er konnte nicht wissen, dass ich Polizistin bin. Warum sollte er mich treten?«
»Ist doch klar, er wollte keine Zeugen«, wandte Leipold ein.
»Ja, schon. Aber keine Zeugen für was? Zu der Zeit konnten wir nicht wissen, dass er in der Wohnung der Karaboncuks Feuer gelegt hat, oder?«
»Wissen wir denn, dass es derselbe Mann ist?«, fragte Demirbilek.
Leipold erzählte von Cengiz' Bluse mit dem Stiefelabdruck. Jetzt verstand der Kommissar, warum sie ein OP-Hemd trug, und erklärte: »In der Küche war eine Lache auf dem Boden. *Çay* und Teeblätter. Jemand ist reingetreten.«
Cengiz räusperte sich umständlich. »Dann haben wir unseren Mann. Ich dachte, weil der Abdruck bräunlich war … Sie wissen schon … Ich habe daran gerochen. Es ist eindeutig *çay*.«
»Gut, sagen wir, der Mann, der dich getreten hat, ist derselbe, der die Wohnung verwüstet hat. Dann hatte er ja allen Grund, eine potenzielle Zeugin daran zu hindern, ihn zu sehen. Meinst du, hinter dem Tritt steckte eine Tötungsabsicht, Cengiz?«, fragte Demirbilek nüchtern.
Leipold kam ihr zuvor. »Worauf willst du hinaus, Zeki? Dass der Mann Jale kannte? Wusste, dass sie Polizistin ist?«
»Genau darum geht es«, erwiderte Cengiz.
Demirbilek wartete, ob Leipold noch etwas sagen wollte. Er nahm einen Schluck Kaffee aus dem Becher.
»Ich weiß nicht. Kann auch sein, dass der Kerl einfach nur Panik hatte.«
Demirbilek behielt seine Enttäuschung über Leipolds verharmlosende Bemerkung für sich und schaute seine Kollegin an.

»Cengiz, wenn ich dich richtig verstehe, willst du darauf hinaus, dass der Mann dich oder uns kennt.«
»Genau das macht mir Sorgen«, meinte Cengiz.
»Das muss dir aber keine Sorgen machen. Der Mann konnte nicht wissen, dass er gerade dir auf der Treppe begegnen würde. Es war ein Zufall, es hätte genauso gut mich, Pius oder einen der Hausbewohner treffen können. Er ist hinter dem Material her, mit dem Gül Güzeloğlu erpresst wurde – wie wir«, beruhigte sie der Kommissar.
»Da haben Sie wahrscheinlich recht«, sagte Cengiz etwas entspannter.
Demirbilek beließ es dabei, obwohl er ahnte, dass Cengiz mit ihrer Sorge nicht unrecht hatte.
»Haben Sie die Mail von den Ballistikern gelesen?«, wechselte Cengiz das Thema.
»Nein. Was schreiben sie denn?«
Leipold stellte sich hinter Cengiz, um den Bericht mitlesen zu können. Demirbilek tat es ihm gleich. Alle drei Augenpaare liefen über den Bericht. Leipold murmelte die Wörter laut vor sich hin. Demirbilek war als Erster fertig.
»Das wird ja immer interessanter«, sagte er. »Schick das an Weniger weiter, und druck es für mich aus. Vierkant ist bei der Bank, sie isst unterwegs eine Kleinigkeit. Geht ihr zwei Mittag machen. Ich rufe Weniger an und komme in die Kantine nach.«
»Mir wäre es lieber, ich könnte mich umziehen, ich fühl mich nicht gerade super in dem OP-Hemd«, erwiderte Cengiz.
»Gut, mach das«, lenkte Demirbilek sofort ein.
»Das Blöde ist, ich habe keinen Schlüssel für Ihre Wohnung.«
»Ach ja.« Demirbilek zog den Schlüsselbund aus der Hosentasche. »Willst du dich nicht ein wenig hinlegen?«, fragte er fürsorglich, als er sicher war, dass Leipold ihrem Gespräch nicht folgte.

»Nein, mir ist es lieber so. Mir fehlt nichts.«
»Wie du meinst … Im Flur steht ein Sideboard. In der oberen Schublade liegt ein Ersatzschlüssel.«
Er holte einen 10-Euro-Schein aus dem Geldbeutel und gab ihr das Geld. »Lass ihn nachmachen, und behalte einen, solange du bei mir wohnst. Der andere ist für Aydin, er kommt heute Abend … Wenn du dir was zu essen machen willst, nur zu. Es reicht, wenn du zur Besprechung in zwei Stunden wieder da bist. *Tamam mı?*«
Cengiz lächelte dankbar, als die Tür aufging.

Eingeschüchtert wie ein Mäuschen betrat Derya Tavuk die Diensträume. Demirbilek und Cengiz drehten verwundert die Köpfe, sie hatten kein Klopfen gehört.
»Was ist passiert?«, fragte Cengiz besorgt und eilte auf sie zu.
Eine Reihe kleiner Pflaster klebten auf dem Gesicht der Frau. Sie sah verängstigt und mitgenommen aus.
»Ich komme gerade aus dem Krankenhaus. Es geht schon wieder … Bei mir war ein Mann.«
»Wann?«, fragte der Kommissar bestürzt nach.
»Kurz nachdem Sie und Ihre Kollegin weg sind.«
»Hat er Sie angerührt … Ich meine …«
»Nein, das hat er nicht … Das hat ihn nicht interessiert. Er hat auf meinem Gesicht seine Zigaretten …« Mehr brachte Derya Tavuk nicht über die Lippen. Sie schluchzte bei den Gedanken an die Schmerzen, die sie erleiden musste. Cengiz schenkte ein Glas Wasser ein und bot es ihr an. Sie trank es wie eine Verdurstende in einem Zug aus und setzte sich auf einen Stuhl.
»Er hat nach etwas gesucht, was Stefan gehört. Ich wusste von nichts, aber das wollte er zuerst nicht glauben«, begann sie dann mit gebrochener Stimme.

»Haben Sie sein Gesicht gesehen?«, fragte Demirbilek mit etwas Hoffnung in der Stimme.
»Nein. Er hat mich in die Wohnung gedrängt und die Augen verbunden. Er war so wütend«, sagte Derya zutiefst erschüttert. »Er sprach Türkisch. Sehr gepflegt. Ich bin sicher, er kommt aus Istanbul.«
Demirbilek und Cengiz sahen sich an. Immerhin wussten sie jetzt, dass sie hinter einem Türkisch sprechenden Mann her waren.
»Was hat er denn gesucht?«, erkundigte sich Cengiz.
»Einen Schlüssel. Wie sagt man … Ich kenne das deutsche Wort nicht …«
»Meinen Sie einen Tresorschlüssel?«, half Demirbilek aus. Er war sich absolut sicher, mit seiner Vermutung recht zu haben.
Derya sah zu den beiden hoch. »Woher wissen Sie das?«

39

Vor dem Mittagessen telefonierte Demirbilek mit Kommissariatsleiter Weniger. Die Aufklärung des Mordes und das damit im Zusammenhang stehende Verschwinden der Unternehmertochter Gül Güzeloğlu erfordere einen immensen Ermittlungsaufwand, argumentierte er. Dank seiner dramatischen Darstellung von Jale Cengiz' Begegnung mit dem unbekannten Mann, der aller Wahrscheinlichkeit nach auch Derya Tavuk zusammengeschlagen hatte, überzeugte er schließlich Weniger, ihm weiteres Personal zur Verfügung zu stellen. Sieben zusätzliche Ermittler, darunter Pius Leipolds Kollegen Herkamer und Stern, saßen nun dicht gedrängt im Sonderdezernat Migra.

Kurz nach zwei öffnete sich die Tür. Demirbilek folgte mit seinen drei Leuten Kommissariatsleiter Weniger. Er begrüßte kurz alle und dankte in seiner unverbindlich jovialen Art für das Kommen. Ausdrücklich betonte er, dass die aktuellen Fälle, an denen die ausgeliehenen Ermittler arbeiteten, drei Tage ruhen müssten. Dann übergab er das Wort an Demirbilek und setzte sich auf die Tischkante, stand jedoch gleich wieder auf und bat darum, die Handys auszuschalten. Was Herkamer zur Frage verleitete, ob man hier im türkischen Kino sei. Das Gelächter hielt sich in Grenzen über die witzig gemeinte Anmerkung, schwoll aber kurz darauf wieder an, als Wenigers Handy schrill klingelte. Weniger schaute entnervt auf das Display und drückte den Anruf weg.

Demirbilek konnte sich ein Schmunzeln nicht verkneifen. Schnell gab er Cengiz ein Zeichen, mit der Projektion zu starten. Er bemerkte, dass sie sich umgezogen hatte. Der Hosenanzug war für die Besprechung klug gewählt. Er kleidete sie nicht nur gut, er machte sie etwas älter, dachte er, damit erfahrener und seriöser. Cengiz projizierte vom Laptop Tatortfotos, Videosequenzen und gescannte Dokumente an die Wand, während Demirbilek den bisher rekonstruierten Hergang der drei Mordfälle schilderte. Zweifelsfrei stehe fest, dass Metin Burak sowohl Karaboncuk, den Toten aus dem Eisbach, als auch Tavuk, den Toten im Sultans auf dem Gewissen habe. Die Fingerabdrücke am Hals seien ihm durch das kriminaltechnische Labor dank der gewissenhaften Arbeit von Gerichtsmedizinerin Dr. Ferner zuzuordnen. Damit seien zwar zwei Morde aufgeklärt, doch das Motiv fehle nach wie vor. Warum hat der bis dahin unbescholtene Metin Burak zwei Männer getötet, und warum hat er mit Reißnägeln das arabische Wort Teufel in die Körper gestanzt? Er erklärte weiter, dass die beiden getöteten Männer sich kannten, beide hatten eine Beziehung zu Döner Delüks. Karaboncuk war dort als Bedienung angestellt, bevor er kündigte und zu der Gebäudemanagementfirma wechselte, wo sein Bruder Ali arbeitete. Der zweite Tote, Tavuk, sollte in vier Wochen die Geschäfte einer noch nicht eröffneten Döner-Delüks-Filiale in der Landwehrstraße übernehmen. Unklar sei, warum Tavuk diesen Job bekommen habe. Der Sprecher der Unternehmerfamilie Güzeloğlu behauptet, er habe sich auf dem normalen Bewerbungsweg vorgestellt und sei genommen worden. Döner Delüks sei also die eine Verbindung der beiden Opfer untereinander, hielt Demirbilek fest und fuhr fort, dass sich die beiden möglicherweise auch von ihren Besuchen im Sultans Harem kannten. Tavuk war dort Stammgast, Karaboncuk der angebliche Geschäftsführer. Diesen Posten habe er jedoch niemals ausge-

führt. Dazu würden weitere Informationen von den Kolleginnen Cengiz und Vierkant folgen, schloss er ab, beauftragte zwei Beamte, die er als gewissenhafte Rechercheure von früheren Fällen kannte, das persönliche Umfeld der beiden Toten zu überprüfen, und übergab Leipold das Wort.
Leipold begann damit, dass die Damen und Herren nicht mitzuschreiben bräuchten, da die neue Kollegin aus Berlin im jugendlichen Elan alle relevanten Informationen zu Papier gebracht habe. Das Publikum reagierte amüsiert. Leipold nickte Cengiz dankend zu und bekam als Antwort eine ausgestreckte Zunge, was bei den Ermittlern für Gelächter sorgte. Leipold fasste zusammen, dass Burak, nachdem er Tavuk erdrosselt hatte, im Handschuhfach von dessen Auto etwas gesucht haben müsse. Dabei wurde er erschossen. Laut ballistischer Untersuchung stamme die Patrone aus der Türkei.
Ein Beamter mit Hornbrille und schütterem Haar meldete sich zu Wort: »Haben unsere Laborratten herausbekommen, was für eine Waffe benutzt wurde?«
»So wie es ausschaut, ist es eine HK P8. Klein, handlich, äußerst zuverlässig und Ordonnanzpistole der Bundeswehr. Unser hochgeschätzter Ermittlungsleiter ist der Ansicht, dass Heckler & Koch eine Herstellungslizenz für Patronen und Waffen auch in die Türkei vergeben hat. Könnte also sein, dass der Mörder von Burak aus der Türkei stammt. Vielleicht sogar aus dem Umfeld der Armee. Zu eurer Info noch: Metin Burak war Soldat der türkischen Armee, bevor er wegen Trunkenheit im Dienst unehrenhaft entlassen wurde … Das muss alles genauer unter die Lupe genommen werden.«
»Gut, dann kümmere ich mich darum«, bestätigte der Beamte.
Jale Cengiz war an der Reihe, sie sammelte sich und fuhr mit dem Vortrag fort.

»Ihr wisst ja schon, dass ein Unbekannter die Wohnung von Bülent Karaboncuk durchwühlt und Feuer gelegt hat. Vermutlich hat derselbe Mann auch die Wohnung von Stefan Tavuk durchsucht. Das Tolle ist: Das, was *er* gesucht hat, haben *wir* heute gefunden. In dem Zusammenhang sind wir auf der Suche nach der Tochter des türkischen Unternehmers Süleyman Güzeloğlu. Einige Indizien sprechen dafür, dass sie in die Mordfälle involviert ist. Und zwar deshalb, weil sie von den beiden Ermordeten erpresst wurde. Sie heißt Gül, was im Türkischen *Rose* und auch *Lachen* bedeutet … das nur nebenbei. Damit ihr euch ein Bild machen könnt, habe ich ein paar Aufnahmen zusammengestellt. Sie ist vierundzwanzig Jahre, hat in London Design studiert, aber ohne Abschluss, eine schillernde Gestalt, seht selbst.«
Cengiz projizierte das erste Foto an die Wand. Die männlichen Polizisten pfiffen anerkennend. Die Aufnahme zeigte Gül mit neunzehn Jahren als Schönheitskönigin in knappem Bikini.
»War mir klar, dass euch das gefällt, liebe Kollegen. Für die Kolleginnen ist auch was dabei, kein Sorge«, scherzte Cengiz und wechselte zu einem anderen Foto. Es zeigte Gül ein paar Jahre später in dunkelgrauem Business-Outfit mit ernstem Gesicht neben ihrem Vater bei der Einweihung eines Döner-Delüks-Ladens in Bochum. Es folgte ein Paparazzi-Foto, auf dem Gül in Antalya auf einer Yacht in enger Umarmung mit einem jungen Mann und dessen fast nackter Knackhintern zu sehen war – sehr zum Gefallen der Ermittlerinnen. Danach projizierte Cengiz eine freundlich lächelnde Gül in bravem Sommerkleid, umstellt von kreischenden Kleinkindern bei der Einweihung eines Kindergartens in Berlin-Kreuzberg. Auf der nächsten Aufnahme posierte Gül auf dem Titelfoto eines türkischen Hochglanzmagazins bei ihrem Auftritt im Speed. Die Magazinmacher hatten die Pose gewählt, wie sich Gül das Dildo-Mikro obszön zwischen die Beine hielt.

Zwei schwarze Balken bedeckten Güls Brüste. Das letzte Foto schließlich zeigte Gül als seriöse Rednerin bei einer Benefizveranstaltung auf einem Podium. Hinter ihr hörten aufmerksam eine Reihe Männer zu, darunter Florian Krust.

Cengiz deutete mit einem Kugelschreiber auf Krust und erklärte: »Das ist Florian Krust, die rechte Hand der Güzeloğlus, was das Geschäftliche betrifft. Übrigens ist er auch Lobbyist für türkisch-deutsche Wirtschaftsbeziehungen.« Dann schaltete sie den Laptop aus.

»Ihr habt ja gesehen, dass Gül in der Öffentlichkeit ganz schön exaltiert auftritt. Pius und ich haben sie observiert, doch sie ist uns am Hauptbahnhof entwischt. Nach den gesichteten Überwachungsvideos ist sie in die S6 Richtung Tutzing gestiegen. Die Fahndung nach ihr läuft. Was wir definitiv wissen, ist, dass sie das erste Opfer aus dem Eisbach kannte. Ali Karaboncuk behauptet, dass sein getöteter Bruder Gül erpresst hat. Als Schweigegeld hat er monatliche Zahlungen als sogenannter Geschäftsführer des Sultans Harem erhalten. Das Gehalt wurde auf eine Bank in Adana überwiesen. Herr Demirbilek hat das ja schon erwähnt. Ich habe die Aufgabe, alles zu ihrer Person und zur Familie Güzeloğlu herauszufinden. Wer mag mir dabei helfen?«

Leipold grinste, als er die Hände seiner beiden Freunde Herkamer und Stern in die Luft schnellen sah. Er wog ab, ob sie es wegen der neuen, hübschen Kollegin taten oder wegen der Zielperson Gül Güzeloğlu, dessen Leben zu durchleuchten sicher zu den eher interessanten Aufgaben zählen dürfte.

»Gut, Herkamer und Stern kümmern sich um die Familie Güzeloğlu. Maria hilft euch dabei«, entschied Demirbilek und schreckte mit der Anweisung die etwa fünfzigjährige, füllige Beamtin auf. Maria Buchner nickte zur Bestätigung.

Cengiz setzte sich und gab Vierkant ein Zeichen, zu übernehmen.

Vierkant räusperte sich mehrfach, stand aber nicht auf, sondern begann, geistesabwesend in ihrer Umhängetasche zu kramen. Unruhe entstand im Raum. Demirbilek erkannte wie die anderen die Nervosität seiner Kollegin und blickte kurz zu Weniger. Dann ging er zu ihr.
»Soll ich übernehmen?«, flüsterte er ihr ins Ohr.
»Ja, bitte«, flüsterte Vierkant zurück, »ich schaff das vor so vielen Leuten nicht.«
Demirbilek klopfte ihr sanft auf die Schulter und wandte sich der Runde zu.
»Ich mach's kurz, Leute. Kollegin Vierkant war heute bei der Bank von Bülent Karaboncuk. Von seinem Bruder haben wir die Information, dass er dort einen Tresor angemietet hat …«, setzte Demirbilek an, als im Rücken der Besprechungsteilnehmer die Tür aufflog.
Gül Güzeloğlu trug ein einfaches schwarzes Kleid mit hohem Kragen. Zwischen dem Stoff und dem schwarzen Kopftuch, das mit Pailletten besetzt war, lugte ein Stück ihrer weißen Bluse hervor. Die Ähnlichkeit mit einer Nonne wurde durch ihr Make-up so offensichtlich, dass Demirbilek zwangsläufig ihre Erscheinung als Provokation interpretierte. Ihr Auftritt zeigte Wirkung bei den Beamten. Sie hatten sich zu ihr umgedreht und staunten ungläubig. Die per Fahndung gesuchte Frau, deren Fotos sie eben noch bewundert hatten, sorgte in den grauen Diensträumen für unerwarteten Glamour.
Ohne von den Anwesenden Notiz zu nehmen oder sich gar irritieren zu lassen, richtete sie das Wort direkt an Zeki Demirbilek.
»*Komiser Bey,* man hat mir ausgerichtet, dass Sie mich sprechen wollen?«, hauchte sie mit tonloser, schwacher Stimme.
Gül wirkte zerbrechlich und müde, fand Demirbilek, gleichzeitig war er nicht sicher, wie er ihren dramatischen Auftritt einordnen

sollte. Jedenfalls entzückte ihn der Gedanke, die Frau, die der Schlüssel zur Aufklärung des Falles zu sein schien, endlich vernehmen zu können. Äußerlich unbeeindruckt forderte er mit einem Zeichen Cengiz auf, sich um Frau Güzeloğlu zu kümmern.

»Meine Kollegin Cengiz begleitet Sie in die Kantine. In zehn Minuten komme ich nach.«

Gül Güzeloğlu war es gewohnt, dass man alles stehen und liegen ließ, um sich ihr zu widmen. Mit einem süffisanten Lächeln kommentierte sie die Zurückweisung des Kommissars. Dann nickte sie Cengiz zu, die aus dem Büro hinausging, und folgte ihr.

Das aufgeregte Raunen der Beamten ebbte erst ab, als der Kommissariatsleiter zur Ruhe mahnte. Nachdem er sich der Aufmerksamkeit der Ermittler sicher war, fuhr Demirbilek fort, Vierkants Informationen vorzutragen. Er projizierte das Foto eines aus Hunderten von Papierfetzen zusammengestückelten Dokuments an die Wand.

»Vierkant konnte im Tresor, den Bülent Karaboncuk angemietet hat, diesen Patientenaufnahmebogen sicherstellen. Interessant ist das Datum. Laut den Eintragungen hatte Gül Güzeloğlu vor drei Monaten einen Termin bei einem privaten Gyn-Zentrum. Ebenfalls vor drei Monaten wurde Bülent Karaboncuk als Geschäftsführer des Sultans eingetragen. Wahrscheinlich hat er da angefangen, sie zu erpressen – Gül war nämlich wegen ihres Hymens in der Klinik.«

Demirbilek wartete die überraschten Bemerkungen des Teams ab. Er fragte sich, wie die Unternehmertochter reagieren würde, wüsste sie, welche intimen Details sie besprachen.

»Was meinst du damit?«, fragte Leipold für alle nach. »Gyn-Zentrum? Hymen?«

»Hymen ist das Jungfernhäutchen«, ergriff Vierkant das Wort, die im Sitzen ihr Lampenfieber einigermaßen im Griff hatte. »Vor allem muslimische Frauen wollen oder müssen als unschuldige, unversehrte Frau in die Ehe gehen. Sinn und Zweck ist es, das eingerissene Hymen wiederherzustellen. Es soll in der Hochzeitsnacht reißen und anständig bluten, damit sich das Laken rot verfärbt und der Ehemann weiß oder glaubt, dass er der Erste ist, der mit seiner Frau schläft. Es gibt gynäkologische Zentren, die machen solche Eingriffe, also operieren das. Will jemand wissen, wie das geht?«

Der Wissensdurst der Zuhörer hielt sich in Grenzen, dennoch ließ es sich Vierkant nicht nehmen, die Runde zu informieren. Isabel kam langsam in Fahrt.

»Die Reste des Jungfernhäutchens werden mit selbstauflösenden Fäden zusammengenäht. Unter örtlicher Betäubung natürlich. Einen Tag nach der Operation kann die Frau wieder nach Hause. Wenn es dann so weit ist, spürt der Mann, dass er der Erste ist beim … Eindringen. Es blutet aber nicht immer, dafür geben die Ärzte keine Garantie. Es gibt das eine und andere Hilfsmittel, damit der Mann auch wirklich rot sieht. Aber das erspare ich euch jetzt.«

»Na bravo«, machte sich einer der Beamten über Vierkants Ausführungen lustig.

Demirbilek verkniff sich eine böse Bemerkung, das erledigte Isabel Vierkant selbst.

»Hör mal, ich weiß schon, wie du das meinst … Das machen aber nicht nur muslimische Frauen, drüben in Amerika und auch bei uns und in Europa wird das immer populärer. Es gibt welche, die schenken ihre Jungfernschaft ihrem Bräutigam zur Hochzeit, wenn du verstehst, was ich meine, Kollege, obwohl die vorher jahrelang …«

Demirbilek griff ein und beruhigte seine aufgebrachte Kollegin und die Beamten, die untereinander diskutierten.

»Danke, Vierkant. Hört noch mal kurz zu, Leute, das Dokument aus dem Tresor deutet darauf hin, dass Gül Güzeloğlu erpresst wurde, weil sie keine Jungfrau mehr war. Da haben wir ziemlich sicher unser Motiv. Aber denkt daran, wir suchen jetzt den Mörder des zweifachen Mörders Metin Burak. So, alle an die Arbeit«, schloss Demirbilek die Lagebesprechung. Dann wies er Leipold an, auf Cengiz zu warten und dann so schnell wie möglich in das gynäkologische Zentrum zu fahren. Demirbilek war sicher, dass sie auf der richtigen Spur waren.

40

Gül Güzeloğlu hatte das schwarze Kopftuch abgelegt und über den Stuhl drapiert. Die schwarzgetönten Haare unterstrichen den traurigen Ausdruck um ihre dunklen Augen. Sie hob den Blick, als der Kommissar in die Kantine kam.
Demirbilek wunderte sich, dass sie allein am Tisch saß. Dann entdeckte er Cengiz beim Kaffeeautomaten. Es war kurz vor drei. In der Kantine war nicht mehr viel Betrieb.
Die Unternehmertochter gab dem Kommissar im Sitzen die Hand. Demirbilek drückte sie. Sie war kalt. Ungewöhnlich kalt. Er bemerkte, dass sie keinen Schmuck trug. Am Steuer des Cayennes hatten mindestens vier Ringe an ihren Fingern gefunkelt. Außerdem hatte sie da blonde Haare, erinnerte sich Demirbilek.
Cengiz setzte sich mit drei Bechern Tee neben ihren Chef. Gül nahm den Becher und wärmte ihre kalten Hände.
»Mein Vater ist letzte Nacht verstorben. Ich war nicht bei ihm, als er von uns gegangen ist.«
Sie begann zu weinen. Demirbilek und Cengiz ließen ihr Zeit. Demirbilek reichte ihr sein letztes frisches Taschentuch. Sie nahm es dankbar an und wischte die Tränen aus den Augen.
»Mein Beileid, Frau Güzeloğlu«, sagte Demirbilek. Cengiz kondolierte auf Türkisch.
»Ich bin gegen vier Uhr morgens nach Hause gekommen. Eine Stunde vorher ist er gestorben.«

»Das tut mir leid«, erwiderte Demirbilek.
Gül richtete sich auf und machte ein entschlossenes Gesicht. »Ich brauche Ihre Hilfe, *Komiser Bey.* Mein Vater ist ermordet worden.«
Cengiz sah verwundert zu Demirbilek, der keine Reaktion zeigte, sondern das undurchdringliche Gesicht der unnahbaren Frau studierte.
»Sie haben jemanden in Verdacht?«, fragte er endlich.
Gül Güzeloğlu stand abrupt auf. »Ich muss eine rauchen«, sagte sie, schob den Stuhl nach hinten und steuerte zum Ausgang.
Cengiz wollte ihr nachgehen, doch Demirbilek hielt sie zurück.
»Klär die Todesursache ab und warum wir nichts davon wissen, dass sie um vier Uhr heimgekommen ist. Hatten wir vor dem Haus niemanden stehen? Nennt sich das Fahndung? Was ist das für eine Schlamperei!«, schimpfte er mit unterdrückter Stimme.
Cengiz nahm hastig im Stehen einen Schluck aus dem Becher und eilte aus der Kantine. Demirbilek beobachtete, wie die Frau in Schwarz die halbgerauchte Zigarette auf den Boden warf und mit dem rechten Schuh ausdrückte. Er stand höflich auf und wartete, bis sie sich wieder gesetzt hatte. Die Entschlossenheit in ihrem Gesicht war stärker geworden.
»Florian Krust ist die rechte Hand meines Vaters in allen geschäftlichen Angelegenheiten.«
»Das weiß ich bereits. Und?«, kommentierte der Kommissar.
»Krust hat am Abend vor seinem Tod mit ihm gestritten. Es ging um die Zukunft von Döner Delüks. Er wollte meinem Vater ausreden, mich mit dem Sohn eines Geschäftspartners aus Istanbul zu verheiraten.«
»Und was ist mit Ihnen?«, hakte Demirbilek nach.
»Was meinen Sie?«
»Wollen Sie den Sohn des Geschäftspartners heiraten?«

Gül Güzeloğlu lachte kurz auf. Die Traurigkeit in ihren Augen war für einen Moment wie weggewischt.
»Er ist nett. Ich habe ihn auf einer Silvesterfeier letztes Jahr in Kairo kennengelernt«, wich sie der unerwarteten Frage aus.
Demirbilek wartete, bis sie sich genötigt fühlte, sich weiter zu erklären.
»Mein verstorbener Vater hat das, was in Deutschland als Emanzipation durchgeht, nie ernst genommen. Geschäfte machen Männer. Am besten verheiratete Männer, die Väter von Söhnen sind. Mich hat er in unser Unternehmen nicht eingewiesen. Bei den Eröffnungen der neuen Läden durfte ich brav neben ihm stehen und die Familie repräsentieren. Das war alles, was ich mit unserer Firma zu tun hatte. Ich treibe mich herum und gebe Geld aus, das haben Sie sicher schon herausgefunden. Ich bin ein Mädchen, wissen Sie … Florian Krust hat sich um alles gekümmert. Für ein königliches Salär. Natürlich wollte er darauf nicht verzichten.«
»Wieso sollte er ihn dann töten?«
»Um meinem Vater zuvorzukommen. Er wollte Krust nach dem Streit feuern«, erklärte sie nüchtern.
»Haben Sie Beweise? Können Sie mir sagen, wie er Ihren Vater getötet hat?«, fragte Demirbilek bedächtig.
»Nein. Ich weiß es einfach. Nehmen Sie ihn fest. Verhören Sie ihn. Er wird gestehen.«
Demirbilek blieb ruhig und benetzte seine Lippen mit dem, was der Automat an Scheußlichkeit ausgespuckt hatte.
»Wo waren Sie, nachdem Sie Ihren Wagen am Hauptbahnhof abgestellt haben?«
»Darüber möchte ich nicht sprechen, Herr Kommissar.«
»Das wird nicht gehen, Frau …«
»Bitte ersparen Sie mir die Frage …«, unterbrach sie ihn, ver-

drehte die Augen und sank ohnmächtig auf dem Stuhl zusammen. Ihr Kopf knallte auf die Tischplatte. Zwei der drei Becher kippten um. Der Kaffee ergoss sich über die Tischkante auf den Steinboden.

Demirbilek rührte sich nicht. Er wartete einen Moment ab. Dann schüttelte er Güls Schulter. Sie wachte langsam wieder auf.

»Wo bin ich?«, fragte sie, als würde sie aus einer Hypnose erwachen.

Demirbilek fixierte die Frau. Er konnte beim besten Willen nicht sagen, ob sie ihn auf den Arm nahm. Sosehr er es auch versuchte, die Frau war nicht zu durchschauen. Wesen und Charakter veränderten sich wie ein Vexierbild. Was zwischen den unterschiedlichen Bildern als Eindruck greifbar zurückblieb, waren Faszination und das Verlangen, mehr von der Frau erfahren zu wollen.

Demirbilek schaute ihr nach, wie sie ein weiteres Mal zum Hauptausgang ging, um eine Zigarette zu rauchen. Doch diesmal blieb sie nicht vor der Tür stehen. Sie ging einfach weiter.

Demirbilek fragte sich nicht, ob er einen Fehler machte. Er hätte ihr nachlaufen, sie aufhalten, mit in den Verhörraum schleifen und sie in die Mangel nehmen müssen. Stattdessen packte er ihre zurückgelassene Handtasche, griff nach dem Kopftuch und ging zurück ins Büro. Er hielt seinen Drang, an Güls Kopftuch zu riechen, mit großer Mühe in Zaum.

41

Während Zeki Demirbilek die Unternehmertochter befragte, stritten Leipold und Cengiz vor dem Dienstwagen. Diesmal weigerte sich Cengiz, Leipold fahren zu lassen. Sie warfen eine Münze. Leipold händigte widerwillig den Schlüssel aus und setzte sich auf den für ihn ungewohnten Beifahrersitz. Nachdem sie sich über den Mittleren Ring gequält hatten, gab Cengiz auf der kurzen Strecke der Autobahn nach Starnberg Gas. Leipold machte sie auf die Geschwindigkeitsbegrenzung aufmerksam.

»Wir sind im Einsatz, Pius, mach dich mal locker«, frohlockte Cengiz und überholte ein Cabriolet. Der Mann mit den wehenden Haaren am Steuer blickte zu Leipold und warf ihnen einen Kuss zu. Leipold streckte ihm als Antwort den Mittelfinger entgegen. Er war nicht in bester Stimmung.

Nach fünfundzwanzig Minuten atmete Leipold tief durch. Er war überfroh, unbeschadet am Parkplatz der Jugendstilvilla aussteigen zu können. »Ich fahre zurück, damit das klar ist«, sagte er und ließ sich den Schlüssel aushändigen.

»Wenn die Kassenpatienten nehmen, will ich freiwillig Bayerisch lernen«, äußerte Cengiz, beeindruckt von der Schönheit des Gebäudes.

Am Empfang des gynäkologischen Zentrums wurden die beiden Polizisten erwartet. Vierkant hatte sie telefonisch angekündigt. Die zwei Damen in weißen Kitteln an der geschwungenen Rezep-

tion aus massivem Holz warfen einen kurzen Blick auf die Dienstausweise und bedauerten, keine Auskunft über Patienten herausgeben zu können.
Da knallte Cengiz – sie hatte auf ihren Einsatz gewartet – Gül Güzeloğlus zusammengesetzten Aufnahmebogen aus dem Tresor auf den Tisch.
»Ein paar Auskünfte haben wir über Ihre Patientin aber schon!«, sagte sie bewusst etwas zu laut.
Die eine Dame, dem Namensschild nach Frau Schwarz, begutachtete das Papier und reichte das Dokument, das in Klarsichtfolie steckte, an ihre Kollegin weiter. Die zweite Dame warf einen entsetzten Blick darauf.
»Okay. Sie erinnern sich daran?«
»Aber ja, natürlich.«
»Haben Sie es geschreddert?«, fragte Cengiz.
Frau Schwarz bückte sich und hielt mit einer Hand den Aktenvernichter hoch. Ein älteres, billiges Modell, dem Anschein nach, urteilte Leipold. Cengiz machte von dem Gerät ein Foto mit dem Smartphone.
»Ich nehme an, dass Sie nicht selbst den Behälter leeren?«
»Natürlich nicht«, antwortete Frau Schwarz nervös und beugte sich über die Theke zu den Polizisten: »Sagen Sie, muss man das an die große Glocke hängen? Am Ende sind wir an der Rezeption schuld. Wir haben die Fetzen bestimmt nicht aus dem Papierkorb geholt und zusammengesetzt.«
»Sie sicher nicht, Frau Schwarz«, beruhigte Leipold sie verständnisvoll. Dann zwinkerte er verschwörerisch und übergab Cengiz das Dokument, die es in ihre Handtasche verschwinden ließ.
»Ich bin gleich wieder da«, teilte daraufhin Frau Schwarz ihrer Kollegin mit und bedeutete den Kommissaren, ihr zu folgen.

Laut Türschild betrat die Gruppe die Teeküche, einen geräumigen Aufenthaltsraum mit Koch- und Ruhemöglichkeiten für das Personal. Frau Schwarz bot den Gästen Platz an und setzte sich selbst.
»Ich habe Ihnen schon gesagt, dass ich keine Auskunft über Patienten geben darf.«
»Sie wollen doch sicher nicht, dass wir der Leitung erzählen, wie Sie mit diskreten Patienteninformationen umgehen, oder?«, wandte Leipold mit einem charmanten Lächeln ein.
Frau Schwarz blickte ihn entsetzt an, dann hilfesuchend zu seiner Kollegin. Doch auch sie lächelte charmant und half ihr auf die Sprünge. »Frau Güzeloğlu kam vor drei Monaten zu Ihnen …«
»Ja«, begann die Frau stockend. »Sie kam mit ihrem Chauffeur. Ein älterer Herr. Dem ist ein blöder Unfall an der Einfahrt passiert. Frau Güzeloğlu hatte einen Termin, sie hat an der Rezeption das Formular ausgefüllt, das Sie dabeihaben. Ich habe ihr gesagt, dass der behandelnde Arzt sie erwarten würde. Sie ist aber nicht zu ihm, sondern hat eine geschlagene Viertelstunde in der Lounge Magazine durchgeblättert.«
»Dann ist sie zum Arzt?«, fragte Cengiz nach.
»Nein«, erwiderte sie und räusperte sich umständlich.
»Was nun? Ist sie zur OP oder nicht?«, wollte Cengiz ungeduldig wissen.
»Warte doch, Jale. Lass Frau Schwarz in Ruhe nachdenken, wie das gewesen ist«, mischte sich Leipold ein. Er bemerkte eine Veränderung in dem Gesicht der Frau. Sie wollte etwas loswerden. Nur was?
»Wissen Sie, ich hatte das Gefühl, dass sie gewartet hat, bis ich alleine an der Rezeption war. Sie kam dann und fragte, ob es möglich sei, dass ich den Anmeldebogen nicht zu den Akten lege«, fuhr Frau Schwarz schließlich fort. »Ich habe ihr den Gefallen getan und das Formular durch den Schredder gezogen.«

»Wie? Einfach so?«, fragte Cengiz ungläubig nach.
»Ich bitte Sie, das für sich zu behalten. Das könnte mich den Job kosten.«
»Kein Problem«, mischte sich Leipold erneut ein. »Sie war sicher Privatpatientin. Hat sie möglicherweise bar bezahlt?«
Frau Schwarz schluckte. Dann nickte sie.
Das war also der Grund, sagte sich Pius Leipold, sie hatte sich schmieren lassen, damit Güzeloğlus Name nicht in den Patientenunterlagen auftauchte. Er blickte zu Cengiz. Sie deutete ihm an, verstanden zu haben, dass er einen Volltreffer gelandet hatte.
»Und wohin kommt das zerstückelte Papier?«
»Hinter der Villa, da stehen die Container«, erklärte Frau Schwarz kleinlaut.
»Oft ist der Schredder wohl nicht im Einsatz?«, fragte Cengiz abermals nach.
»Bei uns an der Rezeption nicht, nein«, schüttelte Frau Schwarz den Kopf.
»Frau Güzeloğlu hatte ja dann einen zweiten Operationstermin, oder?«, übernahm Leipold.
»Ja, genau. Vorgestern war sie wieder da – diesmal ohne Chauffeur – und hat den Eingriff noch einmal vornehmen lassen …«, entfuhr es ihr unabsichtlich. Als ihr der Fehler bewusst wurde, fügte sie ängstlich hinzu: »Oh, mein Gott, das hätte ich ja gar nicht sagen dürfen. Das mit der OP wissen Sie nicht von mir!«
Cengiz und Leipold blickten sich verdutzt an. Während sie den Cayenne bewachten, hatte sich Gül Güzeloğlu die Jungfernschaft zurückoperieren lassen.
»Keine Sorge, Frau Schwarz. Wir führen kein Verhör. Aber wenn Sie es schon erwähnen, wann hat denn Frau Güzeloğlu nach der OP die Klinik verlassen?«, machte Leipold weiter.
»Bei der Übergabe heute Morgen hat die Kollegin vom Nacht-

dienst erzählt, dass die Patientin um drei Uhr in der Nacht ein Taxi bestellt hat. Sie hat sich selbst entlassen, wobei sie ein paar Stunden später ohnehin hätte gehen können. Mehr möchte ich dazu nicht mehr sagen.«

»Wir bräuchten mehr Zeugen wie Sie«, schmeichelte ihr Leipold und lächelte.

»Danke, sehr freundlich«, antwortete Frau Schwarz und wollte aufstehen.

Cengiz hielt sie zurück. »Dieser Unfall vor drei Monaten. Was genau ist da passiert?«

»Nichts weiter … obwohl«, sie dachte nach und erinnerte sich. »Doch, da war etwas Komisches. Einer der Putzmänner hat seinen vollen Eimer fast umgeworfen, als er Frau Güzeloğlu in der Lounge gesehen hat. Der dreiste Kerl hat sie angestarrt, als wäre sie, ach, ich weiß nicht … Ich kenne die junge Dame ja auch aus der Presse. Wir sind es gewohnt, bekannte Persönlichkeiten bei uns zu haben.«

Leipold legte Bülent Karaboncuks Foto aus der Vermisstenkartei auf den Tisch. »War es dieser Mann hier vielleicht?«

»Ja, genau, das ist er. Was hat der denn angestellt?«

Leipold ging auf die Frage nicht ein.

Cengiz hakte nach. »Hat der Mann auf dem Foto Frau Güzeloğlu angesprochen?«

»Das wäre ja noch schöner!«, empörte sich Frau Schwarz. »Aber warten Sie … Ich war nämlich im Beratungsgespräch mit einem ganz netten, gutaussehenden Herrn. Der hatte einen deutschen Vornamen, Friedrich oder Walter, irgendwas Normales, Einfaches, wissen Sie«, lächelte sie.

Cengiz und Leipold hatten denselben Gedanken.

»Scheißdreck! Ich habe kein Foto dabei«, fluchte Leipold.

Cengiz holte ihr Smartphone aus der Tasche. »Hieß der Mann

vielleicht Stefan Weiß? Blondgefärbte Haare, durchtrainierter Körper?«, fragte sie und zeigte auf dem Display ein Foto.
»Ja«, sagte sie überrascht. »Er hat sich vorgestellt mit *Weiß wie Schwarz,* das fand ich nett.«
»Herr Weiß wurde umgebracht, Sie können ruhig reden, Frau Schwarz«, forderte Cengiz mit makaberem Humor.
»Umgebracht? Nein!«, schrie die Frau erschrocken auf. »Hat ihn etwa der Putzmann ...«
»Nein, bitte erzählen Sie weiter«, unterbrach Cengiz entnervt.
Frau Schwarz nahm einen Schluck Wasser und spülte ihren trockenen Mund aus.
»Herr Weiß hat sich wegen seiner türkischen Braut erkundigt. Ihm war wichtig, dass sie unschuldig in die Ehe geht, und er wollte wissen, ob man das überprüfen kann. Herr Weiß sprach ganz gut Türkisch, das hat mich gewundert, deshalb kann ich mich auch an ihn erinnern. Er hat länger mit dem Putzmann geredet. Ich glaube, die sind dann sogar zusammen in den Park. Natürlich habe ich ihn danach zur Rede gestellt, aber ehrlich gesagt weiß ich nicht, ob er mich überhaupt verstanden hat. Na ja, um zu putzen, muss man ja die Landessprache auch nicht unbedingt verstehen, oder?«, fragte sie mit ernstem Gesicht.
»Da haben Sie recht, Frau Schwarz«, bestätigte Cengiz und richtete sich auf. »Komm, wir gehen Pius, mir ist schlecht.«
Leipold reichte im Gegensatz zu Cengiz Frau Schwarz die Hand und bedankte sich. Die beiden ließen die verdutzte Frau am Küchentisch zurück.

42

Leipold und Cengiz kamen nach einer ruhigen Rückfahrt wieder ins Büro und blieben erst einmal erstaunt stehen. Die Anzahl der Schreibtische war auf fünf erhöht worden. Das erweiterte Team des Sonderdezernats saß in Gruppen zusammen. Trotz räumlicher Enge arbeiteten die Beamten fieberhaft. Diejenigen, die Ruhe zum Telefonieren brauchten, verzogen sich mit den Handys auf den Gang oder standen mit einer Zigarette im Hof.

An Jale Cengiz' Schreibtisch saßen Herkamer und Stern im Gespräch und begrüßten die beiden Ankömmlinge mit einem kurzen Nicken. Isabel Vierkant nickte ebenfalls, sie versuchte gerade, mit engelsgleicher Geduld am Telefon einen größeren Konferenzraum aufzutreiben.

Während Leipold wegen Platzmangel in Demirbileks Büro durchging, setzte sich Cengiz zu dem Kollegen, der am Fensterbrett an einem Tablet-PC Webseiten der türkischen Armee durchforstete.

Maria Buchner war damit beschäftigt, eine Protokolltafel zu bestücken. Tatortfotos und Aufnahmen der Hauptschauplätze der Verbrechen: Eisbach, Sultans Harem, Supermarktparkplatz.

Unter der Rubrik »Mörder« hing Metin Buraks Foto, dahinter hatte sie die Zahl 1 gesetzt. Das Foto für Mörder 2 fehlte – noch. Unter »Verdächtige« hing das Foto von Gül Güzeloğlu als Lady Gaga, versehen mit einem großen, roten Fragezeichen. Florian

Krust war als zweiter »Verdächtiger« mit einem pixeligen Foto aus dem Internet aufgeführt. Auch bei ihm war ein Fragezeichen gesetzt.
Niemand im Raum merkte, wie Zeki Demirbilek mit Güls Handtasche und Kopftuch durch den Raum zu seinem Büro durchging. Die Handtasche war eigenartig leicht, stellte er fest, bevor er Leipold an seinem Schreibtisch sitzend telefonieren sah. Als dieser den Sonderdezernatsleiter bemerkte, stand er sofort auf und winkte ihn mit der freien Hand herein.
»Pass auf, Bernhard, ich brauch das halt«, sprach Leipold in den Hörer, »entscheid dich mal, was du erzählen kannst, ohne deine große Liebe aufs Spiel zu setzen. Dann schau ich mal, was ich machen kann.«
Er hörte zu, umkreiste ein um das andere Mal den Schreibtisch und entschuldigte sich bei Demirbilek gestenreich dafür, dass er auf seinem Stuhl Platz genommen hatte.
»Bernhard! Jetzt warte halt mal!«, unterbrach er brüsk seinen Gesprächspartner. »Was hast du denn immer mit der anderen, die dich aus dem Whirlpool rausgezogen hat. Ist mir klar, dass das demütigend war, so nackt vor dem türkischen Puff zu stehen. Aber die Kollegin interessiert uns nicht. Es geht um Antonia, deine Ex halt. Die ist jetzt mit einem Türken zusammen. Verstehst du? Mit einem Türken! Das ist doch der Anfang vom Ende, so was, oder nicht? Da musst du doch was dagegen tun, Bernhard!«
Er machte eine verzweifelte Geste Richtung Demirbilek, um zu zeigen, dass er gegen seinen Willen drastisch argumentieren musste. Demirbilek verfolgte interessiert das Gespräch.
»Genau, Ali heißt er, und der hat doppelt so viele Haare wie du, Bernhard, sag ich dir.« Er wartete einen Moment auf die Reaktion, dann erhellte sich sein Gesicht triumphierend. »Na also, geht doch. Dann treffen wir uns in einer Stunde, ist recht, in der

Bar Centrale, ist recht, ich zahl den Cappu. Also bis gleich. Servus.« Er legte auf. »So ein saudummer Hund. Mal schauen, was er erzählt. Viel wird's nicht sein, denke ich, was meinst du?«
Demirbilek hatte sich auf seinen Stuhl gesetzt und legte Gül Güzeloğlus Kopftuch und Handtasche auf den Schreibtisch.
»Wenn wir über ihn herausfinden, ob Antonia etwas weiß, ist es einen Cappuccino wert … Was ist in dem Gyn-Zentrum herausgekommen?«
Leipold berichtete, dass Gül Güzeloğlu von Bülent Karaboncuk in der gynäkologischen Klinik erkannt worden war. Stefan Tavuk war zur selben Zeit auch dort, um sich zu informieren, aus Sorge, seine auserwählte Braut könnte keine Jungfrau mehr sein. Die beiden Männer haben sich vermutlich dort kennengelernt. Aller Wahrscheinlichkeit nach habe Karaboncuk das Anmeldeformular zusammengesetzt und mit Tavuk die Frau erpresst.
»Macht Sinn«, kommentierte Demirbilek. »Sie hat mir erzählt, dass sie einen türkischen Unternehmersohn heiraten soll – da könnte es sein, dass sie unschuldig in die Ehe gehen muss.«
»Wird sie auch. Sie war vorgestern Abend noch einmal in dem Gyn-Zentrum, hat sich ein zweites Mal zusammenflicken lassen und ist um drei Uhr nachts mit dem Taxi weg«, beendete Leipold seinen Bericht.
»Deshalb wollte sie mir nicht sagen, wo sie war.«
»Geht ja auch niemanden was an, oder? Ist ja schon intim, wenn du dir das Hymen reparieren lässt«, stand Leipold für die Verdächtige ein.
»Das bedeutet, Gül Güzeloğlu ist jetzt wieder Jungfrau?«
»Ziemlich sicher, außer sie hat *es* zwischenzeitlich wieder getan«, meinte Leipold sarkastisch.
Demirbilek schüttelte den Kopf. »Gül ist keine Frau, die mit jedem x-Beliebigen ins Bett geht. Das glaube ich einfach nicht. Sie

spielt mit ihren Reizen. Verdreht den Männern den Kopf. Aber mit all den Männern schlafen?«

»Fragst du das mich, Zeki, oder denkst du nur wieder laut?«

»Was?«, schreckte Demirbilek auf, der tatsächlich laut seine Gedanken geäußert hatte.

»Hast du gefragt, ob die Döner-Tante mit jedem ins Bett springt?«

»Glaubst du, die hatte was mit Bülent Karaboncuk?«

»Die?«, stieß Leipold die Worte hervor. »Nie und nimmer. Vergiss es.«

»Dann muss jemand anders der Glückliche gewesen sein. Jemand, der ihr etwas bedeutet hat … Wo sind eigentlich unsere beiden Frauen?«

»Jale, Isa, kommen! Sofort!«, schrie Leipold in den Nebenraum.

»Isa?«, fragte Demirbilek überrascht nach.

»Warum nicht?«, gab Leipold ungerührt zurück.

Die beiden betraten Demirbileks Dienstzimmer mit dampfenden Teetassen in der Hand, und Cengiz stattete Bericht ab, ohne gefragt zu werden.

»Isabel habe ich schon erzählt, was wir im Gyn-Zentrum ermittelt haben. Und den Arzt habe ich auch gerade am Telefon erwischt, der Süleyman Güzeloğlus Totenschein ausgestellt hat. Er heißt Dr. James Bower, ein Engländer. Er ist so etwas wie der Leibarzt der Familie. Spielt den ganzen Tag Golf und löst Sudoku-Rätsel. Vierundzwanzig Stunden am Tag erreichbar. Wohnt keine zehn Minuten von den Güzeloğlus entfernt. Ein gutmütiger Gentleman, ruhig und bedacht am Telefon. Mein Gefühl sagt mir, dass er absolut integer ist.«

»Ja, verstanden«, kommentierte Demirbilek.

»Jetzt warte mal, ich habe da gar nichts verstanden, du, Isa?«, fragte Leipold nach.

Sie schüttelte den Kopf.

»Gül Güzeloğlu hat bei dem Gespräch in der Kantine Florian Krust beschuldigt, ihren Vater ermordet zu haben«, klärte Demirbilek die beiden auf und fragte Cengiz: »Und was meint der Leibarzt?«
»Na ja, er war nicht wirklich erstaunt darüber, dass Gül den Krust beschuldigt. Er kennt sie schon ein paar Jahre. Der Arzt ist vor vier Jahren nach München gekommen. Gül hat ihn vom Studium in England sozusagen mitgebracht.«
»Gut, und was meint Dr. Bower zu Süleyman Güzeloğlus Tod?«
»Er ist an Krebs gestorben. Der Darm. Definitiv ein natürlicher Tod. Darauf würde er jeden Eid schwören und jede Obduktion, die etwas anderes ergibt, anfechten. Gül wusste natürlich, dass ihr Vater im Sterben lag. Sie hat darunter gelitten, auch wenn sie ein schwieriges Verhältnis zu ihm hatte. Als sein Leibarzt hat Dr. Bower den alten Güzeloğlu zu Koryphäen in die USA und in die Schweiz begleitet. Aber da war nichts mehr zu machen. Die letzte Reise nach Istanbul war ihm aber so wichtig, dass er ihn mit Medikamenten vollpumpen musste. Es sollte seine letzte Reise sein, hat er gesagt, er wollte in seiner Heimatstadt bleiben, um die Hochzeit seiner Tochter mitzuerleben und dort zu sterben. Er kennt die Gründe nicht, aber gegen seinen ärztlichen Rat ist der todkranke Mann nach München zurückgeflogen. Der Rückflug hat ihm den Rest gegeben. Da hat niemand mehr nachhelfen müssen.«
»Das ist allerdings merkwürdig«, bemerkte Demirbilek. »Was war so wichtig, dass er nach München zurückgekehrt ist? Das kann nur mit seiner Tochter zusammenhängen.«
»Hast du den Arzt gefragt, wie das war mit … Also du weißt schon, ob sie noch unschuldig war«, druckste Vierkant herum.
»Klar«, erzählte Cengiz munter weiter. »Dr. Bower meinte, Gül habe ihrem Vater gegenüber behauptet, Jungfrau zu sein. Der Alte

wollte das jedoch für den Vater des Bräutigams von einem Arzt bestätigt haben. Eine Kollegin von Bower sollte sie vorab untersuchen. Das geht wohl ganz einfach mit einem Spiegel. Dazu ist es aber nicht gekommen, weil Gül sich nicht anfassen lassen wollte. Sie ist fast Amok gelaufen, so wütend hat der Arzt sie noch nie erlebt.«

»Danke, Cengiz. Schick jemanden zu dem Doktor wegen des Protokolls«, sagte Zeki Demirbilek und schaute auf die Uhr. »Ich war auch nicht untätig.«

Der Kommissar deutete auf die Handtasche und das Kopftuch auf seinem Schreibtisch. »Das hat Gül in der Kantine vergessen.«

»Wie? Du hast sie gehen lassen? Einfach so?«, fragte Leipold erstaunt.

»Ich weiß, was ich tue, Pius, mach dir keine Sorgen«, stellte Demirbilek leicht entnervt fest. »Sie ist zum Rauchen raus und nicht wiedergekommen. Ich habe angerufen, sie ist zu Hause … Euch drei brauche ich jetzt als Zeugen. Meiner Ansicht nach tickt in der Handtasche eine Uhr. Das könnte eine Bombe sein. Hört ihr das auch?«

Die drei sahen sich verdattert an, bis Leipold als Erster kapierte und mit dem Kopf nickte. »Ich glaube, wir sollten da mal hineinschauen.«

»Guter Gedanke, Pius. Dann sind wir einer Meinung, dass Gefahr in Verzug ist. Wir öffnen die Handtasche. Hol mal dein tolles Büchlein und schreib mit, Vierkant. Du machst Fotos, Cengiz«, instruierte er seine Kolleginnen.

Cengiz holte aus ihrer Hosentasche das Smartphone heraus. Vierkant spurtete zu ihrem Schreibtisch und war umgehend mit ihrer Umhängetasche zurück. Mit einem Griff zog sie weiße Einmalhandschuhe heraus und reichte sie in die Runde mit einem fragenden Blick.

»Du übernimmst das, Pius«, sagte Demirbilek und lehnte sich mit verschränkten Händen hinter dem Kopf auf seinem Stuhl zurück. So, dachte sich der türkische Kommissar, hatte er es am liebsten. Er behielt den Überblick, sparte seine Ressourcen, um die richtigen Entscheidungen treffen zu können. Manche Kollegen sahen darin eine gewisse Tendenz zu herrschaftlicher Überheblichkeit. Demirbilek war das egal.
Leipold ging im selben Moment ein ganz anderer Gedanke durch den Kopf. Er spürte, wie ausgesprochen wohl er sich in der für ihn neuen Rolle eines Teammitgliedes fühlte. Ohne sich über den Befehlston seines vorübergehenden Chefs aufzuregen, zog er die Latexhandschuhe über. Er fackelte nicht lange, öffnete Güls Handtasche und sah hinein. Nach einem Moment der Überraschung drehte er die Tasche um und schüttelte sie. Nichts polterte heraus. Gähnende Leere.
Demirbilek zog die Augenbrauen hoch.
»Sag mal, die verarscht uns doch!«, tobte Leipold und zog die Handschuhe wieder aus. »Das ist ja gar nichts drin! Wieso hat die eine Tasche, wenn gar nichts drin ist?«
Vierkant und Cengiz sahen sich an. Cengiz nickte, Vierkant holte aus ihrer Umhängetasche ein weiteres Paar Handschuhe und streifte sie blitzschnell über.
»Das nennt man Styling. So ein Täschchen am Arm wirkt einfach sexy. Und, Pius, es gibt Dinge, die eine Frau nicht herumliegen lässt«, erklärte Cengiz. »Du hättest die Tasche übrigens mit ein bisschen mehr Respekt anfassen können, du Banause. Das ist eine von Jil Sander. Von dem Geld, was die kostet, kannst du mindestens drei deiner Lederjacken bezahlen.«
Vierkant inspizierte kurz das Innenleben der Tasche und entdeckte den Reißverschluss zu einem Spezialfach. Was sie dort fand, waren drei Mini-Polaroids. Sie zeigte die Aufnahmen in die Runde.

»Allahım!«, stieß Cengiz gequält hervor, während Vierkant sich angewidert von den Fotos abwandte.
»So was macht man doch nicht«, gab Leipold angeekelt zu.
Nur der Sonderdezernatsleiter hielt seine Überraschung zurück.
Auf dem ersten Mini-Polaroid, das in einem weiß gekachelten Raum aufgenommen worden war, saß Karaboncuk mit nacktem Oberkörper an einen Stuhl gefesselt. Vor ihm stand mit dem Rücken zum Fotografen ein Mann, der gerade einen Schluck aus einer Rakıflasche trank. Er war nicht zu erkennen, konnte aber von der Statur her Metin Burak sein. Wer aber war der Fotograf?, fragten sich alle vier.
Das zweite Polaroid zeigte das Bett in der Suite des Sultans. Allem Anschein nach ein unbeabsichtigter Schnappschuss von der Hand des Fotografen, die gerade ein Kissen auf Tavuks blutübersäte Brust legte.
»Das ist niemals Metin Buraks Hand«, sagte Demirbilek erstaunt.
»Stimmt, viel zu jung«, meinte auch Cengiz und machte mit ihrem Smartphone Fotos von den Polaroids. Die digitale Vergrößerung der Hand auf ihrem Display zeigte eindeutig eine männliche, leicht behaarte Hand, wesentlich jünger als fünfundfünfzig Jahre.
»Dann sind die Morde von zwei verschiedenen Tätern verübt worden, oder?«, überlegte Vierkant vorsichtig.
Niemand war zu einer Antwort fähig, Augen und Geist waren auf das dritte Mini-Polaroid konzentriert: Florian Krust vor der Baustelle des Döner-Delüks-Ladens in der Landwehrstraße. Der Fotograf hatte den Moment festgehalten, in dem Krust wütend seine Hände um Gül Güzeloğlus Hals hielt und Metin Burak ihn von ihr wegzerrte.
»Sieht so aus, als wollte er sie am liebsten gleich an Ort und Stelle ins Jenseits befördern«, bemerkte Leipold.
Demirbilek überlegte einen Moment und instruierte dann seine

Leute: »Vierkant und ich fahren zu den Güzeloğlus. Falls Florian Krust nicht da ist, geht eine Fahndung nach ihm raus.«
»Ich scanne die Polas hochauflösend ein und vergrößere sie«, sagte Cengiz. »Shit. Wir haben ja hier unten gar keinen Scanner.«
»Frag Herkamer oder Stern, bei uns im Büro ist einer«, schlug Leipold vor.
»Wie lange dauert das?«, wollte Demirbilek wissen.
»Fünf Minuten höchstens«, erwiderte Cengiz, stülpte schnell Handschuhe über und nahm die Aufnahmen an sich. Dann rannte sie aus Demirbileks Dienstzimmer.
»Wir warten unten im Auto auf den Ausdruck«, rief Demirbilek hinterher. »Pius, du informierst die anderen, dass wir es möglicherweise mit zwei Tätern bei den Toten zu tun haben. Triff dann deinen Informanten und komm hierher zurück. Ruf an, wenn er irgendetwas Interessantes erzählt.«
»Wird sofort erledigt … Chef!«, sagte Leipold mit ironischem Unterton und ging in den Nebenraum.
Demirbilek suchte nach seinem Handy und fand es unter einem Stapel Papieren auf seinem Schreibtisch. Er sah auf die Uhranzeige: kurz nach halb vier. Wenn sie sich beeilten, könnte er es schaffen, zusammen mit Özlem seinen Sohn vom Flughafen abzuholen. Er nahm Vierkant an der Hand und führte sie eilig aus dem Büro.

43

Auf dem Anwesen der Güzeloğlus war Hochbetrieb. Drei 7,5-Tonner parkten nacheinander auf dem Kiesweg, acht Möbelpacker schleppten ungewöhnlich schnell Umzugskartons und Mobiliar aus dem Haus in die Transporter.
Demirbilek und Vierkant stiegen aus, und er erwischte vor der Einfahrt einen der Arbeiter. Der Kommissar ertappte sich bei den Gedanken, dass der Mann für einen Möbelpacker ungewöhnlich gut aussah. Er schwitzte kaum trotz der warmen Temperaturen und der körperlichen Arbeit.
»Was ist denn hier los? Warum habt ihr es so eilig?«
»Bis fünf Uhr fertig, gibt Chef doppelt so viel für Stunde«, erklärte der Mann in blauer Arbeiterkluft und mit Schirmmütze. Demirbilek konnte die Herkunft nicht einordnen. Möglicherweise Türke. Er konnte aber genauso gut Grieche oder Italiener sein. Der Arbeiter klappte seine Magnetbrille auf, die um seinen Hals baumelte.
»Danke. Machen Sie ruhig weiter«, sagte Demirbilek zu dem Arbeiter, der daraufhin zum Haus lief.
»Wollen Sie Süleyman Güzeloğlus Leiche obduzieren lassen, Herr Demirbilek?«, fragte Vierkant.
»Darüber habe ich mir noch keine Gedanken gemacht, Vierkant, wir werden sehen. Kommen Sie«, forderte Demirbilek sie auf und ging mit ihr durch das Tor.

Florian Krusts schwarzer Anzug wirkte neu. Die schwarze Krawatte ebenso, dachte Demirbilek und vermutete, dass Güzeloğlus Assistent sich rechtzeitig damit eingedeckt hatte. Er hatte sich direkt am Zufahrtsweg aufgebaut. Der Stuhl, auf dem er saß, und der Sekretär vor ihm schienen aus dem Haus zu sein. Konzentriert hakte er die mit Nummern versehenen Kartons und Gegenstände per Fingerdruck auf der Inventarliste auf dem Tablet-PC ab.
Als Krust die Polizisten kommen sah, grüßte er mit einem kurzen Nicken. Dann widmete er sich wieder den Möbelpackern.
»Vorsicht damit!«, schrie er einen der Arbeiter an, der den Lüster aus dem Empfangssalon mit beiden Händen vor sich hertrug. »Der ist aus dem 18. Jahrhundert! Unbezahlbar!«
»Wir haben ein paar Fragen, Herr Krust«, sagte Demirbilek trocken.
Vierkant legte den vergrößerten Fotoausdruck, auf dem Krust seine Hände um Gül Güzeloğlus Hals hielt, auf das Display des Tablets. Demirbilek studierte dabei Krusts Gesicht. Tausend Gedanken auf einmal schienen Güzeloğlus Assistenten durch den Kopf zu schießen, er hatte sicher nicht damit gerechnet, bei dem Streit fotografiert worden zu sein. Er nahm den Ausdruck und legte ihn zur Seite.
»Haben Sie keine besseren Fotoapparate bei der Polizei?«, fragte er etwas spöttisch.
»O doch!«, erwiderte Demirbilek scharf.
»Ach ja?«, versuchte Krust, Überraschung vorzutäuschen. Er war ein schlechter Schauspieler. »Keine Ahnung, wer das Foto gemacht hat. Der Streit ging natürlich um das Geschäft, was sonst? Ich muss mich jetzt wieder konzentrieren, Sie sehen doch, was hier los ist. Wir haben einen Zugcontainer nach Istanbul angemietet. Kommen Sie um fünf wieder, dann habe ich für Sie Zeit.«

Demirbilek musterte ihn eine Weile. Dann nahm er seinen Dienstausweis, hielt ihn in die Höhe, damit die Arbeiter ihn sehen konnten.
»Hallo! Wartet einen Moment … Ich bin von der Polizei, Kommissar Zeki Demirbilek. Macht mal zehn Minuten Pause. Der Capo ist gleich wieder bei euch«, forderte er die Arbeiter auf.
Krust torpedierte ihn mit einem giftigen Blick aus seinen stahlblauen Augen.
Im fast leergeräumten Salon servierte Ahmet, der Mann, den Demirbilek und Vierkant bei ihrem ersten Besuch kennengelernt hatten, eine exquisite Flasche Wasser und drei kristallene Gläser auf einem Tablett.
»Danke, ich schenke selbst ein«, sagte Krust und füllte die Gläser. Er wartete, bis Ahmet den Salon verlassen hatte.
»Süleyman Güzeloğlus Leichnam wird morgen Abend mit dem Flugzeug in die Türkei überführt. In seinem letzten Willen hat er den sofortigen Umzug seiner Habseligkeiten in sein Haus nach Istanbul verfügt«, erklärte Krust.
»Dass es mit der Beisetzung schnell gehen muss, verstehe ich, aber warum die Eile mit der Einrichtung?«, fragte Demirbilek.
Vierkant saß neben ihm und machte Notizen.
»Das fragen Sie besser seine Tochter. Mir ist das Testament nicht bekannt.«
»Ich dachte, *Sie* erledigen die geschäftlichen Angelegenheiten?«, fragte Demirbilek.
»Das dachte ich bis zu seinem Tod auch. Offenbar hat der alte Sack vergessen, wer ihm die ganzen letzten Jahre den Rücken frei gehalten hat«, gab Krust wutschnaubend von sich. »Ich wickle den Auszug ab, dann habe ich mit der Familie Güzeloğlu, Gott sei es gedankt, nichts mehr zu tun.«
»Ist Frau Güzeloğlu denn da?«

»Sehen Sie selbst nach, oder fragen Sie Ahmet, der weiß immer, wo man sie findet«, erwiderte Krust lustlos.
»Gut, jetzt sagen Sie uns, was das Foto zu bedeuten hat. Und wann die Aufnahme gemacht wurde.«
»Das war vor ein paar Tagen, so genau kann ich mich nicht erinnern … oder warten Sie«, sagte er und öffnete seinen elektronischen Kalender im Tablet. »Hier steht es ja. Vor drei Tagen. Es gab ein Problem auf der Baustelle, ich wollte gerade gehen, als Metin mit der Limousine vorfuhr. Gül sprang aus dem Wagen. Wie eine Verrückte schimpfte sie auf mich ein, vor allem auf Türkisch. Seit drei Jahren quäle ich mich durch einen Sprachkurs. Eine verdammt blöde Sprache ist das. Na ja, jedenfalls beschimpft sie mich und wirft mir vor, ich würde dahinterstecken, dass ihr Vater sie wegen der Firma verheiraten will. Eine Provision soll ich bekommen. Schön wär's! Manchmal ist sie einfach nicht zurechnungsfähig.«
»Hat sie recht?«
»Wie meinen Sie das?«
Demirbilek verzichtete auf eine Antwort, stattdessen zeigte er Krust den geschredderten und wieder zusammengesetzten Aufnahmebogen des Gyn-Zentrums.
»Ging es darum? Hat Bülent Karaboncuk sie damit erpresst?«
Er starrte erst auf das Papier, dann in Demirbileks unnachgiebiges Gesicht. »Wo haben Sie das her?«, fragte er tonlos.
»Das geht Sie nichts an.«
Krust schluckte die verbale Attacke herunter.
»Das haben Sie bestimmt von Karaboncuk. Wie die Drecksau daran gekommen ist, ist mir schleierhaft … Ja, er hat sie damit erpresst. War meine Idee, ihn als Mitgeschäftsführer vom Sultans einzutragen.« Er sah sich um, um sicherzugehen, dass niemand zuhörte. »Vor einem Jahr wollte Gül, dass ich für sie das Sultans pachte. Rein geschäftlich war das eine hervorragende Idee.« Er

hielt kurz inne und suchte nach Worten. »Wie soll ich das erklären? Gül verdrängt alles, was mit ihrer Familie zu tun hat. Sobald sie das Haus verlässt, legt sie einen Schalter um. Einfach so. Das ist der Grund, weshalb sie ohne jedes schlechte Gewissen Nummern wie Lady Gaga abzieht und halbnackt das sexbesessene Flittchen vorgibt. Zu Hause und zu offiziellen Anlässen ist sie die Tochter des erfolgreichen Unternehmers. Adrett, brav, gehorsam. Wie ich schon sagte, Gül ist eine besondere Frau.«
»Was genau wollen Sie damit sagen?«, bohrte Demirbilek nach.
Krust goss Wasser in sein Glas nach und ließ sich Zeit mit der Antwort. »Ihr Vater hat ihre Eskapaden geduldet, solange sie es als Spiel betrieb. Imagepflege, direktes Marketing, die Leute haben die Döner von Delüks auch ihretwegen gegessen. Der alte Mann hätte sie ja ohnehin nicht in den Griff bekommen. Schließlich haben sie sich darauf geeinigt, dass Gül alles machen durfte – bis auf eines … Sex.«
»Sie sollte Jungfrau bleiben?«, hakte Demirbilek gelassen nach.
»Nein! Gül *musste* Jungfrau bleiben«, korrigierte Krust.
Dann trank er sein Glas Wasser aus und wollte sich nachschenken. Die Flasche aber war leer. »Ich erzähle Ihnen das nur, weil es übermorgen sowieso in der Zeitung steht. Gül heiratet den Sohn eines Unternehmers aus Istanbul. Die beiden Firmen werden fusionieren. Ich habe den Deal eingefädelt. Das perfekte Geschäft für beide Familien. Gül trifft den Bräutigam nach der Beisetzung ihres Vaters in Istanbul. Der zukünftige Ehemann ist der Sohn eines sehr religiösen Menschen. Es ist alles unter Dach und Fach. Nur … wenn Gül nicht Jungfrau ist, platzt der Deal.«
»Wer ist der Bräutigam?«
»In zwei Tagen steht es in der Zeitung.«
»Sie haben uns das letzte Mal angelogen. Süleyman Güzeloğlu war schon länger krank.«

»Ja, das stimmt«, gab Krust ohne Anzeichen von schlechtem Gewissen zu. »Deshalb musste die Angelegenheit schnell über die Bühne gehen. Ich habe die letzten drei Wochen mit den Anwälten Tag und Nacht gearbeitet.«

»Um was ging es denn bei dem Streit auf dem Foto? Die Antwort auf die Frage sind Sie mir noch schuldig.«

Krust holte Luft, um weiterzuerzählen.

In dem Moment betrat Ahmet den Raum. Er hatte ein Tablett mit einer frischen Flasche Wasser dabei. Gleichzeitig hörte Krust, wie im oberen Stockwerk etwas zu Bruch ging.

Wütend sprang er auf, um die Arbeiter zurechtzuweisen. Doch noch bevor er etwas sagen konnte, jagte ein Projektil in seinen Hinterkopf.

Der Kommissar reagierte sofort. Schneller als Krusts Körper tot zusammensackte, rannte er in die Richtung, aus der der Schuss abgefeuert worden war. Vierkants Entsetzensschrei hallte durch den Salon, dann zog sie ihre Waffe und ging in Deckung. Ahmet hatte sich wie betäubt nicht bewegt und starrte mit angsterfülltem Gesicht auf die Unmenge von Blut, die aus dem Kopf des Assistenten strömte.

Mit der Dienstwaffe in der Hand betrat Demirbilek den langen Flur. Er konnte den Täter nicht entdecken. Vorsichtig öffnete er mit vorgehaltener Waffe eine Tür nach der anderen, bedacht darauf, dem Schützen kein Ziel zu bieten. Als er die Klinke der dritten Tür nach unten drückte, blieb er wie angewurzelt stehen. Er ließ seine Waffe sinken und rief: »Tun Sie das nicht, bitte!«

Demirbilek konnte sich des Eindrucks nicht erwehren, dass der großzügig bemessene Raum einst als Bibliothek oder Lesezimmer genutzt worden war. Abdrücke eines bis unter die Decke reichenden Bücherregals waren zu erkennen. Der Kamin auf der linken Seite und blinde Flecken an den Wänden zeugten davon, dass dort große Gemälde den Raum geschmückt hatten. Eine Flügeltür führte in den hinteren Garten, in dem traumhaft schöne englische Rosen blühten. Selbst der weiß lackierte Holzstuhl, auf dem Gül Güzeloğlu in langärmligem Nachthemd stand, fügte sich in das harmonische Gesamtbild ein. Gül wirkte wie ein Gespenst, so wie sie gerne in Kinderbüchern gezeichnet werden. Was an ihrem Anblick störte, war das Seil um ihren Hals. Es war an dem robusten Lüsterhaken in der Decke festgezurrt. Gül hatte die Augen geschlossen und wiegte den Kopf hin und her. Sie summte eines der traurigsten Lieder von Sezen Aksu. Er kannte es in- und auswendig: *Sorma* – Frag nicht.

»Lütfen«, flüsterte Kommissar Demirbilek auf Türkisch. Er konnte nicht einschätzen, ob die Frau, die sich vor seinen Augen das Leben nehmen wollte, ihn überhaupt wahrnahm. Behutsam näherte er sich.

Da riss sie plötzlich die Augen auf und schrie entsetzlich laut. Im Rücken des Kommissars richtete ein maskierter Mann eine Pistole auf ihn. Instinktiv warf sich Demirbilek zu Boden, ohne sich umzudrehen. Das Projektil zischte knapp an ihm vorbei und durchschoss die Glasscheibe der Flügeltür. Demirbilek blickte hoch. Der Schütze war geflohen.

Gül Güzeloğlu war bei dem Schuss zusammengezuckt und mit dem Seil um den Hals vom Stuhl gekippt. Ihre nackten Füße baumelten etwa achtzig Zentimeter über dem Parkettboden. Demirbilek richtete sich auf und sprang zu ihr. Packte sie an der Hüfte und hielt sie hoch, damit das Seil weniger Druck auf ihre Luftröhre ausübte. Mit dem rechten Fuß schaffte er es, den umgefallenen Stuhl aufzustellen. Dann stieg er auf den Stuhl und hievte sie zu sich hoch.

So hielt Zeki Demirbilek die nach blühenden Rosen duftende Gül Güzeloğlu fest im Arm. Bis Isabel Vierkant zu Hilfe kam.

Innerhalb der nächsten fünf Minuten trafen zwei Krankenwagen und die Einsatzfahrzeuge der Spurensicherung ein. Die äußerlich unversehrte Gül Güzeloğlu wurde zur Beobachtung ins Klinikum Harlaching gebracht. Der Kommissar verzichtete, trotz Drängens des Notarztes, auf psychologische Betreuung. Stattdessen wählte er Özlems Handynummer. Seine Tochter wartete stinksauer in seiner Küche. Sie hatte für ihn und Aydin eingekauft. Was konnte wichtiger als das Wiedersehen mit dem eigenen Sohn sein, fragte sie verständnislos. Ob er nicht dazugelernt habe in all den Jahren? Demirbilek erwähnte bei dem Telefonat nicht, dass vor dreißig Minuten eine Kugel knapp seinen Körper verfehlt hatte. Er wollte nicht darüber sprechen. Lieber ließ er die Vorwürfe über sich ergehen.
Die Ermittler stellten einen brauchbaren Stiefelabdruck im Rosenbeet im hinteren Garten sicher. Die Befragungen der Umzugsarbeiter brachten keine neuen Erkenntnisse. Fünf von ihnen waren nach dem Schuss abgehauen. Vermutlich Illegale, schätzte Vierkant die Beweggründe ein. Die zwei zurückgebliebenen Arbeiter wollten wissen, von wem sie ihren Lohn bekommen würden. Zum Tathergang oder zur Identität des maskierten Schützen konnten sie nichts beitragen.
Kommissar Demirbilek wurde leicht übel bei dem Gedanken, dass auch der vierte Mord mit Gül Güzeloğlu zusammenhängen musste. Ihm war klar, dass die Ärzte direkt nach ihrem Selbstmordversuch kein Verhör zulassen würden. Die dringend notwendige Befragung musste warten. Er überließ es Vierkant, dem Team Bescheid zu geben, zur Lagebesprechung morgen früh um acht im Büro zu sein.
Trotz des verübten Mordanschlags auf ihn befahl der Kommissar, den Fall bis zur Besprechung am nächsten Tag ruhen zu lassen.

44

Es war kurz nach sieben Uhr, als Demirbilek auf der Grünwalder Straße ein Taxi anhielt. Auf dem Heimweg bat er den Fahrer, an einem Matratzen-Discounter zu halten. Auf die Schnelle entschied er sich für einen Futon, der in den Kofferraum passte. Für ein gutes Trinkgeld half der Taxifahrer, die zusammengerollte Matratze in den zweiten Stock hochzutragen. In Gedanken malte er sich aus, wie er seinen Sohn gleich in den Arm nehmen würde. Er schloss die Tür auf.

»Aydin! *Merhaba oğlum. Hoşgeldin!*«, rief er erwartungsvoll und bugsierte den Futon in den Flur. Doch eine Antwort blieb aus. Er machte sich Sorgen. War etwas passiert? Ist er womöglich gar nicht nach München gekommen? Oder ist er mit zu seiner Schwester in die WG? Die Geschwister hatten sich im Gegensatz zu ihm über die Jahre nicht aus den Augen verloren. Özlem besuchte ihren Bruder, sooft es ging, in Istanbul, bei der Gelegenheit sah sie auch ihre Mutter.

In der Küche stockte ihm der Atem. Niemand erwartete ihn. Aber auf dem Tisch lag eine Nachricht: »Sind an der Isar. Corneliusbrücke. Bring Bier mit!« Unterschrieben hatte nur Özlem. Was hatte das nun wieder zu bedeuten?, schoss es ihm durch den Kopf.

Mit einem flauen Gefühl im Magen machte sich Zeki auf den Weg. Es war nicht weit. Ein fünfzehnminütiger Spaziergang an

einem lauen Sommerabend. In einer Kneipe besorgte er drei kühle Bier. An der Corneliusbrücke herrschte, wie überall an der Isar, Hochbetrieb. Lachende und fröhliche Menschen, die das Leben in der Großstadt genossen. Mit Bier und Sekt an Lagerfeuern. Im Sommer kämpften die umliegenden Kneipen und Cafés schwer gegen die Konkurrenz – der renaturierten Isar.
Natürlich wusste Demirbilek, was seine Tochter mit ihrer Nachricht meinte. Früher, als sie bei ihm gewohnt hatte, waren sie sonntags oft an der Corneliusbrücke gewesen. Mit Blick auf den Fluss erzählten sie sich, was während der Woche *Schlechtes* und *Gutes* vorgefallen war. Immer abwechselnd, das war die Regel, die Özlem aufgestellt hatte. Das war die einzige Chance, von der Arbeit ihres Vaters zu erfahren.
Demirbilek blieb abrupt stehen, als er die beiden sah. Özlem und Aydin. Ein angeheiterter Mann mit Hund rannte in ihn hinein. Gegen seine Art verlor er darüber kein Wort. Still sah er zu seinen Kindern. Aydin hatte sich verändert. Er erkannte seinen Sohn kaum wieder. Er war erwachsen geworden, natürlich. Aydin lachte und reichte der Frau, die zwischen ihm und Özlem auf einer Jacke auf dem Boden saß, eine kleine Flasche Bier. Demirbilek begann leicht zu wanken, als er Selma erkannte. Er setzte sich auf einen der großen Steine und dankte Allah. Seine verlorene Familie genoss zwanzig Meter entfernt den schönen Sommerabend. Demirbilek ließ die Plastiktüte mit den Bierflaschen zu Boden sinken und suchte nach einem Taschentuch. In seiner Aufregung fand er keines.
Aydin schließlich entdeckte ihn. Er beobachtete, wie sein Vater, den er fünf Jahre lang nicht gesehen hatte, vergebens versuchte, sich von dem Stein zu erheben. Ihm schien schummrig vor Augen zu sein. Müde sank er zurück.
Tatsächlich war Demirbilek erschöpft von den Ereignissen des

Tages. Sie hatten an seinen Kräften gezehrt. Vor seinem inneren Auge sackte wie in Zeitlupe Florian Krust zusammen. In der Blutlache neben seiner Kopfwunde spiegelte sich Gül Güzeloğlu als Gespenst mit dem Seil um den Hals. Der Schuss, der ihn knapp verfehlt hatte, prallte an der Glasscheibe des Flügelfensters zurück und durchbohrte seinen Körper.
Das verwirrte Gesicht seines Vaters im Blick, rannte Aydin mit besorgter Miene auf ihn zu. Seine Schwester lief hinterher, nach einer Weile stand Selma auf und folgte. Demirbilek schüttelte die beängstigenden Gedanken ab und ließ sich von seinen Kindern auf die Beine helfen. Dabei sah er Aydin fest in die Augen. Die Kraft, mit der ihn sein Vater an sich zog und in die Arme nahm, schien Aydin zu beruhigen, denn seine Miene hellte sich auf. Mit seinem Sohn im Arm blickte Demirbilek zu Selma. Sie freute sich, ihn wiederzusehen. Das spürte Demirbilek mit jeder Faser seines Körpers.

Von der Corneliusbrücke aus beobachtete der Deutsche, der sich noch am Nachmittag in Blaumann und mit Schirmmütze unter die Arbeiter der Umzugsfirma geschmuggelt hatte, wie die zwei jungen Leute, der Polizist und die Frau sich nach innigen Umarmungen wieder an den Fluss setzten und Bier tranken.
Bier hatte in der bayerischen Kultur eine ähnliche Funktion wie bei uns *çay,* stellte er fest. Er verstand nicht, wie eine türkische Familie auf die Idee kommen konnte, Alkohol zu trinken. Dann verlor er das Interesse an seinen Beobachtungen und steckte die Stöpsel seines Walkmans ins Ohr. Die gute alte CD war ihm lieber als MP3s. Noch lieber wäre ihm ein tragbarer LP-Player. Er belächelte seine absurden Gedanken, bevor er die CD startete. Rammstein. Neben Kraftwerk das Beste, was Deutschland an Musik je hervorgebracht hat. Vor vielen Jahren beglückte er seine

Truppe mit den martialischen und hinreißend poetischen Liedern. Die Kameraden liebten ihn bis heute dafür.
Mit der Musik im Ohr holte er seine Spiegelreflexkamera aus der Umhängetasche. Er klappte seine Magnetbrille auseinander, ließ sie um den Hals baumeln und fotografierte die türkische Familie mit dem Zoom. Man konnte nie wissen, für was die Aufnahmen gut sein konnten.
Der Deutsche verstaute seine Kamera wieder in der Tasche und marschierte über die Corneliusbrücke Richtung Glockenbachviertel. Er überlegte, da er selbst Lust auf Bier bekam, in eine Kneipe zu gehen. Er musste nachdenken. Sein Auftrag hatte sich geändert. Aus der Beobachtung einer Heiratskandidatin wurde nach dem plötzlichen Tod vom alten Süleyman Güzeloğlu ein zweifacher Mordauftrag. Ein kurzer Anruf seines Auftraggebers Firinci aus Istanbul, plötzlich musste es schnell gehen. Er verlangte wegen der Änderung der Geschäftsgrundlage die doppelte Bezahlung in bar. Und zwar in Dollars, denn der Euro war aus seiner Sicht in ein paar Jahren Geschichte. Auf die übliche Anzahlung der Hälfte verzichtete er unter den besonderen Umständen. Er nannte seinem Auftraggeber eine islamische Gemeinde in der Nähe des Hotels, wo die Gesamtsumme in einer Geldtasche deponiert sein musste. Als er in die Baaderstraße abbog, schweiften seine Gedanken zurück zum Nachmittag. Es war einfach zu verlockend gewesen, beide Zielpersonen auf einen Streich zu erwischen. Zwei gezielte Schüsse, Auftrag abgewickelt. Abzudrücken, schimpfte er sich selbst, während der türkische Polizist die eine Zielperson befragte, war natürlich nicht optimal. Zwar war für ihn der Schuss als geübter Schütze nicht sonderlich schwierig. Es blieb nur keine Zeit für den zweiten Schuss, analysierte er. Dass der Polizist so schnell reagieren würde, hatte er nicht erwartet. In der Regel suchten Polizisten erst einmal Deckung und

liefen nicht wie Hundertmetersprinter auf den Schützen los. Auf der Flucht hatte er dann auch noch nebenbei verhindert, dass die arme Gül sich das Leben nahm. Die Vorstellung über die schlechten Schlagzeilen ließ ihn schaudern.

Als überzeugter Anhänger davon, einfache Aufgaben sofort zu erledigen, war er bei nüchterner Betrachtung zufrieden mit seiner Arbeit. Eine Teilaufgabe war abgehakt, das kam einem guten Tagewerk gleich. Dafür hast du dir ein Bier verdient, beschloss er und betrat eine Kneipe in der Baaderstraße. Er fand einen freien Platz direkt am Eingang und dachte über einen neuen Plan nach, wie er die zweite Zielperson zur Strecke bringen konnte. Sollte der Polizist ihm erneut in die Quere kommen, würde es kein Pardon mehr geben, sagte er sich und bestellte ein kleines Bier vom Fass.

45

Özlem war auf die Idee mit dem bayerischen Japaner gekommen. Alle vier Demirbileks hatten riesigen Hunger und brachen von der Isar auf nach Haidhausen. Als der Kommissar mit seiner Familie das kleine Restaurant betrat, wurde gerade ein Tisch frei. Sie bestellten eine riesige Platte Sushi und naturtrübes Weißbier für alle. Beim Essen schwärmte Aydin von seinem Leben als Musiker in Istanbul. In dem hippen Stadtteil Beyoğlu teilte er sich seit zwei Jahren eine Wohnung mit einer Theaterschauspielerin. Aber da sei nichts zwischen ihnen, beruhigte er seinen Vater, er müsse sich keine Sorge machen, Großvater zu werden. Selma kicherte über Demirbileks verdattertes Gesicht.
»Ich bin nicht mal vierzig!«, sagte Zeki gespielt böse. Glücklich darüber, mit seiner Familie zusammen zu sein, trank er sein Bier aus und bestellte ein neues. »Lass dir bitte Zeit, wenn es irgendwie geht.« Er wandte sich an Selma, die Özlems Hand fest in ihrer hielt. »Was meinst du? Sind wir zu jung Eltern geworden?«
»Nein«, antwortete Selma und strich sich die langen schwarzen Haare aus dem Gesicht. Eine Geste, die Zeki, seit sie zwölf war, kannte und liebte. »Ich habe dich damals gewarnt, erinnerst du dich?«
»Du hast mich gewarnt?«, entgegnete er amüsiert.
Sofort drängten Özlem und Aydin ihre Eltern, mehr zu erzählen. Doch Selma und Zeki schmetterten alle Versuche ab, sie blieben

eisern, denn die Geschichte ihrer Zeugung kannte niemand außer ihnen.
Zeki hatte lange nicht mehr an jenen Abend gedacht. Sie waren damals knapp ein Jahr verheiratet. Selma hatte eine Assistenzstelle an der Münchner Uni bekommen, er selbst verdiente sich die ersten Sporen im Mordkommissariat. Selma musste an dem Sommerabend zu einem Vortrag über Miniaturmalerei in der islamischen Kunst ins Deutsche Museum. Weder Selma noch er hatten Interesse, sich bei dem anschließenden Empfang die Füße in den Bauch zu stehen. Zeki erinnerte sich nicht mehr, wer von ihnen die Idee hatte, ins Müllersche Volksbad zu gehen. Sie liehen sich Tücher und verbrachten zwei entspannte Stunden in der Sauna. Beim zweiten Gang fanden sie das irisch-römische Dampfbad leer vor. Um Selmas Mund bildeten sich feine Fältchen, als sie seine Hand nahm. Bevor er ihr einen Kuss gab, hauchte sie ihm ins Ohr, dass er aufpassen müsse. Zeki bezog das auf mögliche Saunagäste, die in das Dampfbad kommen konnten. Selma meinte aber etwas anderes.
Mit einem Lächeln auf den Lippen schüttelte er die Erinnerung ab und wandte sich an seinen Sohn. Er sei ihm eine Antwort schuldig, meinte er, auch wenn es im Prinzip nicht wichtig war, warum er nach München gekommen sei.
»Jetzt komm, sag es ihm doch endlich, Aydin«, forderte Özlem ihren Bruder auf. »Was glaubst du, wie schwer es mir gefallen ist, das Geheimnis für mich zu behalten!«
Auch Selma nickte ihrem Sohn aufmunternd zu.
»Baba«, begann Aydin nervös, »wir hatten keine so gute Zeit miteinander, das wissen wir beide. Mir ist es egal, was oder wer daran Schuld hat. Ich möchte gerne, dass wir uns wieder verstehen. Nicht nur für einen Abend wie diesen.« Er schluckte, sah zu Özlem und Selma, dann wieder zu seinem Vater. »Ehrlich gesagt

war es Mamas Idee … Ich habe mich an der Münchner Musikakademie für ein Auslandsstudium beworben.«

»Und? Bist du genommen worden?«, fragte Demirbilek gespannt nach. »Wenn nicht, ich kenne …«

»Du wirst es ein Jahr mit mir aushalten müssen«, legte Aydin schnell nach.

Die Freude seines Vaters war überwältigend. Er sprang vom Stuhl auf, umarmte ihn über den Tisch und klopfte mit der flachen Hand mehrmals auf seinen Rücken.

Selma und Özlem beobachteten gerührt die Innigkeit der beiden. Nach einem Moment jedoch erkannte Özlem in den Augen ihrer Mutter Besorgnis. Sie drückte sanft ihre Hand. Sie fühlte, wie schwer es ihrer Mutter fiel, ihren Sohn in die Obhut seines Vaters zu übergeben.

Es war kurz nach elf, als Zeki die Wohnungstür aufsperrte. Alle vier waren leicht angetrunken und in fröhlicher Stimmung. Aydin und Selma kannten die Wohnung nicht und lobten die schlichte, geschmackvolle Einrichtung.

»Das ist nicht deine Handschrift, Zeki«, stellte Selma mit einer Spur Eifersucht fest. »Özlem hat erzählt, dass du dich scheiden lässt?«

Zeki war dankbar, nicht sofort antworten zu müssen, denn Kollegin Cengiz betätigte genau in dem Moment die Toilettenspülung. Er hatte vor lauter Wiedersehensfreude nicht daran gedacht, Aydin und Selma von seiner Untermieterin zu erzählen. Achselzuckend blickte er zu Özlem, die zu grinsen begann, weil Cengiz halbnackt in Slip und kurzem Unterhemd aus dem Badezimmer trat.

Schlaftrunken beäugte die junge Polizistin ihren Chef und die drei anderen Personen im Flur, kombinierte durch das Wissen, das sie sich beim Kaffeetrinken mit der Kollegin vom zentralen

Materiallager angeeignet hatte, dass es sich um die beiden Kinder des Chefs und seine Frau handeln musste. Da sie nicht wie eine »Frederike« wirkte, eher wie eine vornehme Istanbulerin, ging Cengiz davon aus, dass es sich um Demirbileks erste Ehefrau handelte.

»Hoş geldiniz«, hieß sie die Familie willkommen. »Der *Komiser Bey* war so freundlich, mich bei sich aufzunehmen. In München eine Wohnung zu finden ist nicht gerade leicht … Ich bin Jale, die Neue in seiner Abteilung, frisch aus Berlin.« Forsch und ohne Scham ging sie auf die vier zu und schüttelte jedem förmlich die Hand. Bei Aydin verharrte sie etwas länger, denn er schien ihre Hand nicht mehr loslassen zu wollen.

»Was ist?«, fragte sie mit verwegenem Blick. »Noch nie eine Polizistin in Unterhosen gesehen?« Und zu Demirbilek gewandt: »Die Berichte liegen auf dem Küchentisch, Chef, ich dachte, vielleicht wollen Sie morgen früh auf dem Weg zur Arbeit mal reinlesen. Ich gehe jetzt schlafen. Gute Nacht, *iyi geceler.*«

Als Cengiz im Zimmer verschwunden war, schauten sich alle vier entgeistert an, als sei eben ein Derwisch in Frauengestalt durch den Flur gewirbelt.

»*Baba,* was war das? Eine Halluzination?«, fragte Aydin mit einem übertrieben verklärten Gesichtsausdruck.

»Ganz und gar nicht, mein Sohn«, seufzte Demirbilek. »Das ist unsere Mitbewohnerin für die nächsten Tage.«

Cengiz stand später nochmals auf, an Schlaf war wegen des lauten Lachens, das aus der Küche drang, nicht zu denken. Aydin ließ es sich nicht nehmen, Cengiz auf den Stuhl neben sich zu plazieren, um ausgiebig mit ihr zu reden. Özlem verabschiedete sich bald. Aydin und Cengiz nutzten die Gelegenheit und verzogen sich in ihr Zimmer. Die beiden hatten auf Anhieb ihr Thema gefunden. Sie unterhielten sich und lachten viel über das abwechslungsreiche Dasein von Abkömmlingen türkischer Einwanderer. Um zwei Uhr morgens schleppte Aydin den Futon, der nach wie vor in Schutzfolie verpackt war, in das Schlafzimmer seines Vaters. Seine Gedanken kreisten um Jale, um ihre freche, fröhliche Art zu erzählen. Mit einem zufriedenen Lächeln schlief er schließlich ein.

Zu der vorgerückten Stunde saß Zeki selig wie ein reichbeschenktes Kind immer noch mit Selma am Küchentisch. Aus ihrem gemeinsamen Leben hatte sich über die vergangenen drei Stunden eine Anekdote an die andere gereiht. Es brauchte weitere drei Stunden, bis beide keine Worte mehr fanden. Stille kehrte in der Küche ein. Und beide spürten eine schmerzende Melancholie, die von den gemeinsamen Erinnerungen hervorgerufen wurde.

Zeki bestellte ein Taxi und begleitete Selma nach unten vor die Haustür. Sie küssten sich auf die Wange zum Abschied.

»Wie lange bleibst du?«, fragte er.

»In fünf Stunden geht mein Flug zurück«, sagte sie mit müden Augen.

»Oh«, entfuhr es Zeki, und er schluckte seine Enttäuschung hinunter.

46

Am folgenden Tag um kurz nach acht begrüßte Zeki Demirbilek das erweiterte Migra-Team und holte sogleich seine drei engsten Mitarbeiter in sein Büro.

»Damit wir keine Zeit verlieren, möchte ich die Besprechung nicht in der großen Runde abhalten. Also, was gibt es Neues? Wer will anfangen? Pius?«, fragte Demirbilek ungeduldig.

»Na ja, viel war das nicht beim Bernhard gestern. Er hat halt auf die Türken geflucht, das Gschwerl, nicht einmal im Puff hat man mehr seine Ruhe und so weiter. Interessant fand ich eigentlich nur eins: Antonia hat die Frau, also die Cayenne-Tante, tatsächlich nie zu Gesicht bekommen, obwohl sie immer wieder im Sultans war.«

»Und wie soll das gehen, Pius?«, fragte Vierkant skeptisch.

»Einmal im Monat gibt es da so frivole Partys mit Maskenzwang. Da sind alle aufgetakelt wie Sultane und Haremsdamen. Eunuchen gibt es wahrscheinlich auch. Kostüme kann man direkt dort leihen. Die Chefin hatte immer eine Maske auf, hat Antonia dem Bernhard erzählt. Und wenn es heiß herging, flog schon mal ihr Schlüpfer in die Menge. Super Partys müssen das sein«, schwärmte Leipold, ohne sich um die abschätzigen Blicke der Kolleginnen zu scheren.

»Das würde zu Gül passen. Ist ihr eigener Laden, und sie hat es gerne frivol. Pius, klärst du das mit Antonia direkt ab? Wer weiß, vielleicht ist Gül ja erkannt worden trotz Maske … Also gut. Was noch, Cengiz?«

»Apropos Schlüpfer. Ich habe in Istanbul in der Boutique angerufen. Die waren so unverschämt! Die wollten allen Ernstes, dass ich online ein Sortiment bestelle, bevor sie mir eine Auskunft geben.«

»Ach ja?«, fragte Demirbilek und musste lächeln, weil er Cengiz in der Nacht vorher in seinem eigenen Flur im Slip gesehen hatte. »Warten wir mal ab. Ich denke nicht, dass die Herkunft des Schlüpfers von Bedeutung ist. Wir gehen davon aus, er gehört Frau Güzeloğlu.«

»Gut«, erwiderte Cengiz mit unterdrücktem Gähnen. »Ich habe mit den Kollegen den Lebenslauf von Metin Burak und dem verstorbenen Süleyman Güzeloğlu zusammengetragen. Und die finanzielle Situation überprüft.« Sie hielt inne und blickte in die Runde, um sich die volle Aufmerksamkeit ihrer Kollegen zu sichern. »Als sein einziges Kind ist Gül Alleinerbin, aber das war ja abzusehen. Was aber nicht abzusehen war: Ich habe mit den Kollegen von der Wirtschaftskriminalität gesprochen, die waren furchtbar nett. Ich selbst bin nicht mehr bei den Unterlagen durchgestiegen, die wir bei Krust gefunden haben … Demnach ist Döner Delüks mehr oder weniger pleite. Die Gute erbt praktisch nichts als Schulden. Durch die Heirat und die Fusion mit der Firma in Istanbul rettet sie ihren hübschen Hintern, sonst muss sie hauptberuflich als Imitatorin von Lady Gaga auftreten.«

»Was?«, fragte Demirbilek erstaunt.

»Döner geht nicht immer«, wandte Leipold ironisch ein.

»Das hat Krust verschwiegen«, bemerkte Demirbilek.

»Die Güzeloğlu aber auch, Chef! Das ist einfach eine hinterfotzige Matz!«, platzte es aus Vierkant heraus.

Cengiz sah sie verständnislos an.

»Aus meinem oberbayerischen Bauch heraus würde ich das mit *gerissenes Miststück* übersetzen«, erläuterte Leipold.
Vierkant nickte bestätigend.
»Gut, Cengiz, danke. Hast du was, Vierkant?«
»Ja. Metin Burak hat vor seiner Zeit in Deutschland eine Pistole der Marke HK P8 als gestohlen gemeldet. Die Waffe war wegen einer Schießerei von den türkischen Behörden kriminaltechnisch erfasst. Metin Buraks gestohlene HK P8 ist identisch mit der Waffe, mit der er selbst erschossen wurde.«
»Mit der eigenen Waffe?«, staunte Leipold.
Auch Demirbilek und Cengiz waren überrascht.
»Okay. Wir wissen jetzt, dass Metin Burak mit seiner eigenen Waffe getötet wurde«, fasste Demirbilek zusammen. »Lasst uns weitermachen und die Berichte durchgehen. Laut ballistischer Untersuchung wurde Florian Krust mit einer anderen Waffe getötet.« Er machte eine Pause. »Wir müssen davon ausgehen, dass wir es möglicherweise mittlerweile mit drei Tätern zu tun haben … Die beiden, die gemeinsam oder wie auch immer Karaboncuk und Tavuk auf dem Gewissen haben. Dann der- oder diejenige, die Metin Burak mit seiner eigenen Waffe erschossen hat. Schließlich der Mörder von Florian Krust. Letzterer muss ein verdammt guter Schütze sein. Aus zwanzig Metern Entfernung in den Kopf zu treffen ist nicht einfach. Das war eine lupenreine Hinrichtung«, sagte Demirbilek und fügte verstört hinzu: »Und ich war keine drei Meter von ihm entfernt.«
»Dann hat er bei dir absichtlich vorbeigeschossen, damit er aus der Tür flüchten konnte. War definitiv auch der sicherste Weg, vorne war es ja voll mit den Umzugsleuten«, schlussfolgerte Leipold.
»Warum sollte er?«, fragte Vierkant sachlich. »Er hat doch vorher gerade einen erschossen, einer mehr … oje, entschuldigen Sie,

Chef, das war nicht so gemeint«, bat sie rasch um Verzeihung, als sie merkte, wie ihre Frage aufgefasst werden konnte.
»Stimmt schon, was du sagst, Vierkant. Warum sollte er mich verschonen? Auf der anderen Seite scheint er nicht ohne Grund zu töten. Vielleicht war es eine Auftragsarbeit? Ein Profi möglicherweise?«, überlegte Demirbilek laut. Er sprach damit aus, was ihm über Nacht durch den Kopf gegangen war, nachdem er Selma verabschiedet hatte und im Bett die Protokolle, die Cengiz für ihn vorbereitet hatte, durchgegangen war. Am Ende der Überlegungen gab es keine Anhaltspunkte, keine heiße Spur, die zum Täter führte. Was blieb, war seine Intuition. Er wandte sich mit klaren Worten an sein Team: »Wir drehen uns seit Beginn der Ermittlungen im Kreis. Wir haben vier Tote. Und alle vier Opfer stehen in irgendeiner Weise in Beziehung zu Gül Güzeloğlu. Nur über sie kommen wir an das Motiv. Über sie und sonst niemand. Gül ist der Schlüssel zur Lösung des Falles.«
Es herrschte eine kurze Zeit Stille, bis Vierkant das Schweigen nicht mehr ertrug und sich räusperte. »Ich habe noch was«, sie griff zum Protokoll auf dem Tisch. »Als wir die Wohnung von Stefan Tavuk durchsucht haben, ist mir aufgefallen, dass der Arbeitsvertrag fehlt. Das Siegel an der Wohnungstür war nicht erbrochen. Die Balkontür aber war angelehnt. Ich habe es ausprobiert, man kommt problemlos in den ersten Stock.«
»Isa, du bist doch nie und nimmer auf den Balkon geklettert!«, erlaubte sich Leipold, strohtrocken zu bemerken, und fing sich dafür von Vierkant einen symbolischen Hieb in die Seite ein.
»Das heißt, jemand ist in die Wohnung und hat Stefan Tavuks Arbeitsvertrag mitgenommen. Warum?«, fragte Cengiz nach.
»Geheimklausel? Horrende Spesensätze? Unkündbarkeit? Lebensrente bei Ausscheiden oder Tod? Da fällt mir einiges ein, was man nicht wissen sollte«, fabulierte Leipold fachmännisch.

»Nicht schlecht, Pius! Es ist nämlich so, dass ich bei den Nachbarn Klingel putzen war. Und ich dachte mir einfach, Arbeitsverträge, Geschäfte, da muss der Krust mit drinhängen. Und stellt euch vor, ein Pensionär vom Haus gegenüber, der nur tagsüber schlafen kann und die ganze Nacht fernsieht, hat beobachtet, wie ein Mann vor dem Haus herumgelungert hat. Kurzum: Er hat auf dem Foto Florian Krust wiedererkannt!«
»Krust holt den Arbeitsvertrag zurück und vernichtet ihn. Zu dem Zeitpunkt ging er noch von einer rosigen Zukunft bei Döner Delüks aus«, steuerte Demirbilek bei, als Maria Buchner an die offene Bürotür klopfte. »Gut gemacht, Vierkant«, schloss er und wandte sich mit fragendem Gesichtsausdruck Maria zu.
»Ich habe da was«, sagte sie. »Kommt mit, ihr Besserwisser mit eurer Geheimbesprechung!«
Demirbilek seufzte und gab dem Team ein Zeichen, der Kollegin zu folgen.
»Wie wäre es mit Zwetschgendatschi für alle, Chef?«
»Kommt drauf an, Maria«, sagte Demirbilek, als sie an der Protokolltafel standen.
»Seht mal genau hin, fällt euch nichts auf?«, fragte Buchner so lapidar wie geheimnisvoll.
Sie hatte zwei Fotos nebeneinander gehängt. Das eine kam aus der Gerichtsmedizin, es zeigte Metin Buraks linke Hand. Direkt daneben hing eines der vergrößerten Mini-Polaroids aus Gül Güzeloğlus Handtasche.
Cengiz erkannte als Erste den Zusammenhang. »Die Hand. Seht euch mal die Hand des Fotografen an.« Sie deutete auf die beiden Aufnahmen. Metin Buraks Hand und die Hand des Fotografen hatten eine frappierende Ähnlichkeit: Beide kleinen Finger der linken Hand waren in sich wie zu einem U-Haken verkrümmt.
»Bravo, Jale«, gratulierte Buchner. »Ich habe mit der Gerichts-

medizinerin telefoniert, die meint, dass Metin Burak den abgewinkelten Finger seit seiner Geburt haben muss.«

»Und was ist mit DNA-Spuren? Hat er irgendetwas am Tatort hinterlassen? Damit wir vergleichen können, ob die beiden wirklich Vater und Sohn sind?«, fragte Cengiz.

»Negativ, nichts«, bedauerte Buchner.

Demirbilek und die anderen staunten. Die Ähnlichkeit war tatsächlich bei genauem Hinsehen so frappierend, dass alle ein schlechtes Gewissen bekamen, es übersehen zu haben. Aus einem unerklärlichen Hochgefühl heraus nahm Demirbilek Maria in den Arm und führte sie im Walzerschritt durch das Büro. Das Team klatschte, froh über die Abwechslung, im Takt zu dem nicht alltäglichen Spaß.

»Bestell den Datschi für alle, der geht natürlich auf mich. Und eine extra Portion Sahne nur für dich, Maria.«

»Wieso? Haben wir den Fall jetzt gelöst?«

»Nein, woher denn! Aber jetzt bin ich mir sicher, dass wir das hinkriegen. Vor fünf Minuten war ich das nicht!«, erklärte er euphorisch.

Leipold reagierte nüchterner auf die neue Erkenntnis als der Sonderdezernatsleiter: »Also gut, Burak und der Fotograf könnten, rein spekulativ, Vater und Sohn sein. Und? Was hilft uns das weiter?«

»Wir haben ein weiteres Puzzleteil«, antwortete Demirbilek.

»Okay und weiter?«

»Wir wissen, dass Karaboncuk und Tavuk gemeinsam Gül Güzeloğlu wegen ihrer Jungfernschaft erpresst haben. Ich spekuliere jetzt mal. Gül hat sich Metin Burak anvertraut, die beiden haben sich ja gut verstanden. Nehmen wir an, der alte Soldat, der gelernt hat, wie man tötet, hat die Morde nicht alleine verübt. Vielleicht war er zu betrunken. Auf dem einen Mini-Polaroid ist eine Rakıflasche zu sehen. Gut, angenommen also, Metin ist nicht alleine. Derjenige, der ihm bei den beiden Morden hilft, gerät in Panik und erschießt Metin mit seiner eigenen Waffe.«

»Dann ist der Krüppelfingerfotograf unser Mörder Nummer zwei? Gleichzeitig ist er Partner und Mörder von Metin Burak? Willst du das sagen? Dann sag es doch auch, Zeki! Ich bin einfach gestrickt. Mit so einem wie mir muss man einfach reden.«

»Einfach geht nicht immer, Pius.«

»Doch Zeki, das geht immer – auch wenn zwei Halbe noch lange keine Maß sind«, philosophierte Leipold. »Du nimmst die Gül in die Mangel?«

Demirbilek nickte. »Personenschutz und Observationsteam mit fünf Beamten. Ich möchte ab jetzt über jeden ihrer Schritte informiert sein.«

»Fünf? Vergiss es, ich bin froh, wenn ich drei auftreiben kann«, erwiderte Leipold.

»Pass auf, wir machen es anders. Zieh Herkamer und Stern von der Schreibtischarbeit ab. Lass die zwei das übernehmen. Personenschutz geht extra.«

»Ha, das wird ihnen gefallen. Lady Gaga nachspionieren. Das kostet dich mindestens eine Maß Bier«, frohlockte Leipold. »Wo ist die Matz eigentlich?«

»Im Harlachinger. Laut Aussage des Chefarztes ist sie nicht vernehmungsfähig«, erklärte Vierkant, woraufhin Leipold den Raum verließ.

Demirbilek machte ein besorgtes Gesicht. Er war mit den Ermittlungsergebnissen schlagartig unzufrieden, die Euphorie war verflogen.

Ein zweites Mal studierte er die zusammengetragenen Informationen auf der Protokollwand.

Cengiz und Vierkant gesellten sich zu ihm.

»Laut Auskunft der türkischen Kollegen hat Metin keinen Sohn, Chef«, bemerkte Cengiz nachdenklich.
»Ich weiß, Jale. Aber angenommen, es wäre doch so. Dann hätte der Sohn seinen Vater getötet. Da muss großer Hass im Spiel sein. Oder das andere Extrem, große Liebe«, überlegte Demirbilek weiter.
Einer der Kollegen kam zur Protokolltafel und hängte eine Zusammenfassung auf.
»Und?«, fragte ihn Demirbilek.
»Der Stiefelabdruck im Teesud, im Blumenbeet bei dem Dönerunternehmer und auf Jales Bluse sind identisch«, stellte der Kollege fest und setzte sich wieder an seinen Platz.
»Ich blicke allmählich nicht mehr durch, Chef. Der mit dem Stiefel ist dann Mörder Nummer drei, oder?«, seufzte Vierkant.
»Wie es im Moment aussieht, haben wir vier Tote und drei Täter. Schreib es in dein Büchlein, dann vergisst du es auch nicht«, kommentierte Demirbilek mit einem Lächeln und blickte zu Cengiz, die in ein schriftliches Protokoll vertieft war. Dann, plötzlich und ohne Vorwarnung, schnappte sie ihre Jacke und eilte aus dem Büro.
»Ich fahr noch mal zum Haus der Güzeloğlus, Chef. Mir ist etwas eingefallen!«, rief sie beim Hinauslaufen.
»Jale Cengiz! Keine Alleingänge mehr! Wenn du jetzt das Dezernat verlässt, bist du raus aus dem Team!«, schrie Demirbilek wütend hinterher.
»In einer Stunde bin ich wieder da, keine Sorge, ich nehme Pius mit!«, rief sie unbekümmert zurück und schloss die Tür hinter sich.
Demirbilek sprang auf und tobte entnervt: »Pius ist schon im Einsatz!« Doch das hörte Cengiz nicht mehr. Er machte seinen Ärger mit einer Tirade türkischer Flüche Luft. Als er sich beruhigt hatte,

griff Vierkant zum Hörer und rief Cengiz an. Ihr Smartphone klingelte auf ihrem Schreibtisch.

»Scheißdreck«, fluchte Vierkant. »Soll ich jemanden hinterherschicken?«

»Ja, mach das. Wir zwei fahren gleich zur Güzeloğlu ins Krankenhaus. Wir vernehmen sie, egal, in welchem Zustand sie ist.«

»Endlich!«, sagte Vierkant. »Die ist wirklich so was von fällig! Auch wenn ihr Vater gerade gestorben ist.«

Während Demirbilek in sein Dienstzimmer ging, gab Vierkant Maria Buchner Bescheid, jemanden zum Anwesen der Güzeloğlus zu schicken. Doch die sonst so gewissenhafte Maria registrierte Vierkants Anweisung nicht. Ihre Gedanken kreisten um den Teller mit dem Zwetschgendatschi und dem üppigen Schlag Sahne, den sie sich in der Kantine auf Kosten des Chefs besorgt hatte.

47

In der Raucherlaube des Harlachinger Klinikums befragte Kommissar Demirbilek Gül Güzeloğlu. Vierkant saß mit übergeschlagenen Beinen mit ihrem Büchlein auf dem Schoß neben ihm und notierte mit. Gül genoss mit verschlossenen Augen die Sonnenstrahlen. Sie trug einen auffälligen japanischen Kimono, Rosenblüten zierten das edle Kleidungsstück. Demirbilek fragte sich ungewollt, ob sie darunter etwas anhatte.

»Also gut, *Komiser Bey*«, lenkte Gül ein, nachdem sie eine Weile nachgedacht hatte. Als sie die Augen öffnete, sah man ihrem ungeschminkten Gesicht an, wie müde und erschöpft sie war. Doch wie eine Frau, die versucht hatte, sich selbst zu töten, wirkte sie auf die Polizisten nicht. Gefasst und nüchtern fuhr sie fort. »Sie haben recht. Ich war in dem gynäkologischen Zentrum. Vielleicht können Sie das als Türke verstehen, wenn nicht, ist mir das auch egal. Ich habe das Versprechen, das ich meinem Vater gegeben habe, eingelöst.«

»Vor oder nachdem Sie erfahren haben, dass Döner Delüks pleite ist?«, konfrontierte Demirbilek sie mit den neuen Fakten.

Gül verdrehte plötzlich die Augen, sah nach oben zum Dach der Laube und kreiste mit dem Kopf.

»Nein! Das tun Sie nicht!«, mahnte Demirbilek eindringlich. »Sie fallen nicht wieder in Ohnmacht, Frau Güzeloğlu!«

Urplötzlich stoppte sie die spastisch anmutenden Bewegungen

und lächelte verhalten. »Bei den meisten funktioniert es ein zweites Mal«, gab sie ohne schlechtes Gewissen zu. »Haben Sie vielleicht eine Zigarette?«
»Ich rauche nicht mehr«, erwiderte Demirbilek emotionslos.
Gül blickte fragend zu Vierkant, die bedauernd den Kopf schüttelte. Da entdeckte sie einen Mann, der etwa fünfzig Meter weit entfernt auf einer Parkbank saß und rauchte.
»Wären Sie so nett, den Herrn dort zu fragen, ob er eine Zigarette für mich hat? Für eine Zigarette erzähle ich Ihnen, was immer Sie wollen«, sagte sie mit überzeugender Stimme zu der Polizistin.
Vierkant vergewisserte sich, ob Demirbilek etwas dagegen hatte. Der nickte sein Einverständnis.

Instinktiv kontrollierte der Deutsche den Sitz seiner Pistole, als er die Polizistin auf sich zukommen sah. Was zum Teufel will sie von mir?, fragte er sich und atmete tief durch. Doch ihr freundlich lächelndes Gesicht beruhigte ihn.
»Entschuldigen Sie, haben Sie vielleicht eine Zigarette?«, fragte Vierkant lächelnd.
Der Deutsche fischte aus der Schachtel eine Filterzigarette und gab sie ihr.
Vierkant steckte sie in den Mund und ließ sich auch Feuer geben. Erleichtert beobachtete der Deutsche, wie die Polizistin anschließend zur Laube zurückging. Daraufhin entschied er, das Schicksal nicht weiter herauszufordern. Besser so, sagte er sich nachdrücklich, als dem Polizisten ein weiteres Mal zu begegnen und etwas zu riskieren.
Er verließ den Park des Harlachinger Klinikums, um im Haus der Güzeloğlus auf sie zu warten. Dort stand ihr Reisegepäck für den Flug nach Istanbul.

Gül hielt den Rauch der Zigarette lange in den Lungen. Nach nur einem Zug legte sie die Zigarette zum Erstaunen von Demirbilek und Vierkant in den Aschenbecher.

»Also gut. Ich habe von Florian Krust nach dem Tod meines Vaters erfahren, dass Döner Delüks pleite ist. Ich bin eine Güzeloğlu, auch wenn ich kein Mann bin. Es ist meine Pflicht, unser Unternehmen am Leben zu erhalten. Ich werde den Sohn des Geschäftspartners heiraten, und zwar als Jungfrau, wie es mein Vater vertraglich festgehalten hat. Mehr habe ich dazu nicht zu sagen.«

»Wen Sie heiraten, geht mich tatsächlich nichts an, Frau Güzeloğlu«, bemerkte Demirbilek kurz angebunden. »Aber haben Sie Metin Burak beauftragt, Karaboncuk und Tavuk umzubringen, weil die beiden Sie erpresst haben?«

Güzeloğlu richtete leicht nervös ihren Kimono, bevor sie antwortete. »Nein, das habe ich nicht. Metin Burak war wie ein zweiter Vater für mich. Ich habe ihm mein Herz ausgeschüttet, als ich es nicht mehr ertragen konnte, die beiden Schweinehunde sehen zu müssen, die mich erpresst haben. Sie konnten den Hals nicht vollkriegen. Gier ist ein schlechter Ratgeber, oder? Was meinen Sie?«

»Erzählen Sie bitte weiter!«, sagte Demirbilek, ohne auf ihre Frage einzugehen.

»Gut, ich habe auch wenig Zeit, Herr Kommissar. In einer Stunde kommt der Chefarzt zur Visite. Danach bin ich hier weg … Metin hat sich um die beiden gekümmert. Ich wusste davon nichts.«

»Mit *gekümmert* meinen Sie, er hat sie getötet?«

»Wenn Sie so wollen, ja«, antwortete sie mit einer Kälte, die den Kommissar erschrecken ließ.

»Er hat sich aber nicht alleine *gekümmert*«, stellte er fest.

»Davon weiß ich nichts. Wie kommen Sie darauf?«

Vierkant reagierte, ohne von Demirbilek aufgefordert worden zu sein. Sie gab ihm die drei Mini-Polaroids. Demirbilek zeigte Güzeloğlu die Aufnahmen.
»Ich kenne die Fotos nicht«, erwiderte sie, ohne die Aufnahmen richtig anzusehen.
»Wir haben sie in Ihrer Handtasche gefunden.«
»In welcher? Ich besitze einhundertfünfundneunzig Handtaschen.«
Sie griff nach der qualmenden Zigarette, zog hastig daran und drückte sie dann aus. Demirbilek wartete und zeigte ihr das Mini-Polaroid, auf dem die Hand mit dem verkrüppelten Finger zu sehen war.
»Wessen Hand ist das?«
Sie ignorierte die Frage.
»Wessen Hand ist das, Frau Güzeloğlu?«, fragte Demirbilek noch einmal.
Gül blinzelte in die Sonne und rieb sich die Augen. Tränen begannen langsam über ihr Gesicht zu fließen. Vierkant glaubte ihr die Tränen nicht, Demirbilek dagegen schon. Denn nach wie vor war er davon überzeugt, dass diese Frau nicht leichtfertig ihre Unschuld hergegeben hatte. Er vertraute auch dieses Mal seiner Intuition.
»Sie wollten sich umbringen, weil Sie jemanden lieben«, stellte er fest.

48

Cengiz stand vor dem Haus der Güzeloğlus und fand es immer noch prächtig anzusehen. Sie hatte vor, von unterwegs Pius Bescheid zu geben, stellte aber fest, dass sie ihr Smartphone im Büro liegen gelassen hatte. Sie wollte kontrollieren, ob es neben der Videokamera an der Einfahrt weitere Überwachungskameras gab, da sie im Protokoll dazu keinen Vermerk gefunden hatte. Sie untersuchte das Haus systematisch, konnte jedoch zu ihrem Bedauern keine zusätzliche Kamera entdecken.

Als sie schon wieder gehen wollte, fiel ihr Blick auf die protzige Villa auf der anderen Straßenseite. Dort entdeckte sie mit bloßem Auge drei uralte Überwachungskameras, eine davon ziemlich genau gegenüber der Einfahrt der Güzeloğlus. Wer weiß, dachte sie, probieren kann ich es ja mal, vielleicht hat die Kamera etwas Verwertbares aufgezeichnet.

In dem Moment hörte sie ein Geräusch. Aus dem gekippten Fenster der Souterrainwohnung drang das leise Klicken einer Fotokamera. Eigentlich durfte niemand mehr im Haus sein, dachte Cengiz. Die Umzugsarbeiten waren beendet, vielleicht ein Handwerker, der nicht fertig geworden war? Zur Sicherheit zog sie ihre Dienstpistole und ging zum Fenster.

Was sie durch den Spalt zu sehen bekam, erstaunte sie: An die Wände der leergeräumten Einzimmerwohnung waren Mini-Polaroids mit Reißnägeln festgemacht. Genau von der Größe und Art,

wie sie sie in Güls Handtasche gefunden hatten. Es müssen Tausende sein, dachte sie. Soweit sie erkennen konnte, war auf den Aufnahmen entweder Gül allein zu sehen oder zusammen mit dem jungen Mann, der in diesem Moment ein Foto von der vollgehängten Wand machte. Sie konnte deutlich den verkümmerten kleinen Finger erkennen und spannte jede Faser ihres Körpers an. Du hast Mörder Nummer zwei gefasst, jubilierte sie innerlich.
Sie überlegte, was sie tun sollte. Ohne ihr Smartphone konnte sie keine Hilfe holen, also inspizierte sie den Raum genauer und vergewisserte sich, dass der Mann alleine war und keine Waffe trug. Dann bewegte sie sich katzengleich in Richtung Eingangstür und riss sie auf.
»Kommen Sie mit erhobenen Händen heraus. Ich bin Polizistin. Ich nehme Sie hiermit wegen des Verdachts, Metin Burak ermordet zu haben, fest«, sagte sie mit lauter Stimme und lächelte zufrieden, als der junge Mann mit erhobenen Händen auf sie zukam.

»Teşekkür ederim«, bedankte sich Gül Güzeloğlu auf Türkisch für das Taschentuch, das Demirbilek ihr reichte.
Nachdem sie sich die Nase geputzt hatte, holte sie Luft und sagte: »Das ist Ahmet Buraks Hand.«
»Metin Buraks Sohn?«, fragte Demirbilek verblüfft nach.
»Ja, Metins unehelicher Sohn.«
»Ist er der Mann, den Sie lieben?«, fragte Demirbilek.
»Das kann ich nicht sagen«, antwortete Gül ehrlich. »Wir kennen uns seit drei Jahren. Wir sind Freunde. Vielleicht ein bisschen mehr. Sein Vater wusste nichts davon, meiner natürlich auch nicht.«
»Wo ist Ahmet?«, fragte Demirbilek ruhig.
»Es war ein Unfall. Ahmet wollte seinen Vater nicht töten. Das müssen Sie mir glauben«, verteidigte Gül ihn.

»Haben Sie deshalb versucht, sich umzubringen? Weil sie Ahmet lieben?«
Gül schwieg und wischte das Gesicht mit Demirbileks Taschentuch sauber.
»Sagen Sie mir bitte, wo Ahmet ist. Wir müssen mit ihm sprechen.«
»Sie werden ihn festnehmen, oder?«
»Wenn es ein Unfall war, werden wir das herausfinden. Machen Sie sich keine Sorgen.«
Genauso kalt, wie sie kurz zuvor darüber sprach, dass sich Metin um die beiden Erpresser »gekümmert« habe, antwortete sie: »Er wartet im Haus auf mich. Mein Gepäck ist noch dort. Er wollte mir unbedingt was zeigen, bevor sich unsere Wege trennen.«
Sie verrät ihn, schoss es Demirbilek durch den Kopf, man verrät niemanden, den man liebt.
Vierkant war sofort aufgesprungen, um Herkamer und Stern, die vor dem Krankenhaus auf Posten standen, zu den Güzeloğlus zu schicken. Sie konnte die beiden jedoch nicht entdecken. Da Jale ihr Handy vergessen hatte, rief sie bei Maria Buchner im Büro an, um nachzufragen, wer ihr zum Haus gefolgt war. Maria schwor, nicht gehört zu haben, dass sie Cengiz jemanden nachschicken sollte. Vierkant atmete schwer und fiel Demirbilek ins Wort. »Wir müssen zu Jale! Sie ist allein im Haus.«
Demirbilek unterbrach sofort das Verhör und spurtete mit Vierkant zum Dienstwagen.
Sobald sie gegangen waren, wollte Gül ihren Freund Ahmet warnen. Sie hatte einhundertfünfundneunzig Taschen, doch im Moment keine einzige mit einem ihrer vielen Handys bei sich.

Demirbilek und Vierkant fuhren mit Blaulicht. Trotz Sorge und Flüche über Cengiz' unüberlegtes Handeln betete der Kommissar

zu Allah, dass ihr nichts passiert sein möge. Vierkant versuchte, Leipold zu erreichen, als Demirbilek die letzte Kurve nahm und rasant in die Straße zu den Güzeloğlus einbog.
Als sie aus dem Wagen stiegen, hörten sie einen Schuss fallen.

Cengiz blickte in Ahmet Buraks dunkle Augen. Er stand mit erhobenen Händen vor dem Eingang der Souterrainwohnung. Plötzlich bemerkte sie ein Zucken in seinem Gesicht. Er schien in ihrem Rücken etwas entdeckt zu haben, das ihn ängstigte. Gleichzeitig hörte sie hinter sich das dumpfe Auftreten schwerer Stiefel. In der Spiegelung des Fensters tauchte schemenhaft die Gestalt eines Mannes auf. Zu ihrem Entsetzen erkannte Cengiz die Stiefel wieder, mit denen sie in den Bauch getreten worden war. Sie wog ab. Vor ihr stand der unbewaffnete Mörder Nummer zwei, hinter ihr der Mann mit den schweren Stiefeln, der Mörder Nummer drei sein konnte. Der mit den Stiefeln, so hatte Demirbilek vermutet, könnte ein professioneller Killer sein. Jedenfalls ein Schütze, der sein Ziel aus weiter Entfernung traf. Aus diesem Grund entschied sich Cengiz, dass die wirkliche Gefahr in ihrem Rücken lauerte. Sie ließ sich zu Boden fallen und drehte sich gleichzeitig mit der Pistole in beiden Händen um, damit sie die Möglichkeit hatte, auf den Mann hinter sich schießen zu können.

Der Deutsche hatte in der Garage bei Gül Güzeloğlus Gepäck gewartet. Das Geschrei der Polizistin hatte ihn jedoch aufhorchen lassen. Nun nahm er sie mit gezogener Waffe ins Visier. Man trifft sich immer zwei Mal im Leben, dachte er und freute sich auf die Erledigung der zweiten Teilaufgabe. Er drückte genau in dem Moment ab, als die Polizistin sich umdrehte. Instinktives Handeln. Das Projektil streifte die rechte Schläfe der Frau. Der Deutsche verlor für den Bruchteil einer Sekunde die Fassung, als er sah, wie seine eigentliche Zielperson hinter der Tür der Souterrainwohnung verschwand. Er hatte genug Munition im Lauf. Die Wut über sein Versagen erfasste ihn wie ein Stromschlag. Er zielte mittig auf die Stirn der blutenden Polizistin am Boden.

Ahmet knallte die Wohnungstür zu und dachte panisch darüber nach, wie er fliehen konnte. Dann kam ihm die rettende Idee, aus dem Badezimmerfenster zu klettern. Als er im Freien war, wählte er die Notfallnummer, während er vom Haus wegrannte. Aus Dankbarkeit. Die Polizistin hatte ihm das Leben gerettet.

Aufgeschreckt von dem Schuss, hasteten Demirbilek und Vierkant durch das offene Einfahrtstor zum Haus. Von weitem entdeckten sie ihre Kollegin Cengiz am Boden. Sonst war niemand zu sehen. Die Farbe in ihrem Gesicht, die in der Sonne rötlich schimmerte, bewirkte bei Demirbilek etwas Eigentümliches. Er blieb stehen und ließ Vierkant alleine weiterlaufen. Eine Art Übersprungshandlung ergriff ihn, der Gedanke an seine eigenen Kinder. Was wäre, wenn Özlem in ihrem eigenen Blut liegen würde?, stellte er sich vor. Wie absurd, sagte er sich, da vorn liegt Cengiz, deine Kollegin. Berufsrisiko nennt man das. Dann wurde ihm klar, weshalb er nicht bereit war, sich Sorgen zu machen. Cengiz war ihm ans Herz gewachsen, sie durfte nicht tot sein. Sie gehörte zu seinem Team.
»Jale lebt!«, hörte er Vierkant schreien.
Er wählte wie in Trance den Notruf, wunderte sich, dass ein Krankenwagen bereits unterwegs sein sollte, und rief ebenfalls bei Kommissariatsleiter Weniger an, um eine Großfahndung einleiten zu lassen.
Als Weniger fragte, wer zur Fahndung ausgeschrieben werden sollte, hatte Demirbilek im ersten Moment keine Antwort. Hatte

Ahmet Burak, der laut Aussage Gül Güzeloğlus im Haus auf sie wartete, auf Cengiz geschossen? Oder konnte der ominöse Killer, der Florian Krust auf dem Gewissen hatte, wieder aufgetaucht sein? Er hatte keine Ahnung. Schließlich gab er Ahmet Burak zur Fahndung an – besonderes Kennzeichen: verkümmerter kleiner Finger an der linken Hand.
Nach seinem Telefonat trafen Herkamer und Stern auf dem Anwesen ein. Sie durchkämmten es ohne Erfolg.
Später, während der Fahrt ins Krankenhaus, blieben Demirbilek und Vierkant bei Cengiz. Der Notarzt erklärte auf Vierkants Frage, ob sie es überleben werde, dass der Streifschuss nicht das Problem sei. Lebensbedrohlich sei vielmehr die Bewusstlosigkeit. Ob die Patientin eine andere Kopfverletzung in letzter Zeit gehabt hatte?
Vierkant sah verzweifelt zu Demirbilek. Er erwiderte ihren Blick nicht, obwohl er sie anschaute.

Gül Güzeloğlu wartete in der Nähe des Eingangs zum Klinikum. Sie hatte beschlossen, nicht mehr zu Hause vorbeizufahren. Das Gepäck wollte sie sich nachschicken lassen. Sie wollte so schnell wie möglich weg aus München, um alles hinter sich zu lassen und ein neues Leben anzufangen. Mit dem Geschäft hatte sie bald nichts mehr zu tun, das würde ihr Ehemann in die Hand nehmen. Ihr war es im Prinzip einerlei, was mit Döner Delüks passierte, auch wenn sie dem türkischen Kommissar die traditionsbewusste Unternehmertochter vorgegaukelt hatte. Sie überlegte, ob sie sich eine Boutique in Istanbul zulegen und Mode entwerfen sollte. Warum nicht? Ein gute Idee, entschied sie und verbannte die Gedanken an Ahmet aus ihrem Kopf. Sie würde ohnehin keine Antwort darauf finden, ob sie ihn liebte oder nicht.
Die Limousine, die ihr zukünftiger Schwiegervater organisiert

hatte, fuhr langsam die Straße vor. Gül war erleichtert, endlich abgeholt zu werden. In drei Stunden würde sie mit dem Privatjet des Good-Döner-Food-Konzerns in Istanbul eintreffen. Der Fahrer stieg aus, um ihr die Tür aufzuhalten.
In dem Moment kam Ahmet Burak über die Kreuzung gerannt und sah Gül in den Wagen einsteigen. Er lief, so schnell er konnte. Er lief um sein Leben. Mit allerletzter Kraft erreichte er die Limousine und hämmerte mit der Faust auf das Stahlblech des Kofferraums. Der Wagen stoppte nach einigen Metern.
Außer Atem ging der junge Mann zu den verdunkelten Fensterscheiben und wartete, bis Gül die Tür öffnete und zur Seite rutschte, damit er zu ihr einsteigen konnte.

49

Der guten Ordnung halber lieferte der Deutsche den gemieteten BMW Mini bei der Autovermietung am Hauptbahnhof ab. Die zwei Ausweiskontrollen, in die er geriet, machten ihm keine Sorgen – die Polizei wusste nicht, wer er war und wie er aussah.

Trotzdem, was für ein armseliger Abgang, und das ohne seine Geldtasche. Er würde während der Fahrt anrufen und in der islamischen Gemeinde Bescheid geben, dass er seine Tasche später abholen würde. Was für eine Schande. In Gedanken verfluchte er die Stadt München in allen Sprachen, die er einigermaßen beherrschte, und mit ihr ihre Polizisten.

Er begab sich zum Schalter und kaufte zwei Zugfahrkarten mit Platzreservierung nach Salzburg, wo er eine sichere Unterkunft hatte, um unterzutauchen. Sobald er in Österreich war, würde er je nach Situation entscheiden, ob er direkt nach Istanbul zurückflog oder mit dem Zug weiter nach Wien fuhr. Von dort aus nach Moskau zum nächsten Job. Doch er spürte, wie ungewöhnlich nervös er war. Er hatte tatsächlich den Auftrag in München nicht zu Ende gebracht. Das würde sich herumsprechen. Natürlich. Moskau würde er vielleicht noch abwickeln können, aber dann? Eine Katastrophe.

Er bestieg den Zug und setzte sich ans Fenster. Der Platz neben ihm würde frei bleiben. Auch wenn die Fahrt nicht lange dauerte.

Zwei Minuten später hatte er sich in den Schlaf geatmet. Er träumte von der jungen Polizistin, die ihm den Treffer auf Ahmet Burak vereitelt hatte – dumme Kuh, Anfängerin, schimpfte er sie, man wirft sich nach der Rückwärtsdrehung auf die Seite nicht nach unten.

50

Zeki Demirbilek kam mit zwei Bechern Kaffee für Leipold und Vierkant in die Notaufnahme des Harlachinger Klinikums zurück. Er selbst verzichtete. Sie warteten seit einer Stunde auf Nachrichten über Cengiz.

Leipold nippte an dem lauwarmen Kaffee. Vierkant stöberte in ihrer Umhängetasche. Auch eine Art, seine Nerven zu beruhigen, dachte Demirbilek, der sie, mit dem Rücken an die Wand gelehnt, beobachtete. Um das sorgenvolle Schweigen zu brechen und seinem Beruf gegenüber seine Schuldigkeit zu tun, gab Demirbilek die Informationen weiter, die er bei Gül Güzeloğlus Verhör noch erfahren hatte: Der Chauffeur hatte Ahmets Mutter während der Militärzeit genau zwei Mal getroffen und genauso oft mit ihr im Suff geschlafen. Ahmet war in ärmlichen Verhältnissen aufgewachsen. Nachdem seine Mutter gestorben war, hatte er vor drei Jahren mit einem Koffer an die Tür seines Vaters geklopft. Er erzählte ihm seine Geschichte und zeigte ihm den verkümmerten Finger als Beweis. Metin Burak nahm ihn widerwillig bei sich auf, ein echtes Vater-Sohn-Verhältnis entwickelte sich jedoch nicht. Seine Vaterschaft hat er offiziell nie anerkannt. Gül mochte den verschrobenen und stillen jungen Mann gut leiden. Sie gewöhnte sich an seine Anwesenheit im Haus und verliebte sich in ihn – das glaubte sie wenigstens. Metin Burak vertraute sich irgendwann seinem Dienstherrn an. Der alte Güzeloğlu fand auch

dafür eine Regelung und stellte Ahmet als Hausmeister ein – ohne Papiere, Ahmet war illegal in Deutschland.
Leipold und Vierkant hatten ohne Zwischenfragen zugehört. Als Demirbilek fertig war, schickte er eine SMS mit dem Inhalt, er würde später kommen, an Aydin und Özlem, die zu Hause auf ihn warteten. Sie waren beim Italiener verabredet. Wie früher, erschrak er innerlich, wie oft hast du früher solche Nachrichten an Selma verschickt?
Kurz darauf tauchten Herkamer und Stern auf. Ihre enttäuschten Mienen sprachen Bände. Herkamer überließ Stern das Reden.
»Gül Güzeloğlu wurde vor dem Krankenhaus von einer Limousine abgeholt. Ein junger Mann ist zugestiegen, der Personenbeschreibung nach könnte das der gesuchte Ahmet Burak sein.«
»Und wo ist sie hin?«, fragte Leipold.
»Sie steht auf der Passagierliste eines Privatjets, zusammen mit dem Sarg ihres Vaters.« Stern sah auf seine Armbanduhr. »Laut Flugplan müsste sie in einer Stunde in Istanbul sein.«
Mit versteinerter Miene fragte Leipold: »Wem gehört der Privatjet?«
»Registriert auf die Firma Good Döner Food, mit Sitz in Istanbul.«
»Und der andere, Ahmet Burak, ist der mitgeflogen?«, hakte Leipold nach.
»Wir wissen es nicht, wenn dann als blinder Passagier. Auf der Liste jedenfalls steht er nicht.«
»Aha«, bemerkte Leipold vielsagend und sah zu Demirbilek.
»Wir beide fliegen morgen nach Istanbul«, sagte der Kommissar resolut, dann, zu Vierkant gewandt: »Kümmerst du dich um die Tickets?«
Eine halbe Stunde später kamen zwei Ärzte und informierten die wartenden Polizisten, dass ihre Kollegin stabil sei. Der Streif-

schuss habe sie außer Gefecht gesetzt. Aber sie habe Glück gehabt, denn ein oder zwei Millimeter weiter links hätte es ihr den halben Schädel weggefetzt. Doch das sei nicht die Ursache für ihre Bewusstlosigkeit. Die Patientin bleibe die Nacht auf der Intensivstation, morgen früh könne man hoffentlich mehr sagen.
»Was heißt das jetzt, Herr Doktor?«, fragte Vierkant zu Tode erschrocken nach.
Leipold übernahm die Antwort für die Ärzte: »Sie haben keine Ahnung, was ihr fehlt. Wir sollen jetzt nach Hause gehen und morgen wieder nach ihr sehen.«

51

Demirbilek erwachte nach einer unruhigen Nacht um halb sieben. Nachdem er geduscht und gefrühstückt hatte, suchte er ein paar Sachen für Cengiz aus ihrem Zimmer und dem Bad zusammen, um sie in die Klinik zu bringen. Anschließend packte er seinen Trolley, den er von Frederike geerbt hatte.
Kurz nach sieben wachte Aydin auf und trat gähnend aus dem Schlafzimmer, wo er auf dem Futon geschlafen hatte.
»Warum hast du mich nicht geweckt?«, fragte er mit leicht vorwurfsvollem Unterton und verschwand im Badezimmer. Nach ein paar Minuten kam Aydin angezogen in die Küche.
»Warum hätte ich dich wecken sollen? Setz dich und frühstücke in Ruhe. Der *Çay* ist frisch.«
Aydin schenkte sich den dampfenden Tee ein und schlürfte einen Schluck.
»Ist es in Ordnung, wenn ich zu Jale ins Krankenhaus mitkomme?«, fragte er ganz nebenbei, als wäre es eine spontane Idee.
Demirbilek dachte daran, wie sie beide und Özlem am Abend vorher beim Italiener über nichts anderes als Cengiz gesprochen hatten. Wie hätte er nein sagen können?
»Dann beeil dich mit dem Frühstück.«

Vor dem Eingang des Klinikums wartete Isabel Vierkant seit zehn Minuten auf den Kommissar. Ihr kam es wie eine Ewigkeit vor.

Sie wagte sich nicht hinein, aus Angst, allein und als Erste schlechte Nachrichten über Cengiz' Zustand zu erfahren. Endlich hatte das Warten ein Ende. Sie erblickte ihren Chef mitsamt Trolley, der zu ihrer Überraschung in Begleitung eines jungen Mannes mit einer Reisetasche war. Vierkant freute sich, Demirbileks Sohn kennenzulernen.

»Wie aus dem Gesicht geschnitten«, urteilte sie überschwenglich und bemerkte Demirbileks hochgezogene Augenbrauen. Sie überreichte ihm die Flugtickets. »Der Flieger geht um elf Uhr zehn. Vorher war nichts frei. Viel Zeit haben Sie nicht mehr. Pius wollte auch kommen. Wagner würde euch zum Flughafen fahren.«

»Wie geht's Jale?«, fragte Demirbilek, ohne sich zu bedanken.

»Alleine habe ich mich nicht zu ihr getraut«, gestand Vierkant.

Während Demirbilek sich bei den Ärzten nach Cengiz' Gesundheitszustand erkundigte, warteten Vierkant und Aydin vor dem Krankenzimmer. Nach fünf Minuten kam Leipold abgehetzt mit einem Strauß Rosen in der Hand und rollte einen quietschbunten Reisekoffer hinter sich her.

»Und?«, fragte er, noch bevor er Vierkant erreicht hatte.

»Der Chef fragt gerade nach … Das ist Aydin, sein Sohn.«

Leipold reichte Aydin die Hand. »Wie aus dem Gesicht geschnitten«, war auch sein Kommentar.

Aydin schmunzelte über Leipolds Koffer, der mit den schreienden Farben nicht zu ihm passte.

»So was kauft meine Frau!«, erklärte Leipold leise.

Kurz danach kam Demirbilek schnellen Schrittes den Gang entlang. »Eine Gehirnerschütterung, sie haben Schlimmeres befürchtet. Jale hat ein zweites Mal Glück gehabt. Wir dürfen zu ihr.«

Cengiz schlief, als das Team in das Krankenzimmer trat. Aydin passte draußen vor der Tür auf das Gepäck auf, er wollte später nach Cengiz sehen.
Vierkant setzte sich leise auf den einzigen freien Stuhl neben dem Bett.
Leipold stupste sie an und drückte ihr die Blumen in die Hand: »Machst du das, bitte? Keine Ahnung, wie das geht, ehrlich«, flüsterte er mit bübischem Grinsen.
Vierkant, die genauso froh war wie er, dass Cengiz keine bleibenden Schäden haben würde, machte den Stuhl frei und versorgte die Rosen. Leipold zog den Stuhl näher an Cengiz' Bett. Demirbilek stand wortlos mit verschränkten Armen am Kopfende. Cengiz' Brustkorb senkte sich regelmäßig auf und ab – wie ein Blasebalg. Alle drei beobachteten ihre Kollegin mit tiefer Erleichterung.
Dann, behutsam, mit geschlossenen Augen, voller Konzentration und unter Aufwendung all seines Glaubens, legte Demirbilek seine rechte Hand auf Cengiz' Stirn. Leise bewegten sich seine Lippen. Er flüsterte gleich einem melodischen Singsang die Zeilen einer heilenden Koransure.
Kurz darauf erwachte Cengiz benommen aus dem Schlaf. Sie blinzelte, sah sich verwirrt um und lächelte zögerlich. Unter großer Anstrengung sagte sie: »Ich muss auf's Klo – dringend.«

52

Vor über zwanzig Jahren hatte Robert Haueis zu einem Spottpreis eine vierzig Quadratmeter große Wohnung in Istanbul käuflich erworben. Zu der Zeit dümpelte die Stadt ohne Selbstbewusstsein vor sich hin, gelähmt von einer anhaltenden wirtschaftlichen Rezession. Die Wohnung lag auf einem der Hügel im Stadtteil Tophane mit freiem Blick auf den Schiffsverkehr. Als vor drei Jahren das Viertel aufwendig saniert wurde, war es mit dem Meerblick vorbei. Nach Roberts berufsbedingter Rückkehr nach München behielt er in weiser Voraussicht die Wohnung. Wenn sein Freund Zeki in Istanbul eine Bleibe brauchte, ohne gleich die unüberschaubare Anzahl Verwandter zu alarmieren, bot er ihm an, dort zu übernachten.

Für den Antiquitätenhändler war das Treffen um neun Uhr, das sie tags zuvor ausgemacht hatten, alles andere als christlich. Pünktlich kam Zeki mit dem Taxi von Jales Krankenbett und klopfte an seine Ladentür.

Robert öffnete, mit einem frisch gebrühten *kahve* in der Hand. »Du hast es sicher eilig«, sagte er müde und drückte die Mokkatasse und den Schlüsselbund seiner Istanbuler Wohnung in Zekis Hand.

»Kollege Wagner holt mich mit Leipold in zehn Minuten ab«, sagte Zeki, trank den Mokka in drei Zügen aus und setzte sich auf einen der antiquarischen Stühle. »Und? Wie geht's dir, Robert? Wie läuft es mit deiner neuen Freundin?«

»Sie hat Schluss gemacht, weil ich mich über ihre Tochter ständig aufregen musste«, erklärte Robert widerwillig.
»So schnell? Damit du dich aufregst, muss schon allerhand passieren. Was war denn los?«
»Triffst du Selma in Istanbul?«, erwiderte sein Freund ausweichend und sendete damit das eindeutige Signal, nicht weiter über seine Ex-Freundin reden zu wollen.
»Wie kommst du darauf?«
»Sie hat gestern angerufen, bevor ihr euch an der Isar getroffen habt. Ich dürfte dir eigentlich nichts sagen«, bemerkte Robert mit einem Augenzwinkern.
»Pius und ich bleiben höchstens ein oder zwei Tage. Ich glaube nicht, dass ich Zeit haben werde. Was wollte sie denn?«
»Frag sie selbst! Sie wohnt eine halbe Stunde von meiner Wohnung weg. Richte es ein, mein Freund«, riet er.
Demirbilek überlegte fieberhaft, ob er die Chance nutzen sollte, Selma zu überraschen.
Robert war inzwischen zu dem Tisch gegangen, auf dem er das *tavla* vorbereitet hatte. Demirbilek rückte den Stuhl näher und griff zu den Würfeln.

53

In einer Höhe von rund zwölftausend Metern war Leipold in einen Artikel des Bordmagazins über europäische Szeneclubs vertieft. Demirbilek döste neben ihm. Bei der Durchsage des Kapitäns wachte er aus einem verworrenen Traum auf und bekam als Erstes Leipolds schlechte Zähne zu sehen. Der starrte mit offenem Mund an seinem Kopf vorbei aus dem Fenster. Bei Demirbilek weckte der atemberaubende Anblick auf die Metropole Istanbul ähnliche Empfindungen. Er versuchte, sich vorzustellen, wie sein Leben verlaufen wäre, wenn seine Eltern damals nicht nach Deutschland gegangen wären. Wie es gewesen wäre, wenn er mit Selma in Istanbul zusammengelebt hätte. Zeki spürte, dass ein Teil von ihm sich danach sehnte, dort zu sein. Gleichzeitig aber war München sein Zuhause. Er schob die Gedanken weg und konzentrierte sich auf den Grund ihrer Reise. Gül Güzeloğlu hatte Ahmet Burak zur Flucht verholfen. Er musste sie sprechen.

Birol Tekerek fuhr nach der Landung des Flugzeugs aus München mit einem Servicewagen direkt zur Maschine. Der in Nürnberg ausgebildete Polizist im Dienste der Istanbuler Polizei, Wirtschaftsdezernat, begrüßte die Münchner Kollegen mit festem Händedruck. Während der Fahrt im Elektrofahrzeug war wegen des ohrenbetäubenden Lärms auf dem Rollfeld keine Unterhaltung möglich. Nachdem sie die Einreiseformalitäten an einem

Sonderschalter hinter sich gebracht hatten, führte Tekerek die beiden zu einem Ford Mondeo. Während der Fahrt in die Innenstadt berichtete er, was er nach dem Anruf aus München herausgefunden hatte – mit leicht fränkischem Einschlag, was bei Demirbilek und Leipold für gewisse Irritation sorgte.

»Good Döner Food ist ein aufstrebender Konzern, er macht um die zehn Millionen Euro Umsatz. Fleisch, Spieße, Öfen, Fladenbrot, Soßen, Gemüse, selbst die Gewürze lassen sie in Indien produzieren. Eben alles, was zur Produktion und zum Verkauf eines leckeren Döners gehört. Der allmächtige Chef heißt Furat Firinci, führt sein Unternehmen ehrgeizig wie der FC Bayern«, brachte Tekerek sein in Franken erworbenes kulturelles Wissen mit ein.

»Wenn der Konzern so viel Geld macht, was hat dann die Fusion durch die Heirat mit Gül Güzeloğlu für einen Sinn?«, fragte Demirbilek. Er hatte keine Lust auf Witzeleien, und die Ehrfurcht, mit der Tekerek von der Firma schwärmte, gefiel ihm nicht.

»Firinci hat mit Good Döner Food in gerade mal fünf Jahren ein Imperium in der Türkei und im arabischen Wirtschaftsraum aufgebaut. In der EU aber ist er schlecht aufgestellt. Er will expandieren. Und da kommt Döner Delüks ins Spiel. Insider befürworten die Fusion euphorisch – ein türkischer Megaplayer tut dem Image unseres Landes gut. Außerdem wird spekuliert, dass Firinci nach der Hochzeit seines Sohnes mit Güzeloğlus Tochter an die Börse geht. Firinci will die ganze Welt mit seinem Döner glücklich machen.«

Leipold, der die ganze Zeit über nichts gesagt hatte, ließ mit großen Augen die vorbeiziehende Stadt auf sich wirken.

»Und dass der alte Güzeloğlu gestorben ist, macht nichts?«, erkundigte sich Demirbilek.

»Im Gegenteil«, antwortete Tekerek, er hatte sich gut vorbereitet. »Die Wirtschaftsexperten gehen davon aus, dass Firincis Sohn die Geschäfte von Döner Delüks in München als Europasitz übernehmen wird. Uğur ist ein Topmanager, ausgebildet in den USA und England. Vater und Sohn haben Großes vor. Gül Güzeloğlu ist ja eher eine Partyqueen, vom Geschäft versteht sie nichts, heißt es, oder habt ihr da andere Informationen?«

Die beiden Münchner Polizisten verneinten.

»Was die Befragung betrifft, da habe ich schlechte Nachrichten. Die sind alle ziemlich eingespannt wegen der Beerdigung des alten Güzeloğlu. Ich habe einen Termin um sechs Uhr bekommen. Frau Güzeloğlu hat eine halbe Stunde Zeit für euch.«

Leipold sah verdutzt zu Tekerek. Demirbilek nahm die Neuigkeit gelassen hin.

»Wo treffen wir sie?«

»In Levent, im Firmensitz von Good Döner Food.«

Demirbilek überlegte. »Dann fahren wir vorher zu Roberts Wohnung.«

Eine halbe Stunde später ließ sich der grauhaarige Fahrer nicht davon abhalten, die Koffer der Münchner in den dritten Stock zu tragen. Leipold war zwar absolut dagegen, aber Demirbilek überredete ihn, den Mann seine Arbeit machen zu lassen. Der Fahrer werde dafür bezahlt und würde sich sonst in seiner Berufsehre verletzt fühlen. Tekerek nickte zustimmend und zündete sich, kaum waren sie wieder auf der Straße, eine Zigarette an. Dann erklärte er Leipold, wie seine Heimatstadt polizeilich gesehen ticke, nämlich ganz anders als in Bayern.

Während die beiden sich unterhielten, nutzte Demirbilek die Gelegenheit und versuchte – bestimmt zum dreißigsten Mal –, Gül Güzeloğlu auf dem Handy zu erreichen. Diesmal nahm sie den Anruf an.

»Wir sehen uns doch später, *Komiser Bey*«, sagte sie freundlich, ohne ihn zu begrüßen.

»Bringen Sie Ihren Freund Ahmet Burak mit. Sagen Sie ihm, wir wissen, dass er nach dem Schuss auf unsere Kollegin den Notarzt angerufen hat. Ich brauche eine Personenbeschreibung des Schützen, er muss ihn gesehen haben. Ich glaube nämlich, dass der Killer ihn töten wollte und nicht unsere Kollegin«, antwortete Demirbilek ruhig, ebenfalls grußlos.
Gül Güzeloğlu blieb stumm. Demirbilek spürte, dass er sie mit seinem Ansinnen überrumpelt hatte.
»Kommen Sie um achtzehn Uhr zur Galatabrücke«, erwiderte sie nur und legte auf.
Gedankenverloren steckte er sein Handy in die Jacke und wunderte sich ein weiteres Mal über diese Frau, die so voller Überraschungen steckte. Sein Blick wanderte zu einem Kreuzfahrtschiff, das bedächtig durch das Goldene Horn schipperte. Es dauerte eine Weile, bis er seinen Blick wieder lösen konnte und auf die Uhr sah. Dann wählte er Aydins Handynummer.
»Ja? *Baba,* was gibt's«, flüsterte sein Sohn.
»Wo bist du? Warum sprichst du so leise?«, fragte er erstaunt.
»Im Krankenhaus. Bei Jale … Warte, ich gehe mal kurz hinaus.«
Demirbilek hörte Schritte, bis Aydin wieder zu sprechen begann.
»Gut. Was gibt's?«
»Was machst du so lange bei Jale? Wie geht es ihr eigentlich?«, fragte Demirbilek.
»Sie wird heute noch mal durchgecheckt und bleibt die Nacht über zur Kontrolle im Krankenhaus. Wenn alles gutgeht, darf sie morgen wieder raus.«
»Und du warst die ganze Zeit bei ihr?«, fragte Demirbilek mit vorwurfsvollem Unterton.
»Ist ja wohl meine Sache, was ich mit meiner Zeit anstelle«, erwiderte Aydin ebenso vorwurfsvoll und wechselte des lieben Friedens willen das Thema. »Wie ist es in Istanbul?«

»Laut!«, erwiderte Demirbilek. »Kannst du mir sagen, ob deine Mutter zu Hause ist oder heute Vorlesung hat?«
Aydin verstummte und antwortete erst nach einer Weile. »Sie hat bis vier Uhr ein Seminar … Tu ihr nicht wieder weh, *baba,* bitte.«
Aydin legte auf, ohne sich zu verabschieden.
Nein, dachte Demirbilek, das werde ich ganz sicher nicht. Schnell ging er zu Tekerek und Leipold. Er informierte Pius, dass er ihn in drei Stunden wieder treffen würde, um Gül Güzeloğlu zu verhören. Dann setzte er sich nach hinten in den Wagen und gab dem Fahrer als Ziel die Istanbuler Universität an.

54

Huperei gehörte zum Alltag im Istanbuler Straßenverkehr. Die Fahrt zur Universität zog sich hin. Der mit einer unglaublichen Geduld gesegnete Fahrer schaltete irgendwann das Radio ein. Einer der vielen Privatsender spielte türkische *saz*-Musik. Die getragene Melodie mischte sich unter den Straßenlärm, der durch die vier geöffneten Fenster in das Wageninnere drang. Demirbilek holte seine drei Taschentücher heraus und faltete sie sorgfältig zusammen.

Endlich fand der Fahrer in der Nähe des Haupttores der Universität ein Fleckchen freie Straße zum Halten. Demirbilek informierte ihn, dass es nicht lange dauern würde, und ging zum Platz vor dem altehrwürdigen Universitätsgebäude. Die türkische Flagge wehte auf dem Fahnenmast im Wind, Tauben pickten fleißig auf dem Kopfsteinpflaster, fliegende Händler und Lastenträger kreuzten den Platz. Da entdeckte er Selma, die durch das Haupttor direkt auf ihn zukam. Sie war nicht allein. Eine Gruppe Studenten begleitete sie.

Demirbilek pfiff einen Jungen herbei, der seine Dienste als Schuhputzer anbot. Eifrig stellte der Junge mit zerrissenen Hosen dem Kommissar den Hocker hin und ging seiner Arbeit nach, während Zeki weiterhin Selma im Auge behielt. Ein Mann um die vierzig mit einem Aktenkoffer in der Hand steuerte auf die Gruppe zu, begrüßte die Studenten und gab Selma einen Wangen-

kuss. Nach einer Weile hakte sie sich bei ihm ein und zog mit ihm weiter.
Zeki war etwas verstört. War der Mann, der nicht unansehnlich war, ihr Freund oder ein Kollege? Er bezahlte den Jungen großzügig, der in Windeseile die Schuhe auf Hochglanz poliert hatte, und folgte den beiden. Sobald sie den Vorplatz der Universität verlassen hatten, nahm der Mann wie selbstverständlich Selmas Hand und hielt eines der gelben Taxis an.
Zeki blieb stehen und verfolgte von weitem, wie er mit dem Taxifahrer diskutierte. Selma richtete sich beim Warten das Haar. Dann drehte sie sich um.
Zekis Gebete wurden erhört. Selma schaute direkt in seine Richtung. Er lächelte verschmitzt und machte keine Anstalten, zu ihr zu gehen. Sie lächelte ungläubig zurück, als wäre ihr Ex-Ehemann eine flirrende Erscheinung in der Nachmittagshitze. Zeki deutete auf ein Straßencafé, keine fünfzig Meter entfernt. In dem Augenblick öffnete der Mann die Wagentür des Taxis und bugsierte Selma auf den hinteren Sitz. Das Taxi fuhr los. Selma drehte sich ein weiteres Mal um und sah aus dem hinteren Fenster zu ihm – mit sehnsuchtsvollem, melancholischem Blick und einer entschuldigenden Geste.
Regungslos wartete Zeki, bis Selma im Verkehrschaos verschwunden war. Danach kehrte er schnell durch die wuselnde Menschenmenge zu seinem Fahrer zurück und gab als neues Ziel die Galatabrücke an. Auf seine Bitte hin wechselte der Mann den Sender. Türkische Popmusik war jetzt genau das Richtige für seine gute Stimmung. Hoffnung keimte auf, seine große Liebe zurückzugewinnen. Auch wenn es in Selmas Leben einen anderen Mann geben könnte. Das war ihm egal. Er war schließlich Zeki Demirbilek, der Mann mit dem Selma zwei Kinder hatte. Und nicht irgendwer, stellte er voller Kampflust fest.

55

Das letzte Stück zur Galatabrücke gingen Demirbilek und Leipold zu Fuß. Ihr Weg führte sie an der neuen Moschee in Eminönü vorbei. Die vielen Menschen und der durch die Lautsprecher hallende Ruf des Muezzins wirkten sich auf Leipolds Aufmerksamkeit aus. Zweimal rannte er in Passanten hinein, einmal davon in eine verschleierte Frau, deren Ehemann Leipold wütend zur Rede stellte.

Demirbilek regelte die Angelegenheit für seinen Kollegen auf türkische Art. Er lud den Mann und seine Frau auf einen Tee ein. Danach mussten die beiden Polizisten schnell machen, sie waren spät dran.

Bei Leipold prägten sich die erhabene Aussicht auf die Moscheen und der umtriebige Schiffsverkehr als bleibender Eindruck ein. Beim Überqueren der zweigeschossigen Brücke passierten sie Angler, die ihr Glück bei den Fischen im Goldenen Horn versuchten. In der Mitte der Galatabrücke entdeckten sie Gül. Sie trug ein einfaches schwarzes Kleid und hatte das Kopftuch traditionell gebunden – sie gab das brave Mädchen vom Lande, urteilte Demirbilek.

Gül nickte den beiden Männern zum Gruß zu und deutete auf ein Fährschiff, das gerade ablegte.

»Ahmet verlässt die Stadt«, erklärte sie ohne jegliche Gefühlsregung.

Demirbilek nahm Leipold ein Stück zur Seite. Beide lehnten sich mit den Unterarmen auf das Eisengeländer der Brücke und blickten auf die Fähre, die sich zwischen Booten und Schiffen hindurchschlängelte.
»Pius, mein Gefühl sagt mir, dass die Frau irgendetwas im Schilde führt. Vielleicht ist es besser, wenn du bei dem Gespräch nicht dabei bist. Nicht, dass es am Ende uns beide den Kragen kostet.«
Leipold klopfte Demirbilek auf die Schulter. »Danke für das Angebot, alter Türke. Aber ich bin nicht den weiten Weg gekommen, um das Beste zu verpassen. Du verhörst sie, und ich geh dazwischen, wenn es sein muss. In Ordnung?«, entschied er, was Demirbilek mit Erstaunen und Respekt zur Kenntnis nahm.
Gül rauchte, als die beiden wieder zu ihr traten. In der Hand hielt sie einen Zettel.
»Ich habe einen Vorschlag. Ein Geschäft, das für beide Seiten gut ist … Sie lassen Ahmet Burak in Ruhe, dafür liefere ich Ihnen Florian Krusts Mörder. Er ist derselbe, der ihre Kollegin angeschossen hat«, unterbreitete sie den Polizisten, wobei sie das Wort vornehmlich an den türkischen Kommissar richtete.
Die beiden sahen sich stumm an. Gül redete weiter, die Verblüffung dauerte ihr zu lange. »Ahmet hat einen Anruf von seinem Vater bekommen, nachdem er Karaboncuk erdrosselt hat. Er war sturzbesoffen, abgefüllt mit Bier und Rakı. Aus eigener Kraft hat er es nicht geschafft, den toten Karaboncuk wegzutragen.«
»Und der andere, Stefan Tavuk?«, fragte Demirbilek.
»Metin hat Ahmet gezwungen, von Anfang an dabei zu sein. Sie haben diesem Tavuk mit einem meiner Handys eine SMS geschickt, damit er ins Sultans kommt. Sein Vater meinte, Ahmet wäre das meiner Familie schuldig. Mein Vater hat ihm ein Dach über dem Kopf und eine Anstellung gegeben. Was sollte Ahmet tun? Er war sein Sohn.«

»Und was haben Metin und Ahmet Burak in Tavuks Auto gesucht?«, hakte Demirbilek nach.
»Karaboncuk hat geschworen, dass Stefan Tavuk den Tresorschlüssel immer bei sich trägt. Er war nackt, als er starb, also hat Ahmet den Schlüssel im Spind bei Tavuks Sachen gesucht. Er hat ihn dort aber nicht gefunden, deshalb wollte sein Vater im Auto nachsehen«, antwortete sie.
»Wieso kam es dann zu dem Schuss?«
»Ahmet hat versucht, seinem Vater die Waffe abzunehmen.« Sie zog bedächtig an der Zigarette.
Demirbilek hätte sie ihr am liebsten aus der Hand geschlagen. »Was ist geschehen? Erzählen Sie schon!«
»Er wollte sich umbringen.«
»Metin Burak? Warum das?«, fragte Demirbilek überrascht.
»Weil der Tresorschlüssel nicht im Wagen war. Er befürchtete, dass die Angelegenheit Schande über die Familie Güzeloğlu bringen würde. Er hatte versagt. Er wusste von der Bedeutung der anstehenden Heirat.«
Leipold schüttelte den Kopf.
Demirbilek wusste nicht, ob er ihr glauben sollte. »Das alles hat Ihnen Ahmet gestanden. Warum erzählt er uns das nicht selbst?«
»Herr Weniger hat morgen eine eidesstattliche Erklärung auf dem Schreibtisch, da können Sie alles genau nachlesen. Ordentlich mit Unterschrift.«
Demirbilek blickte zu Leipold, der ebenso skeptisch zu sein schien wie er.
»Und was soll das mit den Reißnägeln gewesen sein?«, meldete sich Leipold nun doch zu Wort.
Gül lachte auf. »Das hat ihn Ahmet auch gefragt. Sein Vater hat ihm erzählt, dass er das aus der Armee hat. Männerspiele.«
»Männerspiele?«, erkundigte sich Leipold ungläubig. »Und be-

soffen, wie er war, hat er den beiden das Wort Teufel reingestanzt, oder wie?«
»Kann sein, dass ich Metin auf die Idee gebracht habe. Als ich mich ihm damals anvertraut habe, hat er vor meinen Augen auf den Koran einen Eid abgelegt, sich um die beiden ›Teufel‹, wie ich sie nannte, zu kümmern. Wahrscheinlich deshalb.«
»Ach ja?«, kommentierte Demirbilek noch skeptischer. Aus seiner Sicht war die Erklärung weit hergeholt. Dennoch brachte er das Thema auf den flüchtigen Mann zurück, schließlich ging es darum, einen in Deutschland gesuchten Verbrecher zu fassen. Auch eidesstattliche Erklärungen konnten erstunken und erlogen sein. »Ist Ihnen klar, dass durch Ihre Aussage Ahmet Burak nicht nur wegen Mordes oder Totschlags an seinem Vater gesucht wird? Es geht jetzt auch um Mithilfe bei zwei Morden.«
»Es ist so, wie ich es sage.«
Demirbilek nahm das zweite Taschentuch für den Tag heraus und wischte sich den Schweiß von der Stirn.
Leipold verfolgte mit nachdenklichem Gesicht die Schiffe in seinem Blickfeld.
»Ahmet lässt sich nicht für den Rest seines Lebens in ein türkisches Gefängnis einsperren«, erklärte Gül, bevor sie sich eine weitere Zigarette anzündete.
Zumindest ist sie in dem Punkt ehrlich, dachte Demirbilek. Nach dem Prozess wäre der illegal in Deutschland Lebende in die Türkei überführt worden. Er blickte zu Leipold, um zu sehen, was er von Güls Aussage hielt. Leipold zuckte mit den Achseln und ermunterte ihn, weiterzumachen.
»Und warum musste Florian Krust sterben?«
Gül zupfte an ihrem Kopftuch und überlegte anscheinend das erste Mal, wie sie ihre Worte wählen sollte. »Krust hat über die letzten Jahre Unsummen veruntreut. Das kam nach und nach auf, als

der Fusionsvertrag verhandelt wurde. Es rächte sich, dass er die Anwälte meines Zukünftigen unterschätzte. Im Grunde glaubte er, dass er es mit türkischen Vollidioten zu tun hatte. Übrigens hat Krust auch Tavuk übers Ohr gehauen. Der war so naiv, der hat sogar nicht gemerkt, dass er niemals als Geschäftsführer eines Döner-Delüks-Ladens gearbeitet hätte.«

»Krust hat uns gesagt, dass er den Deal eingefädelt hat, stimmt das denn nicht?«

»Doch. Das ist wahr. Es war seine verdammte Idee mit der Fusion und der Heirat«, erzürnte sie sich.

»Und dafür sollte er entlohnt werden?«, hakte Demirbilek nach.

»Krust sollte laut Fusionsvertrag eine ordentliche Prämie bekommen. Doch dafür hatte niemand mehr Verständnis, nachdem er aufgeflogen war. Sein Betrug sollte nicht an die Öffentlichkeit gelangen.«

»Wer ist niemand?«, fragte Demirbilek mürrisch, ihm war klar, dass sie damit ihre neue Familie meinte.

Wie erwartet ging Gül auf die Frage nicht ein. »Ahmet sollte sterben, weil er mich liebt. Er war eine Gefahr für die Pläne meines Vaters. Die Angelegenheit ist jetzt geklärt. Es war meine Schuld. Ein Missverständnis«, erläuterte sie stattdessen.

»Ahmet Burak sollte umgebracht werden, weil er Sie liebt?«, wollte Demirbilek erstaunt wissen.

»Ja. Eine Frage der Ehre und des Geschäftes, Herr Demirbilek. Ich dachte, Sie sind Türke. Eigentlich sollten Sie das verstehen«, erwiderte sie spöttisch.

Demirbilek lachte auf, bevor er ruhig antwortete: »Das Problem haben die meisten, mit denen ich beruflich zu tun habe. Sie versteifen sich darauf, dass ich Türke bin. Genau wie Sie. Doch da täuschen Sie sich. Ich bin in erster Linie Münchner Kommissar. Und als solcher sage ich Ihnen, dass ich es satthabe, mich von Ihnen auf

den Arm nehmen zu lassen.« Dann wandte er sich Leipold zu: »Ruf Tekerek an, er soll herkommen und sie festnehmen.«
Leipold holte in aller Ruhe sein Handy aus der Tasche.
»Sparen Sie sich den Anruf. Birol ist ein großer Bewunderer meines zukünftigen Mannes. Er wird mich nicht verhaften«, sagte Gül und schnippte die Zigarette ins Meer.
Leipold hielt inne und versuchte mit Blick auf Demirbilek zu ergründen, was sie tun sollten. Gül half ihnen bei der Entscheidung.
»Der Mann, den Sie suchen, ist ausgebildeter Scharfschütze der türkischen Armee. Einer, der für Geld alles tut. Er ist gerade mal Mitte dreißig und wird noch über viele Jahre Aufträge annehmen. Wenn Sie ihn fassen, retten Sie das Leben vieler Menschen.« Sie hielt dem Kommissar den Zettel hin.
Er hätte nur zuzugreifen brauchen. Doch Demirbilek hatte sich noch nicht entschieden, er wollte Gewissheit. »Ich möchte wissen, wer die beiden Morde in Auftrag gegeben hat.«
Gül sah ihn mit resolutem Gesichtsausdruck an. Offenbar hatte sie mit der Frage gerechnet. »Das weiß ich nicht.«
Demirbilek hatte ebenfalls mit dieser Antwort gerechnet. »Sie lügen.« Urplötzlich griff er nach ihrer Hand. Wieder war sie kalt. Mit einem tiefen Blick in seine Augen versuchte Gül, ihre Finger zu lösen. Der Kommissar drückte fester zu und erwiderte ihren Blick. Was er in ihren Augen entdeckte, verwunderte ihn.
»Sie haben Angst«, stellte er unvermittelt fest.
Zeki fragte sich, ob ihre Angst daher rührte, dass sie einen türkischen Mann vor sich hatte, der zornig war und sich nicht von einer Frau ausspielen lassen wollte. Er prüfte ein weiteres Mal ihren verängstigten Blick, sah, wie ihre Pupillen nervös zuckten.
»Bitte, lassen Sie meine Hand los.«
Demirbilek ließ sich Zeit, bevor er seinen Griff lockerte. Der Zettel blieb in seiner Hand zurück.

»Der Mann wird *der Deutsche* genannt. Er kommt morgen im Laufe des Tages nach München, um sein Geld abzuholen. Viel Glück, *Komiser Bey.*«
Anschließend drehte sie sich um und überquerte die Brücke Richtung Galataturm. Erst da bemerkten Demirbilek und Leipold, dass Gül flache, feuerrote Turnschuhe zu dem schwarzen Kleid trug.

Zwei Stunden später schleuste ein türkischer Polizist in Uniform die beiden bayerischen Beamten durch die Passkontrolle am Flughafen. In allerletzter Sekunde bestiegen die Kommissare die letzte Maschine nach München. Vor der Treppe am Rollfeld beendete Demirbilek das letzte seiner unzähligen Telefonate mit den Kollegen in München. Kommissariatsleiter Weniger war in einer Sitzung in Berlin; er durfte zu Demirbileks Glück nicht gestört werden.

Völlig erledigt von seinem Kurztrip nach Istanbul, betrat der Kommissar weit nach Mitternacht seine Wohnung. Er stellte den Trolley im Flur ab und öffnete vorsichtig die Schlafzimmertür. Sein Bett war gerichtet, Aydins Futon auf dem Boden ebenfalls. Doch sein Sohn war nicht da. Aydin war alt genug, er hoffte nur, er wusste, was er in Bezug auf Cengiz tat.
In der Küche entdeckte er die Post. Sie lag auf dem Fensterbrett. Er nahm die Briefe und setzte sich an den Küchentisch. Der oberste war von Frederikes Anwalt. Er holte aus der Tischschublade einen Kugelschreiber und unterschrieb, ohne zu zögern, die Scheidungspapiere an den mit Kreuzen markierten Stellen – was für eine Erleichterung, dachte er und war trotz bleierner Müdigkeit irritiert von der Doppeldeutigkeit seines Gedankens. Danach legte er sich ins Bett. Er nahm sich vor, nicht über Gül Güzeloğlu

und die vier Morde nachzudenken. Stattdessen rief er sich Selmas sanften, sehnsuchtsvollen Blick aus dem Taxi ins Gedächtnis. Innerhalb kürzester Zeit schlief er ein.

Am nächsten Morgen wachte Zeki Demirbilek um sechs Uhr vom Weckton seines Handys auf. Aydins Schlafplatz war unberührt. Jetzt wunderte er sich doch und schimpfte, dass er wenigstens hätte Bescheid geben können, wenn er über Nacht wegblieb. Er schlurfte gähnend zum Badezimmer. Beim Zähneputzen zog er eine alberne Grimasse vor dem Spiegel. Er hatte nicht lange, aber wunderbar geschlafen und war in bester Stimmung. Heute würde er den Mann fassen, den Güzeloğlu den Deutschen nannte, und damit den ersten Fall des Sonderdezernats zu Ende bringen. Wenn der erste Fall mit vier Toten aufwartete, wie sollte das bloß weitergehen?, fragte er sich. Der kleine Zettel, den ihm Gül im Gegenzug für Ahmet Buraks Freiheit gegeben hatte, genügte, um den heutigen Großeinsatz vorzubereiten. Die islamische Gemeinde mit der kleinen Moschee, in der die Geldtasche auf den Deutschen wartete, war bereits umstellt.

Auf dem Weg zur Küche schlurfte er an dem Zimmer vorbei, das von Cengiz bewohnt wurde. Er folgte einer Eingebung und öffnete vorsichtig die Tür. Sein Sohn lag in Cengiz' Bett.

»Ich hole Jale um zwölf Uhr aus der Klinik«, brabbelte Aydin im Halbschlaf und wälzte sich auf die andere Seite.

Was habe ich da nur angestellt?, sorgte sich Demirbilek und ließ Aydin weiterschlafen.

56

Der Deutsche hatte die ganze Zeit über in seiner sicheren Unterkunft in Salzburg auf den Rückruf seines Auftraggebers gewartet. Nach dem ausführlichen Telefonat mit Furat Firinci war für ihn die Welt wieder in Ordnung. Firinci hatte in blumigen Worten dem Schicksal gedankt, dass er die zweite Zielperson verfehlt hatte. Ohne weitere Erklärungen hatte er den Auftrag, Ahmet Burak zu töten, zurückgezogen. Das Missgeschick mit der angeschossenen Polizistin schob Firinci als unwesentlich beiseite und versicherte ihm, ihn wieder zu buchen. Das Geld, so erfuhr der Deutsche, war nach wie vor in der islamischen Gemeinde in der Goethestraße deponiert. Auf eine Teilrückzahlung seiner Gage, wie Firinci es nannte, verzichtete er am Ende des Gespräches großzügig. Bei der Autofahrt von Salzburg nach München ordnete der Deutsche seine Gedanken. Er musste seine Geldtasche holen, den Mietwagen am Flughafen abgeben und weiter nach Moskau zum nächsten Auftrag fliegen.

Knapp eine Stunde später parkte er den BMW in der Nähe der Goethestraße unweit des Hauptbahnhofes und ging zu Fuß weiter, um ein leichtes Mittagessen zu sich nehmen, bevor er die Moschee aufsuchte. Er hatte sie bei seinem ersten Besuch ausfindig gemacht, als er einen Ort zum Beten suchte. Das Wort eines Glaubensbruders war besser als jedes Schließfach, davon war er überzeugt. Sein Weg führte ihn in der Schwanthalerstraße an einer für Istanbuler Verhältnisse kleinen Aldi-Filiale vorbei. Dort entdeckte er zu seiner Freude auf dem Plakat für Sonderangebote jene Art magnetisch zusammengehaltener Lesebrillen, die er selbst seit einigen Jahren trug. Er prüfte im Geschäft die Qualität des Schnappmechanismus und erstand zwei samt Etui in seiner Dioptrienstärke. Beim Tabakgeschäft nebenan holte er die *Hürriyet* und setzte sich zum Lesen in ein Bäckereicafé, wo er eine Butterbreze und Milchkaffee bestellte. Den Artikel über die angeschossene Polizistin mit türkischen Wurzeln fand er auf der dritten Seite. Die mutige Frau wurde als Münchner Heldin gefeiert. Ein Foto zeigte sie mit einem Strauß Blumen im Krankenhausbett. Der Deutsche lächelte über den pathetischen und – was den Informationsgehalt betraf – haltlosen Artikel. Im selben Atemzug lobte er sich, für das positive Image der Türken in Deutschland etwas beigetragen zu haben, auch wenn es nicht unbedingt beabsichtigt gewesen war.

57

Sie zeigen mir einen Zettel mit einer Adresse und behaupten, dass ein Mann, der ausgerechnet ›der Deutsche‹ genannt wird, Florian Krusts Mörder ist – ja, haben Sie noch alle Tassen im Schrank?«, tobte Kommissariatsleiter Weniger vor Demirbileks Schreibtisch und holte weiter aus. »Ein türkischer Auftragskiller, der nach München kommt, um eine Tasche voller Geld abzuholen! Kein Name. Keine Identität. Nur die äußerst vage Personenbeschreibung eines Mannes, der selbst wegen Mordes gesucht wird. Wir haben nichts, keine Beweise, nichts Handfestes, nur den Zettel dieser vermaledeiten Frau. Mensch! Demirbilek!«

»Beweise wird es geben, wenn wir ihn gefasst und ich ihn verhört habe. Der Deutsche weiß nicht, dass wir auf ihn warten. Mehr kann ich nicht dazu sagen. Noch leite ich die Ermittlungen. Vertrauen Sie mir.«

»Ich vertraue Ihnen, sonst hätten Sie den Posten nicht. Doch wenn die Aktion schiefgeht …«

»Stelle ich meinen Stuhl zur Verfügung«, unterbrach Demirbilek ihn.

»So habe ich das nicht gemeint!«, lenkte Weniger ein.

»Wie dann?«

»Ach! Lassen wir das … Wieso sind Sie eigentlich so überzeugt davon, dass Ihnen Frau Güzeloğlu keinen Bären aufgebunden hat?«

Demirbilek legte seinem Chef Überwachungsfotos vor. »Kam gerade per Mail aus Istanbul.«
Laut Datum und Uhrzeit handelte es sich um Passagiere der Fähre, auf die Gül Güzeloğlu auf der Galatabrücke gedeutet hatte. Ahmet Burak, dessen richtiger Familienname nach Auskunft der türkischen Kollegen Öncel lautete, war deutlich darauf zu erkennen.
»Exzellente Qualität. Kriegen Sie mal raus, was die Kollegen in Istanbul für ein System verwenden«, meinte Weniger ernst.
»Mach ich«, versprach Demirbilek und fügte hinzu: »Der Deutsche wird international unter dem Codenamen *Alman* gesucht. Auch wenn wir seine Identität nicht kennen, so passt die Täterbeschreibung auf mindestens elf offene Mordfälle. Frau Tavuk hat zudem ausgesagt, dass sie von einem Mann gefoltert wurde, der Türkisch sprach. Ich bin ihm übrigens selbst begegnet, vor dem Schuss auf Krust. Er war als Möbelpacker bei den Güzeloğlus.«
»Was? Und das erfahre ich erst jetzt?«
»Besser jetzt als nie«, antwortete Demirbilek schnell.
»Dann schnappen Sie ihn, kann pressetechnisch nicht schaden! Trotzdem … Die Observation der Moschee mit zwanzig Mann läuft seit gestern Abend. Das sind irrsinnige Überstunden! Wenn der Kerl nicht bis neunzehn Uhr auftaucht, beschlagnahmen wir das Geld und ziehen die Leute ab. Haben wir uns verstanden? So, und jetzt gehe ich nach oben und sehe nach, ob Ahmet Buraks eidesstattliche Erklärung angekommen ist.«
»Ahmet Öncel«, korrigierte Demirbilek kurz und schaute Weniger plötzlich mit ernster Miene an. »Ich habe noch was.«
»Ja?«, fragte Weniger.
»Ich habe gehört, Sie wollen Jale Cengiz wieder zurück nach Berlin versetzen.«
»Das hat sie sich mit ihren beiden Alleingängen selbst zuzuschreiben. Ich sorge dafür, dass Sie eine neue Kollegin bekommen.«

»Ich will, dass sie im Team bleibt«, entgegnete Demirbilek und richtete sich hinter seinem Schreibtisch auf, um auf Augenhöhe mit dem Kommissariatsleiter zu sein.
Weniger sah ihn überrascht an. »Wir reden darüber, wenn der Fall gelöst ist.«
»Nein. Ich möchte jetzt eine Entscheidung«, betonte Demirbilek resolut.
»Das klingt nach Drohung«, gab Weniger ungerührt zurück.
Demirbilek brauchte einen Moment, um sich klar darüber zu werden, dass Weniger recht hatte. »Es war als Bitte gemeint«, räumte er schließlich sachlich ein.
Weniger sah in den Augen seines Dezernatsleiters, wie ernst er es mit seinem Anliegen meinte.
»Ich ziehe Sie zur Rechenschaft, wenn Frau Cengiz sich noch einmal so unvernünftig in Gefahr begibt.« Dann nickte er kurz und verließ das Dienstzimmer.
Demirbilek ließ seinen Blick erleichtert zum Fenster schweifen. Ihm kam in den Sinn, wie es wäre, wenn Aydin und Cengiz tatsächlich ein Paar werden würden. Die angenehme Vorstellung ließ ihn an *kahve* denken. Genau diese Köstlichkeit wollte er jetzt unten in der Kantine zu sich nehmen.

Als der Deutsche sich nach seiner Mahlzeit dem Gebäude der islamischen Gemeinde näherte, bemerkte er zwei Dinge, die ihn alarmierten. Abrupt blieb er am Schaufenster eines Computergeschäftes stehen. Aus den Augenwinkeln beobachtete er, wie ein Mann, der in einem BMW saß, über Funk eine Nachricht durchgab. Die zweite Begebenheit, die ihn aufhorchen ließ, war eine Frau, die zu einem Animierlokal ging und der luftig bekleideten Dame an der Tür einen Ausweis hinhielt.
Vor den Augen des Deutschen verschwamm die Auslage des

Computergeschäftes – er war sich absolut sicher, dass die Moschee observiert wurde. Er dankte Allah, ihn davor bewahrt zu haben, in die Falle zu tappen. Wie nur konnte die Polizei wissen, dass er hier auftauchen würde? Die Antwort war einfach, stellte er schnell fest. Er dachte an das Telefonat mit seinem Auftraggeber. Im Lichte der neuen Umstände kam ihm Firincis entgegengebrachtes Verständnis für seinen Fehler geheuchelt vor. Die Einzigen, die von der Geldtasche in der Moschee wussten, waren Furat Firinci und sein Sohn. Nach Moskau würde er den hinterhältigen Unternehmern einen Überraschungsbesuch abstatten, schrieb er in sein fiktives Aufgabenbuch und atmete tief ein und aus, um seine Wut zu bändigen.
Unverrichteter Dinge wollte er zum Auto zurückkehren. Doch da entdeckte er im Schaufenster direkt vor seiner Nase einen gebrauchten PC inklusive Webcam. Ein Schnäppchen, bei dem man nicht nein sagen konnte. Sein Spiegelbild in der Glasscheibe erhellte sich ein wenig. Er dachte an den Zeitungsartikel über die junge Polizistin im Krankenhaus. Sie war schuld an seiner misslichen Lage. Deshalb, beschloss er, soll sie ihm behilflich sein, doch noch an sein Geld zu kommen. Zufrieden mit dem improvisierten Plan, den er im Kopf durchdeklinierte, betrat er das Computergeschäft.

58

Noch überwog bei Aydin das Gefühl, in München Urlaub zu machen. Der Semesterbeginn an der Musikakademie lag in weiter Ferne. Das Zusammenleben mit seinem Vater gestaltete sich dank Jale vollkommen anders als befürchtet. Er war über beide Ohren verliebt. Jale schien seine Gefühle zu erwidern, das jedenfalls ahnte er, nachdem er den ganzen gestrigen Tag bei ihr am Krankenbett verbracht hatte. Wer hätte das für möglich gehalten, freute er sich und überlegte, ob er genug Geld für das Taxi hatte, damit er Jale nach Hause bringen konnte. Sein Vater hatte angedeutet, dass es spät werden könnte, und ihn gebeten, sich um Jale zu kümmern. Nichts lieber als das, frohlockte Aydin. Nach einem ausgiebigen Frühstück sprang Aydin um kurz nach elf Uhr in die 25er-Trambahn, die direkt zum Klinikum Harlaching fuhr.

Der Deutsche war gewappnet, sein Talent zur Improvisation kam ihm dabei zugute. Er hatte sich am Informationsschalter des Klinikums als türkischer Journalist ausgegeben und problemlos erfahren, dass die verwundete Polizistin um zwölf Uhr entlassen werde. Er wartete in seinem 3er-BMW. Er wartete gerne. Warten war für ihn die Vollendung mentaler Anstrengungen.
Um kurz nach halb zwölf erblickte er im Rückspiegel einen jungen Mann, den er von der Isar her kannte. Je näher er kam, desto deutlicher wurde die Ähnlichkeit mit dem türkischen Polizisten,

der ihn gejagt hatte. Besser so, entschied er spontan, als wieder eine böse Überraschung mit der dummen Polizistin zu erleben, die als Heldin gefeiert wurde.
Als der junge Mann an seinem Auto vorbeikam, öffnete er langsam die Tür, stieg aus und trat dem Nichtsahnenden mit dem Knie in den Bauch, hielt den nach Luft Schnappenden mit der rechten Hand davon ab, hinzufallen, öffnete gleichzeitig mit der Linken die hintere Tür und verpflanzte ihn in den Wagen. Sobald der Mann auf dem Rücksitz lag, gab er ihm mit der Faust einen Hieb ins Gesicht. Der junge Mann stöhnte auf. Es folgte ein weiterer Schlag, der ausreichte, um Demirbileks Sohn außer Gefecht zu setzen.
Ohne Aufsehen erregt zu haben, fuhr der Deutsche davon.

Cengiz packte ihre Sachen, die ihr Chef vorbeigebracht hatte, in die Reisetasche und verließ das Krankenzimmer. Sie freute sich darauf, Aydin gleich wiederzusehen. Was für ein Glück sie hatte, einen echten Istanbuler kennenzulernen, der verdammt gut aussah, Deutsch sprach und auch noch nett war – sie mochte München, kam ihr leichten Herzens in den Sinn. Als in dem Moment einer der von ihr beauftragten Wohnungsmakler anrief, schaltete sie ihr Handy auf stumm. Sie dachte nicht daran, so schnell bei den Demirbileks auszuziehen. Dann dankte sie Allah, und sicherheitshalber auch Gott, dafür, den Schuss überlebt zu haben. Sie versprach den Göttern hoch und heilig, in Zukunft besser auf sich aufzupassen.

59

Nach einer Stunde kam Aydin wieder zu Bewusstsein. Eng angelegte Fesseln verbanden seine Hände mit einem Heizkörper. Die Wohnung, in der er aufwachte, war leer. Benommen sah er nach oben zu dem vergitterten Fenster, es war geschlossen. Der Geruch von frischer Wandfarbe hing in der Luft. Doch das Weiß an den Wänden war kaum zu erkennen. Verblüfft bestaunte er trotz brennender Schmerzen die drei Wandseiten direkt in seinem Blickfeld. An den Wänden hingen mit Reißnägeln befestigte Mini-Polaroids. Das müssen Tausende sein, schätzte er beeindruckt. Auf jeder Aufnahme war Gül Güzeloğlu, die er aus der Klatschpresse kannte, zu sehen und ein ihm unbekannter junger Mann. Die Polaroids an seiner Wandseite waren heruntergerissen. Sie lagen verstreut auf dem Boden.

Der Deutsche bemerkte aus den Augenwinkeln, wie seine Geisel zu sich kam. Da sich in der leeren Wohnung kein Tisch mehr befand, hatte er den PC auf dem Boden aufgebaut. Bäuchlings steckte er für die Internetverbindung einen WLAN-Stick in den USB-Anschluss des Rechners. Der Strom war zum Glück nicht abgeschaltet worden. Das Bild der Webcam auf seinem Monitor war hervorragend, zufrieden richtete er die Kamera auf Demirbileks Sohn aus. Seine Geisel positionierte er dabei genau in der Bildmitte, das Fenster und die Polaroids waren außerhalb des Ausschnittes nicht zu sehen.

Scheiße, ängstigte sich Aydin, wo bin ich, was ist passiert, was will der Mann von mir? Sein Magen schmerzte von dem Tritt, der ihn ohne Vorwarnung getroffen hatte. Der zweite Schlag ins Gesicht war das Letzte, woran er sich erinnern konnte. Sprechen konnte er nicht, ein übelriechender Stoffknäuel steckte in seinem Mund. Er hatte unendlichen Durst und befürchtete, in Ohnmacht zu fallen. Auf seine flehenden Laute reagierte der Mann mit der Maske nicht. Er ignorierte ihn völlig, als wäre er allein in dem Zimmer. Dann schien der Mann mit dem Aufbau des PCs und der Webcam fertig zu sein. Er nahm ein Handy, das Aydin als das seine erkannte.

Der Deutsche wartete, bis der Sekundenzeiger seiner Armbanduhr die volle Stunde anzeigte. Es war auf die Sekunde genau fünfzehn Uhr, als er Zeki Demirbileks Nummer wählte.

Demirbilek stieg gerade die Treppe hoch, als sein Handy klingelte. Er wollte Weniger berichten, dass türkische Kollegen nach München unterwegs waren, um sie bei der Jagd nach dem *Alman,* dem Deutschen, zu unterstützen.
Es war Cengiz, die sich erkundigte, wo Aydin steckte. Demirbilek wusste es nicht und fand es genauso merkwürdig wie sie, dass sein Sohn sie versetzt hatte. Um sie aufzumuntern, beauftragte er sie, das Huhn aus der Tiefkühltruhe zu holen, und gab das Rezept für das Zitronenhuhn durch. Auf Cengiz' Frage, wie es mit dem Fall laufe, ging Demirbilek nicht ein. Fünf Treppenstufen weiter klingelte es erneut. Dieses Mal tauchte Aydins Nummer auf dem Display auf.
Die vor Angst bebende Stimme seines Sohnes am Telefon brachte den Kommissar aus dem Gleichgewicht. Er stolperte und fiel auf die Knie. Tiefe Sorge und höllische Panik übermannten ihn.

Er hatte das Gefühl, als hämmerte sein Herz tonnenschwer gegen seine Rippen. Auf die Anweisungen des Deutschen antwortete er genau drei Mal mit ja. Der Anruf war innerhalb von zwanzig Sekunden beendet.
Danach setzte er sich wie betäubt auf die Treppenstufe und versuchte, sein Herz zu beruhigen. Ihm wurde für einen Augenblick schwarz vor Augen.
Du musst klar denken, zwang er sich. Reiß dich zusammen, Zeki, beschwor er sich, es geht um deinen Sohn. Als das nicht half, schrie er seine Angst laut hinaus, so laut, dass es das gesamte Präsidium hören musste: »Reiß dich zusammen, Zeki Demirbilek. Du bist Polizist!«
Danach ging es ihm ein wenig besser. Er massierte sein Herz mit dem Handballen und machte sich bewusst, dass er zwei Stunden Zeit hatte, die Geldtasche zu besorgen. Doch wie er das bewerkstelligen sollte, hatte ihm der Anrufer nicht gesagt. In dem Moment fiel ihm seine Tochter ein. Özlem könnte ebenfalls in Gefahr sein. Er schnellte hoch und rannte die Treppen hinunter.
In seinem Dienstzimmer winkte er sofort Leipold und Vierkant zu sich und erzählte, was passiert war. Vierkant setzte sich erschrocken auf den Stuhl. Leipold zündete einen Zigarillo an, in der Situation war ihm das bayerische Rauchverbot scheißegal.
»Hört zu. Wir müssen herausfinden, wo er Aydin gefangen hält. Es war dumpf. Es war mit Sicherheit ein geschlossener Raum. Ein Zimmer. Eine Wohnung.« Er sah auf die Uhr. »Ich hole jetzt das Geld.«
»Was? Zeki, du spinnst! Wir müssen Weniger Bescheid geben«, rief Leipold entsetzt.
»Tun wir, wenn ich das Geld habe«, zischte der Kommissar und duldete keine Widerrede.
»Gut, dann komme ich mit«, erwiderte Leipold.

»Nein, ich zieh das alleine durch. Bleib bei Vierkant, denkt nach, bitte.«

Demirbilek sprang Minuten später zum Kollegen Wagner in den Einsatzwagen. Nach der Fahrt mit Blaulicht zur Goethestraße ließ er ihn an einer Straßenecke halten. Er stieg aus und ging die letzten Meter zu Fuß. Ohne auf die irritierten Blicke seiner verdeckten Kollegen zu reagieren, die die islamische Gemeinde umstellten, betrat er das Gebäude. Er erkundigte sich nach dem Vorsteher, der sich als naiver, aus Tunesien stammender junger Mann entpuppte und ihn freundlich anlächelte, weil er nicht verstand, was der zornige Kommissar von ihm wollte.
Demirbilek holte seinen Imam an das Telefon und ließ ihn für sich übersetzen.
Nach dem Gespräch verschwand der junge Geistliche und händigte kurz darauf dem Kommissar die Geldtasche aus, die für einen Glaubensbruder abgegeben worden war. Demirbilek ignorierte das Zahlenschloss an der Tasche, holte ein Messer aus der Teeküche und schlitzte das Leder seitlich auf. Er führte seine Hand durch die Öffnung und fühlte Geldscheine.
Unter den argwöhnischen Augen der Beamten des Einsatzkommandos, die Demirbilek mit der Tasche sahen, aber nicht wussten, wie sie reagieren sollten, kehrte er zu Wagner zurück und verstaute die Geldtasche im Kofferraum. Dann stieg er hastig ein.
»Ich habe gerade eine Tasche mit einer Menge US-Dollarnoten in den Kofferraum gelegt. Du weißt von nichts.«
»Verstanden«, bestätigte Wagner.
»Danke. Jetzt in die Schwanthaler, da ist ein Imbiss.«
Ohne weiter nachzufragen, startete Wagner den Motor und fuhr die kurze Strecke. Vor dem Imbiss winkte Demirbilek aus dem Auto heraus den Einsatzleiter zu sich.

»Ich habe gerade die Geldtasche geholt. Zieh deine Leute ab, bleibt aber in Bereitschaft. Und frag jetzt nicht, warum.«
Ohne eine Antwort abzuwarten, gab er Wagner die Adresse seiner Tochter an. Wagner fuhr weiter, während Demirbilek versuchte, Özlem zu erreichen. Vergeblich.
»Es geht um meinen Sohn«, erklärte Demirbilek ungefragt, als Wagner den Einsatzwagen die Gebsattelstraße hinauflenkte. Er nickte und konzentrierte sich weiter auf die Fahrt. Demirbilek flehte in Gedanken Allah an, dass seinem Sohn nichts geschehen möge. Dann verbot er sich, an Selma zu denken; er brachte es nicht übers Herz, ihr Bescheid zu geben.
Fünf Minuten später stieg Wagner in die Bremsen. Demirbilek sprang aus dem Wagen und stach die Treppen zu Özlems Wohnung in den dritten Stock hinauf. Außer Atem drückte er die WG-Klingel »Demirbilek / Hartmann / Kolf«. In Gedanken durchforstete er fieberhaft ganz München, um Aydins Aufenthaltsort herauszufinden. Seine Tochter war nicht da, jedenfalls öffnete sie nicht. Er drückte erneut den Klingelknopf, diesmal stakkatoartig, bis Özlem endlich die Tür aufmachte. Sie stand verschwitzt vor ihm, den nackten Körper bedeckte ein weißes Laken, das sie mit beiden Händen über der Brust festhielt.
»*Baba!* Was ist los?«, fragte sie überrascht und besorgt zugleich, denn das Gesicht ihres Vaters war angespannt und regungslos wie eine Maske.
»Pack ein paar Sachen zusammen. Du musst hier weg, und zwar schnell«, antwortete er, ohne eine Erklärung zu geben.
»Was ist denn passiert?«, fauchte Özlem zurück. »Jetzt mal langsam, Papa!«
»Nein!«, schrie er sie unvermittelt an.
Özlem erschrak, so außer sich hatte sie ihren Vater noch nie erlebt. Aus ihrem WG-Zimmer trat ein Mann in ihrem Alter, mit

kurzen Haaren und haarloser Brust, er hatte ein Handtuch um die Hüfte gewickelt.
»Was ist los, Özlem? Was will der Scheißkerl von dir«, jaulte er auf Krawall gebürstet, ohne ein Gespür für die angespannte Situation zu zeigen.
In dem Moment besann sich Demirbilek. Es ging ihn nichts an, mit wem seine Tochter schlief. Zumindest nicht in diesem Moment.
»Özlem. Ich bitte dich, *lütfen canım.* Pack ein paar Sachen und fahr mit deinem Freund weg, nehmt euch irgendwo ein Hotel, du hast doch Semesterferien.« Er holte aus seinem Geldbeutel ein paar Scheine und reichte sie ihr, aber Özlem nahm das Geld nicht an. Ein weiteres Mal bekniete er seine Tochter. »Es ist wichtig, ich bitte dich, Özlem. Es hat mit meiner Arbeit zu tun. Mehr kann ich dir im Moment nicht sagen.«
Plötzlich wurde Özlem bewusst, wie sehr sie sich um den Zustand ihres Vaters sorgte. Er wischte sich, ohne es selbst zu merken, immer wieder mit dem Ärmel seines Sakkos über das Gesicht. Sie hätte ihn gerne in die Arme genommen, aber der Anstand und die Befürchtung, das Betttuch könnte herunterrutschen, verboten es ihr.
»Tabii babacığım, hemen«, besänftigte sie ihn auf Türkisch und drehte sich zu ihrem Freund um. Mit fester Stimme sagte sie: »Der Kerl ist mein Vater. Zieh dich an und verschwinde, Nico. Ich fahre zu einer Freundin, und zwar alleine.«
Demirbilek umarmte seine Tochter erleichtert und drückte ihr die Scheine in die Hand.

60

Der Deutsche saß im Schneidersitz auf dem Boden neben dem PC und starrte ins Leere. Er wartete. Sonst war nichts zu tun. Die Webcam war online geschaltet. Er hatte den Link des Videosignals von einem sicheren Account per Mail an die Polizei geschickt. Eine Stunde war seit dem Anruf vergangen. Den Flug nach Moskau hatte er auf den nächsten Morgen umgebucht. Das Mietauto hatte er um einen weiteren Tag verlängert. Es gab nichts zu tun, außer auf seine Geldtasche zu warten. Dann fiel ihm doch etwas ein. Er streckte sich ausgiebig und legte sich flach auf den Boden. In einem neuen Browserfenster des PCs tippte er die Adresse einer Webseite ein. Nach Eingabe von Benutzername und Kennwort konnte er zwischen vier verschiedenen Perspektiven wählen. Er betrachtete seine Holzvilla. Es war Nachmittag in Istanbul, die schönste Zeit des Tages. Er sehnte sich sehr danach, endlich wieder zu Hause zu sein. Seine Rosen zu pflegen, sich um sein Heim zu kümmern. Die Sehnsucht war so groß, dass er wütend wurde.

Er hob den Kopf und sah zu seiner Geisel. Die döste in verkrampfter Haltung und mit gefesselten Händen am Heizkörper. Er dachte an dessen Vater, den türkischen Polizisten im Dienste der bayerischen Polizei. Das Gejammer des jungen Mannes nach Wasser half ihm bei der Entscheidung, seiner Wut Luft zu machen. Besser so, als ein Magengeschwür zu bekommen. Er griff zu der Plastikflasche Wasser, die sich in seiner Tasche befand, und trank vor den Augen seiner Geisel einen kräftigen Schluck.

Demirbilek riss die Tür zum Konferenzraum auf und blieb fassungslos stehen. Eine drei mal fünf Meter große Leinwand prangte an der Stirnseite des zur Einsatzzentrale umfunktionierten Konferenzraumes. Die Polizisten, darunter Leipold und Vierkant, die um den ovalen Tisch saßen, verstummten, als der Kommissar hereinplatzte. Demirbilek wurde ohne Vorwarnung mit dem hochaufgelösten Antlitz seines Sohnes konfrontiert. Die extrem scharfen Bilder waren ohne Ton. Er bewegte sich nicht. Demirbilek ging Schritt für Schritt näher an das Bild. Deutlich konnte er Aydin atmen sehen. Seine Augen waren geschlossen. Selbst seine langen Wimpern waren zu erkennen. Sie zuckten unmerklich. Du träumst schlecht, mein Sohn, sprach er in Gedanken zu ihm, das ist gut. Verarbeite es wie einen schlechten Traum. Ich verspreche dir, ich hole dich da raus, wo immer du bist.

Ohne das Videobild zu kommentieren oder zu fragen, wie es in den Konferenzraum gelangen konnte, drehte er sich zur Runde der zehn Beamten um.

»Danke, dass ihr alle da seid. Ihr wisst sicher schon, dass ich den Einsatz vor der islamischen Gemeinde abgebrochen habe. Zu eurer Information: Ich habe eben Weniger gesagt, dass ich die Geldtasche an mich genommen habe. So viel dazu«, gab er kategorisch bekannt. »Irgendwelche Ideen, wie wir die Geisel finden können? Der Entführer ruft in einer Stunde wieder an.« Der Sonderdezernatsleiter sprach, als würde er einen ganz normalen Fall behandeln.

Leipold meldete sich sofort, doch bevor er auch nur einen Ton herausbrachte, erstarrte er.

Ein Raunen ging durch den Raum.

Auf der Leinwand trat ein Mann ins Bild. Die Beamten bekamen den Rücken des Deutschen zu sehen. Er trug Jeans, Jeansjacke und schwere Stiefel. Über seinen Kopf hatte er eine olivgrüne Mütze gezogen, an der Seite hingen die Kabel seiner Ohrhörer herunter. Er wippte leicht mit dem Kopf. Die Beamten hatten den Eindruck, als würde er Musik hören. Der Mann schien genau zu wissen, was die Kamera für das Publikum festhielt. Gut sichtbar für alle drehte er den Schraubverschluss einer Plastikflasche auf. Dann machte er einen halben Schritt zur Seite, um das Bild auf seine Geisel freizugeben. Der Deutsche wippte weiter mit dem Kopf. Er schien auf eine bestimmte Stelle in der Musik zu warten, schließlich holte er aus. Aydin schreckte von den Wasserspritzern auf. Er zerrte an seinen Fesseln. Versuchte, den Knäuel aus dem zu Mund würgen, um mit der Zunge das Wasser aufzufangen. Das Würgen und Spucken war sinnlos. Der Knäuel blieb fest in seinem Mund.

Demirbilek blieb der Anblick seines leidenden Sohnes erspart. Er hatte sich nicht zur Leinwand umgedreht, sah stattdessen direkt in die Augen der erschrockenen Beamten.

Vierkant schließlich schaltete die Beamerprojektion ab und bat die Computerspezialistin, das Videobild am Monitor zu verfolgen.

Leipold schluckte betroffen, bevor er wieder das Wort ergriff.

»Soweit wir wissen, ist der Deutsche ein professioneller Killer. Er wird Aydin nichts tun, solange er die Chance hat, an das Geld heranzukommen. Wie sollst du es ihm übergeben, Zeki?«

»Das erfahre ich in knapp einer Stunde, Pius.«

Der Beamte, der die Spur zur türkischen Armee verfolgt hatte, meldete sich.

»Zeki, ich sollte das vielleicht nicht so offen sagen … Gib dem Arschloch einfach das Geld. Ist doch ohnehin von seinem Auftraggeber«, sagte er mit betroffener Stimme. »Jeder von uns würde das verstehen. Es geht schließlich um deinen Sohn.«

»Danke für deine Offenheit. Ehrlich gesagt, genau deshalb habe ich die Geldtasche an mich genommen. Ich gebe dem Arschloch liebend gerne das Geld für das Leben meines Sohnes. Aber wir haben knapp eine Stunde Zeit. Wir können den Mistkerl fassen. Er hat in unserem Zuständigkeitsbereich einen Menschen getötet und eine Kollegin angeschossen. Wahrscheinlich gehen elf weitere Morde auf sein Konto. Die Dunkelziffer ist vermutlich ziemlich hoch … Kommt, lasst uns überlegen, wo er die Geisel festhalten könnte.«

Da klingelte sein Handy. Er entschuldigte sich mit einer Geste. Auf dem Weg in die Einsatzzentrale hatte er Gül Güzeloğlu auf das Band gesprochen, nun rief sie zurück.

»Efendim«, sagte er ins Telefon.

»*Komiser Bey,* ich habe mich erkundigt. Der Deutsche ist ein Einzelgänger. Es ist sehr unwahrscheinlich, dass er im Team arbeitet. Er ist das erste Mal in München und kennt auch niemanden dort. Aber das ist nur eine Vermutung. Es tut mir leid, mehr konnte ich nicht herausfinden.«

Demirbilek bedankte sich, legte auf und gab die Informationen an das Team weiter.

Vierkant meldete sich zu Wort. »Wenn man in einer Stadt fremd ist, was kennt man dann? Das Hotel, wo man wohnt. Die Sehenswürdigkeiten … was weiß ich … den Bahnhof oder den Flughafen … die großen Plätze, Marienplatz … ach, ich weiß nicht«, gab sie verzweifelt auf.

Leipold stand auf. »Wir haben eine Personenbeschreibung, auch wenn sie vage ist. Wir klappern die Hotels rund um die islamische Gemeinde ab. Vielleicht haben wir ja Glück.«

»Gut, nimm drei Leute mit«, sagte Demirbilek. Als die vier Be-

amten aus der Tür gingen, huschte Jale Cengiz in den Konferenzraum.
Demirbilek nahm Vierkants Gedanken dankbar auf.
»Vierkant hat recht. Wir müssen mit seinen Augen die Stadt betrachten. Was hat er bei seinem ersten Besuch in München gesehen? Aus Istanbul kommt man mit dem Flugzeug. Er kennt den Flughafen. Er muss sich ein Auto besorgt haben. Oder hat er seine Fahrten mit dem Taxi erledigt? Er musste was essen, er war in Restaurants … Weiß jemand, wie viele türkische Lokale wir in München haben? Der Mann war beruflich in der Stadt, so makaber das klingt, er sollte Florian Krust und Ahmet Burak erledigen.«
»Was ist denn mit der Moschee, die muss er doch kennen?«, unterbrach einer der Beamten Demirbileks Gedankengang.
»Stimmt, die Moschee kennt er … Du meinst, er wollte, dass wir unsere Leute abziehen? Nein, dann wäre er ja in der Moschee gewesen, als ich dort war. Nein, das glaube ich nicht.«
Der Beamte, der den Vorschlag machte, nickte zustimmend.
»Danke trotzdem … Also, wo waren wir?« Der Kommissar hatte den Faden verloren, was ihm niemand in der Situation übelnahm.
»Wir wissen, dass er bei den Güzeloğlus war«, half Vierkant weiter.
»Danke Vierkant … Genau, wir wissen definitiv …« Demirbilek verstummte plötzlich, er hatte eine Idee, eine vage Ahnung. Die Mannschaft sah zu, wie er sich die Stirn mit beiden Handballen rieb, als wollte er den Gedanken, den er nicht richtig zu fassen bekam, herausmassieren.
»Zeig noch mal das Videobild, schnell! Ich kenne die Heizung von irgendwo her«, rief er plötzlich der Computerspezialistin zu und entdeckte dabei Cengiz. Er nickte ihr kurz zu und drehte sich wieder zur Leinwand.

Genau in diesem Augenblick traf der schwere Stiefel den Magen seiner Geisel. Die blanke Wut über sein Versagen raubte dem Deutschen den Verstand. Er hörte Rammstein. Die perfekte Musik. Martialisch schön pochte der Bass in seinen Ohren. Er schlug im Takt der Musik zu. Immer und immer wieder. Seine Geisel schleuderte verzweifelt die Beine am Boden hin und her. Doch mühelos malträtierte der Deutsche den Körper, bis das Lied zu Ende war.
Er hielt inne und riss sich die Hörer aus den Ohren. Er hyperventilierte einige Male, bis er sich auf eine seiner bewährten Atemübungen besann. Er begann, regelmäßig Luft zu holen. Sein Puls beruhigte sich wieder. Während des Atmens bemerkte er aus den Augenwinkeln die leere Plastikflasche auf dem Boden. Sie störte ihn in der Meditation. Er kickte sie in hohem Bogen gegen die Wand.

Diesmal blieb Demirbilek der Anblick nicht erspart. Er fühlte sich schrecklich. Mit den Händen vor dem Gesicht dachte er krampfhaft darüber nach, wo er den Heizkörper, an dem Aydin gefesselt war, schon einmal gesehen hatte.
Cengiz hielt sich ebenfalls vor Entsetzen die Hände vor den Mund, während der Mann auf Aydin eintrat und schließlich die Flasche wegkickte. »Seht mal«, brüllte sie einen Moment später und rannte, vorbei an den hochgeschreckten Kollegen, quer durch den Konferenzraum zur Leinwand. Auf dem Videobild segelte kaum wahrnehmbar ein rechteckiges, wie ein kleines Stück Papier aussehendes Etwas von der linken Seite in die Mitte des Bildes.
Auch Demirbilek schreckte auf und öffnete die Augen.
Cengiz deutete mit dem Finger auf eine Stelle auf der Leinwand. »Zoom das mal heran! Schnell, bitte!«, schrie sie.

Die Computerspezialistin vergrößerte die winzige Stelle auf dem Boden. Die weiße Umrandung des papierähnlichen Etwas ließ keinen anderen Schluss zu: Das, was ausgelöst durch die Plastikflasche zu Boden gesegelt kam, war eines der Mini-Polaroids, die Cengiz durch das Fenster bei den Güzeloğlus gesehen hatte.
»Aydin ist in Metin Buraks Souterrainwohnung bei den Güzeloğlus«, rief Cengiz in die Runde.
In dem Moment sah auch Demirbilek vor seinem geistigen Auge den Raum.
»Ich gebe Weniger und dem Einsatzkommando Bescheid. Pius und Vierkant, wir fahren gemeinsam hin. Die anderen bleiben in der Zentrale und blasen die Suche am Hauptbahnhof ab«, instruierte Demirbilek hochkonzentriert die Mannschaft. Dann schaute er zu Cengiz, die in Aydins schmerzverzerrtes Gesicht auf der Leinwand blickte, und sagte mit fester Stimme: »Jale, du kommst mit.«
»Nur, wenn ich dem Arschloch in die Eier treten darf, Chef«, entgegnete sie ernst.

61

Der Deutsche hatte sich nach dem Wutausbruch wieder im Griff. Er saß im Schneidersitz. Vor sich auf dem Boden lag das auseinandergebaute Handy seiner Geisel. Mit einem Schraubenzieher montierte er behutsam das letzte elektronische Teil an das lose Tastaturblatt und kontrollierte die Montage. Zufrieden mit seiner Arbeit, steckte er die Konstruktion in die Seitentasche seiner Jeansjacke. Dann stand er auf, räkelte sich und sah sich um. Die vielen winzigen Polaroids hingen eng aneinandergereiht bis unter die Decke. In der Leere des Raumes hatte er das Gefühl, in einer Ausstellung zu sein. Was für eine schöne Liebeserklärung hatte da der arme Junge seiner Angebeteten gemacht, dachte er anerkennend. Dann wählte er auf die Sekunde genau um siebzehn Uhr mit einem seiner vielen Prepaid-Handys Demirbileks Nummer. Der Kommissar hob sofort ab.

»Wo sind Sie?«, fragte der Deutsche.

»Im Konferenzraum im Präsidium, zusammen mit zehn Kollegen«, erwiderte Demirbilek.

Willst du mir Angst machen?, dachte der Deutsche. Warum?

»Beschreiben Sie mir die Geldtasche, schnell«, forderte er.

»Größe einer Sporttasche, schwarz, Leder, edel.«

»Wie heißt Ihr Sohn eigentlich?«, war seine nächste Frage.

»Aydin.«

»Sehen Sie Aydin?«

»Ja«, antwortete Demirbilek aus dem Einsatzwagen fünfzig Meter vom ehemaligen Anwesen der Güzeloğlus entfernt. Er blickte in ein Notebook.
Aydin bewegte sich zu seiner Erleichterung, er kratzte sich die Wange an der Schulter, eine typische Geste, die er von klein auf machte.
»Gut. Sehen Sie zu, was ich mache«, befahl der Deutsche.
Demirbilek verfolgte den Mann, wie er außerhalb Aydins Reichweite auf dem Heizkörper ein kleines Kästchen, etwa fünf mal fünfzehn Zentimeter groß, ablegte.
»Haben Sie eine Ahnung, was das ist?«
»Nein, habe ich nicht.«
»Das ist eine Bombe. Die Sprengkraft reicht aus, um Aydin zu zerfetzen. Zum besseren Verständnis der Situation … Sie wissen sicher, dass Töten meine Profession ist.«
Der Deutsche drehte sich in die Kamera und zeigte seinem Publikum den elektronischen Auslöser.
Der Kommissar zuckte zusammen, mit ihm Vierkant, Leipold und Cengiz, die ebenfalls im Einsatzwagen saßen. Nach der Besprechung des Einsatzes waren sie überzeugt gewesen, alle Eventualitäten berücksichtigt zu haben. Vierzig Mann standen um das Haus verteilt. Der Deutsche war festgesetzt. Doch die Bombe warf ihren Plan über den Haufen: Zugriff, wenn der Deutsche allein zum Übergabeort aufbricht. Falls er Aydin bei sich haben sollte, finaler Rettungsschuss von einem der Scharfschützen auf dem Dach. Aber mit der unerwarteten Wendung konnte Demirbilek das Risiko nicht eingehen.
»Mir ist das Geld völlig egal. Es gehört Ihnen. Lassen Sie uns das über die Bühne bringen.«
»Sie sind ein guter Vater, *Komiser Bey*«, sagte der Deutsche zufrieden und gab den Übergabeort durch.

Demirbilek notierte den Parkplatz an der Salzburger Autobahn, wo er die Geldtasche in einer Stunde abzustellen hatte. Natürlich sollte er allein kommen. Sobald der Deutsche in Sicherheit war, würde er die Bombe entschärfen und ihm das Versteck seines Sohnes mitteilen. Demirbilek ließ sich ohne Gegenforderungen auf den Handel ein. Als das Gespräch zu Ende war, tippte Vierkant wie wild geworden mit dem Finger auf das weiße Kästchen auf dem Display und fragte Cengiz kurzatmig, ob sie den Ausschnitt vergrößern könne.

Demirbilek reichte Cengiz das Notebook, er ertrug es nicht mehr, seinen Sohn gefesselt zu sehen. Cengiz zoomte mit zwei Handgriffen das weiße Kästchen heran. Der Kommissar drehte entnervt den Kopf zu Vierkant, die wieder einmal in ihrer Umhängetasche kramte.

»Was zum Teufel suchst du da, Vierkant?«, fragte er mit heiserer Stimme.

»Das hier!«, antwortete Vierkant und hielt ein weißes Kästchen, etwa fünf mal fünfzehn Zentimeter groß, in die Luft.

»Wissen Sie noch, der Möbelpacker beim Umzug? Das war er doch, der Deutsche? Sie haben ihn selbst angesprochen, der hatte eine magnetische Brille umhängen. Ich fand das so praktisch und habe mir das heute Morgen bei Aldi geholt. Sonderangebot. Rot und blau war schon weg, ich habe das weiße gekauft.«

Verblüfft nahm Demirbilek das Brillenetui in die Hand und verglich es mit der Vergrößerung auf dem Monitor des Notebooks. Das Logo war identisch.

»Sie meinen, der Deutsche blufft?«, fragte Demirbilek unsicher.

»Ich habe keine Ahnung, wo man überall Bomben reinbauen kann … aber in ein Brillenetui? Das ist billiges Plastik, drücken Sie mal drauf.«

»Hol den Bombenspezialisten«, forderte Demirbilek Leipold auf,

der das Brillenetui aus Vierkants Hand riss und aus dem Wagen stürmte.
Zwei Minuten später kam er mit Weniger und dem zum Einsatzkommando gehörenden Bombenspezialisten zurück.
»Du meinst, der hat gar keine Bombe, Zeki?«, fragte der Bombenspezialist abgehetzt.
»Seht selbst«, sagte Demirbilek und hielt das Monitorbild neben Vierkants Brillenetui.
»Wie eineiige Zwillinge«, kommentierte Weniger und beobachtete den Spezialisten, der das Etui auf die Schnelle unter die Lupe nahm. Er drückte es, bog es hin und her und klappte es auf und zu.
»Um in ein solches Billiggelump eine vernünftige Sprengkraft zu implementieren, müsste das Arschloch richtig viel Ahnung vom Bombenbauen haben.«
»Laut Interpol arbeitet der Deutsche ausschließlich mit Schusswaffen«, gab Demirbilek zu bedenken.
»Stimmt, bei allen elf Mordfällen hat er eine Pistole verwendet«, bestätigte Weniger.
In dem Moment knackste das Funkgerät mit der Meldung »Zielperson verlässt Haus«.
Demirbilek dachte in diesem Moment an nichts, nicht an seinen Sohn Aydin, der in den nächsten Sekunden sterben könnte, nicht an den Schmerz, nicht an die Trauer, die seine Familie und Freunde und ihn selbst ergreifen würde. Er fühlte, dass er das Richtige tat. Über Funk gab er den Befehl zum Zugriff.

Eigentlich wollte er sich nur ein wenig die Beine vertreten. Es war noch etwas Zeit, bis er den Mann, den er für die Abholung der Geldtasche engagiert hatte, verständigen musste. Als er die Treppen der Souterrainwohnung hochstieg, dachte der Deutsche an das Rosenbeet der Güzeloğlus und was für eine Schande es war, die schönen Rosenstöcke zurückzulassen. Auf halbem Weg zum Garten erstarrte er plötzlich. Er hatte nicht gemerkt, wie die schwerbewaffneten bayerischen Polizisten ihn umzingelt hatten. Lautlos waren sie gekommen. Sie mussten eine gute Ausbildung genossen haben, stellte er respektvoll fest. Er lächelte, während er die Hände hochstreckte und sich dabei in der Schnur seiner Magnetbrille verhedderte. Als er trotz lautstarker Warnungen die Hände nicht oben behielt, weil er versuchte, seine Finger aus der verdrehten Schnur zu lösen, fielen zwei Schüsse gleichzeitig. Besser so, war sein letzter Gedanke, als die Schande der Verhaftung über sich ergehen zu lassen. Dann sank er tot zusammen.

Demirbilek war der Erste, der den Erschossenen erreichte. Er beugte sich zu ihm und suchte nach dem Auslöser in der Jeansjacke. Als er nichts entdecken konnte, stürmte er zur Souterrainwohnung. Der Einsatzleiter hatte Bombenwarnung ausgegeben, doch Demirbilek wusste, dass Aydin nichts mehr zustoßen konnte. Drei bullige Kollegen der Kommandotruppe hielten ihn nicht davon ab, zu seinem Sohn zu gelangen.

Endlich konnte er Aydin von den Fesseln und dem Knäuel im Mund befreien. Er nahm ihn in die Arme und schwor sich, ihn nie wieder loszulassen. Aydin vermochte sich kaum zu bewegen, schluckte aber überglücklich die Schmerzen herunter, die die innige Umarmung verursachte.

»Wo ist Jale?«, fragte er seinen Vater, nachdem er doch noch die Umarmung löste und mit seinem Taschentuch den Schweiß aus dem Gesicht seines Sohnes wischte.

Cengiz wartete geduldig mit einer Wasserflasche in der Tür, bis sie an der Reihe war, Aydin in die Arme zu nehmen. Die Bombenspezialisten scheuchten schließlich alle drei aus der Wohnung.

Sie entdeckten den selbstgebastelten, vermeintlichen Auslöser neben dem PC.
Draußen nahmen die Sanitäter Aydin in Empfang und halfen ihm in den Krankenwagen. Demirbilek hatte nichts dagegen, dass Cengiz ihn zur Klinik begleitete. Er selbst wollte nachkommen, sobald Bombenentwarnung durchgegeben wurde. Die Erleichterung über die Rettung seines Sohnes war ihm überdeutlich ins Gesicht geschrieben. Er entdeckte Leipold und Vierkant an einem der Streifenwagen und ging zu ihnen.
Leipold klopfte ihm freundschaftlich auf die Schulter. Vierkant nahm allen Mut zusammen und umarmte ihren Chef. Demirbilek dankte es mit zwei zarten Küssen auf ihre rot angelaufenen Wangen. Leipold musste lächeln, während er sich einen Zigarillo anzündete.
Als der Bombenspezialist mit einem leeren, weißen Brillenetui aus der Wohnung kam, riss Vierkant die Arme zu einer Siegerpose hoch. Sehr zur Freude der anderen Kollegen. Sie klatschten Beifall, Vierkant machte einen höflichen Knicks in die Runde.
Der Polizeibeamte Wagner, der wegen seiner Fahrkünste in aller Munde war, lachte und klatschte mit den anderen mit. Er hatte während des Zugriffs im Dienstwagen mit der Geldtasche voller Dollarnoten gewartet, die ihm Kommissar Demirbilek anvertraut hatte. Jetzt startete er in der allgemeinen Erleichterung den Motor und fuhr unbemerkt davon. Richtung Grünwald, raus aus der Stadt.

62

An dem Sonntag nach der Aufklärung des ersten offiziellen Falls des Sonderdezernats verließ Zeki Demirbilek unbemerkt die Wohnung. Aydin und Cengiz schliefen noch. Zu seiner geheimen Freude machte Cengiz bisher keine Anstalten, aus seiner Wohnung auszuziehen. Inzwischen staubte Aydins Futon unter seinem viel zu großen Bett ein.
Demirbileks Bedingungen für das Zusammenwohnen bestanden darin, dass seine Kollegin hin und wieder kochte und sich an die Abmachung hielt, zu Hause nicht über die Arbeit zu reden. Auch wenn er seinen Sohn teilen musste, war er froh, ihn bei sich zu haben. Bislang hatten sie jedoch keine Zeit gefunden, ernsthaft miteinander zu reden. Kein Wunder, sagte er sich, er war verliebt und hatte wichtigere Dinge im Kopf. Von Selma hatte er seit der Begegnung in Istanbul nichts mehr gehört. Er vermisste sie und träumte von ihrem sehnsuchtsvollen Blick aus dem Taxi. Von Frederike war er inzwischen geschieden, sie hatte eine Postkarte von den Malediven geschickt. Es freute ihn, zu lesen, dass sie mit ihrem neuen Mann glücklich war.
Es war nicht einmal elf Uhr, als Demirbilek zu seinem Spaziergang aufbrach. Er musste an Gül Güzeloğlu und ihre neue Familie denken. Die Staatsanwaltschaft hatte Kontakt mit den türkischen Behörden aufgenommen, um den Firincis nachzuweisen, den Deutschen für zwei Auftragsmorde in München angeheuert

zu haben. Demirbilek glaubte nicht an den Erfolg ihrer Bemühungen. Auf sein Drängen hatten türkische Kollegen zwei weitere Male Gül, die inzwischen Firinci hieß, verhört, doch Ahmets Aufenthaltsort war nicht aus ihr herauszukriegen. Demirbilek war überzeugt, dass sie nicht wusste, wo ihre große Liebe war, die sie verraten und gleichzeitig gerettet hatte. In den türkischen Zeitungen verfolgte er die Fotostrecken ihrer Traumhochzeit, die Artikel dazu schenkte er sich. Gül war in ihrem jungfräulich weißen Hochzeitskleid eine umwerfende Erscheinung, zumal die deutlich durchschimmernde Unterwäsche die Gemüter erhitzte. Wie strategisch geplant, war das neue gemeinsame Familienunternehmen Good Döner Delüks in aller Munde.
Zeki Demirbilek setzte sich an einen der freien Tische und wartete auf die Bedienung im Nockherberg-Biergarten.
Derya Tavuk begrüßte ihn freundlich im Dirndl und gratulierte zur Aufklärung des Falles – die deutschen und türkischen Zeitungen hatten über alle Details ausführlich berichtet. Dann fragte sie, was viele in München beschäftigte, nämlich, ob es eine Spur zu dem dreisten Polizisten gab, der mit den Dollarscheinen abgehauen war. Demirbilek verneinte und dachte an Wagners Anruf zwei Tage nach seinem Verschwinden. Er bat ihn um Entschuldigung, er konnte nicht anders. Dafür brachte der türkischstämmige Münchner Kommissar zwar kein Verständnis auf, wusste aber aus eigener Erfahrung, wie es war, wenn man nicht anders konnte. Wobei es bei ihm nur um das Lieblingsgericht ging, das er an diesem Sonntag gar nicht zu sich nehmen dürfte.
»Weißbier und einen Schweinsbraten bitte«, bestellte Zeki Demirbilek trotzdem, in der Annahme, seine türkische Landsfrau würde die Nase darüber rümpfen. Doch Derya Tavuk tat das Gegenteil, sie versprach ihm mit verständnisvollem Lächeln extra viel Kruste. Demirbilek grinste zufrieden zurück. Er dachte sich

das unansehnliche Dirndl weg und erinnerte sich an ihren auffordernden Blick, als sie nach dem Duschen das Handtuch um den Körper trug. Das war ihm lieber.

Bevor er den ersten Schluck von seinem Weißbier trinken konnte, betrat eine Gruppe Gäste den Biergarten. Er traute seinen Augen nicht, als er sein Migra-Team Vierkant, Cengiz und Leipold erblickte, auch sein Freund Robert war dabei, wie auch Özlem und Aydin. Seine Tochter entdeckte ihn als Erste und winkte mit einer Hand, in der anderen balancierte sie eine Torte mit vier brennenden Kerzen.

Demirbilek schüttelte ungläubig den Kopf. Er freute sich über die Überraschung, auch wenn er zigfach betont hatte, seinen vierzigsten Geburtstag nicht feiern zu wollen. Er hasste seine Geburtstage. Alle, und insbesondere die runden.

Dann stand er auf und rückte einen zweiten Tisch an den seinen heran, um Platz für die Überraschungsgäste zu schaffen. Zwei helfende Hände packten mit an. Er blickte von den Händen hoch in Selmas Gesicht und glaubte in ihren Augen den sanften, sehnsuchtsvollen Blick zu sehen, von dem er träumte, seit er sie in Istanbul überrascht hatte.

Dann aber begann Demirbileks Herz zu rasen. Für einen Moment verwandelte sich der strahlende weiß-blaue Himmel in eine monströse Gewitterformation. Denn hinter Selma stand der Mann, der sie in Istanbul begleitet hatte.

Zeki Demirbilek horchte in sich hinein und spürte, wie sich sein Herz beruhigte. Er ignorierte den Mann und lächelte Selma zu.

Anhang

Übersetzung türkischer Begriffe in alphabetischer Reihenfolge

Abi	Großer Bruder, respektvoll
Allah belanı versin	Allah möge dich verfluchen
Allaha şükür	Gott sei dank
Allahım!	Mein Gott!
Alman	Der Deutsche
Az şekerli	Mit wenig Zucker
Baba	Papa
Babaanne	Oma, Mutter väterlicherseits
Bak oğlum …	Schau, mein Junge …
Başınız sağ olsun	Herzliches Beileid
Bismillahirrahman-irrahim	Im Namen Gottes, des Erbarmers, des Barmherzigen – ritualisierte Formel
Buyrun	Bitte sehr
Canım	Mein Herz; meine Seele; mein Leben (vielseitiges Kosewort)
Çay	Schwarztee
Dede	Opa
Doğru mu?	Stimmt das?
Efendi	Höfliche Anrede »Herr«
Efendim	Ja, bitte
Evet, canım	Ja, mein Herz/meine Seele
Güzelim	Meine Schöne (gängige Koseform)
Hanım	Höfliche Anrede »Frau«
Harika bir bina	Ein herrliches Haus

Haydi	Los geht's
Hayır	Nein
Hoş geldiniz	Herzlich willkommen
Imam	Islamischer Geistlicher
Istanbul Üniversitesi	Universität von Istanbul
Iyi akşamlar	Guten Abend
Iyi geceler	Gute Nacht
Kahve	Türkischer Mokka
Komiser Bey	Herr Kommissar – höfliche Anrede
Lütfen	Bitte
Lütfen canım	Bitte, mein Schatz / meine Seele
Merhaba	Hallo, Guten Tag
Merhaba oğlum. Hoşgeldin!	Hallo, mein Junge. Willkommen!
Mimarlik ve Mühendislik	Architekt und Ingenieur
Ne var?	Was gibt's?
Pide	Türkisches Fladenbrot
Saz	Türkische Laute mit langem Hals
Selam aleikum	Türkische Grußformel
Sigara böreği	Mit Schafskäse gefüllte Teigrollen
Sucuk	Türkische Rindswurst mit Knoblauch
Sus, kızım. Lütfen!	Sei still, mein Mädchen. Bitte!
Tabii	Natürlich
Tabii babacığım, hemen.	Natürlich, Papa, sofort.
Tamam mı?	In Ordnung? Okay?
Tavla	Backgammon (nach türkischen Regeln)
Tekirdağ	Bekannter Anisschnaps
Teşekkür ederim	Danke
Yavaş, yavaş	Langsam, langsam
Yeni Rakı	Bekannter Anisschnaps

Dank und Widmung

Lieber Leser, man kann vieles mit seiner Zeit anstellen. Sie haben sich – und dafür sage ich danke – entschlossen, Ihre Zeit mit Kommissar Pascha zu verbringen. Hoffentlich hat Sie der bayerisch-türkische Sonderling in den Bann gezogen und spannende Unterhaltung bereitet.

Aus tiefstem Herzen möchte ich mich auch bei einigen Menschen bedanken, die mich auf unterschiedliche Weise bei der Entstehung meines ersten Romans unterstützt haben: Astride Bergauer, Elfenkönigin, Gabriele und Sander Grombach, Uta und Heidmut Kaske, Sabine Kestler, Lianne Kolf, Karen Pontoppidan, Anja Schauflinger, Isabel Schickinger, Bernhard Seidel, Wirt Michi und Öz'isch.

Der Verlagsgruppe Droemer Knaur ein Danke für die Weitsicht, einen türkischen Kommissar aus München in die Welt zu setzen. Für die umsichtige redaktionelle Betreuung geht das Dankeschön an Kerstin von Dobschütz. Und natürlich gebührt viel Anerkennung und Dankbarkeit meiner Lektorin Andrea Hartmann, die mir stets zur Seite stand. *Teşekkürler* auch an meine Eltern Zeki und Fatma, meine Geschwister Özlem und Ayhan.

Widmen möchte ich Kommissar Pascha meiner Familie: in Liebe für meine Frau Dagny, unsere Kinder Lyn und Floyd – jede Sekunde mit euch ist schön und tut gut.

Wir vier empfinden das Ypsilon als schönsten Buchstaben im bayerischen wie im türkischen Alphabet. So darf er in meinem voll ausgeschriebenen Namen nicht fehlen.

Süleyman Turhan

BIERLEICHEN

Kommissar Paschas zweiter Fall

Kriminalroman

von

Su Turhan

Leseprobe

KNAUR

1

Außer einem Knurren herrschte Stille an diesem Freitagnachmittag. Die Augustsonne schien grell durch die frisch geputzten Fenster der beiden Diensträume. Die hintere Tür zum Zimmer des Sonderdezernatsleiters stand offen. Wieder knurrte sein Magen. Ein tiefer, grummelnder Ton, der ihm das Denken verleidete. Er schielte zur Tür hinaus. Obwohl Hunger nichts Peinliches war, verspürte er Unbehagen. Er wollte das nicht. Wollte eben keinen Hunger haben, sondern satt sein, um seine Arbeit verrichten zu können. Es waren genügend Fälle auf dem Schreibtisch, die seine Aufmerksamkeit erforderten. Sein Denkvermögen war jedoch auf einem Tiefpunkt. So war es nun einmal. Manchmal, sagte er sich, half es, sich abzulenken. Er stand auf und ging, die Hände tief in den Hosentaschen vergraben, zum Fenster. Zeki Demirbileks Blick wanderte unstet über die Bäume im Hof. Dann setzte er sich wieder, nur um abermals aufzustehen, denn völlig unvermittelt zog der dezente Duft von Kaffee herein. Er sehnte sich nach einer Tasse Espresso, dazu mindestens ein Liter Wasser. Erneut begab er sich zum Fenster. Im Hof stand Kollege Schneider von der Sitte. In der einen Hand hielt er einen Becher Kaffee, in der anderen eine Zigarette. Zu Zekis Glück fiel ihm eine Ungereimtheit bei einem aktuellen Fall ein. Schneider konnte da vielleicht helfen. Er beschloss, sich die Beine zu vertreten und ganz zufällig Schneider über den Weg zu laufen. Möglicherweise hatte er nützliche Hinweise zu einem Animierschuppen am Hauptbahnhof, der in einem Tötungsdelikt eine Rolle spielte.

»Ich bin mal unten im Hof«, ließ er seine zwei Mitarbeiterinnen wissen und durchquerte das Büro. Sein Sakko blieb über dem Stuhl hängen, er trug ein hellbraunes Hemd zu einer schwarzen Hose.

Isabel Vierkant und Jale Cengiz, die sich den vorderen Raum teilten, sahen verdutzt von ihren Unterlagen hoch. Beide hatten das brummende Knurren seines Magens gehört und beäugten sich besorgt. Sie wussten, wie sehr das seit drei Wochen andauernde Fasten ihm das Leben und die Arbeit schwermachte. Jale hatte ihrer Kollegin erklärt, dass der islamische Fastenmonat nach dem Mondkalender berechnet wurde und sich von Jahr zu Jahr um rund zehn Tage verschob. Heuer mussten die Gläubigen inmitten des Hochsommers unter Beweis stellen, wie nah sie sich Allah fühlten. Manche – wie ihr Chef – betrachteten Ramadan auch als willkommenen Anlass, überflüssige Kilos loszuwerden.
Als das Telefon läutete, hatte sich Isabel wieder ihrem vertrackten Bericht zugewandt. Jale war in den Stapel ungeklärter Fälle vertieft. Auf Anweisung Demirbileks durchstöberte sie alte Ermittlungsakten auf der Suche nach Delikten, die dem Anforderungsprofil des Sonderdezernats Migra entsprachen – Kapitalverbrechen, bei denen Opfer oder Täter Migrationshintergrund aufwiesen. Um beim Anrufer nicht den Eindruck zu erwecken, die Migra ersticke nicht gerade in Arbeit, wartete sie ab. Drei Mal zerriss das schrille Telefonläuten die Nachmittagsstille, bevor sie zum Hörer griff.
»Polizeipräsidium München, Sonderdezernat Migra. Sie sprechen mit Jale Cengiz. Was kann ich für Sie tun?«, grüßte sie mit tiefer, lässiger Telefonstimme.
Belustigt schüttelte Isabel den Kopf über ihre Kollegin, die immer ihre Tonlage verstellte, wenn sie in einen Hörer sprach. Sie beobachtete, wie sich Jales Miene in interessiertes Erstaunen wandelte. Die Beamtin mit dem Kurzhaarschnitt nahm einen Stift vom Schreibtisch und machte sich Notizen. Währenddessen klemmte sie sich den Hörer unter das Kinn und begann, mit der freien Hand nach der schwarzen Jeansjacke zu tasten.

»Danke. Wir kümmern uns darum«, sagte Jale schließlich und reichte Isabel den Zettel.

»Und?« Isabel verdrehte die Augen bei dem Versuch, die Notizen zu entziffern. War das Türkisch oder Deutsch? »Kann ich nicht lesen, Jale.«

»Sie haben einen Toten aus der Isar gefischt. An der Ludwigsbrücke. Verdacht auf Migrationshintergrund. Könnte sein, dass er betrunken schwimmen war, oder jemand hat nachgeholfen«, fasste Jale zusammen.

»Aha«, erwiderte Isabel nur. »Dann hol Demirbilek auf dem Weg zum Auto ab. Das schafft ihr zwei bestimmt ohne mich. Ich bleibe hier, ich will endlich den Bericht von der Backe haben.«

Während sich Isabel wieder dem Monitor zuwandte, puderte Jale ihr Gesicht etwas nach. Ihr Teint hatte eine natürliche Brauntönung. Die etwas zu groß geratene Nase war zu Schulzeiten Anlass für Hänseleien gewesen. Doch seit sie die Pubertät überstanden hatte, empfand sie das hervorstechendste Merkmal in ihrem Gesicht als Ausdruck ihrer Persönlichkeit: besonders und auffällig.

»Ruft aber gleich an, wenn ihr mich braucht«, gab Isabel ihr mit auf den Weg. Es amüsierte sie, wie die Deutschtürkin vor der Tür ihre Hose etwas nach unten zog, damit ihr gut gebauter Hintern besser zur Geltung kam. Eine feminine Erscheinung war Jale wichtig, auch wenn sie immer gebührende Distanz zwischen sich und den Kollegen einhielt. Jales Einstellung zu Männern kannte Isabel, obwohl die beiden erst seit ein paar Wochen zusammenarbeiteten. Sie hatten sich von Anfang an gut verstanden. Isabel, die aus Niederbayern stammte und als ruhige, umsichtige Beamtin geschätzt wurde, und Jale, die in Berlin geboren war und ihr türkisches Temperament mit der Berliner Schnauze gewinnbringend zu verbinden wusste.

»Du bist die Erste, die erfährt, wenn die Leiche uns gehört. Versprochen«, witzelte Jale, bevor sie ging.
Als Isabel allein war, widmete sie sich wieder dem Bericht. Es fiel ihr schwer, niederzuschreiben, wie es dazu gekommen war, einen bosnischen Gebrauchtwagenhändler zur Strecke zu bringen. Sie suchte nach passenden Formulierungen, schob dabei gedankenverloren eine ihrer schokoladenbraunen Haarsträhnen aus dem Gesicht, als ihr auf dem Monitor etwas auffiel. In ihrer Konzentration ignorierte sie den mit schwarzen Härchen übersäten Zeigefinger. Erst durch die dazugehörige Stimme wurde ihr bewusst, nicht mehr allein im Büro zu sein.
»Sie haben ›Trauer‹ mit ›ä‹ geschrieben«, hörte sie hinter sich Sonderdezernatsleiter Demirbilek meckern.
Der Schrecken fuhr ihr durch Mark und Bein.
»Bitte machen Sie das nie wieder!«, schrie sie entsetzt auf. »Seit wann stehen Sie überhaupt hinter mir?«
»Lange genug, um festzustellen, dass der Bericht nicht fertig ist.«
»Mein Gott, haben Sie mich erschreckt!«, schrie sie ein weiteres Mal auf und bekreuzigte sich, um ihre Fassung wiederzuerlangen.
»Wo ist Jale?«, fragte er barsch. Er hatte beim Plausch mit Schneider weder die erhofften Informationen noch seine innere Unruhe in den Griff bekommen.
Isabel stutzte. Offenbar war ihre Kollegin allein zur Isar gefahren, um die Leiche in Augenschein zu nehmen. »Sie wollte Sie unten abholen. Vielleicht hat sie Sie nicht gefunden.«
»Und wo ist sie jetzt, wenn sie mich nicht gefunden hat?«
Isabel erzählte vom Anruf. Zeki verzichtete darauf, sich über Jale aufzuregen. Stattdessen holte er sein Sakko, steckte das Handy ein und griff nach dem Autoschlüssel.
»Kommen Sie«, sagte er und warf Isabel den Schlüsselbund zu. »Sie fahren.«

2

Pius Leipold, langgedienter Kriminalbeamter im Münchener Polizeipräsidium, war von Statur und Wirkung her das genaue Gegenteil seines Kollegen Zeki Demirbilek. Leicht rundlich wie ein Bierfass, trug er stets eine schäbige Lederjacke und zierte seinen einundvierzigjährigen Körper mit einem goldenen Ohrring, den er seit dem sechzehnten Lebensjahr in dem selbstgestochenen Loch trug.

Leipold hatte beschlossen, früher Schluss zu machen. Immerhin war es Freitagnachmittag, und am Wochenende hatte er keinen Dienst. Vor der Veranstaltung, die er am Abend besuchen wollte, war er mit seiner Familie in einem Eiscafé verabredet. Seine Lust, zu arbeiten, hielt sich ohnehin in Grenzen. Die zweiundvierzig offenen Fälle mussten eben warten. Wie üblich vor Dienstende schweifte sein Blick über den Schreibtisch. Er überlegte, ob er das Chaos aufräumen sollte, und vertagte das Vorhaben – wie meistens.

»Was ist? Kommt ihr zwei heute Abend jetzt mit?«, rief er seinen engsten Mitarbeitern Herkamer und Stern leicht ungehalten zu.

Die beiden saßen im Nebenraum vor einem Videosystem und durchforsteten Überwachungsaufnahmen, um den Tagesablauf einer Taschendiebin zu rekonstruieren. Mit der Lederjacke unter dem Arm gesellte sich Leipold zu ihnen, um selbst ein Auge auf die dreiste Diebin zu werfen, die unter Verdacht stand, ihren Ehemann getötet zu haben.

»Und?«, hakte er nach einer Weile nach. »Jetzt frage ich schon zum dritten Mal. Kommt ihr mit oder nicht? Ich habe keine Lust, alleine hinzugehen.«

Herkamer schaltete mit der Fernbedienung das Videogerät aus.

»Zu dem Bierfestival?«, fragte Stern nach. In seiner Stimme lag

eine abschätzige Unentschlossenheit. Er blickte hinüber zu Herkamer. Der blickte genauso skeptisch drein wie sein Freund.
»Glaubst du, man muss das Bier ausspucken wie bei einer Weinverkostung?«
»Keine Ahnung«, antwortete Leipold stirnrunzelnd. Die Frage hatte er sich nicht gestellt. Aber die Vorstellung, Bier zu trinken und es nicht die Kehle hinunterlaufen zu lassen, behagte dem Bayern nicht.
»Mir wird das jetzt zu blöd. Entweder seid ihr um acht an der alten Messe, oder ihr lasst es bleiben. Servus. Ich gehe jetzt«, entschied er entnervt und verließ das Dienstbüro.

3

Da kein offizieller Ermittlungsauftrag vorlag, sah Zeki davon ab, den Dienstwagen auf der vielbefahrenen Ludwigsbrücke abzustellen. Er dirigierte Isabel in eine Seitenstraße, wo sie nach langer Suche endlich einen Parkplatz fanden. Beim Aussteigen merkte er, wie entkräftet er war. Er fragte sich, warum ihm das Einhalten des Fastenmonats so viel Mühe bereitete. Die Hitze war im Grunde erträglich; trotzdem spürte er, wie Energie und Konzentration nachließen. Seine Gedanken kreisten um die Frage, *warum* er die Tortur auf sich nahm. Dreißig Tage lang. Von der Morgendämmerung bis zum Einbruch der Nacht war es ihm als Moslem nicht erlaubt, zu essen und zu trinken. Nicht mal eine Breze, wie er sie liebte – mit viel Butter und vielen Salzkörnern. Auch Sex, Rauchen und sonstige überschwengliche Vergnügungen waren tabu. Ganz zu schweigen davon, während des Fastenmonats auf üble Nachreden, Verleumdungen und Beleidigungen zu verzichten. Auch Lügen war verboten. Zumindest tagsüber.

Zeki überlegte, ob die Aufklärungsquote in muslimischen Ländern durch diese Auflage rapide anstieg. Wenn Verdächtige nicht lügen würden, was gab es dann noch aufzuklären? »Haben Sie die Tat begangen?« »Ja.« Fall gelöst. Aber so einfach ging es in der Welt nicht zu, auch nicht während des heiligen Fastenmonats. Dem Münchner mit türkischen Wurzeln war bewusst, dass die Enthaltsamkeit ähnlich wie bei den Christen dazu diente, den Geist für das Wesentliche im Leben zu schärfen. Die Nähe Gottes oder Allahs an Körper und Geist zu erfahren. Aber auch, dafür zu sorgen, dass sich die Muslime weltweit zusammengehörig fühlten – der Fastenmonat war eine der fünf Säulen des Islam.

Zekis Auffassung über seinen Glauben lag aber eine besondere Auslegung zugrunde. Für ihn bedeuteten die religiösen Maßgaben zunächst einmal nichts. Er trank Alkohol, sei es Bier, Rotwein oder Raki, aß jeden zweiten Sonntag Schweinebraten, und das vorgeschriebene fünfmalige Beten am Tag stand nicht auf seinem Programm. Hie und da ließ er sich beim Freitagsgebet blicken – wenn es Arbeit und Gemütsverfassung erlaubten. Trotz seines mannigfachen Fehlverhaltens war er überzeugt davon, in Allahs Augen ein guter Moslem zu sein – ein Menschenkind, das nicht anders konnte.

Als er und Isabel zu Fuß die Ludwigsbrücke erreichten, beugte sich Zeki über das Brückengeländer, um zum Isarufer sehen zu können. Einige Meter von den neugierigen Zaungästen und Kollegen der Spurensicherung entfernt entdeckte er Jale Cengiz. Sie hielt die Jeansjacke, die ihr sein Sohn Aydin geschenkt hatte, in der Hand und kniete mit gebeugtem Oberkörper auf der Wiese. Wenn ich mich nicht täusche, sagte er sich, übergibt sie sich gerade.

Demirbilek täuschte sich nicht. Jale hatte den schauerlichen Anblick der männlichen Wasserleiche nicht ertragen. Zum optischen

Ekel kam der üble Geruch. Sie hatte eine kaum verständliche Entschuldigung gestöhnt, bevor sie vor den Augen der hämisch lachenden Kollegen losgerannt war. Auf halbem Weg zu ihrem Ziel, einer Böschung am Fahrradweg, musste sie anhalten und ihrem Körper sein Recht zugestehen.

»Vierkant, kümmere dich um Jale. Die ist doch sonst nicht so leicht aus der Fassung zu bringen«, wunderte sich Zeki und machte sich auf den Weg zum Ufer. Während Isabel zu Jale eilte, erreichte Zeki den Fundort gerade noch rechtzeitig, um den Toten vor dem Abtransport in Augenschein nehmen zu können. Es gab keine augenfälligen Spuren von Gewalt. Er war etwa eins siebzig groß. Schwarze, lange Haare, die zu einem Pferdeschwanz gebunden waren. Zeki schätzte ihn auf Mitte zwanzig. Er war tätowiert. Eine abstrakte Welle und ein Anker auf dem Unterarm. Zeki hatte seine Fähigkeit, zielgerichtet zu assoziieren, in seiner jahrelangen Ermittlungstätigkeit so weit kultiviert, dass er aus Physiognomie und Tätowierung die Herkunft des Mannes an der Schwarzmeerküste ansiedelte. Er konnte Türke sein. Musste aber nicht, ermahnte er sich.

Es gab, wie ihm berichtet wurde, keinen Hinweis auf die Identität des Toten. Kein Geldbeutel mit Ausweispapieren oder sonstigen Hinweisen. Raubmord war demnach nicht auszuschließen. Oder hatte der Mann seine Wertgegenstände abgelegt, bevor er in die Isar gesprungen war? Zeki schüttelte den Kopf. Nein, dann hätte er auch keine Hose an. Er zog die triefnasse Jeans ein wenig nach unten. Die Unterhose war schwarz. Mit der hätte er sich ohne weiteres in die Isar wagen können, urteilte der Kommissar. Dann konzentrierte er sich auf das, was ihm ins Auge gestochen war. Die linke Hand des Toten umklammerte den Henkel eines zerbrochenen steinernen Bierkrugs. Zeki kniete nieder, sprach *»Bismillahirrahmanirrahim«* und beäugte das Gefäß. Auf dem Bruch-

stück erinnerte ein geschnörkeltes Wappen im Retro-Design an die gute alte Zeit. Der erste Buchstabe schien ein B zu sein.
»Kennt jemand von euch eine Brauerei, die mit B anfängt?«, fragte der Kommissar mit erhobener Stimme.
Die Kollegen packten gerade die Arbeitsutensilien zusammen. Ein junger Mitarbeiter der Spurensicherung fühlte sich trotzdem angesprochen. Er kam näher und kniete sich zum Kommissar.
»Habe mich auch schon gefragt, wie die Bierleiche an den Krug gekommen ist«, sagte er mit kollegialem Timbre in der Stimme, aus der Zeki heraushörte, dass er nach Meinung des jungen Mannes auf der richtigen Fährte war. Er kämpfte mit sich, ob er ihm erklären sollte, für ein Fachgespräch nicht in Stimmung zu sein, als er zusehen musste, wie der Beamte allen Ernstes eine Leberkässemmel hervorzauberte.
»Hatte kein Mittagessen«, erklärte er, bevor er mit Genuss einen Bissen nahm, der für zwei gereicht hätte.
Zekis Magensäfte reagierten wie die Fontänen eines Springbrunnens auf den Reiz des wohlduftenden Imbisses. Speichel strömte wasserfallartig in den Mundraum. Er schluckte schwer, ließ sich jedoch nicht anmerken, dass er dem Mann mit der Statur eines Zehnkampfathleten am liebsten das Essen aus der Hand gerissen hätte. Nicht, um es selbst zu essen, dazu wäre er nicht in der Lage gewesen – er hatte mit Allah eine Abmachung. O nein. Sondern, um damit die Fische in der Isar zu füttern. Aus reiner Bosheit, weil der Mann essen durfte und er nicht. Statt seine Gedanken in die Tat umzusetzen, wartete er geduldig, bis er fertiggekaut und heruntergeschluckt hatte.
»Ich glaube, ich habe das mal auf einem Fest getrunken. War nicht schlecht, wenn es das war«, sagte er schließlich und biss erneut von der Semmel ab.
»Nicht schlecht«, wiederholte Demirbilek leise. Dann stand er

auf und blickte sich um. Die Isar schien kein schlechtes Gewissen zu haben. Wie Funken einer Wunderkerze tanzten die Reflexionen der Sonnenstrahlen auf dem Wasser und beschossen Zekis Netzhaut. Er musste sich anstrengen, um weiter nachzudenken. Was war mit dem Mann passiert? Wollte er mit dem Bierkrug in der Isar schwimmen? War er tatsächlich betrunken? Wenn ja, hatte er so viel intus, dass er sich nicht über Wasser halten konnte?

Etwa fünfzig Meter vom Ufer entfernt erholte sich Jale allmählich. Isabel kramte aus ihrer riesigen Umhängetasche, in der sie alles aufbewahrte, was eine umsorgende Frau und vorausdenkende Polizistin brauchen konnte, Feuchttücher hervor. Jale nahm zwei von den nach Zitrone duftenden Tüchern und wischte sich Hände sowie Mund sauber. Isabel ahnte, dass etwas nicht stimmte, als sie in Jales dankbares, aber ebenso verstörtes Gesicht blickte.

»Das hat nichts mit der Leiche zu tun, oder?«, fragte sie rundheraus.

Jale schniefte, um ihre Verwunderung zu überspielen. Dann antwortete sie mit tonloser Stimme: »Ich bin überfällig.«

»Wie lange schon?«

»Keine Ahnung, ein paar Tage.«

Isabel dachte an ihren Ehemann Peter, der sehnsüchtig darauf wartete, endlich Vater zu werden.

»Du sagst dem Chef nichts, Isabel. Wahrscheinlich ist es falscher Alarm«, bat Jale eindringlich.

»Ach was! Natürlich nicht!«, erwiderte Isabel und erklärte sich Jales unnötige Bemerkung mit ihrer augenscheinlichen Nervosität.

Die zwei Frauen hingen einen Moment lang ihren Gedanken nach. Isabel war vierunddreißig, knapp zehn Jahre älter als Jale. Beide wussten voneinander, dass ein Kind Teil ihrer Lebensplanung war. Beide waren auch der Auffassung, dass die beruflichen

Umstände derzeit dagegen sprachen, Mutter zu werden. Beinahe gleichzeitig blickten sie zu Demirbilek hinüber. Jale war seiner Einladung gefolgt, in das ehemalige Zimmer seiner Tochter zu ziehen, bis sie eine bezahlbare Bleibe in München gefunden hatte. Das Schicksal wollte es, dass zur selben Zeit der Sohn ihres Chefs aus Istanbul gekommen war, um für ein Jahr bei ihm zu wohnen und an der Musikakademie zu studieren. Jale und Aydin hatten sich sofort ineinander verliebt. Aufgrund der unvorhersehbaren Entwicklung hatte Zeki vorgeschlagen, dass sie blieb. Jales unverwüstliches Selbstbewusstsein ließ darüber hinaus die Vermutung reifen, als mögliche Schwiegertochter willkommen zu sein.

Zeki hatte inzwischen eingesehen, mit seinen Spekulationen nicht weiterzukommen. Der Obduktionsbericht musste die Entscheidung herbeiführen, ob sein Sonderdezernat die Todesumstände der Bierleiche aufklären sollte oder nicht. Er sah auf die Uhr. Es waren noch dreieinhalb Stunden bis zum Sonnenuntergang; bis ihn eine Butterbreze und eine Flasche Wasser von seinen Qualen erlösen würde. Wie soll ich das nur schaffen?, fragte er sich und blickte zu Jale und Isabel. Während seine Mitarbeiterinnen auf ihn zuschritten, überkam ihn eine seiner spontanen Eingebungen. Eine jener Ideen, die er ausbrütete, wenn er meinte, unausgelastet zu sein – er beschloss, sich um den dringend notwendigen Haarschnitt zu kümmern.

»Hier gibt es nichts weiter zu tun«, eröffnete er den beiden, die erstaunt stehen blieben. Schließlich hatte Jale noch keine Gelegenheit gehabt, Informationen aus erster Hand von den Kollegen einzuholen.

»Kann ich …«, setzte sie an und bekam eine von Zekis verbalen Attacken zu spüren.

»Nein, kannst du nicht«, erwiderte der Chef auf eine Art, die der mögliche Schwiegervater niemals zugelassen hätte. Nach der klaren Feststellung wandte er sich an Isabel. »Vierkant, keine Überstunden heute. Du und ich machen jetzt Schluss. Nimm den Wagen und fahr nach Hause. Koch mal was Schönes für deinen Mann. Der wird sich sicher freuen.« An Jale gerichtet, sagte er: »Geh die Vermisstenanzeigen durch. Wenn du nichts findest, überprüfe, welche Brauereien mit einem B anfangen. Der Tote hatte einen zerbrochenen Steinkrug in der Hand. Mach am besten ein Foto. Das muss eine Bedeutung haben, egal, ob er ertrunken ist oder jemand nachgeholfen hat.«

Dann deutete er mit ausgestrecktem Zeigefinger zur Brücke. »Da oben hängt eine Überwachungskamera.«

Jale folgte mit den Augen seinem Finger. Innerlich rotierte sie.

Kaum hatte Zeki seine Anweisungen gegeben, drehte er sich auf dem Absatz um und verschwand.

Seine beiden Mitarbeiterinnen sahen ihm verdutzt hinterher.

»Du hättest ihm Bescheid geben müssen …« Isabel brach mitten im Satz ab. Sie verzichtete lieber darauf, eine Erklärung für Demirbileks Verhalten zu geben.

Jales giftiger Blick durchbohrte sie. »Ach was! Ich habe doch nach ihm gesucht! Unten im Hof! Und vorne auf der Straße!«, regte sie sich auf. »Es ist ja schon schlimm genug, wenn er nicht fastet. Aber mit leerem Magen glaubt er erst recht, er sei der große Pascha und wir die Damen seines Hofstaates. Fehlt noch, dass er uns nach jeder Einsatzbesprechung einen Bauchtanz vorführen lässt.«

Mit diesen Worten stakste Jale wutschnaubend davon und ließ Isabel stehen. Die brauchte nicht lange, bis sie entschieden hatte, auf dem Viktualienmarkt Leberknödel für eine Suppe einzukaufen und dazu einen Kaiserschmarrn zu machen. Sie freute sich darauf, das Wochenende mit einem schönen Abend einzuläuten.

4

Jessica Grün streifte das Nachthemd vom Köper und begann zu duschen. Ausgiebig, erst kalt, dann heiß. Als sie anschließend im Schlafzimmerschrank nach Unterwäsche suchte, fand sie nichts Passendes und kicherte bei der Idee, die sie hatte. Aus dem Korb für schmutzige Wäsche holte sie Slip und Büstenhalter vom Vortag. Sie hatte sich erkundigt. Sie wusste, dass Hannes zur Abschlussveranstaltung gehen würde. Er hatte ihr die marineblaue Spitzenunterwäsche geschenkt. Sie lachte wie von Sinnen bei dem Gedanken, wie er es jetzt mit einer alten Schachtel trieb. Sie wusste Bescheid. Sie war ihm heimlich gefolgt und hatte beobachtet, wie er mit ihr im Nymphenburger Park spazieren ging. Hass loderte auf, als sie die beiden Hand in Hand in seinen Porsche einsteigen sah. Ekel ergriff sie bei der Vorstellung, dass er das alte Weib bevorzugte. Dass er ihre verschrumpelte, verbrauchte Haut streichelte. Der Wutschrei hallte durch das Badezimmer, er kam aus tiefstem, gebrochenem Herzen. Nachdem sie ihre Fassung wiedergewonnen hatte, durchströmte sie ein tröstender Gedanke. Sie beschloss, ihm ein letztes Mal sein Geschenk zu zeigen. Er sollte sie anfassen, sollte spüren, wie jung ihr Körper war, wie prall und voller Leben. Erneut zog sie sich aus und trat in die Duschkabine. Mit großer Sorgfalt rasierte sie sich die Beine nach und formte aus ihren Schamhaaren einen zwei Zentimeter breiten Streifen – so, wie er es mochte.

5

»Ich habe heute Abend was vor, *baba.* Tut mir leid«, antwortete Özlem am Telefon.

Zeki hatte sich bei seiner Tochter gemeldet, um sie zum Fastenbrechen zu überreden. Sie wohnte in der Nähe, und er hatte keine Lust, allein in einem Lokal essen zu gehen. Der Tisch in seiner Küche war gedeckt. Oliven, Schafskäse und Weißbrot natürlich. *Sucuk* war klein geschnitten, um später in der Pfanne angebraten zu werden. Zwei Liter Wasser warteten darauf, getrunken zu werden. Zekis Gedanken waren die vergangene halbe Stunde um nichts anders als um seinen Durst gekreist.

»Kein Problem, mein Kind«, antwortete er mit gespielter Beiläufigkeit. »Weißt du, was Aydin und Jale machen?«

»Ja«, antwortete sie mit einem tiefen Seufzer. »Ich treffe sie um halb zehn am Königsplatz.«

Zeki fiel es nicht schwer, aus ihrer Stimme herauszuhören, dass sie versuchte, ihm etwas zu verheimlichen, und beschloss, neugierig zu sein. Schließlich war er ihr Vater.

»Open Air?«

»Eine Hollywood-Schmonzette. Gefällt dir bestimmt nicht«, setzte Özlem schnell nach. Natürlich zeigte Zeki Verständnis dafür, dass seine neunzehn Jahre alten Zwillingskinder nicht unbedingt darauf versessen waren, ihn mitzunehmen. Um aber seinem Ruf als eigenbrötlerischem Zeitgenossen gerecht zu werden, schwieg er bedeutsam.

»Da gibt es Bier vom Fass, die Verlockung wäre zu groß«, wandte Özlem schließlich ein.

Zeki hüstelte, um zu überspielen, wie die unerwartete Anmerkung ihn erschreckte.

»Danke für dein Mitgefühl, geliebte Tochter! Sag den zweien, sie sollen leise sein, wenn sie nach Hause kommen. Viel Spaß bei dem Film.«

Kaum hatte er aufgelegt, läutete sein Diensthandy im Flur. Auf dem Weg dorthin blickte er auf die Küchenuhr, Viertel vor neun – sechs Minuten noch bis zum Fastenbrechen. Entnervt zog er das Handy aus dem Sakko. Auf dem Display blinkte Jales Büronummer auf.

»Jale, was gibt es? Es ist spät«, brummte er in den Apparat.

»Ging nicht schneller.«

»Und?«

»Auf dem Überwachungsvideo war nichts. Ich habe über den Brauereiverband erfahren, dass es in Deutschland rund eintausendsechshundert Brauereien gibt. Raten Sie mal, wie viele es allein in Bayern gibt.«

»Ich habe keine Lust zu raten, Jale«, unterbrach Zeki und legte die Hand auf den Bauch, um das Knurren abzudämpfen.

»Knapp sechshundertdreißig! Ich habe allen, die mit einem B anfangen, eine Anfrage per Mail geschickt. Habe bisher erst zwei negative Antworten. Ist ja schon spät.«

»Gut.«

»Sonst noch was?«

»Viel Spaß beim Open Air.«

Zeki hatte in einem eindringlichen Gespräch mit Jale die Regel aufgestellt, Berufliches und Privates nicht zu vermischen. Was schwer genug war, da man ja zusammenwohnte. Aus dem Grund wunderte er sich nicht, dass seine Kollegin und Freundin seines Sohnes wegen der persönlichen Bemerkung einen Moment brauchte, um sich zu sammeln. »Danke … Ich koche morgen, okay?«, antwortete sie etwas irritiert.

»Wie wäre es mit *Dolma?*«, erwiderte er versöhnlich.

»Gefüllte Weinblätter kriege ich nicht so gut hin.«

»Lass dir von Aydin helfen. Er hat das Rezept von seiner Mutter. Das schafft ihr schon«, schloss Zeki kategorisch und legte auf. Dann machte er sich auf die Minute genau daran, den Fastentag zu brechen. Der saftige Geschmack der grünen Olive, die er nach dem obligatorischen Gebet in den Mund steckte, raubte ihm fast den Verstand. Die wohltuende Wirkung des Münchner Leitungswassers verglich er tatsächlich mit dem erfrischenden Prickeln eines frisch gezapften Weißbieres.

6

Pius Leipold starrte in sein Glas. Es war schon wieder leer. Mit Informationsbroschüren in der Stofftasche einer fränkischen Kellerbrauerei schlenderte er quer durch die Halle. Die Veranstalter des Bierfestivals hatten sich alle Mühe gemacht, den Saal in der alten Messe an der Theresienhöhe hochwertig umzugestalten. Tunlichst hatten sie darauf geachtet, Oktoberfestambiente zu vermeiden, um dem Sauf-Image des Volksgetränkes entgegenzuwirken. Leipold erreichte den Austauschtisch. In ordentlichen Dreierreihen standen Degustationsgläser mit 0,1 Liter Fassungsvermögen bereit. Aussehen und Geschmack der Biere sollten neutral und unverfälscht beurteilt werden: Wie waren Farbe und Trübung des Gerstensaftes? Welche Eigenschaften hatte der Schaum? Waren Porengröße und Haftvermögen ausreichend? Wie entfaltete sich der Geschmack? Sortentypisch? Wie äußerte sich die Intensität des Hopfens? Typgerecht? Zu bitter?
Leipold tauschte sein benutztes gegen ein frisches Glas. Insgeheim ärgerte er sich über die Zumutung, Bier in einem Gefäß kosten zu müssen, das wie ein Weinglas geschwungen war. Ein gläsernes Bierkrügchen, dachte er, hätte den Zweck besser und

angemessener erfüllt. Seinen Unmut konnte er mit seinen Kollegen nicht teilen, denn Herkamer und Stern hatten sich nicht blicken lassen. Verständnislos schüttelte Leipold den Kopf. Die beiden tranken Bier wie er. Wie konnten sie sich nur eine derartige Gelegenheit entgehen lassen?
Ganz anders jene Fachleute und Bierliebhaber, die auch am letzten Tag gekommen waren, um sich einen Überblick über die Aktivitäten der Brauereien zu verschaffen. An langen Theken informierten Vertriebsleute über edle, ungewöhnliche Bierkreationen. Familiengeführte Privatbrauereien luden an liebevoll dekorierten Ständen die Konsumenten ein, ihre Hausmarken zu probieren.
Leipold erstand fünfundzwanzig Gutscheine, die ihn dazu berechtigten, die feilgebotenen Biere zu kosten. Er war ganz in seinem Element. Schließlich kannte er sich mit Bier aus. Zum einen trank er am liebsten Bier, zum anderen beherbergte er zu Hause eine kleine Bibliothek mit Fachbüchern zum Thema und wusste aus eigenen Bemühungen, dass Bierbrauen nicht nur handwerkliches Geschick erforderte. Es gehörte eine gute Portion Gefühl und Erfahrung dazu. Er jedenfalls war als Hobbybrauer kläglich gescheitert und hatte sein Brauereiset nach mehreren Fehlversuchen zum Sperrmüll gefahren. Leipold roch und schlürfte die unterschiedlichsten Sorten. Egal, ob obergärig oder untergärig, in Flaschen gereift oder im Barriquefass, Biobier oder Designerbier. Er entdeckte sogar einen mit Swarovskisteinen geschmückten Stand, an dem Bier in Champagnerflaschen vermarktet wurde. Zwar hatte er für den einen Abend seine Überzeugung gelockert, nur Bier, das nach dem deutschen Reinheitsgebot gebraut wurde, zu trinken, wollte aber dennoch nicht jeden Unsinn mitmachen. Er empfand sich als modernen Traditionalisten, was Trinken und Essen betraf. Mit Betonung auf Tradition. Und als waschechter Münchner war er stolz auf die in aller Welt geschätzten Bierköst-

lichkeiten seiner Heimatstadt, wenngleich er wusste, dass es allein in Deutschland über fünftausend Biersorten gab. Die Konkurrenz war groß, im Inland wie im Ausland. Der Engländer drängte mit süffigem Ale auf den Markt. Der Amerikaner dagegen schaffte es bei allen phantasievollen Bemühungen nicht, den Geschmack des bayerischen Biertrinkers zu treffen.

Gegen dreiundzwanzig Uhr freute sich Leipold mit den anderen rund dreihundert Besuchern auf den Höhepunkt des Abends. Etwas angeschlagen von der Bierverkostung verfolgte er, wie die zwei Veranstalter mit Jeans und heraushängenden Hemden auf die provisorische Bühne hüpften. Abwechselnd reichten sich die zwei, die nach Leipolds Einschätzung keine dreißig Jahre alt waren, das Mikrofon lässig hin und her. Mit launigen Formulierungen machten sie sich dafür stark, das Reinheitsgebot zu lockern, um die Kreativität der deutschen Braumeister nicht unnötig einzuschränken. Die bekennenden Kritiker des Reinheitsgebotes, die aus dem schönen Dresden kamen, kapitulierten schließlich vor den Buhrufen aus dem Publikum, als einer der Störenfriede sich lautstark bemerkbar machte.

»Ist euch zwei Hampelmännern eigentlich klar, wo ihr seid?«

Das Publikum lachte auf. Pius Leipold räusperte sich, bevor er aus tiefster Überzeugung weiter seinen Standpunkt verdeutlichte, den allem Anschein nach die meisten Besucher teilten.

»In Bayern und hier in München haben wir gerne klare Verhältnisse. Wenn wir Bayern Bier trinken, wissen wir, dass nichts anderes drin ist als Malz, Wasser, Hopfen und Hefe. Nennt das Zeug, was ihr da zusammenmischt, wie ihr wollt. Aber *Bier* wird daraus nie und nimmer!«

Jessica Grün hörte den tobenden Applaus aus der Halle, während sie in der abgetrennten Raucherlounge auf ihren Auftritt wartete.

Es dauerte einige Minuten, bis die Veranstalter die aufgebrachten Gemüter beruhigt hatten und zur Verkündung der »Biertrinkerin des Jahres« überleiten konnten. Die Jury bestand aus drei Männern sowie drei Frauen und hatte ihre Entscheidung mit Bedacht getroffen. Sie wollte eine Person küren, die tatsächlich Ahnung von Bier hatte und es nicht nur trank. Mehrmals war man mit Persönlichkeiten aus dem öffentlichen Leben nicht sonderlich gut weggekommen. So kam der Vorschlag, Jessica Grün mit dem Preis auszuzeichnen, gerade gelegen. Sie war hübsch, jung und arbeitete in der Bierindustrie.

Mit einem strahlenden Lächeln betrat Jessica die Bühne und bedankte sich mit einem Knicks für die ehrenvolle Auszeichnung. Sie nahm den Bierpokal entgegen und prostete den Zuschauern zu. Ein Meer aus Degustationsgläsern schnellte in die Höhe. Etwas zu hastig führte sie den Glaspokal an den Mund. Die goldgelbe Flüssigkeit schwappte über ihre ferrarirot geschminkten Lippen. Schaum quoll über die Mundwinkel. Der Ausschnitt, der ihre weiße Haut vortrefflich zur Geltung brachte, erlaubte dem Bierrinnsal, den Weg zwischen ihren Brüsten bis zum Bauchnabel hinabzulaufen. Jessica kicherte, um diese Peinlichkeit zu überspielen, aber auch, weil es auf ihrer Haut kribbelte. Schließlich fasste sie sich ein Herz und wischte mit der blanken Hand den Schaum von den Brustansätzen und vom Mund. Dann riss sie den Pokal ein weiteres Mal in die Höhe. Das Publikum klatschte über die unerwartete Einlage begeistert Beifall. Viele unter ihnen fanden sich in ihrer Meinung bestätigt: Bier und Erotik gehörten zusammen wie das Starkbier zur Fastenzeit.

Jessica hatte zu dem Zeitpunkt Hannes Junghans längst entdeckt. Sie zielte mit dem Pokal auf ihn und dankte ihm ebenfalls mit einem Knicks. Er war es gewesen, der sie bei der Jury ins Spiel gebracht hatte.

Hannes Junghans hatte sich für den Abend schick gemacht. Er trug den dunkelgrauen Anzug, den er seinem Vater abgeschwatzt hatte. Ein besonders elegantes und gut erhaltenes Exemplar aus den sechziger Jahren. Die passende Krawatte hatte er mit etwas Glück auf einem Flohmarkt erstanden. Sein akkurater Haarschnitt folgte einer Fotovorlage. Paul Newman war sein Idol. Morgens half er mit Pomade nach, damit der Seitenscheitel hielt. Lediglich das Einsetzen der hellblauen Kontaktlinsen bereitete ihm noch Schwierigkeiten. Doch es lohnte sich, fand er, wenn er im Spiegel sein strahlendes Gesicht erblickte. Ein Lausbub von dreiunddreißig Jahren. Mit der Kündigung als Braumeister bei einer der großen Münchner Brauereien hatte Junghans auch Image und Aussehen verändert. Seitdem fühlte er sich wie ein neuer Mensch. Frei und voller Visionen. Seine neugegründete Agentur bot ein umfangreiches Portfolio an Dienstleistungen an, die im weitesten Sinne um die Vermarktung von Bier kreisten. Ohne ihn hätten die Veranstalter des Bierfestivals den Saal in der alten Messe niemals bekommen. Er kannte in München ziemlich jeden aus der Branche. Und man kannte ihn, den Sohn des Hopfenbauers Florian Junghans, der mit gewässertem Bier statt mit Muttermilch großgezogen worden war – die Anekdote erzählte er gerne bei Kundengesprächen, auch wenn sie nicht stimmte.

Hannes beobachtete fasziniert die Frau, der er vor einer Woche den Laufpass gegeben hatte. Dabei paffte er an einer Elektrozigarette, die er aus Stilgründen im Mundwinkel hielt, nicht, weil er Raucher war. Wie er deutlich sehen konnte, trug Jessica den marineblauen Büstenhalter, den er ihr geschenkt hatte. Hannes spürte beinahe körperlich, wie seine Hände unter den Büstenhalter glitten und Jessicas Brüste liebkosten. Noch vor einer Woche hatte er mit ihr geschlafen und Pläne für eine gemeinsame Zukunft geschmiedet. Sein neues Image als Werber und Marketingexperte

war ihr zwar nicht geheuer gewesen, trotzdem akzeptierte sie ihn so, wie er sein wollte. Sie liebte ihn. Er dagegen beendete seine Heuchelei, ihre Liebe zu erwidern, in dem Moment, als er Karin Zeil begegnete.
Er prostete mit ausladender Geste Jessica zu. Danach zog er sein Handy aus der edlen Schutzhülle und hielt es hoch, um ihr aus der Entfernung anzudeuten, dass er ihr eine Nachricht zuschicken wollte.
Jessica spürte, wie ihre Beine weich wurden. Die frisch gekürte »Biertrinkerin des Jahres« bestätigte mit einem unmerklichen Nicken, verstanden zu haben. Dann beugte sie ihren Oberkörper vor, damit man ihr die Goldmedaille umhängen konnte.
Nach der Zeremonie machte sich Pius Leipold auf den Weg zu seiner Stammwirtschaft. Er hatte unbändige Lust auf eine Schlafhalbe; das eine letzte Bier, das ihm das Einschlafen versüßen würde.
In der Halle ertrug Jessica die Umarmung der beiden Veranstalter, die das Blitzlichtgewitter der Pressefotografen genossen. Sie hatten bei ausgewählten Journalisten einige Partyfässer Bier springen lassen, um ihre Anwesenheit und anschließenden Artikel sicherzustellen. Mit gespielter Geduld erfüllte Jessica nach dem Pressetermin den Wunsch vieler Besucher nach einem persönlichen Erinnerungsfoto.
Knapp eine halbe Stunde später entschuldigte sie sich bei den zwei Dresdnern, um sich frisch zu machen. Eiligst bahnte sie sich den Weg durch die Halle zur Raucherlounge, holte ihr Handy aus der Tasche und öffnete Hannes' Nachricht: »Wir müssen reden. Ich warte hinten bei den Bierfässern, H.« Na also, freute sie sich, hätte mich gewundert, wenn du nicht angebissen hättest. Dann sammelte sie sich noch einen Moment und kontrollierte den Elektroschocker in der Handtasche. Sie hatte sich immer gefragt, wie

aus dem winzigen Gerät 1 000 000 Volt kommen konnten. Bei dem Test an einem Stück Rindfleisch hatte sich die durchschlagende Wirkungskraft gezeigt. Sie war gespannt darauf, ob Hannes' Körper ähnlich auf den Stromschlag reagieren würde.

Auf dem Weg zum Hinterausgang, wo die Holz- und Aluminiumfässer der Aussteller lagerten, bemerkte Jessica nicht, wie sie von der eleganten, älteren Dame mit hochgesteckten Haaren entdeckt wurde. Karin Zeil durchschritt zum zweiten Mal vergeblich die Halle auf der Suche nach Hannes. Es war laut. Teils wurden die Stände nach dem offiziellen Ende abgebaut. Teils standen die Leute zusammen und unterhielten sich angeregt. Keiner der Kollegen und Bekannten aus der Branche bemerkte die Frau in dem adretten, schwarzen Kostüm. Nervös strich sie sich über ihre imposante Perlenkette. Zeil wusste, dass die Ex-Freundin ihres neuen Lebensgefährten an dem Abend ausgezeichnet werden sollte. Vielleicht war das der Grund, überlegte sie, weshalb sie beim Abschlussessen ihres Sprachkurses in dem türkischen Lokal unruhig geworden war. Sie hatte eine Zeitlang versucht, den Tischgesprächen zu folgen, bis sie es nicht mehr aushielt. Sie wollte Hannes überraschen. Nun bereute sie es, hierhergekommen zu sein. Sie hatte Jessica, deren Einstellung sie bei der Bavariae selbst befürwortet hatte, nie so hübsch gesehen. Und wie unverschämt jung sie war. Sie könnte deine Tochter sein, schoss es beängstigend durch ihren Kopf. Karin Zeil hatte vor zehn Tagen mit Hannes Junghans am Ammersee ihren zweiundsechzigsten Geburtstag gefeiert. An dem Abend hatte sie sich in seinen Armen jung gefühlt. Genauso jung wie Jessica Grün, deren hin- und herschwingenden Hintern sie scharf im Blick behielt, als sie ihr durch das Rolltor nach draußen in die Dunkelheit folgte.